Hui

MAJGULL AXELSSON

Huis der nevelen

Uit het Zweeds vertaald door Janny Middelbeek-Oortgiesen

UITGEVERIJ DE GEUS

Vierde druk

Deze uitgave is mede mogelijk gemaakt dankzij een bijdrage van Svenska Institutet te Stockholm

Oorspronkelijke titel *Långt borta från Nifelheim*, verschenen bij Tidens förlag, Stockholm

Omslagontwerp Uitgeverij De Geus bv
Lithografie TwinType, Breda
Druk Koninklijke Wöhrmann bv, Zutphen

ISBN 90 445 0249 2
NUR 302

Verspreiding in België via Libridis nv, Industriepark-Noord 5a, 9100 Sint-Niklaas

DANKWOORD EN VERONTSCHULDIGINGEN

Als kind kwam ik in Nässjö vaak langs het Bananenhuis. Het trok me aan en stimuleerde mijn fantasie. Ik heb het nooit kunnen vergeten, hoewel het nu al bijna dertig jaar geleden is dat ik de stad verliet.

Ik ben nooit in het huis geweest – zelfs niet in de tuin – en ik heb geen idee wie er woont of heeft gewoond. Het huis dat in dit boek wordt beschreven, heeft met het Bananenhuis uit de werkelijkheid alleen de buitenkant gemeen. Ik wil me bij de echte bewoners van het Bananenhuis graag verontschuldigen voor het feit dat ik er in gedachten beslag op heb gelegd.

Ook de andere huizen in deze roman hebben zo hun voorbeelden. De mensen en de gebeurtenissen daarentegen zijn geheel verzonnen en iedere overeenkomst met de werkelijkheid is pure noodzaak.

Ik wil de volgende mensen graag bedanken: Salvador 'Jerome' Cayulo, die in juni 1991 de uitbarsting van de Pinatubo heeft meegemaakt, vanwege het feit dat hij anderen deelgenoten van zijn ervaringen heeft willen maken, Åsa Kristensson, omdat ze mij met haar scherpe blik dingen heeft laten zien die ik zelf niet zag, Christer Åhström, omdat hij me het een en ander over automatische geweren heeft geleerd en Ingrid Montanaro, omdat ze me een verhaal heeft verteld.

Dit boek is opgedragen aan Jan Axelsson.

Hij weet wel waarom.

In Nifelhem wonen bijzondere mensen
weemoedig van aard, man en vrouw,
verteerd door verlangen maar niets liever wensend
dan dat gevoel te dienen als priesters zo trouw
. . .
Het hele jaar door is het winters en kil
ze hebben sneeuw om vulkanen te blussen
maar de vorst en het ijs vormen een schild
waarmee ze hun gemoed kunnen sussen
. . .
Verborgen blijft hun kostbaarste goed,
weigeren het een ander te tonen –
de armen lopen blootshoofds rond
al bezitten ze koningskronen,
gedeeld wordt dezelfde tafel, ze zien
de kaarsen langzaam verbranden,
hun lach wordt steeds vreemder, bevriest bovendien,
nooit is er verzoening voorhanden.
. . .
Dan worden ze in de vorstgrond gelegd.
Het sneeuwdek verbergt alle sporen.
Woorden van liefde die nooit zijn gezegd
laat het gras in de lente pas horen,
rond zwijgende huizen ruist fluist'rend een stem
hunkeringen worden eindelijk gezangen –
een lied over de mensen van Nifelhem
met hun begraven verlangen.

– Oscar Levertin

Iedere middag komt er iemand van de thuiszorg die me vrijlaat. Ik word een uur op vrije voeten gesteld.

Op dinsdagen en donderdagen is het Gunilla, mijn vroegere klasgenote. Ze hangt haar donsjack aan mijn moeders koperen kapstok en terwijl ze haar sjaal in de mouw van haar jack stopt, begroet ze me kort. Ze vermijdt het zorgvuldig me aan te kijken.

'Hoe gaat het met haar?' vraagt ze.

''t Is niet veel veranderd', antwoord ik.

'Is de dokter nog geweest?'

'Nee. Maar de wijkverpleegkundige wel. Haar doorligwonden zijn erger geworden.'

Gunilla trekt de mouwen van haar katoenen trui op en controleert of haar wanten in de zak van haar jas zitten, maar ze zegt niets meer. Ze weet wat ik wil, maar ze is onverbiddelijk. Ik moet erom vragen.

'Kan ik een poosje naar buiten?'

'Natuurlijk', zegt ze. 'Ga jij je *wandeling* maar maken...'

In het begin was ik verbaasd dat ze zo schamper deed. Maar daarna wist ik het weer: in Nässjö mag je geen hoogmoedige woorden gebruiken. Wandeling is zo'n hoogmoedig woord. Lunch ook. Tegenwoordig zeg ik dat ik even een rondje loop en dat ik ga middageten, maar ze vergeeft het me toch niet.

Ik trek een van de bontjassen van mijn moeder aan, de bruine nerts, want ik heb zelf geen winterjassen meer, blijf vervolgens in de deuropening staan en zeg: 'Ik ben zo terug...'

Ze leunt met haar armen over elkaar geslagen tegen de deurpost tussen de garderobe en de hal.

'Ga maar. Ik red me wel.'

Ik doe de deur dicht, vul mijn longen met winterlucht en begin langs Gamlarpsvägen te lopen, weg van het Bananenhuis en de weeë geur van ziekte.

Op dinsdagen en donderdagen loop ik nooit ver, slechts tot Eksjöberget en dan weer terug. In die tijd wordt Gunilla geacht te werken maar er is voor haar niet veel te doen. Ik heb al gestoft en gestofzuigd, de wasmachine en afwasmachine gevuld, de toiletten schoongemaakt en de warme maaltijd voorbereid; de echte warme maaltijd, die zij het avondeten noemt.

Ik weet niet wat ze doet wanneer ik weg ben, maar ik kan me er wel een voorstelling van maken. Eerst loopt ze de grote slaapkamer in, strijkt de lakens die al glad zijn nog gladder en luistert naar de zware ademhaling van mijn moeder; vervolgens stoft ze de al afgestofte meubels af, een beetje halfslachtig, alleen maar voor de vorm. En wanneer ze op de overloop komt blijft ze een ogenblik staan, waarna ze een keer diep ademhaalt en opnieuw besluit een poging te wagen. Ze loopt snel naar de deur van mijn kamer en probeert de klink. De deur zit op slot.

Daarom is ze zo nijdig. Omdat ik mijn kamer afsluit en omdat ik niet wil vertellen.

Ik ben bang voor haar en haar boosheid. Niettemin doe ik mijn deur op slot en vertel ik niets. Ze moet daar maar teleurgesteld blijven staan en met lege handen naar de kantine in het kantoor van de thuiszorg terugkeren, zonder antwoord op de vraag die heel Nässjö achter mijn rug fluistert. Wat is er met Butterfield Berglund gebeurd? Eigenlijk?

Ze denken dat ik het antwoord weet; dat ik het weet, alleen maar omdat ik erbij was. Hoe moet ik aan Gunilla Karlsson uitleggen dat er mensen zijn die zelfs hun eigen herinneringen niet vertrouwen? Ik ben een van hen: wat ik heb gezien en wat ik niet heb gezien is even duidelijk.

Neem alleen al mijn herinnering aan Gunilla zelf als kind: een bleek klein meisje met heel droog haar en een schrale bovenlip dat op het schoolplein staat te vertellen hoe zij en haar beste vriendin stiekem naar het dienstmeisje van de schooldirecteur hebben zitten kijken. Ik weet wie die vrouw is; ik zie haar iedere dag wanneer ik van school naar huis loop. Ze komt het rijtjeshuis uit, de vrijgezellenwoning van de directeur, gekleed in een mantel en met een kinderlijke muts op, zo een die je met gehaakte bandjes onder je kin vastknoopt. De knoop is moeilijk los te krijgen; dat weet ik, want ik heb zelf zo'n muts gehad toen ik een eeuwigheid en twee jaar geleden in de onderbouw van de basisschool zat. Nu ben ik te groot voor dat model. Het dienstmeisje van de schooldirecteur is er ook te groot voor, maar dat weet ze niet. Ze weet misschien niet eens dat ze een muts opheeft. Ze is hier en toch ook niet. Haar lippen bewegen, maar ze zegt nooit wat; ze staart in de verte en kijkt nooit iemand aan.

Wanneer Gunilla aan het vertellen is, zie ik het helemaal voor me: de vrouw staat af te wassen in de verlichte keuken van de schooldirecteur terwijl Gunilla en Marianne giechelend weggedoken zitten in de tuin. Ze heeft haar blik ver in het duister gericht, praat en neuriet in zichzelf. Opeens heft ze haar hand op en streelt zichzelf over haar wang. Een kloddertje afwasschuim blijft aan haar kin hangen, maar dat merkt ze niet; ze blijft gewoon glimlachen en mompelen.

Ik heb het nooit gezien, maar ik zie het. Ik zie het wanneer Gunilla het vertelt en nu – drieëndertig jaar later – zie ik het weer even duidelijk. Maar ik kan mezelf niet zien, het roodharige meisje in de jas waar ze bijna is uitgegroeid, dat een stap achteruit moet hebben gezet toen Gunilla begon te lachen en dat vervolgens laf meelachte.

Dat herinner ik me echt: dat ik bang werd van Gunilla's verhaal. Ik werd bang omdat ik begreep wat die vrouw deed. Ze droomde dat er van haar werd gehouden. En omdat ik dat begreep, moest ik zelf net zo zijn. Dus moest ik mezelf sturen en beheersen, zodat je mijn binnenkant niet aan de buitenkant kon zien. Als er scheuren in mijn waakzaamheid kwamen, zou ik net zo worden als zij en dan zouden de blikken van gewone mensen en de hoon van gewone mensen mij overal volgen.

Gewone mensen.

In die tijd, toen ik nog een kind was, meende ik dat ik alles al wist over die figuren die zichzelf vleiden door zich gewone mensen te noemen. Ik wist dat het mensen uit één stuk waren; als je ze doormidden zou klieven, dan zouden ze eruitzien als opengesneden varkens van marsepein: grijswit, compact, zonder enige plaats voor twijfel. Ik wist ook dat ze wreed waren en dat hun wreedheid een deficiëntieziekte was. Ze leden aan gebrek aan fantasie. Maar bovenal wist ik dat ik niet een van hen was en dat ik altijd bang voor hen zou zijn.

Tot op late leeftijd heb ik gemeend dat dat een goed teken was. Dat dat betekende dat ik een goed mens was, althans beter dan gemiddeld. Tegenwoordig weet ik hoe het daarmee gesteld is en laat ik me niet langer voorstaan op mijn angst. Ik draag die slechts.

Het verhaal over het dienstmeisje van de schooldirecteur was het eerste waaraan ik moest denken toen ik de volwassen Gunilla in het Bananenhuis tegenkwam. Ze was nog steeds compact als een marsepeinen varken. Daarom verstijfde ik helemaal van ongerustheid toen ze met een schuin hoofd glimlachte en zonder enige aanleiding zei: 'Je zult wel veel hebben meegemaakt...'

Ik bleef veel te lang zwijgen en keek haar niet aan toen ik antwoordde: 'Inderdaad, het een en ander...'

Op dat moment veroordeelde ze mij als hoogmoedig. Als iemand die niet mee wil doen, die zichzelf te voornaam vindt. Vrouwen als zij zijn van mening dat vertrouwelijkheden gewoon de toegangsprijs zijn tot het vrouwelijk geslacht. Schenk ons een van je geheimen en je wordt een van ons...

Ik heb veel geheimen. Ik heb veel meegemaakt. Maar ik vertel het niet en zoek geen toegang tot de gemeenschap.

Er is maar één persoon die het recht heeft om het te weten en die het misschien zou begrijpen. Marita. Maar zij is weg en ik weet niet waar ze is gebleven. Gunilla weet dat vermoedelijk wel, want zij weet alles van alle oude klasgenoten, maar ik wil het haar niet vragen. Dat zou een concessie zijn, een nederlaag in de strijd die wij uitvechten. Zwijgen is mijn enige wapen.

Bovendien heb ik meer tijd nodig. Ik zal mijn moeder laten sterven en het hele verleden begraven voordat ik een beslissing neem. Misschien pak ik mijn koffers en vertrek ik naar Canberra. Misschien blijf ik en word ik de eenzame vrouw van het Bananenhuis. Misschien zoek ik Marita op om het te vertellen. Als ze het tenminste wil weten. En als ik het kan vertellen.

Het is kil buiten, kil en heel stil. Het enige wat ik hoor zijn mijn eigen voetstappen in het grind op het trottoir. Mijn stem en mijn manier van lopen zijn altijd mijn beste dekmantel geweest. Ik loop met zware, resolute stappen, alsof ik voortdurend weet waarheen ik op weg ben, en ik praat met een beetje hese alt, stellig en zelfverzekerd. De stem van mijn vader uit de keel van een vrouw.

De bontjas is warm en licht. Mannetjeshuiden. Het beste nertsbont is altijd gemaakt van het vel van de mannetjes, zei mijn vader grijnzend. Dat van de wijfjes is te zwaar. Hij wilde mij een mannetjesbontjas geven, maar ik stelde dat uit, slaagde erin de aanschaf te vertragen en te rekken tot het opeens te laat was en hij dood was. Het deed er ook niet toe. In die tijd woonde ik in Delhi en wat moest ik daar met een bontjas?

Nu loop ik in mijn moeders bruine nerts, maar ik doe hem nooit dicht; ik sla hem alleen om me heen en houd hem aan de voorkant bij elkaar. Het is niet nodig om de knopen dicht te doen: het is buiten kil maar niet koud. Dit is een vulkaanwinter, warm, met onfatsoenlijk rode zonsondergangen. De as van de Pinatubo ligt als een waaier in de atmosfeer, knabbelt aan de stikstof en voorkomt dat de winter tot bloei komt.

Ik loop dus tot aan Eksjöberget om naar de zonsondergang van Mount Pinatubo te kijken. Dat zijn mijn bergen, die twee, en het is volkomen logisch dat geen van beide een echte berg is. De Pinatubo werd een vulkaan en Eksjöberget, die een echte berg was toen ik klein was, is gekrompen tot een heuvel, een kleine rots in een bosje, ingeklemd tussen een stilgelegde textielfabriek en een paar huurhuizen.

Ik sta een poosje midden op de heuvel en kijk in westelijke richting. De zon is donkerrood en de hemel heeft kleuren waarvan ik dacht dat die niet bestonden: goudgrijs en rozeblauw. Het waait een beetje en de wind verjaagt de wolken naar de bossen aan de horizon.

Ik trek de bontjas dichter om me heen en prevel halfluid de namen van degenen die achterbleven: Butterfield en NogNog, Ricky en Dolores. Het is een magisch riedeltje. Een bezwering. Het helpt me om niet te hoeven denken.

Wanneer ik naar huis loop is het donker geworden. In het licht van de straatlantaarns wordt mijn schaduw lang en dun, daarna krimpt hij in om te verdwijnen, waarna hij langzaam opnieuw begint te groeien.

Mijn moeder ligt op sterven en praat niet meer.

De dokter is kwistig met morfine en de wijkzuster heeft me geleerd hoe ik injecties moet geven. Tegenwoordig tril ik niet meer. Ik draai mijn moeders lichaam rustig om, trek haar nachtpon omhoog zodat haar dijen en billen ontbloot worden, en merk op dat de huid grauwbleek en bobbelig is als het vel van een kikker. Ik wrijf de plaats waar ik moet prikken licht in met een vochtig watje, precies zoals het hoort. Voorzichtig, heel voorzichtig laat ik vervolgens de naald binnendringen.

Zo wil zij het niet. Zij wil dat ik snel prik en de kolf meteen leegdruk. Zij denkt dat dat minder pijnlijk is. Toen ik nog klein was, trok ze de pleisters zo snel van mijn wonden dat het korstje eraf werd gerukt en de wond opnieuw begon te bloeden.

Die herinnering maakt me schuldbewust. Ik ben immers niet uit wraakzucht voorzichtig.

'Ik weet het', zeg ik wanneer ze met haar ogen klaagt. 'Maar ik moet voorzichtig zijn, om je geen pijn te doen. Het is zo voorbij!'

Ze kermt, maar ze is te zwak om zich weg te draaien. Wanneer ik de injectienaald eruit trek en mijn duim op het gaatje zet, zucht ze diep en sluit ze haar ogen.

Ze heeft onbeschrijflijk veel pijn, zegt de dokter. Hij spreekt dat heel duidelijk uit: on-be-schrijf-lijk. Tien jaar lang heeft hij haar kanker beteugeld, maar nu gaat het niet meer. Het is een kwestie van dagen, hoogstens een paar weken. Ze heeft overal metastasen, haar hele skelet zit er vol mee.

Wanneer hij dat zegt zie ik mijn moeders geraamte voor me. Het is bedekt met grote rode druiven.

Op het ministerie zijn ze zeer begripvol. Ik heb een halfjaar arbeidsverlof gekregen, maar kan toch rekenen op de post in Canberra. Ze hebben er zelfs een plaatsvervanger naartoe gestuurd. Dat is heel ongebruikelijk en op een enigszins onduidelijke manier vleiend.

Een paar dagen na dat besluit belt Ulf op uit New York. Het is de eerste keer dat we elkaar spreken sinds we uit Delhi zijn teruggekeerd; de advocaten thuis in Zweden hebben de scheiding in orde gemaakt en de vakanties van Sophie hebben we per brief geregeld.

Hij is heel vriendelijk. Diplomatiek vriendelijk.

'Heb je verlof genomen, Cecilia? Er is toch niets vervelends gebeurd?'

Ik vertrek mijn gezicht voor de spiegel in de hal waar ik ben.

'Hoe weet jij dat ik verlof heb genomen?'

'Ik heb het gehoord. Iemand op de delegatie zei dat het in het personeelsblad van deze week stond. Is het vanwege de ziekte van je moeder?'

Een nieuwe grimas. Die man praat zoals hij vrijt: prettig en correct, maar volslagen onpersoonlijk.

'Hoe weet je dat mijn moeder ziek is?'

'Ik heb net een brief van Sophie gekregen. Ze is zeker bij jullie langs geweest. Ze schreef dat het ernstig was. Is dat zo? Kan ik ook iets doen?'

'Ja. Nee.'

'Wat bedoel je?'

Eindelijk een beetje echte verwarring, misschien zelfs wel angst. Hij denkt dat ik een scène zal maken. Ulf heeft een hekel aan scènes.

'Ja, het is ernstig. Nee, je kunt niets doen.'

'Verzorg je haar zelf? Zou ze eigenlijk niet naar het ziekenhuis moeten?'

'Ze wil niet naar het ziekenhuis. En de dokter zegt dat ze daar niet meer voor haar kunnen doen.'

Ulf zwijgt even, waarna hij een mijnenveld betreedt.

'En jijzelf dan? Ik heb gehoord dat je het op de Filippijnen moeilijk hebt gehad? Ben je weer een beetje bekomen?'

'Ja.'

'Wat is er gebeurd? Sophie schreef dat je midden in het vulkaangebied was terechtgekomen. Is dat zo?'

'Ja.'

'Maar hoe kwam dat dan?'

'Het was donker. We reden verkeerd. En toen konden we niet meer terug.'

'En die persoon die je bij je had, die met die gekke naam...'

'Butterfield Berglund.'

'Wat is er met hem gebeurd?'

Ik ben aan mijn leugen gewend geraakt.

'Ik weet het niet. Ze hebben hem niet gevonden...'

'Hij kwam toch uit Nässjö? Ik kan me herinneren dat je het een keer over een familie Berglund hebt gehad...'

'Ja. En ik kan me herinneren dat jij toen niet luisterde.'

Eindelijk is het me gelukt mijn boodschap over te brengen. Hij debiteert een paar koele afscheidsfrasen en allebei weten we dat hij me niet weer zal bellen.

Een hele tijd niet.

De journalisten zijn ook opgehouden met bellen, maar toch zwijgt de telefoon nooit. De vriendinnen van mijn moeder volgen haar dood op afstand, tegelijkertijd medelijdend, triomfantelijk en verschrikt.

'Arme Dagny', zeggen ze. 'Zo oud is ze toch nog niet; ik ben jaren ouder en volkomen gezond. Heeft ze veel pijn?'

'Ja. Maar ze krijgt morfine...'

'Foei toch, foei toch... Dat het zo moet aflopen. Mag ze ook bezoek ontvangen?'

'Helaas', zeg ik. 'Dat is haar te veel.'

Ik heb niets tegen deze oude vrouwen, maar ik wil ze hier niet hebben.

Lars-Göran belt iedere avond stipt om negen uur, ongeacht of hij zich in Singapore, Örkelljunga, Stockholm of Göteborg bevindt.

'Hoe gaat het vandaag met mama?' vraagt hij. 'Enige verbetering?'

Ik antwoord op dezelfde afgemeten manier: 'Geen verbetering.'

'Weet je zeker dat die dokter hoe-heet-ie-ook-alweer echt weet wat hij doet?'

'Alexandersson. Ja, hij weet wat hij doet. En mama wil niemand anders.'

'Goed. Ik bel morgen weer. En ik probeer zaterdag even langs te wippen.'

Ik geef geen antwoord. Ik heb niets tegen mijn broer, maar ik wil hem hier niet hebben.

Sophies telefoongesprekken zijn heel anders.

'Hoi, mama. Hoe is het met oma, zeg, ik was van plan geweest om het weekend naar je toe te komen, maar nu vroeg Ebba Grönwall of ik niet mee wilde gaan naar Värmdö, kan dat, zeg, of word je dan heel verdrietig...'

Haar vriendinnen heten zo: Ebba en Siri, Gudrun en Elsa. Als meisjes uit een platvloerse film uit de jaren dertig. Opnieuw zijn de betere kringen de lagere klassen te slim af geweest. Toen het plebs zijn dochters namen met een zilveren randje als Victoria en Angelica begon te geven, deden zij het omgekeerde: ze kozen roestige en weerbarstige namen in de vaste overtuiging dat die een decennium later zouden stralen. En zo is het ook gegaan. Natuurlijk.

Sophie is een naam die daar mooi tussenin zit. Precies goed. Past overal.

Ik lach om haar en zeg: 'Ga maar naar Värmdö, dwaas. Ik begrijp het wel. Oma kan toch niet zoveel bezoek hebben.'

Ik houd van mijn dochter, maar ik wil haar hier niet hebben.

Ze mogen later komen, allemaal, mama's vriendinnen, mijn broer en zijn gezin, mijn dochter en mijn eigen kennissen uit Stockholm, die ik mijn vrienden noem. Maar nu niet. Niet nu ik op een telefoontje van Marita zit te wachten.

Zo is het. Ik zit op een telefoontje van Marita te wachten, maar begrijp dat eerst zelf niet. Toch draai ik iedere keer dat ik de telefoon hoor snel het fornuis uit en ren zo haastig de hal in dat ik bijna over de drempel van de dienkamer struikel. Na ieder gesprek ben ik teleurgesteld, maar ik weet niet waarom.

Op een dag krijg ik in de spiegel mijn eigen verwachting in de gaten. Dan snap ik het. Mijn gezicht straalt helemaal wanneer ik mijn hand uitstrek naar de hoorn. Zij is het! Deze keer moet het Marita zijn!

Maar ze is het nooit.

En als je het logisch bekijkt, zeg ik tegen mezelf: waarom zou ze bellen? Waarschijnlijk kunnen Butterfield en ik haar niks schelen. Van hem is ze langgeleden al gescheiden en met mij heeft ze in geen twintig jaar een woord gewisseld. We hebben nooit één kerstwens gestuurd en ook nooit een verjaardagskaart.

Maar dat zou ze toch nog moeten weten? Dat we op dezelfde dag jarig zijn? Binnenkort is het zover. Binnenkort worden we drieënveertig.

We waren net twintig geworden toen we elkaar voor het laatst zagen en dat kan tot ons beider verdediging worden aangevoerd: dat we heel jong waren.

Het was Pasen en ik was een paar dagen uit Lund naar huis gekomen; niet omdat ik dat wilde of omdat iemand verwachtte dat ik zou komen, maar omdat ik had begrepen dat je dat deed. Alle studenten ging naar huis en dus deed ik dat ook.

Op de zaterdagochtend voor Pasen stak ik Södra Torget over, voor de duizendste keer op weg naar god mag weten welke winkel om god mag weten wat te kopen. Een jonge vrouw met een kinderwagen kwam langzaam uit de tegenovergestelde richting, iemand die nog niet had begrepen dat slordig getoupeerd haar, een strakke rok en schoenen met hoge hakken die scheef af waren gelopen niet alleen niet in de mode waren, maar ronduit verachtelijk. Ik wierp haar een korte blik toe en voelde mij een seconde lang meer dan tevreden met mijn glanzende pagekapsel en mijn korte mantel van echt kameelhaar.

'Cecilia', zei ze. 'Jij bent het toch?'

Ik herkende haar stem meteen.

'Marita!' zei ik en ik omhelsde haar. Ze trok zich meteen terug, die aangeleerde hartelijkheid niet gewoon die men zich in studentenkringen juist had aangewend. In sociale klasse drie – zoals we in volle ernst bij sociologie zeiden – omhelsde men elkaar alleen bij begrafenissen en dan met afgewend hoofd.

En hier was Marita, een levensechte representant van sociale klasse drie, of misschien tweeënhalf, omdat ze in elk geval lager beroepsonderwijs had gevolgd. Ze was niets veranderd, had nog steeds een lint van sproeten over haar mollige neus, en grote grijze ogen. Maar haar wimpers zagen eruit als de poten van een vlieg, lang, zwart en stijf van de mascara.

Het was langgeleden dat we echt vriendinnen waren. Minstens zes jaar. Toen begon Marita op het lager handelsonderwijs, leerde typen en stenograferen, terwijl ik op het lyceum doorging en langzaam begon te wennen aan de positie die het meisje in het Bananenhuis, de dochter van Goudbom, toekwam. Ik waste mijn zware make-up weg en werd op feestjes van jongelui in andere grote huizen uitgenodigd, echte partijen waar bowl werd geschonken en waar werd gedanst op grammofoonmuziek. Marita ging net zo door als eerst: wanneer de leden van de Pinkstergemeente uit Filadelfia kwamen, stond zij op Södra Torget met een wit gestifte mond en zwarte ogen kauwgom te kauwen en te gillen en te schreeuwen met de andere nozems.

Ik kon onmogelijk zien of het kind in de wagen een jongen of een meisje was, een of twee jaar oud. Kinderen waren vreemd en onwerkelijk. Ik kon me moeilijk voorstellen dat ik ooit net zo was geweest als zij en ik betwijfelde of ik ooit zelf een kind zou willen. Maar natuurlijk boog ik me toch over de wagen om een tipje van de deken op te lichten.

'Is het van jou?'

Ze knikte glimlachend.

'Hij heet Peter.'

Ik durfde de tweede vraag niet te stellen, de vraag die aan het eind van de jaren zestig van levensbelang was, maar Marita streek als bij toeval met haar linkerhand door haar pony. Haar ringen waren heel breed, ze bedekten bijna het hele onderste kootje van haar vinger. Ze kneep haar zwart opgemaakte ogen toe en het leek of ze moeite had om haar lachen in te houden.

Opeens waren we weer dertien jaar, giechelende kleine meisjes en elkaars beste vriendin.

'Ben je getrouwd? Met wie dan?'

'Butterfield Berglund.'

'Wat! Dat meen je niet? Butterfield, jeetje mina, ik had niet gedacht dat die een geregeld leven zou gaan leiden...'

Ze keek tegelijkertijd tevreden en beschaamd.

'Ik ook niet, eerlijk gezegd. Maar Aron, zijn grootvader dus, heeft hem de duimschroeven aangedraaid toen ik in verwachting was geraakt, tja, en toen zijn we getrouwd.'

Ik gaf haar een arm. Toen we klein waren liepen we altijd arm in arm, zij als heer en ik als dame.

'Kom. We gaan naar Thimons om koffie te drinken, dan mag je vertellen.'

Ze aarzelde even.

'Nja. De stoep is daar zo hoog. Ik krijg de wagen er niet op.'

Ik was vergeten dat de cafés in Nässjö strikt naar klasse waren ingedeeld. Thimons was voor mensen zoals ik: meisjes met glanzend haar en jongens met een pony en een pijp. Parkhyddan was voor mensen als Marita, meisjes met getoupeerd haar en afgelopen hakken, en jongens met Brylcreem in hun haar en olie onder hun nagels.

'Parkhyddan dan? Daar heb je geen stoep.'

Ze haalde haar schouders op. Oké, als ik het zo graag wilde.

Het café was helemaal leeg, zo midden op de dag. Ik bestelde koffie en marsepeingebakjes voor ons, maar ik vergat het jongetje in de wagen. Marita's stem klonk scherp toen ze de serveerster nariep: ook graag limonade en een kaneelbroodje.

'Sorry. Ik dacht dat hij sliep.'

'Dat doet hij ook. Maar hij wordt zo wakker.'

We zwegen even, om ons daarna, precies op hetzelfde moment, over de tafel te buigen en dwars door elkaar heen te praten: 'Vertel!'

Het was er weer: het oude tweelinggevoel. Toen we nog klein waren fantaseerden we vaak dat we eigenlijk zusjes waren, twee meisjes die op dezelfde dag door een onbekende, stervende vrouw ter wereld waren gebracht. Vervolgens waren we op de kraamafdeling weggeven aan twee vrouwen van wie de eigen kinderen waren gestorven. Zelf voegde ik er nog een macaber detail aan toe: ik beweerde dat zij die zich onze moeders noemden hadden mogen kiezen. Ze konden ofwel ons nemen, ofwel hun dode kind houden om dat mee naar huis te nemen om er als een pop mee te spelen. Ik wist niet veel over het leven en niets over de dood.

'Jij eerst', zei Marita, die een sigaret opstak, een lange dunne Look, die ze nog op dezelfde manier vasthield als toen we stiekem begonnen te roken.

Ik was zo trots op mijn nieuwe leven dat ik me geneerde. Ik wilde immers niet opscheppen. Daarom vertelde ik snel over mijn studie, maar ik zweeg over het appartementje in het achttiende-eeuwse huis, dat Goudbom voor mij had gekocht, en ik repte met geen woord over de oude Volkswagen die hij me voor mijn eindexamen cadeau had gedaan.

'Sociologie', zei Marita en ze inhaleerde diep, nu zekerder van zichzelf en bezig haar oude positie als de sterkste van ons beiden in te nemen. 'Wat kun je daarmee worden?'

'Tja', zei ik. 'Dat hangt ervan af. Zelf ben ik van plan om ook macro-economie en politicologie te doen. Daarin m'n kandidaats te doen. En dan werk te zoeken bij BZ of bij SIDA.'

'Wat is dat dan?'

'Het ministerie van Buitenlandse Zaken. Om diplomaat te worden, dus. Of ontwikkelingswerker.'

Ze keek me weifelend aan.

'Diplomaat. Een soort ambassadeur?'

Ik geneerde me weer, nam een slok koffie en knikte.

'En jijzelf dan. Werk je?'

Opnieuw een trek aan haar sigaret.

'Nee, hoe zou ik dat kunnen? Ik moet toch voor Peter zorgen.'

'En Butterfield. Wat doet hij?'

Ze keek opzij.

'Op dit moment moet hij zitten.'

'In de gevangenis? Ik dacht dat hij tot rust gekomen was...'

Ze draaide haar hoofd weer om en keek me scherp aan.

'Ken jij Butterfield?'

'Nee. Ik weet alleen wie het is. Dat weet toch iedereen...'

Ze glimlachte met een opgetrokken mondhoek en tipte de as

van haar sigaret. Opeens had ik het gevoel dat ze toneelspeelde, dat ze zich hier zat aan te stellen: verbitterde, maar mooie gangsterechtgenote komt droogstoppel van een vriendin tegen. Geïrriteerd haalde ik mijn eigen sigaretten te voorschijn, stak er een op en legde demonstratief mijn glimmende merkaansteker naast haar luciferdoosje.

'Iedereen kent Butterfield', zei ik. 'Hij is een fenomeen. Vanaf dat we in de zesde klas zaten, heb ik al over hem horen praten.'

Of ik me Butterfield Berglund, de koning van de Centrum School, kon herinneren. Hij had een eigen slaaf, werd er gefluisterd, een kleine bleekscheet die één keer te veel achteruit was gedeinsd voor de grote vuisten van Butterfield. Butterfield had hem een keer gedwongen midden onder de les het lokaal uit te kruipen om snoep te kopen. De leraar had niets gemerkt; halverwege het najaarssemester werden al Butterfields leraren behoorlijk bijziend.

Dat kon ik niet zeggen, maar Marita zat te wachten.

'Tja', zei ik, opeens onzeker. 'Er werden toch heel wat grappen gemaakt over zijn inbraken... En toen mocht hij leren schilderen bij Wallin, die kunstenaar. Hij schijnt goed geweest te zijn, maar het liep niet zo goed af, naar wat ik heb gehoord...'

Dat was zacht uitgedrukt. De waarheid was dat de halve stad zich kapot lachte toen aan het licht kwam hoe Butterfield had huisgehouden. Iedere avond ging hij bij de bekeringstent van Jefferson staan om het publiek op te nemen en zijn slachtoffers te kiezen. En iedere avond keerden twee of drie van de mensen die in tongen spraken weer terug in villa's en appartementen die waren bevrijd van vergankelijke zaken. Butterfield Berglund geloofde niet in hemelse schatten; hij verzamelde de zijne op aarde, om precies te zijn in de houtschuur van zijn grootvader. Daar vond de politie het gestolen goed, toen de storm voorbij was en alles achter de rug.

'Zo, zo', zei Marita terwijl ze haar sigaret uitdrukte. 'En wat had je gehoord over Wallin?'

Ik keek haar in de ogen.

'Dat Butterfield een schilderij van hem heeft kapotgesneden.

Een altaarstuk. En dat ondanks het feit dat die man hem heeft leren schilderen. En ik heb het trouwens niet gehóórd, het stond immers in de krant...'

Marita was opgehouden met toneelspelen. Nu was ze boos.

'Ja, ja. Dus dat heb je gehoord? Dat Butterfield steelt en een mes heeft. Dat zeggen ze altijd over schooiersvolk, maar ik dacht dat jij boven zulke goedkope vooroordelen stond! Je hebt zeker nooit gehoord hoe het ging toen hij werd geboren, hè, hoe z'n moeder naar Eksjö moest omdat dat wijf van Ståhl weigerde te helpen bij de bevalling van schooierskinderen? En je zult ook wel niet gehoord hebben dat een hele troep kinderen uit Runneryd hem bont en blauw heeft geslagen toen hij zes jaar was, alleen maar omdat ze dachten dat alle schooiers messen droegen, ook de kinderen. Of dat ieder wijf in Gamlarp haar kinderen verbood met hem te spelen alleen maar omdat hij Berglund heette. En als jij denkt dat dat allemaal verzinsels zijn, dan kan ik je wel vertellen dat dat niet het geval is. Toen wij woonruimte zochten, toen we gingen trouwen, toen was er niet één woning die niet net verhuurd was op het moment dat ik zei dat we Berglund heetten. Toen waren ze opeens toegezegd aan alle Anderssons, Petterssons en Nilssons van de wereld...'

Ik sloeg mijn ogen neer en roerde in mijn koffie.

'Is dat zo? Kregen jullie geen woning?'

'Nee. En Butterfield wist het vanaf het begin, hij heeft tegen me gezegd dat ik moest ophouden, dat ik me niet moest vernederen door erom te bedelen. Dus ben ik opgehouden.'

'Maar waar wonen jullie dan?'

'We wonen in het huis van Aron. Het is van hem. De Berglunds hebben altijd goed in de slappe was gezeten... Dat is het probleem niet.'

'Ik weet het. Ik heb die foto van Aron in *Expressen* gezien. De laatste paardenhandelaar. En dan dat plastic tasje vol bankbiljetten!'

Nu glimlachte ze weer en kalmeerde.

'De zot. Later kreeg hij een belastingaanslag. Ze zijn nog steeds aan het procederen. Maar het is een goeie vent.'

'Dus ze zijn aardig voor je, de Berglunds?'
Ze keek me recht in de ogen.
'Alleen Aron en ik zijn nog over, op dit moment. En hij is aardig. Jefferson is weg. En ik ben ook een Berglund, tegenwoordig. We vormen een eenheid. Aron betaalt alles. Ik kom niks te kort, behalve Butterfield, en die komt binnenkort vrij.'
'Waar zit hij voor?'
Ze glimlachte en verviel weer in haar rol van trotse gangster-echtgenote.
'Kunstvervalsing. Wallin heeft hem immers leren schilderen. Hij is er behoorlijk goed in...'
Ik glimlachte terug.
'Maar niet goed genoeg, lijkt het...'
Ze lachte en likte met haar lange roze tong het theelepeltje af. Haar taartvorkje lag ongebruikt op tafel.
'Zeg', zei ik. 'Je moet het niet verkeerd opvatten, maar er is iets wat ik me altijd heb afgevraagd. Waarom hebben ze zulke gekke namen?'
Ze bekeek het lepeltje nauwkeurig, er mocht geen slagroom aan blijven zitten.
'Ach. Dat is de schuld van Aron. Het was in die tijd dat ze indianen werden genoemd, je weet wel. De indianen uit Gamlarp. Aron had het in zijn hoofd gehaald dat zijn zoon naar een Amerikaanse president vernoemd moest worden. Als een soort protest. En toen Jefferson een zoon kreeg, ging hij met die traditie door. En toen werd het Butterfield.'
'Is er een Amerikaanse president geweest die Butterfield heette? Wanneer dan?'
Ze haalde haar schouders op.
'Weet ik veel. Maar toen ze Peter Theodore wilden noemen, heb ik daar een stokje voor gestoken. Hij krijgt een gewone naam, heb ik gezegd. En zo is het ook gegaan. Er is immers geen mens die Peter Berglund een gekke naam vindt, behalve hier in Nässjö natuurlijk. Maar daar komen we natuurlijk nooit van af.'
'Jullie kunnen toch verhuizen. In andere plaatsen is Berglund een gewone naam.'

Ze keek weifelend, alsof die gedachte nog nooit bij haar was opgekomen.

'Ja. Inderdaad. Misschien doen we dat wel. We kijken wel hoe het met Peter gaat. Als hij ook een schooierskind wordt genoemd, dan verhuizen we.'

Ik slikte en verzamelde moed, kwam nu in de buurt van datgene waar we nooit over hadden gepraat.

'Maar zijn moeder dan? Venus uit Gottlösa? Waarom werd zij zo genoemd?'

Marita kreeg opeens haast; ze pakte het kaneelbroodje in haar servetje en stopte het in de wagen.

'Weet ik niet. Dat was voor mijn tijd. Ik moet nu weg. Wonen je ouders trouwens nog steeds in het Bananenhuis?'

'Inderdaad. Je kunt wel een keer langsgaan. Mijn moeder zou dat leuk vinden. En jouw ouders dan?'

'We hebben geen contact. Mijn vader vond het maar niks dat ik met een Berglund ging trouwen...'

Ik knikte en herinnerde me dat Marita een oorvijg had gekregen vanwege Dimitri. Haar vader hoorde ons in de keuken zijn naam fluisteren en dat was voldoende: zijn kind mocht niet achter zo'n verrekte zigeuner aan zitten. Hij geloofde ons niet toen we zeiden dat Dimitri een Griek was en dat Marita nooit een woord met hem had gewisseld. We hadden hem alleen maar van een afstand gezien toen de klas op studiebezoek was in de meubelfabriek.

Ik herinner me het studiebezoek en ik herinner me Dimitri, Nässjö's eerste allochtoon. Hij was erg knap en erg volwassen. We zagen hem nooit meer, en als we hem hadden gezien dan zouden we hebben gebloosd en zijn weggerend. Maar we fluisterden vaak zijn naam, Marita nog vaker dan ik.

We waren inmiddels het park in gelopen, de lucht was koel en helder, de hemel hoog en diepblauw. Het was lente. Marita stopte de deken om haar zoontje vast en vervolgens stonden we een paar seconden zwijgend tegenover elkaar, waarna we elkaar uiteindelijk een hand gaven en als volwassen mensen afscheid namen.

Ik bleef een poosje staan om haar na te kijken. De wagen leek zwaar en de wielen zonken weg in het losse grind. Ik dacht aan haar hakken. Die zouden nu nog verder beschadigen.

Ik houd me bezig, rust niet onnodig uit. Mama moet worden gedraaid en gewassen, ze moet iedere ochtend een schone nachtpon aan en om de twee uur een schone luier, in huis moet worden gestoft en gestofzuigd, alle acht kamers moeten worden gelucht en de keukenvloer moet het liefst om de dag worden gedweild.

Ik stel hoge eisen aan het schoonmaken, maar ben bijna vergeten hoe je het moet doen. In India en op de Filippijnen hebben blanke vrouwen personeel. Nu geniet ik ervan om het werk zelf te doen, om de stofzuiger de trap op te slepen en achter de toiletpot te kruipen op jacht naar verborgen plukken haar en die kledderige viezigheid die je alleen in oude badkamers tegenkomt. Op een dag heb ik zelfs het afvoerputje eruit gehaald, dat met heet water schoongespoeld en ben ik er vervolgens meer dan een uur mee bezig geweest om vochtig vuil uit de gaatjes te pulken. Er ging een heel doosje wattenstaafjes doorheen, elk staafje verpakt in een hygiënisch beschermhoesje. De volgende dag heb ik een nieuw doosje gekocht en alle sleutelgaten schoongemaakt.

Toch heb ik iedere dag minder te doen. Het vuil kan mijn tempo niet bijbenen. Dan probeer ik mezelf in de keuken bezig te houden; ik maak grote hoeveelheden soep en puree voor mama en ingewikkelde eenpansgerechten en hartige groentetaarten voor mezelf. Maar binnenkort zit de diepvries vol en ik sta weer met lege handen, totdat ik bedenk dat het tijd is voor het opruimen van de kleerkasten.

Wanneer ik aan het werk ben volgt Dolores mij, ze blijft steeds achter me en probeert met haar harde vuistjes mijn spijkerbroek te pakken. Ze is snel. Wanneer ik me omdraai om haar te pakken, haar te omhelzen, haar door elkaar te schudden, of wat ik ook met haar wil doen, dan is ze altijd weg. Ik vang slechts een glimp op: donkere ogen en een schedel vol littekens. Haar haar is nog steeds niet beginnen te groeien.

De hel wordt bevolkt door kinderen. Dat weet ik, ik ben er geweest. Meerdere malen.

Mijn eerste herinnering is een papierfabriek in India. Een fabriek voor luxepapier. Ik ben er toevallig terechtgekomen; ik ben de partner van de ambassadeur en werk eigenlijk niet. Ik heb me echter loyaal beschikbaar gesteld om een rondreis te maken met een paar echtgenotes, terwijl hun mannen in Delhi onderhandelingen voeren. De meesten zitten in de pulpindustrie, dus gaan hun vrouwen op bezoek bij een papierfabriek.

De directeur en zijn zoon zijn gekleed in westerse kostuums, ze glanzen buiten op de binnenplaats zilvergrijs in de zon. Ze spreken Engels met een Brits accent.

De fabriek is vanbinnen donkergrijs, bijna zwart. De arbeiders kijken ons aan met open ogen en een gesloten blik, zoals er in India naar vreemdelingen gekeken wordt. In grote kuipen bubbelt het en roestige kokers staan te dampen. De stank maakt me opeens misselijk. Een van de administratieve medewerkers wordt aangewezen om mij te begeleiden naar het toilet op het kantoor, maar ik schud mijn hoofd en maak me los. Daar zijn we immers net vandaan gekomen. Ik vind het wel.

Ik zit lang op mijn knieën boven het gat in de grond. Mijn maag keert zich om, telkens weer. Het geluid maakt de misselijkheid erger: wanneer ik mezelf hoor overgeven, wil ik alleen nog maar braken. Zo is het altijd geweest.

Na tien minuten ben ik weer mezelf; ik maak mijn gezicht op in de blikken spiegel aan de muur, kam mijn haren en spuit wat parfum op, ik loop het kantoor in en vraag beleefd of ik iets mag drinken. Het liefst Coca-Cola of water uit een fles, alstublieft.

Het terrein is leeg en het fabrieksgebouw heeft verschillende ingangen, allemaal hetzelfde. Ze zijn vlezig rood en twee keer zo hoog als ik. De deurklinken zitten bijna op ooghoogte. Ik voel me net een klein kind wanneer ik de deur opendoe, de verkeerde deur.

De ruimte is groot als een hangar en heel donker. De muren zijn bedekt met een soort onkleur die aan grijs doet denken. Misschien komt dat door de duisternis. Er zijn maar een paar ramen en die zitten bijna tegen de zoldering, ter hoogte van de vijfde verdieping als er verdiepingen waren geweest.

Midden in de grote ruimte ligt een berg lompen, hoog, hoger dan Eksjöberget thuis. Een berg van vodden, omringd door kleinere bergen.

Maar de berg beweegt.

Eerst denk ik dat het gezichtsbedrog is, dat het komt door de vele kleuren die mij misleiden. Ik knipper met mijn ogen maar de beweging gaat door.

Het zijn kinderen, krioelende kinderen. Kinderen die vodden sorteren.

De deur slaat achter me dicht en ze horen de klap. De beweging houdt op en het wordt heel stil. Ze kijken mij aan en ik kijk hen aan. Ik tel: het zijn er vierentwintig, jongens en meisjes. Geen van hen kan ouder zijn dan tien jaar.

Achtenveertig ogen kijken mij aan; achtenveertig ogen in vierentwintig gezichten. Ik bedenk dat honger de mensen grauw maakt.

De stilte wordt doorbroken door een klein meisje. Haar haar is piekerig en grijs van het stof, het lijkt een vogelnest. Ze glijdt van de lappenberg en komt met uitgestrekte hand op me af. Ze heeft een open wond in haar gezicht. Haar ogen zijn ontstoken. Haar kleren zijn kapot. Ze is vies. En ze is twee melktanden kwijt.

Ik pak mijn portemonnee en geef haar een roepie. Vijfentwintig öre. De anderen worden een lawine: ze rollen van de berg naar beneden, kruipen, krioelen, springen, rennen met uitgestrekte handen op mij af. Maar niemand zegt een woord, niemand geeft ook maar een kik. Ze zijn stil als insecten.

Algauw is mijn portemonnee leeg; de kinderen drommen voor me samen. We staren elkaar aan, ik sta doodstil en houd mijn portemonnee in mijn hand, de kinderen verbergen de munten en biljetten in hun vuist. Een klein jongetje doorbreekt de stilte: hij hoest hol en het echoot in zijn borst. De stilte breekt en krijgt scherpe kantjes. Gesprongen glas. Een andere jongen stopt het geld onder zijn trui en strekt zijn hand naar me uit; hij wil mijn haar aanraken. Ik deins achteruit, druk me tegen de deur, en opeens ben ik terug bij de Zweedse dames. Bezorgd zoemen ze om me heen en ik hoor mezelf met heldere, vaste stem praten.

‘’t Is niets, beste mensen. Ik was een beetje misselijk, maar het is al over...’

Ik vertel hun nooit over de zaal vol lompen, aan niemand vertel ik dat, maar mijn dromen voeren mij daar vaak naartoe. Ik klim de berg op; ik doe dat handig, ik kom ver. Maar wanneer ik bijna op de top ben, komt de aardverschuiving; ik verlies grond onder mijn voeten en val, en over mij heen valt de ene na de andere ton aan lompen en ik kan er niet uitkomen, ik kan niet uit die berg komen.

Dolores staat achter mij, ik draai me om en wil haar pakken, maar tast in het luchtledige.

Zij kwam niet uit een papierfabriek in India. Zij kwam uit een textielfabriek op de Filippijnen.

In mijn moeders kleedkamer kom ik de Armendoos tegen. Dat die er nog steeds is! Het is een bruine kartonnen doos, vol met dingen waarvan mijn moeder ooit vond dat die voor de toekomst bewaard moesten worden. Als ze ooit weer arm zou worden, dan zou ze licht maken met deze stompjes kaars en zich warmen met deze gestopte wanten, zich kleden in deze ouderwetse kleren.

Ze heeft vijf bontjassen.

Goudbom verafschuwde de Armendoos en schopte die iedere keer dat ze hem te voorschijn haalde over de vloer van de slaapkamer: ‘Waarom bewaar je die verdomde rotzooi? Waarom?’

Mama pakte de kousen en de stompjes kaars weer bij elkaar en stopte ze terug in de doos.

‘Een beetje minder kan wel, zeg. Op een dag zul je me misschien wel dankbaar zijn dat ik zo verstandig was om dingen te bewaren. Er is niets wat zegt dat dit eeuwig zal duren...’

‘Dankbaar! Je kunt m’n rug op! Dat moet jij zeggen, die rondloopt in bontjassen en met briljanten, ook al heb je je hele leven nog nooit wat behoorlijks uitgevoerd... En toch de hele tijd zo chagrijnig als de pest!’

‘Dankbaar, precies. Je zult me misschien dankbaar zijn dat ik al die jaren achter je ben blijven staan. Verbeeld je maar niet dat zij, die ander, dat zal doen. Die hoer! Op de dag dat je bedrijf naar de bliksem gaat, dan zul je nog wel eens zien hoe het met de liefde gesteld is. Neem dat maar van mij aan. Dan heb je mij en mijn doos nodig...'

'Begin nou niet weer met die flauwekul! Hoe vaak moet ik nou nog tegen je zeggen dat dat oudewijvengeklets is en verbeelding, stomme...'

Ik sta in de kleedkamer en zie mezelf staan luisteren op de overloop, een roodharig meisje met een paardenstaart. Ze staat stijf rechtop en balt haar vuisten zo stevig dat de knokkels wit worden.

Ik doe het deksel op de Armendoos.

Ik heb veel te doen: de kleren moeten worden uitgehangen en geborsteld, er moeten knopen worden aangezet en er moeten schoenspanners in alle oude schoenen. Ik schrijf SCHOENSPANNERS op mijn boodschappenlijstje, want vandaag is het woensdag en kan ik misschien boodschappen gaan doen wanneer de hulp van de thuiszorg komt.

Als mama niet wakker is, natuurlijk. Dat gebeurt niet vaak, maar het komt voor, en dan ga ik in de stoel naast haar bed zitten, voer haar opgewarmde soep en probeer net te doen of het meeste er niet via haar mondhoeken weer uitloopt. Vervolgens lees ik voor uit het laatste nummer van het *Tijdschrift van het sociaaldemocratische vrouwenverbond*, één of een paar bladzijden per dag, zodat dat pleziertje de hele week duurt. Meer kan ze toch niet hebben; ze valt meestal al in slaap voordat ik uitgelezen ben. En wanneer ze slaapt, is ze niet wakker te krijgen. Een morfineslaap.

Zelf blijf ik aan haar bed zitten, opeens volslagen passief. Ik zit op een telefoontje te wachten.

Ik zou moe moeten zijn, maar toch heb ik moeite om in slaap te komen. Misschien wil ik niet. Ik lig uren wakker en in het duister te staren, beteugel mijn gedachten en dwing ze ongevaarlijke richtingen op. Zo hoop ik mijn dromen te kunnen sturen. Dat lukt zelden.

Op een nacht droom ik dat er wordt aangebeld; daar ben ik blij om, en ik ren de grote Hollywoodtrap van het Bananenhuis af, onderwijl mijn ochtendjas aantrekkend. Het is Marita!

Maar de vrouw op de drempel is iemand anders: het is Venus uit Gottlösa, de waanzinnige met het rode haar. Ze heeft een gat waar haar rechteroog had moeten zitten en glimlacht zuinig, terwijl ze zich langzaam omdraait zodat ik uiteindelijk ook de opening in haar achterhoofd wel moet zien. Haar haren zijn plakkerig van bot, bloed en hersenen en binnen in haar hoofd zit Dolores. Ze heeft haar blik op iets in de verte gericht en ziet mij niet; ze beweegt haar mond, maar geeft geen kik.

Venus uit Gottlösa draait zich zachtjes weer om en toont opnieuw haar gezicht. Het is de glimlach van een reptiel. Ze legt een vinger op haar lippen en zegt: 'Sst!'

Niemand, geen mens, hoort mij wanneer ik gil.

De Pinatubo had zich vermomd, deed net of hij een berg was en had niet eens een krater.

Naderhand, in het vliegtuig naar Bangkok, zag ik foto's in een krant, foto's die slechts een paar dagen voor de grote uitbarsting genomen waren. De Pinatubo zag er aantrekkelijk uit, vochtig en vruchtbaar, bedekt met palmen en wilde bananenbomen. Hij zag eruit als een vreemdeling in zijn eigen landschap: op het eiland Luzon staan de meeste bergen er pas geschoren en kaalgeplukt bij.

Maar de foto vertelde nog meer: een smalle stroom gloeiende lava zocht zich een weg door het groen. Uit spleten en openingen kronkelden enkele witte rookslingers gracieus omhoog naar een hemel die zwanger was van regen.

Het deed me denken aan een kort bezoek dat ik jaren geleden aan Pittsburg had gebracht. Dezelfde lucht, dezelfde gloed en rookpluimen. De smederij van de natuur lijkt op die van de mensen.

De Aëta, het oude volk, de mensen die op de hellingen van de Pinatubo woonden en hem als een god aanbaden, waren al gevlucht toen de foto werd genomen, zo stond er in de krant. Hoewel ze dat niet wilden. Lange tijd waren ze banger voor de minachting van de mensen op het vlakke land dan voor de dampen van de vulkaan: gewone Filippino's spugen op de donkere wilden uit de bergen. Maar toen de zwavelstank een klein jongetje verstikte, begrepen ze dat ze moesten vertrekken. Slechts enkelen bleven achter om de god en het vuur tegemoet te treden.

De volgende pagina stond vol met foto's van de uitbarsting. Ruïnes, duisternis en as, rondvliegende stenen en vluchtende mensen...

Ik vouwde de krant op en stopte hem in de zak van de stoel voor mij, drukte op het knopje om de stewardess te laten komen en bestelde een glas wijn. Meteen!

Als ze nu zou bellen, wat zou ik dan zeggen? Waar zou ik beginnen?

Met het land: een sprookjesland ver weg, met gouden mensen en grauwe honger? Een paradijs van eilanden waar alles bijna gratis en iedere westerling rijk is. Zo komen ze ook: golf na golf spoelen ze over de eilanden, importeurs en drugsverslaafden, zakenlieden en toeristen. De hoerenlopers zijn in de meerderheid; iedere dag landen er honderden uit de rijke wereld: mannen die te lui, te cynisch of te bang zijn om zich in het echte leven te begeven, mannen die ervoor kiezen te kopen wat anderen krijgen. En wanneer de golven terugrollen, trekken ze het belangrijkste exportproduct van het land mee: mensen. Bedienden en ziekenverzorgenden, fabrieksarbeiders en hoeren worden over de wereld verspreid, naar de paleizen van de Arabieren en de fabrieken van de Chinezen, naar de bordelen van de Duitsers en de appartementen en villa's van de Zweedse betere kringen.

Of zou ik beginnen met de stad: een Amerikaanse legerbasis en twintigduizend hoeren? Een stad met honderdduizenden mensen en slechts één tak van industrie: de R&R-industrie, Rest & Recreation Industry. In die industrie zijn vrouwen en kinderen machines, *little brown fucking machines*, zeggen de soldaten, en hun mannen en vaders zijn bedienden, arbeiders en machineonderhoudspersoneel. Overdag een rustige stad, bijna bedaard, 's nachts een zinderende kookpot; een kookpot waarin van alles kan gebeuren wanneer een man of een vrouw, een kind of een volwassene zijn eigen spiegelbeeld en zijn eigen vernedering in de gaten krijgt.

Of zou ik beginnen met Butterfield zelf, zoals hij was toen ik hem tegenkwam: de buitenlander die lachte op de verkeerde plaats en daarvoor moest boeten?

Maar ik heb de overval immers nooit gezien. Die moet overdag hebben plaatsgehad en zelf kwam ik pas laat in de avond in Olongapo aan, bijna tegen middernacht.

De lobby zat vol Amerikaanse officieren, maar dat verbaasde mij niet. Er zijn altijd veel Amerikanen in Olongapo. Ik wurmde me met mijn sleutel en mijn drager langs hen heen en ik snapte niet dat het eigenlijk vluchtelingen waren.

Dit was het beste hotel van de stad, het enige dat ver van de rosse buurt lag en dat geen kamers per uur verhuurde. Toch zag mijn kamer er met de gesloten luiken voor de ramen, de lichtgroene betonnen wanden en een naakte gloeilamp aan het plafond uit als een operatiekamer.

Zodra de drager was vertrokken liep ik naar de spiegel om mijn gezicht te bekijken. Dat was spierwit en glom van het zweet, met grove poriën en vermoeide lijnen onder mijn ogen. Het gezicht van een getekende achtendertigjarige. Zo slecht was dat helemaal niet: ik was namelijk tweeënveertig. Pas gescheiden van man en kind. Mijn man was vertrokken naar een carrière bij de VN en een nieuwe echtgenote in New York. Mijn kind was naar een Zweedse kostschool gestuurd.

Ik was moe en plakkerig, meende een vage, zurige stank van mijn eigen onderlichaam te bespeuren. De narigheid van de regentijd. Na acht jaar in India en zes maanden op de Filippijnen was ik er nog steeds niet aan gewend. Ik wou dat ik een ritssluiting op mijn buik had, zodat ik uit mezelf kon stappen en aan mijn eigen lichaam kon ontsnappen.

Er was geen airconditioning, alleen maar een ventilator aan het plafond, maar die was nauwelijks in staat rond te draaien, zo benauwd en zwaar was de lucht. De deur van de badkamer stond op een kier. Ik stak mijn hand naar binnen om het licht aan te doen, sloot de deur vervolgens snel en telde tot honderd, zodat de hagedissen en kakkerlakken de tijd kregen om zich te verstoppen.

De badkamer was beter dan ik had verwacht; met witte tegels aan de muren en koel water in de douche. Het was niet eens roestkleurig. Ik waste me met een spons, lang en genietend, boende mijn vingers en voeten met een borstel en deed keer op keer nieuwe shampoo in mijn haar. Vijf dagen lang had ik rondgereisd tussen de Zweden op het noordelijke deel van het eiland Luzon en vijf dagen lang had ik juist hiernaar verlangd: lang te mogen douchen zonder op water te bezuinigen.

Ik hoorde de bel de eerste keer al rinkelen, maar de telefoon ging vier keer over voordat ik de shampoo uit mijn haar had gespoeld en een badlaken om me heen had geslagen. Toch was Bengt even onveranderlijk rustig en vriendelijk als altijd. Kwam dat alleen door zijn goede opvoeding? Of was het die glinstering in zijn ogen? Hoopte hij nog steeds dat hij mij op een dag op de ambassadeursbank durfde te gooien om de ex-vrouw van de succesvolle Ulf Lind tot de zijne te maken? In dat geval was hij niet de enige. Dat soort begeerte was ik bij veel mannen tegengekomen. Hun neusvleugels trilden van trek in Ulfs carrière en ze keken mij aan alsof ze meenden dat hij zijn successen uit mijn schoot had geplukt, een voor een, als parels uit een oesterbed.

Ik moedigde hen schaamteloos aan.

'Wat duurde dat lang! Het is toch wel in orde met je, Cecilia?'

'Zeker. Ik stond gewoon onder de douche. Ik ben net aangekomen. Waarom bel je zo laat? Is er iets gebeurd?'

'En dat vraag jij, die midden in de puree zit? De Amerikanen hebben de basis Clark geëvacueerd, heb je dat niet gehoord? Ze hebben eergisteren veertienduizend man van Angeles naar Olongapo overgebracht en vandaag vijftienhonderd man...'

'Maar waarom? Wat is er gebeurd?'

'De Pinatubo. De vulkaan. Die is as beginnen te spuwen en ze verwachten elk moment een uitbarsting...'

Ik ging op bed zitten en liet de handdoek naar beneden glijden.

'Wat zeg je? Maar Olongapo zal toch wel veilig zijn?'

'Zeker wel, zeker wel, meisje. Ze evacueren in een straal van twintig kilometer, dus jij zit aan de veilige kant, hoog en droog. Daarvoor bel ik ook niet. Het gaat om die Zweedse gevangene in Olongapo, je weet wel, die valsemunter...'

Maar ik wist het niet. Ik had zijn naam in meer dan twintig jaar niet gehoord.

'Halleluja!'

Hij liet het klinken als een orgasme. Twee korte stoten en dan een explosie: hal-le-luja. Vervolgens ademde hij met gesloten ogen zwaar uit, gevolgd door vijf seconden stilte.

Hij droeg een wit kostuum met glimmende revers en een zilverkleurige bril die de hele tijd dreigde af te glijden, maar die op het laatste moment werd tegengehouden door een aristocratisch bochtje in zijn smalle neus. De schepper van Jefferson Berglund had ervoor gezorgd dat hij zijn handen vrij had, dat hij ze in gebed kon vouwen en ze naar de hemel kon uitstrekken zonder zich te hoeven inhouden om zijn bril op zijn plaats te schuiven.

'God is goed', zei Jefferson Berglund. 'Ja, halleluja, God is goed. *Alabasam, ala, niffor, alabasam!* Heb Jezus lief! Halleluja!'

Die zomer, onze laatste zomer samen, trokken we iedere zaterdagavond de jurken aan waarin we geloofsbelijdenis hadden gedaan. We liepen doelloos door de stad, naar het Ingsbergspark en Södra Torget, Storgatan door en langs Långgatan weer terug, op zoek naar avonturen die nooit kwamen. De stad was doodstil. Soms hoorden we heel in de verte het geluid van een brommer, dan rechtten we onze rug en begonnen te hopen, alleen maar om een paar seconden later onze schouders weer te laten hangen. Een oude man met een pet op. De stad was vergeven van de oude mannen op een brommer met een pet. Maar de jongens waren weg: wanneer het warm werd vertrok het Brylcreemvolkje op zijn motoren naar Huskvarna en Eksjö. En wij waren te jong om mee te mogen. Ze vroegen het ons niet eens: we kenden namelijk geen enkele motorduivel. We wisten alleen wie het waren, hoe ze heetten en in onze dromen maakten we helden van ze.

Onze hoge hakken tikten op het trottoir. Onze rokken wipten op en neer. Ons verlangen schrijnde. Er gebeurde niets. De stad en de zomer stonden stil.

Maar toen Jefferson Berglund naast de sporthal zijn witte tent opsloeg en een elektronische versie van 'Verblijdt u in de Heer te allen tijd' over de stilte liet dwarrelen, toen werd alles anders.

De avondbladen hadden hem algauw ontdekt. Verslaggevers en fotografen werden vanuit Jönköping op pad gestuurd. Reveil in donker Småland. Een predikant met rockmuziek! De jongens van de Butafago Band, het voetbalelftal waaruit Nässjö's eerste rockband was voortgekomen, glimlachten naar de camera's en hoopten dat ze ontdekt zouden worden. Tevergeefs. Naast Jefferson Berglund verbleekten ze tot schimmen. Hij verrichtte immers wonderen: hij legde zijn hand op een jongen die aan suikerziekte leed en zorgde ervoor dat diens moeder de insuline weggooide. Twee weken later was de jongen nog steeds in leven. Maar het grootste wonder hebben de avondbladen nooit begrepen: het feit dat het een Berglund was, een schooier en een dief, die met de bijbel in de hand de demonen uit fatsoenlijke mensen verdreef. En dat in een stad die zeven kerken in één straat telde en nog eens vijf in andere straten. Ondanks die overvloed kwamen de gelovige inwoners van Nässjö naar hun schooier toe, vielen ze op hun knieën en spraken ze in tongen.

'Verkrampten!' riep Jefferson Berglund in zijn tent. 'God wil geen naaikransjes en lauwe zelfgenoegzaamheid! God wil reveil! God wil ons allen reinigen in het zoete bloed van het lam, *affelogo, hareut, affelogo!* Hal-le-luja! Ja, ja, kom, kom naar de Heer!'

Eén keer zijn we ernaartoe gegaan, Marita en ik, op een zaterdagavond in juni toen Södra Torget er verlaten bij lag en er geen enkele nozemauto te zien was. Marita droeg die avond vier petticoats en zelf droeg ik er zeven. De onderste was van stevige Parijzer tule en helemaal nieuw. Ik kreeg ruitjes en schaafplekken op mijn dijen als ik probeerde te gaan zitten.

We gingen binnen vlak bij de tentopening staan, tussen de andere tieners, knikten naar een paar oude klasgenootjes van de lagere school en trokken minachtend onze wenkbrauwen op om te laten zien dat we er alleen maar waren om ons te amuseren. Hoewel ze dat toch wel hadden moeten snappen. Je kon van verre zien dat wij niet religieus waren: we hadden zowel lippenstift op als getoupeerd haar. Meisjes van het andere soort droegen katoenen hoedjes en witte handschoenen. Die mochten niet naar de bioscoop. Die waren niet goed wijs. En Jefferson was ook niet goed wijs.

Hij had zijn armen als een gekruisigde uitgestrekt, de bijbel in zijn ene, de microfoon in zijn andere hand, en hij hield zijn hoofd achterover. Zijn ogen waren halfgesloten, zijn mond stond halfopen en zijn lippen waren vochtig.

'Hal-le-luja! Kom, kom naar Jezus!'

Heel even kon ik mijzelf het ongehoorde zien doen: het grindpad in het midden aflopen, de drie treden naar het podium opgaan en op mijn knieën voor hem neervallen. Ik zag mezelf zijn middel omarmen en met mijn hoofd tegen zijn buik leunen, de buik van een volwassen man. Hij zou zijn grote hand op mijn rug leggen en mij tegen zich aan drukken, beschermend en begerend...

Ik pakte Marita bij haar arm en fluisterde: 'Kom, we gaan.'

'Nee', zei Marita. 'Dit is leuk...'

De menigte was in beweging gekomen, fluisterend en roezemoezend in het begin, maar na een poosje bruisend en schreeuwend. Mensen vielen op hun knieën in het grind, strekten hun handen ten hemel, huilden en kermden. De Butafago Band zette 'Gij hemel en aarde, doet open uw oor' in, en Jefferson Berglund pakte een zakdoek uit zijn broekzak, wiste snel zijn voorhoofd af en glipte van het podium. De extase naderde: een jonge vrouw werd achteruit geworpen, als door een onzichtbare kracht, en werd opgevangen en getroost door Jefferson. Achter hen stond een man in een grijs kostuum op en riep dat hij genezen was.

Op dat moment hoorde je het geluid voor het eerst, het geluid van motoren die naderbij kwamen en buiten voor de tent stopten. Ze draaiden een halve minuut stationair. Marita maakte zich van mijn arm los en gluurde door de tentopening naar buiten. Haar gezicht straalde toen zij mij aankeek. De gevaarlijksten en voornaamsten waren gekomen.

'Het zijn Leffe en de Komeet. En nog een paar...'

Op hetzelfde moment zwol het geluid aan tot een gedender. De motoren ronkten van verachting en de motorduivels begonnen rond de tent te rijden, rondje na rondje.

De jongens van de band gaven openlijk blijk van hun verwarring. Wij zijn toch niet religieus, dat moeten onze kameraden zijn, wat doen we, verdorie? De muziek werd aarzelend en hoekig, de gitaren zwegen het eerst, daarna de bas en uiteindelijk de drums. Ook de menigte kwam tot bedaren: handen die in de lucht waren gestoken zakten naar beneden, rokken werden gladgestreken en gebogen ruggen rechtten zich.

Jefferson Berglund stond doodstil, nog steeds met zijn hand in een zegening uitgestrekt. Er vloog een seconde van aarzeling over zijn gezicht, maar daarna draaide hij zich om en rende met snelle passen het podium op.

'Open de poorten', riep hij. 'Open de poorten voor hen...'

Twee oudere mannen haastten zich naar de tentopening en tilden elk een stuk doek omhoog. En de Komeet kwam op zijn glanzende Harley Davidson de tent binnengereden, een leerprins op zijn zwarte ros. Na hem volgden nog zeven motoren met zeven Brylcreemridders. Op iedere buddyseat zat een passagier, vier meisjes in luchtige rokken, vier jongens in spijkerbroek. Degene die bij de Komeet achter op de motor zat, had zijn boerenzakdoek nog steeds voor zijn mond en neus zitten en een zwarte muts over zijn voorhoofd getrokken.

De Komeet reed heel langzaam op het podium af, zette er zijn ene voet tegenaan om in evenwicht te blijven en liet zijn motor een paar keer dreigend grommen. Zijn blik was gericht op Jefferson Berglund, die voor een wit spandoek stond waarop met rode letters stond geschreven: JEZUS HOUDT VAN JE.

Jefferson zei niets en verroerde zich niet totdat de motor helemaal in het midden stond. De lucht was zwanger van de uitlaatgassen. Iemand in de menigte hoestte.

'Welkom', zei Jefferson met zachte stem, bijna fluisterend. 'Welkom in Gods huis...'

De Komeet glimlachte met een opgetrokken mondhoek, viste een metalen kam uit zijn achterzak en kamde langzaam en zorgvuldig zijn Elvis-kapsel, terwijl hij Jefferson strak bleef aankijken.

Jefferson verhief zijn stem.

'Het verheugt me dat ook jullie de Heer zoeken. Zijn huis staat open voor iedereen. De hemel staat open voor iedereen! Jezus is ook voor jou gestorven, Komeet, hal-le-luja...'

Hij pakte zijn bijbel en stak die naar voren, glimlachte met witte tanden en riep: 'Hal-le-luja, Komeet. Neem het geloof aan, dan kom je in de hemel! En in de hemel, daar rijden engelen op witte 10.000-cc'ers! De motoren zijn van zilver, de koplampen van echte diamanten. Jij kunt er een krijgen! Jij kunt een van de engelen in de hemel worden!'

De Komeet wankelde. Misschien verloor hij zijn evenwicht toen hij de metalen kam in zijn achterzak wilde terugstoppen.

Misschien was hij alleen maar verbouwereerd. Maar het was voldoende: de menigte kwam tot leven, begon te bruisen en te lachen, de Heer te prijzen en amen te roepen. De Butafago Band zette een aarzelend akkoord in en liet daarna de elektrische gitaren zo gieren dat het tentdoek ervan begon te flapperen.

De Komeet probeerde zijn motor te keren zonder af te stappen. Dat ging niet: te veel mensen, te veel banken. Hij vloekte en snauwde tegen zijn maten dat ze een paar meter achteruit moesten gaan. Een oude vrouw legde haar gevlekte hand op zijn leren jack en riep dat hij voor Jezus moest buigen; hij schudde haar van zich af en gleed van zijn motorfiets, de motor sloeg af en hij keek verloren rond. Begon te zweten. De andere motorduivels waren opeens verdwenen, ze waren achteruit de tent uitgegaan.

Maar de Komeet en zijn passagier konden zich niet gewonnen geven: ze moesten de tent wel uit rijden. Weglopen met de motor aan de hand zou een nederlaag betekenen.

Jefferson Berglund riep met luide stem over de muziek en het lawaai heen: 'De hemel, Komeet! Stel je een witte 10.000-cc'er voor die boven de wolken voortglijdt! Jij kunt die krijgen!'

Op hetzelfde moment kreeg de Komeet het voorwiel eindelijk in de juiste richting. Hij trapte de motor aan en begon met een rechte rug en zijn bovenlip minachtend gekruld zachtjes naar de uitgang te rijden.

Toen gebeurde het ongehoorde: zijn bijrijder kwam omhoog, ging wiebelend op de duozitting staan en maakte terwijl hij met zijn ene hand op de rug van de Komeet steunde, met zijn andere hand zijn broek open. Hij had een witte onderbroek aan maar die was maar heel even te zien, want hij trok hem naar beneden en ontblootte zijn roze, jeugdige billen. Precies in de tentopening keerde hij zich om en trok hij ook de boerenzakdoek naar beneden die zijn gezicht verborgen had gehouden.

Het was Butterfield Berglund.

Pas dertig jaar later, duizenden kilometers ver, kreeg ik te horen wie voor die demonstratie had moeten boeten.

Ik zet een stretcher in mijn moeders slaapkamer; ze gaat achteruit en ze heeft vaak zuurstof nodig. Imelda Marcos had ook zuurstof in haar slaapkamer. Ze dacht dat ze daar mooier van werd.

Wanneer haar ademhaling wat gemakkelijker is geworden, vertel ik dat aan mijn moeder en ik hoop dat ze met haar ogen gaat lachen zoals ze soms doet, maar ze kan het niet opbrengen; ze doet ze gewoon dicht en lijkt te slapen.

Zelf slaap ik op de stretcher diep en droomloos. Ik moet ieder uur de wekker zetten zodat mijn moeder haar zuurstof krijgt. Soms hoor ik hem niet.

Daar maak ik me zorgen over; op dit moment zou ik licht moeten slapen en bij het minste geluid wakker moeten worden, zoals ik in mijn eigen kamer deed.

Olongapo blonk die laatste ochtend. De grijze gebouwen, het grijze licht en de wekenlange regen deden de hele stad eruitzien alsof ze uit metaal was gegoten. Het was benauwd, de lucht was warm en zoet tegen je verhemelte en in je longen als vers gekookte vanillesaus.

Ricky stond voor het hotel te wachten.

'Goedemorgen, madam.'

'Goedemorgen, Ricky. Heb je lekker geslapen?'

Hij glimlachte en ik wist waarom. In het begin had ik er moeite mee gehad dat hij in de auto sliep. Op onze eerste reis had ik geprobeerd hem over te halen een kamer te nemen in hetzelfde hotel als ik. Hij deinsde terug, meende dat ik met hem naar bed wilde. Ik deed ook een stap achteruit toen ik zijn gezichtsuitdrukking zag. Dat bedoelde ik immers niet; ik wilde me alleen niet langer schuldig voelen. Ik hield er niet van om het rijke wijf te zijn dat haar chauffeur op de parkeerplaats liet slapen.

Tegenwoordig gaf ik hem geld voor het hotel en liet hem zelf beslissen. Hij sliep altijd in de auto en spaarde het geld voor andere dingen.

'Ik heb uitstekend geslapen, madam. Laat mij uw koffer nemen.'

De hemel was donkergrijs en de lucht vochtig, hoewel het nog niet was gaan regenen. Door het vocht ging mijn jurk slap hangen en door de hitte openden al mijn poriën zich. Ik had me op mijn hotelkamer zorgvuldig opgemaakt, maar mijn make-up zou snel uitlopen als ik niet vlug in de airconditioning van de auto kwam. Maar Ricky opende niet de deur van de achterbank, maar van de kofferbak.

'Madam, ik ben naar de markt gereden, ik hoop dat u me vergeeft...'

Hij had mango's en papaja's gekocht, ananas en verse kokosnoten, zoete aardappelen en tomaten, twee zakken uien, ja, zelfs appels, het duurste fruit van allemaal. En levende krabben, keurig in bosjes van vijf bij elkaar gebonden, boven op elkaar gestapeld.

Het hotelgeld was goed gebruikt. En er was geen plaats voor mijn koffer.

'Het is hier veel goedkoper dan in Manila', zei hij.

Als vriendschap mogelijk was geweest, waren we vrienden geworden. Nu werden we elkaars gevangenen.

Toen ik voor het eerst in Manila arriveerde, haalde hij mij op van het vliegveld; een dik mannetje met een glimmend voorhoofd en lachende ogen. Misschien waren het zijn ogen: ik vond die eerste keer al dat hij mij aankeek als een vriend en gelijke. En ik hongerde naar vriendschap, verlangde toen naar gelijken.

En toch leken we niet op elkaar. Helemaal niet. Ricky was een echte Filippino, een vrome katholiek die 's zaterdags naar het bordeel ging en 's zondags naar de mis, een praatgrage man die de smaak te pakken had van spookgeschiedenissen en de wildste sterke verhalen. Daar op het vliegveld pakte hij mijn koffers en zei: 'De ambassade heeft me gestuurd. Ik was de chauffeur van uw voorganger. Bent u van plan een auto te kopen, madam?'

'Ja', zei ik.

'Koop een Toyota', zei hij. 'Een rode Toyota Camry, dat zijn de beste.'

'Kies jij er maar een uit', zei ik. 'Ik weet niets van auto's.'

Zo kwam hij bij mij in dienst.

Hij moest vijf kinderen onderhouden. Ze gingen allemaal naar school, ze hadden allemaal schooluniformen en boeken nodig, ze zeurden allemaal voortdurend om nieuwe sportschoenen. Ricky had het vaak over die sportschoenen, soms had ik het gevoel dat zijn kinderen ze opaten, zo veel leken erdoorheen te gaan.

Zelf had ik lang in het land Diplomatië gewoond. Te lang. Ik verlangde naar mensen die konden lachen zonder over hun schouder te kijken, naar lieden die vrijuit en zonder angst konden praten.

Ik had Ricky en zijn lach nodig. Ricky had mij en mijn geld nodig. Zo smeedden we elkaars tralies.

Ze was een beetje dronken, de vrouw in de groene jurk, zo dronken dat ze er zelfs niet voor terugschrok om tegen de bar te hangen en te proberen met de barkeeper te flirten. Hij jong en met een gouden glans, zij van middelbare leeftijd en getaand.

Ik deed mijn plicht en loodste haar de zaal in, op veilige non-alcoholische afstand van de bar en de verlegen jongeman. Het was moeilijk om haar te laten praten zoals vrouwen in Manila op de Zweedse Nationale Feestdag behoren te praten: over de scholen van de kinderen en liefdadigheid, over tentoonstellingen en goede naaisters. Ze antwoordde niet, doopte alleen haar wijsvinger in haar drankje en streek daarmee over de rand van het glas, hoewel ze had moeten weten dat dat niet werkt. Dat geluid ontstaat alleen als het glas op tafel staat, niet als je het in je hand houdt.

Ze onderbrak me midden in een zin.

'Jouw man heeft je verlaten, nietwaar?'

Ik moest even slikken voordat ik antwoord kon geven.

'We zijn gescheiden.'

'Maar hij was degene die dat wilde, nietwaar? Hij was dat toch?'

Ik rechtte mijn rug.

'Dat is langzaam zo gegroeid. Ten slotte wilden we het allebei...'

Weer doopte ze haar vinger in haar glas, zich volkomen onbewust van de woede die in mij opborrelde. Onbarmhartig keek ik naar haar: de echtgenote van een patser, met een huid als een gedroogde vis, behangen met veel te grote sieraden en gekleed in onflatteuze Thaise zijde. Met volants! Zelf droeg ik wit linnen dat goed van snit was. Koel en eenvoudig.

Ze liet nu haar stem dalen.

'Mijn man is bezig een echte Filippino te worden. Nu heeft hij een Nummer Twee genomen en hij ziet er zelfs geen been in om haar hier mee naartoe te nemen...'

Ze knikte in de richting van een man helemaal achter in de zaal, een lange Zweed van in de vijftig, een forse maar niet dikke man, bijna gespierd. Ik houd ervan met zulke mannen naar bed te gaan, hun gewicht en zelfverzekerdheid maken alles heel eenvoudig. Maar deze man was niet beschikbaar: aan zijn zijde stond Nummer Twee, een jonge Filippijnse, zachtaardig, vriendelijk en glimlachend. Vast een studente en van goede komaf. Waarschijnlijk was ze in Europa of Amerika geweest, want ze droeg al de attributen waarmee westerse intellectuelen zich tooien: een recht pagekapsel, een eenvoudige jurk, een paar bijzondere zilveren sieraden. Geen make-up, zelfs geen lippenstift. Ze was stralend mooi.

Ik keek opnieuw naar de vrouw in de groene jurk, naar haar feloranje lippen, naar haar lichtblauwe oogleden en naar haar slappe kaaklijn. Opeens had ik medelijden met haar.

'Zo gaat dat op de Filippijnen', zei ik, terwijl ik mijn schouders ophaalde. 'Je moet eraan wennen. Wij zijn lelijker dan zij. En ouder, meestal.'

Ze nam een flinke slok uit haar glas, opgelucht dat ik eindelijk vertrouwelijk klonk.

'Misschien. Maar gemakkelijk is het niet. Je kunt je immers nergens mee troosten. De Filippino's zijn doodsbenauwd en met buitenlanders kun je niks beginnen. Soms denk ik dat God een elfde gebod de wereld in heeft gezonden: Mafkezen aller landen, komt allen tezamen in Manila!'

Ik moest lachen.

'Daar zit wel iets in. Ze komen in een voortdurende stroom langs op de ambassade...'

'Ik weet het. Een hoop alcoholisten. Maar moet je dit zooitje eens bekijken: die zijn verdorie niet veel beter.'

Ik zweeg, maar nam het gezelschap op met haar blik.

De Zweden hadden eilandjes gemaakt, ze vormden een hele archipel waarbij iedereen zijn gelijken had opgezocht. Midden in de zaal, in het eigenlijke centrum, stond een parlementaire delegatie, een commissie die op rondreis was door Zuidoost-Azië, mannen in tropenhemden die over hun buik spanden, vrouwen in batikjurken die te ruim zaten op hun schouders, maar te strak over hun stevige boezem. Ze lachten hard en praatten hard, deden net alsof ze elkaar de hele tijd aankeken, hoewel iedereen voortdurend snelle blikken naar de andere eilanden wierp, alsof ze wilden controleren of ze wel echt in beeld waren.

De missionarissen hadden een ander eiland gevormd in de rechterhoek van de zaal, rustige mannen met hun nog rustiger echtgenotes, allemaal met een gezicht als van pas gerezen tarwedeeg, bleek, warm en zacht. Ze keken vaker naar de vloer dan naar anderen en wanneer hun blikken elkaar een keer kruisten, dan knipperden ze even met hun ogen en gleed hun blik weer weg.

Bij de deur naar het terras stonden de zakenlieden, sommigen grijs en luid pratend, anderen jong en zwijgzaam elegant, maar niettemin stijf verenigd in trots en kracht. Ze keerden de parlementariërs de rug toe, keken dwars door de missionarissen heen en toonden openlijk hun minachting voor de slappe ambassadedrankjes en de even slappe diplomaten.

Rondom het eiland van de zakenlieden slopen enkele bareigenaars die probeerden binnen te dringen maar keer op keer tot de ontdekking kwamen dat de cirkel zich ongemerkt voor hen sloot om zich daarna plagerig een stukje verderop weer te openen. Zij waren niet met velen. Je kunt niet alle Zweedse bareigenaars in Manila op de recepties van de ambassade uitnodigen. Er mogen er maar een paar komen: diegenen die zich in gemeubileerde kamers redelijk weten te gedragen. Ook zij leken bijzonder veel op elkaar: magere mannen met een bruine lederhuid en een wit roofdierengebit.

En om hen heen – als vormden ze in feite de zee tussen deze

eilanden – massa's Filippino's, zowel rijke gasten als arm personeel. Mensen die te geel waren en van wie de ogen te schuin stonden om van werkelijke betekenis te zijn, wezens die gebruikt konden worden, als bediendes, leveranciers of minnaressen, die bekeerd konden worden tot het liberalisme, de God van Luther of de onderliggende gedachte van de studiekring, maar die op zichzelf totaal niet interessant waren. En in die zee zwommen Bengt en zijn vrouw Lydia, vriendelijk glimlachend naar de mensen op de eilanden, woordloos bevelen uitdelend aan het personeel.

Zweden. Europeanen. De sociëteit van de wereld.

'Je ziet het', zei de vrouw in de groene jurk.

Ik leegde mijn glas en glimlachte flauwtjes, alsof ik niet goed begreep wat ze bedoelde.

'Ik moet me eigenlijk een beetje mengen', zei ik. 'Ik moet volgende week een rondreis maken langs de Zweden in de noordelijke provincies, en het is beter dat ik even naga of ik niemand van de hier aanwezigen mis...'

Ze hief haar glas, alsof ze een toost wilde uitbrengen, en glimlachte flauwtjes.

'Ga jij je maar mengen', zei ze. 'Ik heb toch mijn kleine ukkepuk achter de bar...'

De volgende dag gaf ik Ricky een beschrijving van de groene vrouw. Het was avond en we zaten in een stinkende file in Quezon City. Hij legde zijn arm over de rugleuning van de lege stoel naast hem en draaide zich half om; zijn profiel werd een donker silhouet.

'Ik weet het, madam', zei hij. 'Ik ben ook een keer zo'n vrouw tegengekomen. Ze kwam uit Australië. Was rijk. Ze wilde met me trouwen. Ik zei dat ik al getrouwd was en vier kinderen had, want het was voordat Danilo werd geboren, maar ze schudde alleen maar haar hoofd. Dat kon wel geregeld worden. Ik zou geld krijgen om ze te onderhouden... Dus ging ik naar mijn vrouw en vertelde het haar. We zijn toen de hele nacht opgebleven om te praten. We besloten dat we zouden gaan scheiden en dat ik met die vrouw mee zou gaan naar Australië. Daar zou ik werk zoeken en gratis bij die vrouw wonen en dan zou ik iedere dollar naar Zosima en de kinderen sturen... En wanneer er een paar jaar verstreken waren en we geld genoeg hadden voor de opleiding van de kinderen, dan zou ik van dat mens gaan scheiden en naar huis terugkomen...'

Ik bleef zwijgend zitten, maar de lucht in de auto werd zwanger van de vragen die ik niet stelde. Ricky keerde mij de rug toe en pakte het stuur, we reden een paar meter vooruit. Daarna stond de file weer stil.

'U moet me goed begrijpen, madam. Ik ben veertig jaar en ik ben mijn hele leven al arm. En wanneer je arm bent, dan wacht je de hele tijd op het leven, het echte leven. Ik dacht dat die vrouw uit Australië ons een echt leven zou geven. Maar ze vond iemand anders: een jonge vent die altijd in de bar van het hotel rondhing. Hij had geen vrouw en geen kinderen, dus toen heeft ze hem genomen. Ik moest ze naar het vliegveld brengen. De hele weg heb ik gedacht aan mijn kinderen en hun opleiding, de hele weg heb ik gedacht aan het echte leven.'

Hij zweeg een poosje en toen hij weer sprak klonk zijn stem zacht, bijna fluisterend.

'Het echte leven, madam. De toekomst. Zal die ooit komen?'

We konden dus alles tegen elkaar zeggen, Ricky en ik. Behalve één woord: nee.

Daarom keek ik die ochtend in Olongapo naar de groente en het fruit in mijn kofferbak en haalde mijn schouders op. Ik moest mijn koffer dan maar op de achterbank zetten. Zo erg was dat ook weer niet. Ricky's vrouw zou goed kunnen verdienen aan al dat voedsel, als we althans vóór de avond in Manila aankwamen. Dan zou ze het voor hun huis op straat kunnen uitspreiden en verkopen tegen Manilaprijzen.

Hij heeft mij een keer meegenomen naar zijn huis, op een maandagmiddag toen hij trots was op zijn werk van dat weekend. Hij had de oude houten vloer uitgebroken en voor zijn gezin een cementvloer gestort. Dat was geen groots project geweest, ze hadden immers maar één kamer en die was kleiner dan mijn garage.

'Veel beter', zei Ricky, terwijl hij een arm om zijn vrouw heen sloeg en zijn werk bekeek. 'Veel gemakkelijker schoon te houden...'

Zosima antwoordde niet en ik wist waarom. Ricky had verteld dat ze midden in een zeurcampagne zat: ze wilde verhuizen naar een echte woning met een keuken en kamers. Maar dat kon Ricky niet betalen. Zijn vrouw moest maar doorgaan met het koken van het eten op een petroleumstel in een hoek van de kamer en het wassen van de schooluniformen van de kinderen in een teil op de binnenplaats. Ze waste ze iedere dag, had Ricky verteld. Alle vijf.

'Wasmachines maken de kleren niet schoon', zei hij. 'Maar in de teil van mijn vrouw wordt het wel schoon...'

Ik glimlachte en gaf hem een sigaret.

'Onzin, Ricky...'

En zo zaten we een poosje vriendschappelijk te bekvechten.

We waren veel op pad, omdat ik de verantwoordelijkheid had voor consulaire kwesties, het vrouwenwerk van de diplomatie. Dat was in Manila moeizamer dan in Delhi. De stad wemelde van de middelbare Zweedse mannen met een gezicht dat sponzig was van de alcohol, maar die nog steeds de dromen uit hun puberteit koesterden. Ricky mocht hen niet. Wanneer we in Zweedse bars kwamen om weer een wrak met een delirium op te halen, verstrakte en verstijfde hij en sprak hij urenlang niet met me.

Maar nu hadden we een paar dagen rondgereisd langs de Zweden in de noordelijke provincies en dat waren mensen naar zijn zin: vriendelijke missionarissen die hem aan tafel lieten meeeten en 's nachts in een echt bed lieten slapen. Toch had hij haast om naar huis te gaan; hij verlangde naar het bekende gezeur van zijn vrouw en kinderen thuis.

'Het spijt me, Ricky. Maar we kunnen niet rechtstreeks naar Manila rijden. We moeten eerst naar het ziekenhuis. Ze hebben daar een Zweedse patiënt.'

Hij zuchtte, schakelde naar de eerste versnelling en gaf geen antwoord. Ik probeerde hem te paaien: 'Heb je op de markt nog iets gehoord over de vulkaan?'

'Mmm. Er zijn een hele hoop Aëta naar de stad gekomen... En Amerikanen uit Angeles. Ze hebben de scholen gesloten om ze te kunnen huisvesten.'

'Maar geen Filippino's uit Angeles?'

'Nee. Die geloven niet in dat gepraat over nog meer uitbarstingen. Alleen de wilden winden zich op. En de autoriteiten zeggen dat er niets aan de hand is.'

'Dat weet ik. De ambassadeur zei dat ze aan het evacueren zijn in een straal van twintig kilometer rond de vulkaan. Dus wij zitten aan de veilige kant.'

'O zeker. Geen probleem. Hoewel er misschien wel veel verkeer zal zijn richting Manila. Maar in het ergste geval weet ik nog wel een kortere weg...'

Nu begon het te regenen, eerst fluisterend en zwak, een seconde later hevig trommelend. De straat was al modderig en begon nu over te stromen. Ricky ging langzamer rijden. Rond de wielen bruiste en zong het.

Ik was al verscheidene keren in Olongapo geweest en kon zien dat de stad niet echt zichzelf was. Er liepen ongewoon veel vrouwen op straat; niet alleen Filippijnse huisvrouwen op weg naar de markt, maar ook Amerikaanse echtgenotes van officieren met tikkende hakken en grote paraplu's. En nog ongewoner: er ploeterden een paar meisjes van plezier door de regen, met plastic tassen boven hun hoofd en in gekreukelde minirokjes. Ze liepen te turen. De tienermeisjes van Olongapo zijn niet gewend aan daglicht, zelfs niet aan het grijze licht van de regentijd.

Maar veel andere dingen waren net als altijd. Bij de schroothoop vlak bij Santa Rita werkten de vuilnismensen, ondanks de regen en de dreiging van de vulkaan. Ze liepen in doornatte vodden die tegen hun lichaam geplakt zaten met lange stokken in de afvalhopen te prikken. Het slijk op de vuilnisbelt was nog erger dan dat op straat: zwart en papperig, net diarree. Pluizige honden struinden de markt af en lieten hongerig hun gele tanden zien. En op de trottoirs zaten de straatventers, kinderen met sigaretten, kauwgom en vermoeide gezichten, volwassenen met groente en de donkere groeven van de honger onder hun ogen.

Even ten zuiden van Fontaine Street kwamen we de eerste processie tegen. Een priester, een paar nonnen, en kinderen die gekleed waren in het uniform van de kloosterschool liepen zingend achter het heiligenbeeld. Het was een bleke Maagd Maria met een mantel die lichtblauw moest zijn geweest voordat de regen kwam. Ricky sloeg snel een kruis en maakte met zijn sigaret een verklarend gebaar: 'De vulkaan. De mensen bidden dat de Pinatubo tot rust komt...'

Twee blokken verder kwamen we de processie van de Zwarte Nazarener tegen. Er waren acht jongemannen nodig om hem te dragen, want de Zwarte Nazarener is zwaarder dan de andere heiligenbeelden. Hij wordt weergegeven op weg naar Golgotha, gekleed in een purperen mantel en met doornenkroon. Het kruis drukt op hem, hij zakt half door zijn knieën. Zijn huid is donkerbruin, bijna zwart en hij kijkt naar de grond, een weerloos mens op weg naar de dood.

Ricky drukte eerbiedig zijn sigaret uit, sloeg weer een kruis en begon zachtjes het Ave Maria te mompelen. De Zwarte Nazarener was zijn Christusbeeld, daar ging hij altijd naartoe om te bidden.

We moesten de auto stoppen om de processie doorgang te verlenen. Zingende mensen dromden om ons heen. Het Christusbeeld verdween uit het gezichtsveld, nu waren er alleen maar armen, lichamen en handen. Een jongetje werd tegen onze auto geperst; hij droeg kapotte kleren en was vies. We keken elkaar in de ogen. Hij had grote ogen.

Ik rilde een beetje, midden in de hitte, en verlangde plotseling naar Zweden en koelte. Het is juni, dacht ik, het fluitenkruid bloeit en bedekt het hele land met zijn witte kant...

Is het een droom of een herinnering? Ik ga snel rechtop zitten op de stretcher en haal diep adem. Mijn hart bonkt.

Ik zie mezelf in de provisiekamer van tante Olsson staan; het is een grote, ouderwetse provisiekamer met ramen. Ik reik nog niet tot het raam: ik ben een klein meisje, gekleed in een winterbroek en een wollen vest. Marita heeft een geruite jurk bij haar skibroek ingestopt; mijn moeder vindt dat lelijk. Marita's moeder draagt een schort met zomerbloemen; het is verwassen, de kleuren zijn bijna verdwenen. Haar armen zijn bloot, wit en mollig.

Ze glimlacht naar ons.

'Willen jullie hem zien?'

Marita knikt ernstig, maar ik ben helemaal verstijfd. Kan niet praten. Ik weet niet wat er gaat komen, weet alleen dat ik er bang voor ben.

Tante Olsson strekt zich uit naar een plank, pakt voorzichtig een fles en houdt die met beide handen vast zodat je de inhoud niet kunt zien. Ze glimlacht naar me.

'Ben je bang, Cecilia?'

Ik kan me nog steeds niet bewegen, kan niet eens slikken. En wanneer ik geen antwoord geef, laat ze de fles in mijn richting zakken, zodat hij vlak voor mijn ogen belandt. Er klotst iets rozigs in. Dan haalt tante Olsson haar hand weg om het mij te laten zien.

Het is een slang.

Een adder, die iemand in een fles met roze vloeistof heeft gestopt. Hij zit opgevouwen en samengeperst, als grijze darmen in een buik van glas, hij glimlacht met zijn dode mond en zijn gespleten tong hangt naar beneden. Zijn buik is wit, dezelfde kleur, dezelfde textuur als de armen van tante Olsson.

'Hij is dik', zegt tante Olsson, terwijl ze de fles nog dichter naar mijn gezicht brengt.

Ik wil een stap naar achteren zetten, maar kan niet wegkomen. De wereld is opgehouden. Achter mij is alleen een afgrond, een grote zwarte leegte. Mijn moeder is er niet meer, mijn thuis is weg, ik heb geen pop meer die Elisabeth heet. Het enige wat er is, is dit: een fles, een slang en de glimlach van tante Olsson.

Olongapo General Hospital was een laag gebouw, witgekalkt aan de buitenkant, maar vanbinnen grijs van kaal cement. Het was er benauwd, vochtige buitenlucht vermengd met ether en voedseldampen. Er waren maar vier zalen en een gang en ik liep in die gang, waadde als het ware door een stroom van gefluister en gekerm. Overal was het vol mensen. Nonnen met gesteven kappen, verpleegsters in witte uniformen, vragende kinderen en huilende moeders, jongeren, ouderen, zieken en gezonden door elkaar heen. Hun stemmen vormden een gebruis, net zo gelijkmatig en gedempt als het suizen van de regen buiten.

De patiënten lagen in hoge, witte metalen bedden, de meesten lagen direct op de matras. Het was met de lakens kennelijk net als met het eten: dat moest de familie maar regelen en niet iedereen had dat geregeld. Arme Filippino's gebruikten lakens noch bedden, had ik geleerd; zij rollen iedere avond hun slaapmat uit en rollen die 's ochtends weer op.

Hij lag in de zaal aan het eind van de gang, in het beste bed, het bed bij het tralieraam en de buitenlucht. Misschien hadden de verpleegsters medelijden met hem gehad omdat hij alleen was, misschien was het alleen maar een blijk van het gangbare vooroordeel: blanke man is rijke man is machtige man.

Maar Butterfield Berglund had geen lakens.

Hij lag op zijn rug met zijn ogen dicht, zijn ene arm boven zijn hoofd. Ik kon hem bekijken zonder zelf te worden bekeken: donker haar, met een beetje grijs erdoor, een fors lichaam, een witte mitella, een T-shirt en een korte broek. Lang. Een licht gebogen neus. Een jongere uitgave van zijn beroemde vader, behalve dan de mitella. Jefferson zou zichzelf met gebeden hebben genezen.

Ik raakte zijn schouder even aan en hij sloeg meteen zijn ogen op; ze waren blauw en puilden een beetje uit.

'Dag, ik ben Cecilia Lind en ik kom van de ambassade...'

Hij schoof het gestreepte kussen tegen het hoofdeind van het bed en werkte zich omhoog tot hij zat.

'Dag', zei hij met een glimlach. 'En waar heb je Frederik de Chauffeur gelaten?'

Namen. Buiten regent en schemert het, de straatlantaarns hebben een aureool. Papa heeft pas het Bananenhuis gekocht. Marita en ik zitten op mijn kamer, de kant en klaar ingekochte droom van iedere tiener, met gebloemd behang en een niervormige toilettafel met een tulen strook erlangs. We schrijven ieder onze naam in onze blocnote, Marita Olsson, Cecilia Dahlbom, bladzijden lang. Binnenkort worden we twaalf jaar.

'Ik weet wat jouw naam betekent', zegt Marita. Ze klinkt een beetje alsof ze een brok in haar keel heeft, maar dat komt omdat ze onder het praten op haar haar zit te zuigen.

'Ik ook', zeg ik. 'Spinnenweb.'

Ze kijkt op, laat de natte lok vallen.

'Pff, helemaal niet. Het betekent De Blinde. Dat stond in *Hemmets Journal*, in de vragenrubriek...'

Ik ben helemaal verbijsterd. Mijn naam betekent Spinnenweb. Dat hoor je toch, dat spreekt toch vanzelf, dat heb ik altijd geweten. Marita voelt mijn koppigheid.

'Geloof je me niet? Het stond in het tijdschrift. Cecilia is Latijn en betekent De Blinde... Spinnenweb? Hoe kom je daarbij?'

Ik geef geen antwoord, buig me alleen dieper over mijn blocnote, Cecilia Dahlbom, Cecilia Dahlbom. De voornaam gaat me goed af, mijn C is sierlijk en mooi, maar mijn achternaam is moeilijker. De grote D ziet eruit als een mevrouw met een kind in haar buik.

Marita staat op, loopt een rondje door de kamer terwijl ze met haar vinger over het behang strijkt.

'Weet je hoe ze je vader noemen?'

Ik kijk op. Nee. Hoe noemen ze mijn vader?

'Dat staat ook in *Hemmets Journal...*'

Ze is nu aan haar tweede rondje begonnen en ik ben bang dat ze het behang kapotmaakt. Marita heeft lange, roze nagels; zij bijt niet.

'Oké. Hoe noemen ze m'n vader? Bulletje of Bonestaak? Kapitein Rob? Dagobert Duck?'

Ze blijft voor me staan.

'Aaach, dat is toch uit dat andere blad. Ik zei *Hemmets Journal...*'

Ik zwijg en kijk naar mijn blocnote. Marita lacht.

'Goudbom, natuurlijk! Goudbom! Dat is immers een nieuwe rijke.'

Het is voor het eerst dat ik die uitdrukking hoor en toch weet ik dat het fout is. Nieuwe rijke.

Wanneer ik antwoord geef, klinkt mijn stem heel zacht: 'Maar mijn vader zit in ieder geval niet in trappenhuizen te lallen. Mijn vader drinkt niet.'

Marita pakt zonder een woord te zeggen haar blocnote en slaat de deur achter zich dicht. Haar voetstappen klepperen op de trap.

Ik gloei van schaamte en ben niet in staat me te verroeren.

'Maar Ulf, alsjeblieft', zeg ik, samen met hem gezeten in een geraffineerd eenvoudig restaurant in Lima, Peru. 'Je kunt geen Cecilia Lind heten, niet in Zweden!'

Hij glimlacht en pakt mijn hand.

'We kiezen niet alles waardoor we worden getroffen zelf uit. We kiezen alleen hoe we dat dragen. Nu word jij getroffen door de naam Lind en ik vraag jou die te dragen...'

Hij buigt zich naar voren en kust de diamanten van mijn verlovingsring. De stem van Goudbom echoot in mijn hoofd: je kunt m'n rug op!

Er waren geen stoelen om op te zitten, dus installeerde ik me op zijn lichtblauwe matras. Die was behoorlijk vies. Hij schoof een stukje op, schopte de deken naar het voeteneinde van het bed en strekte zijn benen uit.

Ik wist al dat ik met hem op dezelfde toon kon praten als met Goudbom en met Lars-Göran. Brutaal op een grappige manier. Zweedse mannen kennen geen andere manier om hun vriendelijkheid te tonen.

'Heel leuk. Denk je dat ik die grap niet eerder heb gehoord? En, tussen ons gezegd en gezwegen, jij bent wel de laatste die grappen moet maken over de namen van mensen...'

Hij was verrukt; ik sprak de taal van Zweedse mannen onder elkaar. En toch aarzelde hij. Ik was immers ondanks alles van de ambassade.

'Trek het je niet aan, ik maak maar een grapje...'

'Dat weet ik', zei ik. 'En we kennen elkaar toch bijna; we zijn bekenden van bekenden.'

'Is dat zo?'

Zijn gezicht veranderde toen ik het hem uitlegde. Hij vond het niet prettig: niet dat ik uit Nässjö kwam, niet dat ik ooit Marita's beste vriendin was geweest, niet dat ik me waarschijnlijk zowel Jefferson als Venus uit Gottlösa herinnerde, ook al noemde ik die niet.

'De dochter van Goudbom? Ik kan me jou niet herinneren, maar ik herinner me die ouwe wel. Hij was toch degene die die kunstijsbaan regelde? Weet je nog van die thermometer aan het gemeentehuis?'

Ik knikte. Het was een idee van Goudbom: iedere graad op de thermometer kwam overeen met duizend ingezamelde kronen. En een heel schooljaar lang wijdden alle tienerjongens in Nässjö zich vrijwillig aan avondwerk op de baan.

Ik keek Butterfield aan. Hoewel, misschien niet echt allemaal.

'Hoe is het met je?'

'Een paar blauwe plekken, een wond van een messteek. Het is niet zo erg. Mijn hand is erger. Ik moet zien dat ik in Manila kom.'

'Waarom?'

Zijn stem werd klagend en helder. De breuk leek precies midden in de pols te zitten, misschien waren er ook een paar middenhandsbeentjes gebroken, het was een gecompliceerde breuk, hij kon zijn vingers niet bewegen en de artsen hier slaagden er niet in de stukken te zetten. Hij moest waarschijnlijk geopereerd worden, hadden ze gezegd, maar het röntgenapparaat was stuk dus dat wisten ze niet zeker. Bovendien hadden ze op pijnstillende middelen beknibbeld, alleen omdat hij geen contant geld bij zich had. En hij had geen hap te eten gekregen sinds gisteren, alleen slappe thee zonder suiker.

De regen stond als een loden gordijn buiten voor het tralievenster. De bladeren van de bananenbomen glommen van het vocht. Butterfield had het zweet op zijn bovenlip staan.

'Verdomme, ik wil niet dat mijn hand voor het leven geruïneerd wordt, alleen omdat die boskabouters hier hun werk niet goed doen. Ik wil naar Manila, naar een echt ziekenhuis, waar ze de boel weer in elkaar kunnen zetten.'

En wie moest dat betalen? Hij kon de gedachte van mijn gezicht aflezen.

'Ik heb een bankrekening. Ik kan dat verdomme wel betalen...'

Als het iemand anders was geweest, dan had ik mijn spijtige bureaucratengezicht opgezet en me naar de deur teruggetrokken; ik had een paar formele regelingen getroffen wat betreft voedsel en medicijnen, en was vervolgens achter Ricky in de auto gaan zitten en naar Manila gereden. Misschien had ik een poosje op mijn nagels zitten bijten totdat ik mezelf daarop betrapt had, en daarna zou ik mijn handen in mijn schoot hebben gelegd om door het raam naar buiten te gaan zitten kijken, naar de grijze regen, de rijstvelden, de waterbuffels. Misschien had ik zelfs Ulfs oude gedachte wel gehad: Zweedse crèchementaliteit! Altijd verwachten ze dat er voor hen gezorgd wordt.

Als het iemand anders was geweest, dan zou alles anders zijn geweest, ook ik. Ik had gemakkelijk verder kunnen leven zonder de waarheid over mezelf te kennen. Maar dit was Butterfield Berglund, iemand wiens geschiedenis ik kende. De koning van de Centrum School. Ik kon niet doen alsof hij niet bestond.

'Maar de gevangenis dan? Ik moet de gevangenis bellen.'

'Doe dat, vraag naar Somoza. Dat is de directeur.'

'Ik moet ook met de ambassade praten. En met de artsen. Maar goed, ik zal doen wat ik kan. Als ouwe inwoners van Nässjö onder mekaar...'

Ik stond op, schudde glimlachend zijn gezonde linkerhand en draaide me om.

Toen ik op de gang kwam was ik zijn gezicht al vergeten. Maar zijn dijen herinnerde ik me wel, zijn behaarde dijen en de welving in zijn blauwe korte broek.

Toen ik uit het ziekenhuis kwam, zat Ricky in zijn achterover geklapte stoel te slapen met een krant over zijn gezicht.

'Sorry Ricky', zei ik. 'We moeten nog even blijven. We moeten naar een gevangenis...'

Hij keek me aan alsof hij aan mijn verstand twijfelde. Ik was het voedsel in de kofferbak vergeten, zijn investering. Als de groente verrotte en de krabben doodgingen, dan zou dat een aanzienlijke schadepost zijn. Mijn schuld. Op de een of andere manier.

'Verdorie, natuurlijk, je groente! Weet je, we doen het zo: als het ons niet lukt om vanavond in Manila terug te zijn, dan betaal ik ze. Is dat goed?'

Hij knikte en vouwde de krant dicht.

De gevangenis lag even ten noorden van de stad, op militair terrein. Een kazerne. Dat verbaasde me; het misdrijf van Butterfield was nauwelijks iets militairs. Anderzijds was de stemming opvallend civiel. De soldaten woonden kennelijk met hun gezinnen op het terrein. Onder de hoge lommerrijke bomen lagen niet alleen officiële gebouwen, maar ook huisjes en bouwvallige schuren. Kinderen speelden in de regen en luizige honden vochten om etensresten.

Midden in de schaduw lag de gevangenis, een grijs gebouwtje met een geasfalteerd plein, prikkeldraad en een bewapende bewaker. Bijna idyllisch.

Somoza, die had geweigerd de zaak telefonisch te bespreken, had zijn kantoor in een huis buiten het prikkeldraad. Hij was een tengere man in een bruin uniform, goedlachs en verbazingwekkend. Ik hoefde niet eens de discussie aan te gaan; nog terwijl we bezig waren handen te schudden, overtuigde hij zichzelf tijdens een snelle monoloog. Het zou toch onmenselijk zijn om mister Berglund de zorg te onthouden die hij zo nodig had. Hij vertrouwde er vanzelfsprekend op dat de Zweedse ambassade erop zou toezien dat de Zweed terugkeerde in de gevangenis. En bovendien had hij nog maar twaalf dagen uit te zitten, niet veel om moeilijk over te doen dus.

'Een glas juice, madam? En gaat u zitten, alstublieft, ga zitten.'

De zaak was dus duidelijk, maar toch wilde Somoza mij vasthouden. Er moesten formulieren worden ingevuld en ondertekend, de juiste stempels moesten vervolgens over de handtekeningen worden geplaatst. Terwijl de soldaat in de kamer naast het kantoor langzaam en zorgvuldig het formulier in zijn typemachine draaide, liet Somoza calamanse-juice en koekjes in cellofaanverpakking komen.

Ik besefte dat het nog wel even kon duren. Tijd om gezellig te doen dus.

'En, mister Somoza, hebt u nog nieuws over de vulkaan gehoord?'

Hij glimlachte.

'Hij is vanochtend weer opnieuw tot uitbarsting gekomen, maar dat zult u wel gehoord hebben?'

'Ja, ze zeiden het op de radio. Maar hier heb ik er niets van gemerkt.'

'*No, no, no,* en we schijnen er ook niets van te zullen merken. Het is niets om bang voor te zijn, madam. De autoriteiten hebben de situatie onder controle...'

'Daar ben ik van overtuigd. Bent u hier in Olongapo geboren?'

Hij glimlachte flauwtjes en keek langs me heen.

'*No,* madam. Ik kom van Bohol. Het eiland met de bruine bergen...'

'O', zei ik. 'De chocoladebergen. Ik heb erover gelezen. Bohol moet een fantastisch mooi eiland zijn...'

Hij keek nog steeds langs me heen en gaf geen antwoord, streek alleen in gedachten met twee vingers over zijn snor. Ik nam een slok van de zure juice en maakte het pakje koekjes op mijn schoteltje open.

'Hoe kwam het dat mister Berglund in de binnenstad was?'

Hij schrok op en keek mij weer aan.

'Oh, madam, mister Berglund krijgt iedere woensdag bewaakt verlof. Hij moet immers eten kopen en hij heeft hier geen familie...'

Ik trok mijn wenkbrauwen op. Dat voorrecht moest Butterfield vele dollars hebben gekost, echte of valse. Somoza zag mijn blik en stond geïrriteerd op.

'U wilt misschien zijn cel zien, madam?'

Ik had hem gekwetst met mijn omkopingsverdenking, daarom moest ik zonder paraplu door de regen rennen. Zelf liep hij met snelle passen voor me uit, door het hek in de omheining van prikkeldraad, naar het grijze gebouw. Hij bleef aan de voorkant staan en zocht beschutting onder het afdak. Aan de linkerkant, vlak naast zijn hoofd, hing aan een haak een lichaam, grijswit en bleek, met gele tanden in een spottende grijns onder het zwarte tandvlees. Ik was lang genoeg op de Filippijnen om te weten wat dat was: een pas gevilde hond die binnenkort zou worden opgegeten.

Somoza knikte in de richting van het lichaam en herhaalde: 'De families van de gevangenen brengen eten voor hen mee. Mister Berglund heeft geen familie en hij eet niet wat de andere gevangenen eten... We gaan naar binnen.'

Butterfield deelde zijn cel met vier andere gevangenen, maar de cel was zo groot dat ieder van hen een eigen hoek had kunnen inrichten. De anderen hadden kranten in lange rijen aan elkaar geplakt en die over een touw gehangen als papieren wanden, maar Butterfield had zich echte stof kunnen veroorloven. Zijn muren bestonden uit gestreepte katoen, versleten maar niet kapot, en een pluizige deken in een onbestemde grijsbruingroene kleur.

Achter de lappen stof was het verbijsterend knus: een netjes opgemaakt bed met zowel lakens en dekens als een kussen, een schemerlampje op een houten kist, een ventilator en een transistorradio.

Het zag eruit als een hut, zoals je die bouwt wanneer je tien jaar bent en je voor de wereld wilt verstoppen. Marita en ik hebben ooit iets dergelijks gebouwd. Donker, veilig en geheim.

'Mister Berglund schildert', zei Somoza, terwijl hij het schemerlampje aandeed en op de enige vaste muur in Butterfields hoek wees.

Ik hield mijn adem in. Hij had op die muur een hele wereld geschilderd, een gespleten wereld. Rechts een Scandinavisch landschap laat in de herfst, met een rode lucht, donkere bossen en water waarop een laagje ijs lag; links een tropisch landschap met een witgloeiende hemel en vuurspuwende bergen. Daartussenin zat een afgrond en over die afgrond lag een lichaam. Misschien was het een brug. Of een hele wereld: toen ik dichterbij kwam zag ik de rijkdom aan details. Het lichaam van de reus was bedekt met steden, bossen en mensen.

Het Scandinavische landschap was het meest geslaagd: het gedempt groene van het sparrenbos, de zware lucht en de diepe duisternis.

En daar, in Butterfield Berglunds cel, ver weg van de wereld, realiseerde ik me voor het eerst dat de Scandinavische duisternis anders is, dat die zich onderscheidt van elke andere duisternis in de wereld.

Die duisternis daalt niet over ons neer. Die stijgt op uit de aarde.

In de keukenkast van mijn moeder staat een lichtblauwe tuitbeker. Die is bestemd voor Lars-Görans jongste zoon, maar ik pik hem in, vul hem met appelsap en neem hem mee naar de grote slaapkamer.

Morfine en appelsap, dat is wat mijn moeder nog heeft.

De tuitbeker werkt goed, eindelijk hoef ik niet meer na iedere keer dat ze wat heeft gedronken haar nachtpon te verschonen. En de morfine helpt nog steeds: soms slaat ze haar ogen op en kijkt ze me met glanzende, levendige ogen aan. Ik kijk terug, maar zeg niets.

Ik zou haar wang willen strelen. Nee, dat is niet waar. Ik zou willen dat ik haar wang zou willen strelen.

Maar dat wil ik niet.

Het was al in de middag toen we terugkeerden bij het ziekenhuis. De dokter was schuw, leek bijna schuldbewust. Hij wierp alleen maar een snelle blik op de papieren van de gevangenis en ik mocht zonder tegenwerpingen zijn telefoon gebruiken.

Bengt was er niet, maar Annie, zijn secretaresse, nam de boodschap aan. Ze zou een plaats regelen in een van de grote privéklinieken.

'Handchirurgie, zeg je. Mmm. Het zal wel in orde komen, dat kunnen ze vast wel in het Amerikaanse ziekenhuis...'

'Doe maar wat je het beste lijkt; ik bel je wanneer we in Manila aankomen.'

'Yep. Maar het is al vier uur, dus dan zul je me waarschijnlijk thuis moeten bellen... Jullie komen immers nooit vóór tien uur vanavond aan.'

Toen ik de hoorn had neergelegd overhandigde de dokter mij de rekening: medicijnen, een bed, onderzoek, telefoonkosten. Ik gaf hem mijn visitekaartje.

'Stuur de rekening maar naar de Zweedse ambassade.'

Hij nam mijn kaartje aan en legde het op zijn bureau. Soms denk ik nog wel eens aan dat kaartje. Ik zie het voor me. Het is sponzig geworden van de regen en grijs van het stof. Het ligt onder de ruïnes die ooit Olongapo General Hospital vormden en slechts een klein hoekje steekt uit. Soms flappert dat in de wind.

'Heb je geen broek?'

Butterfield zat op de rand van het bed en keek naar zijn benen.

'Ach, dat doet er toch niet toe. Iedereen loopt hier in een korte broek...'

'In Manila niet. En in het Amerikaanse ziekenhuis zeker niet.'

'Oké, oké. We kunnen op de markt wel een broek kopen als het zo belangrijk is.'

'Daar hebben ze alleen kindermaten. Het is mij niet gelukt in dit land één kant-en-klaar kledingstuk te kopen. Alles is piepklein.'

'In Manila, ja. En vrouwenkleren. Maar hier in Olongapo zijn er kleren voor volgroeide mannen, dat weet ik. De Amerikanen doen hier immers hun inkopen. Help mij eens overeind.'

Ik pakte zijn gezonde arm zodat hij kon gaan staan. Hij leek verzwakt, misschien was hij duizelig.

'Wat is er eigenlijk met je gebeurd?'

'Dat vertel ik later wel...'

'Heb je geen bagage?'

'Nee, ik zou immers alleen maar even de stad in. Eten kopen.

Je had wel wat spullen mee kunnen nemen uit de gevangenis.'

'Daar heb ik niet aan gedacht… En ik ben trouwens alleen maar in Somoza's kantoor geweest, niet in je cel.'

Het was gemakkelijk om tegenover Butterfield Berglund te liegen. En noodzakelijk. Hoe zou ik kunnen zeggen dat ik zijn duisternis had gezien?

Butterfield nam ons mee naar een restaurant in de rosse buurt. De serveerster droeg een bikini met lovertjes, ze glinsterde als een goudvis in de spiegel achter Ricky's rug. Bij de bar stonden nog een paar andere bikiniprinsessen lusteloos met een rietje in hun Coca-Cola-blikje te spelen. Te vroeg voor zaken. De soldaten zouden pas over een paar uur komen.

Naderhand zou ik nog vaak aan die maaltijd denken, aan de gegrilde garnalen en de dampende rijst, aan Ricky's tevreden lach toen hij achteroverleunde en zijn tanden schoonmaakte, aan Butterfields gezonde hand in een genotvolle greep om zijn bierglas. En dan de koffie, de laatste kop koffie.

Butterfield en Ricky hadden elkaar opgenomen en goedgekeurd op de manier zoals mannen dat doen: aan de ene kant een Zweed, nuchter en niet hooghartig, aan de andere kant een Filippijn, beleefd, maar niet onderdanig. Ik meende bijna te kunnen horen hoe ze allebei even zuchtten toen de posities waren bepaald. Nu lachten ze tegelijkertijd om hetzelfde grapje.

Ricky leek de groente en zijn vrouw te zijn vergeten, hij kauwde op zijn tandenstoker en schommelde op zijn stoel heen en weer terwijl hij aan het vertellen was.

'Weet u,' zei hij, zich tot Butterfield wendend, 'in dit land is spelen eigenlijk verboden. Je mag in je eigen huis niet eens kaarten. Er is maar één uitzondering: bij dodenwakes. Wanneer je een dode in huis hebt, dan mag je spelen zo veel als je wilt. Dus weet je wat de mensen doen? Ze kopen lijken.'

Hij hield op met schommelen, boog zich over de tafel en herhaalde het.

'Ze kopen lijken! In San Juan, waar ik woon, daar hebben we een ploeg die niets anders doet. Die gaan iedere week de begrafenisondernemers langs en zodra er iemand binnenkomt die niet geïdentificeerd kan worden, dan zijn ze er als de kippen bij en doen ze een bod. Vervolgens danst het lijk een week of langer in de huizen rond, ja, het is natuurlijk gebalsemd. En wij kaarten totdat het begint te stinken...'

Butterfield moest lachen en nam een slok bier, veegde vervolgens zijn mond af met de achterkant van zijn hand. Ik voelde me een beetje jaloers. Ricky had mij nooit over die lijken verteld.

'Wat zegt je vrouw daarvan?' vroeg ik.

Ricky grijnsde en maakte een gebaar dat de eeuwig kleppende mond van zijn vrouw moest voorstellen.

'Zeuren, natuurlijk. Maar, madam, een man moet zijn vrienden kunnen zien.'

Butterfield boog naar voren en maakte zich op om ook met een verhaal te komen. Ik onderbrak hem nog voordat hij had kunnen beginnen.

'Luisteren jullie eens, als we nog voor middernacht in Manila willen aankomen moeten we nu weg. Ik ga nog even naar het toilet en dan vertrekken we...'

Ricky stond op en schoof mijn stoel opzij. Butterfield bleef zitten. Ik sprak met hem in het Zweeds en hoorde dat mijn stem scherp klonk.

'Weet jij waar hier het damestoilet is? Het liefst een waar je geen gonorroe oploopt alleen al door adem te halen...'

Hij glimlachte een beetje en wees met zijn gezonde hand.

Het was matig schoon, de vloer was nat en plakkerig, maar de toiletpot was een westers model en de wastafel was heel. Ik draaide de deur op slot, trok mijn jurk uit en waste me lang en zorgvuldig, bette mijn nek met koud water en maakte me op, leunde daarna voorover om mijn haren te borstelen, dat ellendige Scandinavische babyhaar, dat in de regentijd nooit in model bleef.

Ik bekeek mezelf in de spiegel. Mijn eigen gezicht was onder de make-up nauwelijks te zien. Ik weet nog dat ik aan Bengt dacht. Hij vertelde een keer over een experiment: iemand had foto's van de meest doorsnee mensen uit een land over elkaar heen gekopieerd, middelgrote neuzen, normale wangen, lippen van een normale dikte, honderden daarvan. En het uiteindelijke plaatje, de samenvatting van al die middelmaat, was een schoonheid.

Ik glimlachte naar het gezicht in de spiegel. Doorsnee.

Op hetzelfde moment ging het licht uit.

Ik liep op de tast naar de deur. Het restaurant was ook donker. Heldere stemmen spraken opgewonden in het Tagalog, donkere stemmen antwoordden in het Engels. Ik hield mijn tas met één hand stevig vast en strekte mijn andere hand voor me uit, probeerde me tussen alle andere stemmen verstaanbaar te maken.

'Butterfield! Ricky! Waar zijn jullie?'

Een vlammetje werd voor me aangestoken. Butterfield stond vlak bij me met zijn aansteker.

'Kom, dan gaan we.'

Ik legde mijn hand op zijn gezonde arm, die was heel warm, en liet me door hem naar de deur voeren. Achter mij hoorde ik Ricky's bekende ademhaling.

'Er is niets aan de hand, madam, maar houd uw tas vast...'

Butterfield zwaaide de rekening heen en weer voor een kelner die met een zaklamp had postgevat bij de buitendeur. Ik betaalde. Daarna stonden we buiten.

De stroomuitval leek de hele straat te hebben getroffen. Alles was zwart, met uitzondering van wat vlammetjes hier en daar, die net zo aarzelend flakkerden als het onze. Het was nog heel stil. Geen auto's, geen muziek, geen stemmen van mensen, alleen maar een stil geruis van wind en regen.

Voor het restaurant bleven we even aarzelend onder het baldakijn staan. Het klapperde een beetje in de wind.

'Regent het?' vroeg Butterfield en hij gaf zelf het antwoord: 'Ja, het regent...'

Ricky trok uit een gevoel van onbehagen zijn schouders op en strekte vervolgens zijn hand uit. Hij hief die met geopende handpalm op naar de lucht en zijn gezichtsuitdrukking veranderde, eerst verbazing, daarna onzekerheid. Butterfields vlam doofde.

Ricky hield zijn gebalde vuist tegen zijn borst.

'De aansteker', zei hij zachtjes.

We stonden vlak bij elkaar, alle drie, en zagen hoe het vlammetje datgene wat in Ricky's handpalm lag verlichtte.

Het was geen regen. Het was zand en as.

Ten slotte komen ze, ondanks alles. Er is niets wat ik kan doen om hen tegen te houden.

'Je werkt je over de kop', zegt Lars-Göran. 'Maar dit weekend mag je in elk geval uitrusten...'

Yvonne, zijn nieuwe jonge vrouw, glimlacht afwezig, terwijl ze haar mantel naast de bruine nerts hangt. Zonder erbij na te denken tilt ze de mouw van de bontjas op en strijkt er snel mee langs de punt van haar neus. Ik kijk weg, wil haar niet in verlegenheid brengen.

'Natuurlijk', zeg ik. 'Inderdaad. Maar mama heeft wel de hele tijd haar injecties nodig...'

'Je vergeet dat Yvonne verpleegkundige is', zegt Lars-Göran terwijl hij naar de woonkamer loopt. Hij blijft op de drempel staan, pakt de revers van zijn colbert alsof hij het recht wil trekken en laat ondertussen zijn blik taxerend door de kamer gaan. Ik sla mijn armen over elkaar en ril een beetje.

'Ja', zeg ik. 'Het zou eigenlijk wel fijn zijn om even het huis uit te komen. Ik zou eigenlijk inkopen moeten doen. Ik heb immers geen winterkleren. Ik heb nog helemaal geen tijd gehad om die te kopen; er zijn de hele tijd zo veel andere dingen te doen.'

'Zie je', zegt Lars-Göran. 'Nou gaan we vanavond wat lekkers eten en we trekken een fles wijn open, dan kun jij morgen gaan winkelen. Wij zorgen wel voor mama.'

Lars-Göran is een zoon van zijn moeder. Zijn welwillendheid is onverbiddelijk.

De etalagepoppen van Grens Modehuis zijn nog dezelfde als dertig jaar geleden: anorectische vrouwen met lange halzen en afhangende schouders. Moderne kleren zien er vreemd uit op deze poppen: de schoudervullingen zakken af en de spijkerbroeken zijn te ruim om de taille.

Ik duw de zware glazen deur open en herinner me mijn moeders stevige greep om mijn hand toen we hier voor het eerst naartoe gingen.

We werden zo onverwacht rijk; mama en ik konden het niet goed bijbenen. Toen ik in de eerste klas zat, woonden we nog in een ouderwetse tweekamerflat en hoopten we op een driekamerflat met een bad. Mijn moeder naaide zelf mijn kleren, ze kocht stof bij Garnboden en gebruikte knippatronen. Vijf jaar later woonden we in het Bananenhuis en hadden we een rekening bij Grens Modehuis, de duurste winkel van de stad, misschien wel van de hele provincie. De woningnood en een paar gouden contracten hadden van de metselaar Arne Dahlbom aannemer en werkgever gemaakt. Zijn bedrijf bulkte van het geld, zonder dat we dat in het begin begrepen. Maar op een dag kwam hij thuis en vertelde hij dat we gingen verhuizen.

'Het Bananenhuis?' zei mama niet-begrijpend. 'Wat voor Bananenhuis?'

Ik zal haar gezicht nooit vergeten toen tot haar doordrong welk huis het was: het grote witte Hollywoodhuis aan Gamlarpsvägen dat versierd was met iets wat eruitzag als vier protserige bananen van cement, een op elke hoek. Haar onderlip trilde en haar ogen werden vochtig. Mijn moeder was een aanhangster van de Nieuwe Zakelijkheid; in haar dromen hadden de huizen panoramaramen en waren ze ingericht met meubels van Bruno Mathsson. Ze zou ervan hebben genoten een dergelijk huis aan haar vrienden in het sociaal-democratische vrouwenverbond te laten zien, maar het poenerige Bananenhuis was haar vreemd en bracht haar alleen maar in verlegenheid.

Een paar weken na de verhuizing nam ze me stevig bij de hand en duwde ze de deur van Grens Modehuis open. De winkeljuffrouw droeg een antracietgrijs pakje en had ceriserode lippen.

'Mmm. Een jurk voor uw dochter voor de laatste schooldag; deze kant op...'

Ik kan me de paskamer en alle jurken nog herinneren: een witte met rode tulpen, een lichtblauwe met een bolletjesfranje, een gele met blauwe bloemen. Ze hadden allemaal een strak bovenlijfje en een rok die in de taille aangerimpeld zat. Van geen van alle kon de rits dicht. Ik was te dik.

Na de vierde mislukking leunde ik tegen de spiegel en deed

mijn ogen dicht. Ik hoorde mama's stem aan de andere kant van het gordijn.

'Hebt u niets anders? Iets wat niet zo strak over haar buik zit… Iets tweedeligs, misschien?'

De winkeljuffrouw mompelde iets over grotere maten en haar hakken weerklonken over de vloer. Even later stak mama een jurk met een Bardot-truitje door het gordijn naar binnen. Die was veel te groot, een tienerjurk.

'Trek die eens aan. Zijn hier ook spelden?'

Ik knikte zwijgend en trok de jurk over mijn hoofd, heel even was de wereld zachtroze. Mama trok hem naar beneden en deed de ritssluiting dicht, nam me een seconde lang op en viel daarna op haar knieën.

'We moeten het lijfje wat opnemen en de schouders wat innemen en de zoom van de rok moet minstens tien centimer omhoog. En die coupenaadjes moeten eruit. Sta stil!'

Zwijgend bleef ze een hele poos met de spelden bezig, daarna draaide ze mij rond om het resultaat te bekijken.

'Tja, een schoonheid zul je wel niet worden. En het is net zoveel werk als een nieuwe jurk naaien. Maar het is een jurk van Gren, dus dan zal je vader wel tevreden zijn.'

Ze gooide de overgebleven spelden in het achthoekige doosje, trok het gordijn opzij en stapte naar buiten.

'Trek hem maar uit… Ik wacht hier.'

Ik bleef onbeweeglijk in de spiegel staan kijken.

'Ze ziet eruit als een tompouce', zei mama tegen de winkeljuffrouw. 'Roze en vierkant. Maar we nemen hem. Hij kan wel vermaakt worden.'

Ik voelde een onbestemd gemis: ik had van die jurk kunnen houden.

Deze keer pas ik snel en efficiënt, kijk zelfs nauwelijks in de spiegel. Een geruit tweedjasje, een strakke gabardine rok, een corduroy broek en een lamswollen trui. Daarna ga ik over op de buitenkleding: een jack en een mantel. Plus een sjaal. Alles past. Er hoeft niets aan te worden vermaakt.

Wanneer ik mijn handtekening op het bonnetje van de creditcard zet, realiseer ik me opeens dat mijn kleren net zoveel kosten als zes maandsalarissen van een chauffeur op de Filippijnen. Precies net zoveel. En toch moet ik nog meer hebben. Ik heb ook een paar laarzen nodig.

Nadien loop ik langzaam over Stora Torget, langs het gemeentehuis, door het Ingsbergspark en ver Handskeryd in. Het is zaterdagmiddag en de stad komt langzaam tot rust. Ik heb zo lang in Azië gewoond dat de stilte eerst gevaarlijk aandoet. Daarna weet ik het weer: in de residentie in Delhi was het ook stil. Rijkdom en stilte gaan hand in hand.

Mijn moeder hield van ons Indiase huis, de witte, strakke, moderne residentie van de ambassadeur.

'Cecilia heeft alles gekregen waar je van kunt dromen', zei ze tegen Ulf toen we haar een rondleiding gaven. 'Het huis van Alva Myrdal! Want het was toch Alva Myrdal die dit heeft laten bouwen?'

Ik keek rond in de grote salon. Als een kamer kan zijn zoals een mens, dan was die kamer een beeld van mijn moeder. Groot, wit en verstandig, zonder een enkel hoekje voor duistere geheimen. Ik had dunne witte gordijnen laten ophangen om de ruimte zachter en kleiner te maken en wanneer we gasten kregen, liet ik het personeel zware kruiken met bloeiende bougainville binnendragen. Het hielp niet. De kamer was en bleef een troonzaal der rede, hoeveel purperkleurige bloemblaadjes de vloer ook bedekten.

'Jij bent gelukkig, jij', zei mijn moeder terwijl ze me over mijn wang streelde.

Wanneer ik thuiskom, krijg ik iets te zien wat ik niet zou moeten zien. De deur van de grote slaapkamer staat op een kier, Lars-Göran zit bij mama en houdt haar hand tegen zijn borst. Ze kijken elkaar in de ogen, mama is helemaal wakker.

Ze houden van elkaar, die twee. Moeder en zoon, twee apostelen van de rationaliteit en de welwillendheid. Ze houden van elkaar.

Ik glimlach schamper. Zou ze net zoveel van hem hebben gehouden als hij geen minister was geweest? Hield ze voordat zijn regering de verkiezingen verloor nog meer van hem?

Mijn afgunst maakt me misselijk.

'Het is fijn om te zien dat je weer de oude bent', zegt Lars-Göran de volgende dag, terwijl hij het dessertbordje wegschuift. 'Lekker eten en goeie wijn, dat is Cecilia ten voeten uit...'

Ik glimlach vriendelijk naar hem, terwijl ik gehurkt voor de open haard zit. Het vuur wil niet branden.

'Inderdaad, het heeft me goed gedaan dat jullie zijn gekomen. Het was een beetje eenzaam... Maar nu vertrekken jullie weer.'

'De kinderen', zegt Yvonne, met haar fluisterende stem. 'We kunnen niet langer wegblijven.'

'Nee, dat begrijp ik', zeg ik. 'Maar wat koffie na het eten, daar hebben jullie toch nog wel tijd voor?'

'Natuurlijk', zegt Lars-Göran. 'Dat regelt Yvonne. Of niet, schat?'

Wanneer we alleen zijn gaat hij op zijn knieën naast mij zitten, legt de houtblokken goed en maakt proppen van een paar kranten. Wanneer het vuur opvlamt besluit ik dat ik het eindelijk durf te vragen.

'Herinner jij je Marita Olsson nog? Die naast ons woonde?'

Hij kijkt geconcentreerd naar het vuur.

'Zeker. Jouw ouwe vriendin, zeker herinner ik me haar nog.'

'Hadden die een slang in de provisiekamer? Of heb ik dat gedroomd?'

Hij staat op en slaat zijn broekspijpen af, glimlacht een beetje.

'Dat heb je niet gedroomd. Ze hadden een slang in de provisiekamer. In een fles brandspiritus. Olsson had hem op een dag toen hij dronken was op Eksjöberget gevonden. Weet je dat niet meer?'

Vlak voor ik in slaap val, komt een deel van de herinnering terug. Ik sta in onze keuken te huilen, we hebben bruine kraal tegen de muur en een fornuis dat op hout wordt gestookt. Ik hoor mijn eigen geblèr; voor zo'n klein meisje is het een eentonig en grof geluid.

'Nu hou je op met krijsen', snauwt Goudbom, hoewel hij Goudbom nog niet is, alleen maar metselaar Arne Dahlbom. Hij zit aan de keukentafel met het *Smålands Dagblad* voor zich. 'Een dode slang in een pot kan je verdomme toch niks doen...'

'Ze wil alleen maar aandacht', zegt mama bij de gootsteen. 'Nou hou je op!'

En dan houd ik op.

Ik denk vaak aan het toeval. Ik word er duizelig van. We zijn allemaal een duizendste deel van het toeval, het uiteindelijke resultaat van tienduizenden ontmoetingen vanaf het begin der tijd. Als slechts een van deze ontmoetingen niet had plaatsgevonden, zou de wereld van iemand anders zijn geweest. Een hagedis uit de oertijd copuleert met een andere hagedis en de wereldgeschiedenis begint; uit hun eieren komt een dier dat zijn kinderen binnen in zich zal dragen. Als niet juist die hagedis precies die andere hagedis had gekozen, dan waren er op de wereld geen mensen geweest.

Maar we bestaan. En we dragen onze voorouders binnen in ons. We hebben allemaal reptielenhersenen, een grijs klompje woede diep verborgen in ons hoofd. Daar rust het, omgeven en afgeschermd door de massa die ons tot mensen maakt.

Butterfields hersenen glansden grijs en roze, als wolken tijdens de zonsopgang, maar daar wil ik niet aan denken.

We renden hand in hand door de asregen, Butterfield rechts van mij, Ricky links. Ricky had mijn handtas gepakt en hield die stevig vast; bij iedere stap die hij zette, sloeg de tas zwaar tegen zijn dijbeen.

Terwijl we renden kwam de straat tot leven: kinderen en volwassenen kwamen uit dwarsstraten aanvliegen. Sommigen hadden al tassen en buidels bij zich. Meisjes en soldaten vlogen bars en bordelen uit. Sommigen waren zo aangeschoten dat ze lachten, maar de meesten waren net als wij, zwijgend en verbeten, en ze renden net als wij, snel en doelbewust. Maar ze renden nog niet in dezelfde richting; iedereen leek zijn eigen doel te hebben.

Mijn ogen raakten snel aan de duisternis gewend. Ik zag een naakt meisje; ze hield haar werkbikini in haar hand terwijl ze huilend dwars de straat over rende. Een jongen zonder benen zat op een zelfgemaakt skateboard en zette zich met zijn knokkels af op de grond. Hij hield een plastic zak onder zijn kin, drukte die tegen zijn borst en kwam net zo snel vooruit als de rest van ons, totdat hij plotseling moest uitwijken voor een waggelende blanke soldaat die tegen de muur van een huis leunde terwijl hij probeerde zijn gulp dicht te maken. Op hetzelfde moment tilde een zwarte marechaussee een reusachtige gettoblaster op zijn schouder en liet de muziek tussen de muren van de huizen schallen: *'Come on, you fool, I love you! Join the joyride!'*

Een vage geur van zwavel prikkelde mijn neus. De as was scherp en heet, honderden kleine speldenprikjes op mijn huid. Ricky's ogen traanden, dat moest door de as komen; Ricky huilde nooit. Vreemde lichamen botsten tegen ons op en vreemde stemmen spraken tot ons, maar we stopten niet en gaven geen antwoord, we renden alleen maar verder, gleden snel door zwarte kluwens van mensen alsof onze lichamen een waren geworden. Eindelijk hield de straat op: daar lag de parkeerplaats, daar stond onze rode Toyota. Ricky liet mijn hand los en zocht al rennend in zijn broekzak naar de autosleutels.

De as vormde nog niet meer dan een dun laagje stof op de autoruiten en de motorkap. Butterfield en ik veegden de achterruit schoon terwijl Ricky het portier van het slot deed. Ik deed het linkerachterportier open en kroop naar binnen, Butterfield opende het rechter en ging naast me zitten.

'Verdomme', zei hij hijgend in het Zweeds. 'Verdomme, verdomme, verdomme...'

Ik glimlachte in het donker, de auto voelde veilig en vertrouwd en Ricky's fruit vulde hem met zoete geuren. De as tikte zachtjes op het dak. Dat verwonderde mij; hij zou zo zacht als sneeuw moeten zijn.

Ricky zat op de chauffeursstoel met iets te frunniken en het duurde even voor hij de motor aan de praat kreeg. Ik wreef over mijn armen en merkte verbaasd dat ik helemaal niet meer zweette hoewel het nog net zo warm was als eerst. Butterfield leunde naar voren en zei iets over de auto; op hetzelfde moment gingen eindelijk de lampjes op het dashboard branden en begon de motor te draaien. Ik zuchtte.

'O, ik was doodsbenauwd, Ricky. Ik dacht dat hij het niet zou doen...'

'Niets aan de hand, madam. Maar we moeten benzine hebben, dit is niet genoeg tot Manila...'

'Weet je een benzinepomp te vinden dan?'

'*Sure*, madam. Er ligt er een bij de uitrit uit de stad...'

Op hetzelfde moment deed hij de lichten aan. De koplampen schenen recht op een groepje kinderen dat bij elkaar was gekropen op een lege parkeerplaats voor ons. Ze waren heel klein, nauwelijks ouder dan vijf, zes jaar. Allemaal waren ze gekleed in iets lichts en vormeloos, het leken wel zakken. Een van hen stond op, hij had een plastic zak in zijn hand en vertrok zijn gezicht. Misschien was het een glimlach. Misschien huilde hij. Het was moeilijk om door de asregen heen te kijken.

'Arme kinderen', zei ik. 'Hoe zal dat gaan?'

'*Street kids*, madam', zei Ricky. 'Die redden zich altijd...'

'Hoe is de weg naar Manila?' vroeg Butterfield.

Ricky schakelde de auto in de eerste versnelling. Opeens voelde ik me vrolijk, er borrelde gejubel op in mijn keel. Ik lachte.

'Weet jij dat niet; jij krijgt toch elke week verlof?'

'Hou op! Ik ben in geen drie jaar deze stad uit geweest… Sindsdien is er veel met de wegen gebeurd. We hebben vier orkanen gehad.'

'De weg is goed, mister Berglund', zei Ricky. 'Een goede grindweg tot ongeveer halverwege, verder asfalt. Dus dat is geen probleem, als er maar niet te veel verkeer is…'

Ik glimlachte en vouwde mijn handen in mijn nek, nog steeds licht van geluk.

'En als het erop aankomt, weet Ricky een kortere route. Of niet, Ricky?'

'*Sure*, madam.'

Ik lachte weer luid.

'Op dit moment zijn we volkomen vrij, Butterfield. Niemand in de hele wereld weet wat we doen of waar we zijn…'

'Ben je dronken?' vroeg Butterfield Berglund.

Ze belt niet. Ze zal niet bellen. En toch moet ze het weten.

Op een nacht word ik wakker en weet ik wat ik tegen haar wil zeggen; in de ene seconde dat ik tussen dromen en waken zweef, is het glashelder. Maar terwijl ik mijn moeder zuurstof en morfine geef, verliest de lichte gedachte haar helderheid; ze zakt naar de aarde en gaat uit alleen maar woorden bestaan. Toch ga ik aan mijn moeders bureau zitten en begin een brief.

> 'Marita, weet jij nog steeds alles over mannen?
> Moeten we hen altijd in hun portieken volgen? Waarom kunnen ze niet naar ons toe komen, waarom willen ze niet in onze kamers binnenkijken, over onze landschappen uitzien?
> Butterfield wilde nooit iets over mij weten. En toch: hij was schoon als het leven zelf. Maar zijn sperma was net zo wrang als de liefde, net zo bitter als de lust…'

Wanneer ik de volgende ochtend lees wat ik geschreven heb, ben ik razend. Onzin en gewauwel! Ik verfrommel de brief en gooi hem in de prullenbak en daarna loop ik naar de badkamer om mijn tanden te poetsen. Maar de woorden uit de brief blijven me achtervolgen en mijn spiegelbeeld kijkt me minachtend aan. Dus zijn sperma was wrang als de liefde, Cecilia? Bitter als de lust? En hoe smaakte dat van NogNog?

Ik spuug het schuim van de tandpasta in de wastafel en plaag mezelf met het antwoord: het sperma van NogNog was vol van smaak als bloed en zo zout als de zee.

Aan de rand van Olongapo was nog elektriciteit: hier en daar blonken naakte gloeilampen in de krotten langs de rivier. Op de grond beneden brandden de vuren van de avond. De huizen stonden heen en weer te wiegen op hun hoge, schuine palen; ze zagen er vreemd uit, alsof ze van plan waren te vertrekken.

Het vluchten was begonnen, maar er heerste nog geen paniek. De straten waren vol mensen en auto's, handkarren en fietsen, bonte omgebouwde jeeps en roestige bakfietsen. Er golden geen regels: wie aan de rechterkant niet opschoot, ging aan de linkerkant van de straat rijden. Het maakte niets uit: er was geen tegemoetkomend verkeer, nu was iedereen op weg dezelfde kant op, naar het zuiden, richting Manila.

'Shit!'

Ricky sloeg met zijn vuist op het stuur toen we het tankstation naderden.

'Wat is er?' vroeg Butterfield.

'Kijk eens naar die rij', zei Ricky. 'En verdorie maar één pomp...'

'Ik ga even kijken', zei ik.

Het was hard gaan waaien, de wind greep het portier en rukte het open zodra ik het op een kier had geopend. Mijn haar woei in mijn gezicht, ik hield het met mijn hand opzij en telde de auto's voor ons. Achttien stuks! Veertien roestige ouwe brikken, van het type dat een op vier rijdt, en vier omgebouwde jeeps. Plus een aantal voetgangers met emmers en jerrycans.

Ik stak mijn hoofd de auto in.

'Voordat wij aan de beurt zijn, is de benzine op. Je moet eruit om te onderhandelen, Ricky...'

Ricky zette de motor af en stapte uit. Hij werd verrast door de harde wind. Die greep zijn overblouse; toen hij zich naar mij toe keerde, zwol het rugpand op als een ballon terwijl de voorkant tegen zijn ronde buik werd gedrukt.

'Ik probeer het met die speculanten', zei hij. 'Kan ik het dubbele bieden?'

'Je kunt het driedubbele bieden. We moeten naar Manila...'

Hij liep naar de pomp. Daar stond een man die net bezig was twee plastic emmers met benzine te vullen. In het zwakke schijnsel zag ik Ricky gebaren en argumenteren. De man gaf geen antwoord, keek alleen in zijn emmer en liet het uiteinde van de slang nog wat zakken, misschien om te zorgen dat het niet zou opspatten.

'Cola, madam?'

Een jongen trok aan mijn rok. Hij hield drie grote Coca-Colaflessen in zijn armen en hing achterover om zijn evenwicht te bewaren. Zijn haar glom van de as; ondanks de harde wind lag het als een alpinopetje op zijn hoofd.

'Cola?'

Ik nam meteen een besluit. We hadden onderweg wat te drinken nodig.

'Wat kost het?'

'Twee dollar per stuk, madam. Vijf dollar voor alle drie...'

'Wat een woekerprijs!'

Hij haalde, zo goed en zo kwaad als dat ging met zijn armen vol, zijn schouders op.

'Vierenhalve dollar dan.'

Ik gaf geen antwoord en hij gaf het bijna meteen op.

'Vier dollar.'

'Oké. Geef mij die flessen! Heb je er nog meer?'

'Die kan ik halen...'

'Haal er nog twee, maar vlug. We hebben haast.'

Hij stak zijn hand uit.

'Eerst geld voor deze drie.'

Ik drukte hem een paar verkreukelde dollarbiljetten in de hand en maakte vervolgens een snelle berekening. Ik had nog ongeveer tweehonderd dollar over; dat zou tijdens de reis genoeg moeten zijn voor zowel voedsel als benzine, zelfs met een rampeninflatie. Terwijl ik me vooroverboog om de flessen op de bodem van de auto te leggen, dacht ik aan mijn reisbudget, aan de roze formulieren die op de ambassade op mijn Ikea-bureau lagen.

'Hoe gaat het?' vroeg Butterfield.

'Het gaat goed', zei ik. 'Ricky is een uitmuntende onderhandelaar...'

De jongen keerde terug met de flessen en nieuwe aanbiedingen.

'Fruit, madam? Verse kokosnoten? Chocolade?'

'Goed, wat chocolade. Maar vlug!'

Hij rende weer de duisternis in en voor het eerst zag ik dat de as zo dik was dat er voetsporen in achterbleven. Ik boog voorover en pakte wat op; het was grijs en zwart en scherp als zand. Te midden van de donkere korreltjes glinsterden er hier en daar wat zilveren. Ik opende mijn hand een beetje; de wind pakte de as op en blies die weg.

Het was Ricky gelukt. De man met de emmers kwam naar onze auto, Ricky liep als een waakhond achter hem aan.

'Hij wil honderd dollar, madam. Honderd dollar voor anderhalve emmer... En hij is niet te vermurwen.'

'Hoeveel zit er in iedere emmer?'

'Ik weet het niet, zes gallon misschien.'

'Redden we het daarmee?'

'Minstens tot Quezon City, madam. En dan zijn we er immers bijna.'

'It's a deal.'

Ricky draaide de dop van de benzinetank, ik opende mijn portefeuille.

'Hebben we ook een trechter?' vroeg Ricky.

'Een trechter? Wij hebben geen trechter, dat weet je wel...'

'Hoe kunnen we de benzine dan in de tank gieten?'

We wisten even niet wat we moesten doen, maar de man die in afwachting van zijn geld had staan zwijgen, veerde opeens op. Hij zei iets tegen Ricky in het Tagalog. Ricky keek weifelend maar maakte de kofferbak open; hij schudde de zoete aardappelen uit een plastic zak en gaf de zak aan de man. Die keerde hem snel binnenstebuiten, streek hem glad en beet een gat in de onderkant. Vervolgens drukte hij het onderste gedeelte van de zak in de tank en vouwde het bovenste gedeelte voorzichtig open. Ricky keek glimlachend toe.

'Nu hebben we een trechter, madam.'

'Mooi,' zei ik, 'maar giet voorzichtig. Dit is de duurste benzine die een menselijk wezen ooit heeft gekocht...'

Op hetzelfde moment kwamen er kreten en protesten van de benzinepomp. Iemand stond te dreigen met het uiteinde van de slang, de slang zelf kronkelde. Ricky moest lachen.

'De benzine is op, madam. U hebt een goede deal gemaakt, ondanks alles.'

Drie mannen bij de pomp riepen nijdig iets over *kano's* en wezen in onze richting.

'Dat moet je niet zeggen... Het lijkt erop dat we de mensen op stang jagen. Schiet op!'

'Er zit niet veel meer in, madam. Het is zo klaar.'

Ik sprong in de auto; de man met de emmers keek me bezorgd na.

'Zo is het genoeg', zei hij, maar Ricky goot nog een extra slok in de plastic zak voordat hij de emmer liet zakken.

'Anderhalve emmer, madam. Het zit erin...'

Ik draaide het raampje naar beneden en stak het geld naar buiten.

'Dank u wel, mister. We waarderen uw hulp enorm.'

De man gaf geen antwoord, telde alleen de biljetten na, vouwde ze vervolgens zorgvuldig op en sloot zijn hand eromheen. Misschien hoorde hij me niet; de wind gierde. Ricky startte de auto, reed achteruit en wist handig langs een paar handkarren en een omgebouwde jeep te manoeuvreren. Toen waren we weer op de weg. Ik leunde naar voren en borstelde met mijn hand de as uit mijn haar. Daarna draaide ik me om om door de achterruit te kijken. De mensen bij de benzinepomp stoven langs elkaar heen, iemand vuurde recht in de lucht een schot af, een man schreeuwde, een vrouw stapte uit een overvolle omgebouwde jeep met een baby in haar armen.

Op dat moment schoot me te binnen dat ik de chocolade was vergeten. Een absurd verdriet overviel me, alsof ik een kind was. Of alsof ik wist dat we gauw een kind zouden tegenkomen.

Ik bega een fout. Ik vergeet de prullenbak te legen die in de kamer van mijn moeder staat. Daarin ligt mijn brief aan Marita, tot het dinsdag wordt.

Wanneer ik terugkom van Eksjöberget staat Gunilla in de deuropening van de dienkamer te glimlachen. Terwijl ik mijn laarzen uittrek en mijn mantel ophang, glimlach ik terug, een beetje verbaasd over haar plotselinge zonnigheid.

'Is het koud buiten?'

'Nee. Eigenlijk niet. De winter lijkt dit jaar niet echt op gang te komen.'

Ik probeer langs haar heen de keuken binnen te gaan, maar ze blijft staan en verspert me de weg. Ik moet wel blijven staan en haar aankijken.

'Weet je dat het dertig jaar geleden is dat we van de lagere school kwamen', zegt ze met talmende stem.

'Ja. Dat klopt.'

'Het is niet normaal hoe goed je je iedereen eigenlijk nog kunt herinneren. Marianne. Ove. Bosse Lindgren. En Marita Olsson.'

Ik geef geen antwoord, maak alleen een resoluut gebaar waaruit blijkt dat ik bereid ben haar een duw te geven als ze me niet in mijn moeders keuken wil binnenlaten. Ze gaat opzij en laat me erdoor, nog steeds met haar armen over elkaar. Wat ben jij bleek, denk ik, wat ben jij bleek en lelijk en saai!

Ze volgt me de keuken in, leunt tegen de deurpost en neemt me op terwijl ik water opzet en de koffie te voorschijn haal.

'Dus jij gebruikt Zoégas. Is dat niet duur?'

'Jawel. Maar het is lekker. Lekkerder dan de andere merken.'

'Ik weet het. Zelf heb ik een keer Luxus gekocht toen dat in de aanbieding was, maar dat was niet lekker. Wrang en bitter. Heel wrang en bitter.'

Ik draai me snel om en kijk haar aan; ze slaat haar ogen neer maar blijft glimlachen. Ze plukt een onzichtbaar vuiltje van haar trui en zegt: 'We zijn met een paar man van plan om een klassenfeest te organiseren, een reünie van iedereen die de eerste zes jaar bij elkaar in de klas zat. Vóór de middelbare school. Zou jij dan komen?'

Ik keer haar weer de rug toe.

'Dat weet ik niet. Dat hangt ervan af.'

'Van wat dan?'

'Van mijn moeder natuurlijk. Hoe ze eraan toe is.'

'O. Op die manier, natuurlijk. Maar het zou toch leuk zijn om alle oude klasgenoten weer te zien. Jij en Marita zijn toch altijd elkaars beste vriendin geweest... Hebben jullie nog contact?'

Ik zet de koffie terug in de kast, draai me om en kijk haar strak aan en spreek heel duidelijk zodat ze zal begrijpen dat ik haar doorheb.

'Nee. We hebben geen contact. Helemaal niet.'

Ze glimlacht brutaal en haalt haar schouders op. Nog voordat zij de buitendeur achter zich dicht heeft kunnen trekken, loop ik de trap al op. De brief ligt nog in de prullenbak, maar het is geen prop meer. Ze heeft hem gladgestreken en vergeten opnieuw te verfrommelen.

'Wil je een sigaret?'

Butterfield knikte, maar antwoordde niet. Ik stopte de sigaret tussen zijn lippen en stak hem aan, alsof zijn beide handen onbruikbaar waren geworden. Hij tilde geïrriteerd zijn linkerhand op en schoof me zachtjes opzij. Toch had ik kunnen voelen dat hij het zweet op zijn bovenlip had staan.

'Heb je pijn?'

'Ja.'

'Moet je geen tabletje nemen? De dokter heeft tabletten meegegeven. Ik heb ze in mijn handtas. En ik heb hier Coca-Cola waar je het mee kunt wegspoelen.'

Hij maakte opnieuw een geïrriteerd gebaar.

'Dat is het niet. Ik red me nog wel even.'

Ik legde de fles Coca-Cola terug op de vloer van de auto.

'Wat is er dan?'

Hij zweeg een poosje, vervolgens zette hij zich schrap en zei: 'Ben je je ervan bewust dat je je daar bij dat benzinestation als een varken hebt gedragen?'

Eerst was ik verward, maar daarna kwam de woede. Witheet was ik.

'Wat bedoel je? Wat bedoel je, verdomme?'

'Ik bedoel wat ik zeg. Je hebt je als een varken gedragen. Je bent voorgedrongen, je hebt met je dollars gezwaaid, je hebt misbruik gemaakt van hun armoede.'

'Je kletst uit je nek, Butterfield Berglund. Ik heb van niemand misbruik gemaakt: er werd van mij misbruik gemaakt. Ik heb woekerprijzen voor zowel de benzine als de Coca-Cola betaald, alleen maar om te zorgen dat jij op tijd in het ziekenhuis zou komen. Mij maakt het verder niet uit! Ik kan me wel een paar dagen in een veilig hotel gaan zitten vervelen. Maar jij moet naar Manila als je je hand ooit nog weer wilt kunnen gebruiken! Was het niet zo? Maar dat wil je misschien niet? Je wilt misschien terug naar het ziekenhuis? Of naar de gevangenis?'

Hij zweeg. Ricky voelde zich ongemakkelijk en kroop achter het stuur in elkaar. Op de Filippijnen worden ruzies en openlijke meningsverschillen vermeden, daar praat je vriendelijk met je vijand tot het moment waarop je hem neerschiet.

'Nou', snauwde ik. 'Moeten we omkeren? Moeten we stoppen om de auto aan de armen te schenken? Moeten we stoppen en sterven opdat zij mogen leven?'

Butterfield keerde zich naar me toe; zijn gezicht sprak boekdelen.

'Dat was lullig!'

Ik raakte weer in verwarring.

'Hoezo? Wat bedoel je?'

'Dat bijbelcitaat. Je hoeft mij niet te minachten vanwege Jefferson! Ik ben niet zoals hij.'

'Nu maak je je belachelijker dan je bent. Ik wist niet dat dat uit de bijbel kwam. Het kwam gewoon bovendrijven. Jefferson en de bijbel kunnen me allebei niks schelen. Jij kunt naar de hel lopen, Butterfield Berglund, jíj bent degene die in dit land geld voor de mensen heeft vervalst. Niet ik. Je bent een verrekte huichelaar.'

Ik ademde zwaar en keerde me van hem af, leunde tegen het autoraam en probeerde naar buiten te kijken. Ik zat driftig te roken. De gloed aan mijn sigaret werd lang, bijna twee centimeter vuur en geen as.

Warempel, dacht ik, vandaag ben je veranderd. Hier zit de koele eerste ambassadesecretaris Cecilia Lind te vloeken tegen een valsemunter. Er is een orkaan onderweg. En buiten sneeuwt het as van een vulkaan die al lang dood had moeten zijn. Dit is niet normaal, dit gebeurt niet, het zou niet moeten gebeuren.

We waren nog steeds in Olongapo, ook al was er meer dan een halfuur verstreken sinds we het benzinestation achter ons hadden gelaten. De auto kroop vooruit; met zo veel mensen op de weg kon je niet sneller rijden. De vluchtelingen liepen half te rennen met hun plastic tassen en buidels. Sommigen hadden een paraplu opgestoken om zich tegen de as te beschermen, maar de wind lachte hen alleen maar uit en keerde de paraplu's binnenstebuiten.

Ik tikte Ricky zachtjes op zijn rug. Mijn stem trilde een beetje.

'Wat denk je, Ricky, komen we er via deze weg? Of moeten we gaan denken over die kortere route...'

Hij legde zijn arm over de rugleuning van de lege stoel naast hem, zoals hij altijd deed, en leunde naar achteren.

'Ik denk dat we de kortere route moeten nemen, madam. Maar ik weet het nog niet. Het hangt ervan af. Als er op die weg ook zo veel mensen zijn, dan heeft het geen zin... Hij is smaller dan de grote weg en dan wordt het nog moeilijker om vooruit te komen.'

'Weet je de weg wel, in het donker?'

Butterfields stem klonk ook wat onvast.

'Jawel, mister Berglund, ik heb een neef die daar in een dorp in de bergen woont. Ik heb die weg al honderd keer gereden. Je maakt gewoon een bocht omhoog, een grote bocht, naar een stad die Floridablanca heet, en dan kom je beneden weer bij de grote weg uit, precies waar het asfalt begint...'

'Maar komen we dan niet dichter bij de vulkaan?'

'Maakt u zich geen zorgen, madam. Dat geloof ik niet...'

'Geloven!' zei Butterfield in het Zweeds. 'Weet hij het wel of weet hij het niet?'

Ik grinnikte; mijn woede was weggeëbd.

'Ik weet het niet. We moeten op Ricky vertrouwen. Meestal weet hij wel wat hij doet.'

Butterfield glimlachte naar me.

'Potverdorie, wat werd jij boos...'

'Inderdaad', zei ik. 'Zo boos word ik altijd wanneer iemand dingen zegt die ik niet wil horen.'

Hij boog zich naar voren en raakte me voor het eerst aan, streek snel met de buitenkant van zijn hand over mijn wang.

'Ik weet het', zei hij. 'Dit is een onmogelijke puinhoop.'

De wijkzuster heet Berit. Ze heeft medelijden met iedereen, ook met mij. Ik maak misbruik van haar en vraag haar of ze mij wil helpen bij het verschonen van de lakens van mijn moeders bed. Dat is haar taak niet, dat doet de thuiszorg, maar vandaag is het donderdag en ik weiger om het Gunilla te vragen.

Berit antwoordt bevestigend met hetzelfde bezorgde gezicht als altijd. Na afloop bied ik haar in de keuken een kop koffie aan.

'Stel je voor, wonen in India', zegt ze. 'En op de Filippijnen...'

Ik glimlach even. Het verbaast me altijd dat ze denken dat dat zo ver weg is.

'Ik heb ook in Peru en Vietnam gewoond. Maar dat is lang geleden.'

Ze doopt aarzelend haar beschuitje in haar koffie, de boter smelt en vormt gouden strepen in het zwart.

'Ik zou waarschijnlijk nooit in een ontwikkelingsland kunnen wonen. Ik geloof dat ik het lijden niet zou kunnen verdragen.'

Ik denk: het lijden bestaat dus niet als je het niet ziet? Maar ik zeg niets; ik brom alleen instemmend en zij gaat verder.

'Mensen die op straat liggen te sterven, dat is te afschuwelijk. Daar zou iets aan gedaan moeten worden.'

'Overal is lijden', zeg ik. 'En na een poosje leer je dat er veel manieren zijn om te leven... Ook in armoede kan een goed leven bestaan.'

Ik lieg om haar te troosten. Als Ricky mij al iets geleerd heeft, dan is het dat je nooit iets van armoede weet wanneer je rijk bent. Het enige wat je leert, is je ogen te sluiten en je onverschilligheid in stand te houden. In het begin geef je geld aan bedelaars en krijg je tranen in je ogen wanneer je melaatsen tegenkomt, maar algauw stap je over de stervende mensen op straat heen en trek je je niets van hen aan. Het heeft geen zin om een ambulance te bellen: er zijn geen ambulances. Niet voor hen.

Maar opeens ben ik niet te stuiten, er komt een herinnering boven.

'In India zag ik een klein jongetje een hele week op dezelfde plek staan huilen. Op een straathoek. Hij droeg alleen maar een lendendoek om zijn buik en hij was zo mager en grauw. Ik reed vier keer per dag langs hem heen, wanneer ik Sophie naar school moest brengen en haar moest ophalen. Ik vroeg me af waarom hij huilde. Maar toen ik eindelijk had besloten dat ik zou stoppen om iets te doen, toen was hij weg...'

Berit neemt een slok koffie.

'Is hij nog teruggekomen?'

'Nee.'

'Misschien heeft iemand hem meegenomen naar een kindertehuis.'

Ik glimlach. Vast.

'Het is eerder zo dat iemand hem heeft meegenomen naar een steengroeve of een fabriek of een bordeel. En hem zich daar kapot heeft laten werken.'

'Maar dat is toch verschrikkelijk. Dat je een kind zoiets kunt aandoen...'

'Er wordt kinderen zo veel aangedaan. Ik heb een onderzoekster ontmoet die honderden werkende kinderen had geïnterviewd. Op een keer kwam ze bij een glasfabriek waar een heleboel jongens werkten. Ze wilden niet met haar praten, ze leken bang. Maar 's avonds ging ze naar een van hen thuis en hij vertelde... De week daarvoor had een andere jongen zich zo gebrand aan de glasmassa dat hij was gestorven. Maar toen zijn ouders zijn lichaam kwamen halen, was er niets. De werkgever had het lijk in de oven gegooid...'

'Maar waarom?'

'Omdat hij geen schadevergoeding wilde betalen. Wanneer het lichaam er niet was, dan zouden de ouders nooit kunnen bewijzen dat die jongen had geleefd...'

Opeens wil ik alleen maar huilen. Dolores. Dolly. Heeft zij ooit bestaan? Leefde zij?

Berit kijkt mij aan en legt haar hand op de mijne. Opeens heb ik behoefte aan haar en haar spontane vriendelijkheid. Ik schraap mijn keel en zeg: 'Er is te weinig vriendelijkheid in de wereld...'

'Goedheid', zegt Berit.

Daar loopt de grens. Haar sentimentaliteit doet mij walgen en ik trek mijn hand terug. Berit pakt haar kopje op.

'Uw man dan, uw ex-man? Is hij niet iets hoogs...'

'Ulf. Ja. Hij werkt voor de secretaris-generaal van de VN.'

'Wat goed', zegt ze. 'Dan kan hij iets doen.'

Ik sta op en neem mijn kopje mee naar het aanrecht zodat zij mijn vertrokken gezicht niet kan zien.

Vriendelijkheid is nog geen excuus voor onnozelheid.

'Ik snap verdorie niet waarom ze zo bij elkaar moeten klonteren', zei Butterfield terwijl hij uit het zijraam keek.

'De vluchtelingen?' zei ik. 'Die zullen wel weg willen, net als wij.'

'Die niet. De handelaars. Waarom moeten die al hun *sari-sari-stores* naast elkaar zetten?'

Ik keek naar buiten. Bij de uitrit uit Olongapo stonden minstens vijftien kramen, allemaal met hetzelfde assortiment: fruit, groente, frisdrank en sigaretten. Rosa's Store, Nancy's Store, Jenny's Store, in een eindeloze rij.

De wind rukte aan het tentzeil over de kramen, een handgeschilderd bord werd losgerukt en de lucht in geslingerd. Toch begon ik eraan te wennen. Al bijna een uur luisterde ik naar het lichte getik op het dak van de auto, het droge geknars van de ruitenwissers, het honende gelach van de wind. Het zou niet erger worden, dat wist ik. Je moest gewoon geduld hebben. Ik wendde me tot Butterfield.

'Hoelang ben je al op de Filippijnen?'

'Acht jaar.'

'Zo lang al... Waarom ben je hiernaartoe gekomen?'

Hij gaf geen antwoord. Haalde alleen zijn schouders op.

'Hier is de afslag, madam. Nu moeten we een beslissing nemen...'

Ricky's stem klonk net als altijd. Die van mij ook toen ik antwoordde: 'Goed, Ricky. Ik stem voor de kortere route... En jij?'

'You're the boss, madam.'

'Ja', zei Butterfield, die wat verder in zijn hoek kroop. 'We doen wat de baas wil.'

En Ricky draaide aan het stuur en reed de diepe duisternis in.

Het eerste halfuur was heerlijk; Ricky gaf flink gas en schakelde door naar de derde versnelling, raakte even de vierde en gleed vervolgens door naar de vijfde, en iedere keer dat hij van versnelling wisselde, veranderde de motor van toonsoort, werd helderder en lichter. We waren op weg, we vlogen bijna, en binnenkort zouden we in veiligheid zijn.

Butterfield maakte zich ongerust over de hoge snelheid, maar kon dat niet tonen; hij grijnsde alleen maar en zei: 'Kun je dit wel aan, Ricky?'

'Rustig maar', zei ik. 'Ricky rijdt altijd hard. Hij kan het wel aan...'

De weg was smal en bochtig, en het groen waardoor hij omzoomd werd bestond uit dicht struikgewas. Het leek alsof de struiken en het bamboe dansten; we reisden door een allee van uitgemergelde ballerina's die in de duisternis gracieus hun armen naar ons uitstrekten, weer introkken en op hun knieën vielen. De asregen was nu dichter geworden; in het licht van de koplampen zag het eruit als sneeuw.

'Zo'n goed wegdek hebben we de hele reis nog niet gehad', zei Ricky. 'De weg is helemaal droog...'

Hij boog zich over het stuur; ik denk dat hij aan zijn vrouw dacht, hij wilde naar huis om haar te horen zeuren. Opeens zag ik hen voor me: Ricky zat op zijn kapotte gegalonneerde bank, het enige meubel in hun kamer, en op de grond lagen de vijf kinderen op hun slaapmatten. Zosima leunde over hem heen en ruziede met gedempte stem, hij glimlachte en rekte zich uit, zijn ronde buik puilde uit, en hij trok haar naar zich toe, drukte haar gezicht tegen zijn buik en bracht haar met al dat zachte, bruine en warme tot zwijgen...

Zo zou het gaan wanneer we in Manila arriveerden. Voor hem. En voor mij: een koele slaapplaats in een kamer met airconditioning en mijn eigen droge vingers.

Ik streek snel over mijn voorhoofd om die gedachte te verjagen.

'Wil je je tablet nu hebben, Butterfield?'

'Ja. Mijn hand doet verrekte pijn...'

Ik hield zijn nek vast terwijl hij dronk. En daarna, toen ik de dop er weer op draaide, zei ik: 'Nu moet je vertellen. Wat is er gebeurd?'

Hij werd die ochtend vroeg wakker en wist dat het woensdag was. Een ogenblik bleef hij doodstil op zijn brits liggen om de muurschildering te bekijken, daarna ging hij rechtop zitten en trok zijn T-shirt aan.

Het ontbijt was karig; zijn brood was bijna op en het beetje dat hij nog over had, was droog en een week oud. Hij kreeg een schep rijst van de bewakers op het plein en een mok lauw water, liep naar zijn cel en haalde zijn poederkoffie en suiker te voorschijn. Daar zat hij toen enkele andere gevangenen met hun lijsten bij hem kwamen. Kon hij medicijnen, een potlood, een tweedehands T-shirt kopen? Hij knikte en schreef het op, nam hun geld aan en telde het.

De bewakers hadden een kap op de jeep gezet, het was immers regentijd. Twee bewakers zouden hem begeleiden, zoals altijd. Hij heeft nooit verteld hoe ze heetten, misschien Cesar en Mario. Laten we het daarop houden.

Tegelijkertijd kronkelde er een slang, die geen slang was, door de bergen in de richting van Olongapo. De laatste Amerikanen hadden de vliegbasis Clark in Angeles ontruimd en waren nu op weg in zuidelijke richting naar de marinebasis Subic Bay, even buiten Olongapo. Hun konvooi kroop langzaam voort; de soldaten zaten zwijgend en onrustig op legertrucks, vaag beledigd door het feit dat ze op de vlucht werden gejaagd door as en stenen en een vijand die niet met wapens bestreden kon worden.

In Olongapo zaten de kerken die ochtend vol. Toen de mis afgelopen was, begon men met de voorbereidingen voor de processies, de noodzakelijke processies die de vulkaandreiging zouden verjagen, een dreiging waarvan iedereen zei dat hij er toch niet in geloofde. Enkele mannen staken lange stokken onder de Zwarte Nazarener zodat hij klaarstond om opgetild te worden en lieten hem daarna alleen achter. Zijn processie zou 's middags pas plaatsvinden.

'Wat weet jij van de Zwarte Nazarener?' vroeg Butterfield aan mij in de auto.

'Hij is de Christus van de armen', zei ik.

'Meer dan dat', zei Butterfield. 'De Christus van de derde wereld. De Christus van de buitenstaanders. De Christus van de eenzaamheid.'

'Ik had niet gedacht dat jij godsdienstig was...'

'Ik ben niet godsdienstig', zei Butterfield. 'Maar we hebben beelden nodig.'

Butterfield wilde vroeg eten; na het karige ontbijt had hij honger. Cesar en Mario hadden daar niets op tegen. Dit was het enige privilege in hun werk: een keer in de week gingen ze met de Zweed naar een restaurant. Hij bestelde altijd zo veel eten dat ze nadien allebei een *doggybag* konden vullen om mee te nemen voor hun gezin. Ze bestelden ook een fles whisky om bij het eten te drinken, zoals gebruikelijk is op de Filippijnen, maar die gaf Butterfield niet weg. Toen ze het restaurant verlieten, droeg hij zelf de halflege fles.

Ze liepen naar de markt bij Santa Rita en Butterfield bekeek tweedehands T-shirts en goedkope korte broeken, maar kocht alleen wat de andere gevangenen hadden besteld. Toen het begon te regenen, reden ze naar de markthal en liepen ze meer dan een uur rond tussen de bergen naakt vlees, terwijl de zolen van hun sandalen langzaam rood kleurden van het vleessap.

Toen het was opgehouden met regenen dreven er vage flarden damp en mist over de marktplaats. Butterfield kocht brood en rijst, groente en fruit. Ze moesten nog één ding doen: wat drinken in een bar in de rosse buurt.

Ze kozen een bar op Magsaysay Avenue, een bar met echte Schotse whisky en Amerikaanse bourbon, geen in licentie geproduceerde aftreksels die naar petroleum smaakten. Hij wees daar nadrukkelijk op. Maar hij zei niets over de meisjes die om hem heen moesten hebben geslopen, de kleine tienermeisjes met hun poppengezichtjes en miniatuurlichamen. Die moesten er zijn geweest en ze moesten bikini's hebben gedragen. Alle barmeisjes in Olongapo dragen een bikini, maar degenen die net van het platteland zijn gekomen dragen daar witte T-shirts overheen, waarop CHERRY GIRL staat. Dat betekent dat ze maagd zijn en dat hun maagdelijkheid te koop is. Ze zijn heel duur.

Butterfield en zijn bewakers stonden na hun derde drankje op en liepen naar de uitgang, slenterden langs Magsaysay Avenue in de richting van de rotonde. In het midden stond Olongapo's enige standbeeld, het beeld van de aanvoerder die volgens de legende zijn hoofd en zijn leven voor zijn stam had gegeven. *'Ulo ng apo*, het hoofd van de aanvoerder!' riep zijn volk toen ze ontdekten wat er van hem over was, en 'Ulo ng apo' staat er op de sokkel onder zijn beeld.

Er waren veel mensen op de been, voornamelijk Filippino's, bijna geen Amerikaanse soldaten. Butterfield en zijn bewakers staken de straat over, in de richting van het plantsoen en het standbeeld in het midden.

'We begrepen natuurlijk wel dat de mensen ergens op stonden te wachten, maar we wisten niet waarop.'

'Maar de bewakers dan? Waren ze niet bang dat je zou vluchten?'

'Natuurlijk niet. We kenden elkaar goed, we hadden hetzelfde uitstapje al zo vaak gemaakt. En ik heb immers niet veel dagen meer over... Het zou toch van de zotte zijn geweest om te proberen ertussenuit te knijpen.'

Hij kroop op de sokkel van het standbeeld en daar zat hij toen de twee processies kwamen, van elke kant een. Van links het Amerikaanse konvooi uit Angeles, jeeps, wapens, blanke en zwarte mannen; van rechts de processie van de Zwarte Nazarener, mannen met een gouden glans, en geestelijken, vrouwen en kinderen met donkere ogen, glasheldere stemmen en brandende wierook.

'Ze versperden elkaar de weg. Geen van twee kon vooruit komen. Een kleine priester maakte zich los uit de processie en marcheerde naar de eerste jeep, zwaaide met zijn armen en riep tegen hen dat ze achteruit moesten rijden. Maar ze wilden niet achteruit rijden; het waren immers Amerikanen en die denken toch altijd dat de wereld vergaat als ze toegeven. Dus stapte er een grote zakkenwasser van een luitenant uit die tegen die kleine priester begon te schreeuwen, en vervolgens kwamen er een aalmoezenier en een paar marechaussees aanrennen...'

De individuen verdwenen, een volksmassa werd geboren. Die zwaaide en siste, de oude haat-liefdeverhouding met de Amerikanen sloeg om in alleen maar haat. De Amerikaanse soldaten dromden dichter samen, de weinige soldaten die op de trottoirs liepen waren ongewapend en keken smekend naar de mannen in het konvooi. Sommigen daarvan antwoordden door op te staan en hun wapen op de volksmassa te richten.

'En ik,' zei Butterfield Berglund, 'ik klom wat hoger op het standbeeld, hield me vast aan het hoofd en lachte...'

Ik zie hem staan, groot en lachend met witte tanden. Hij tilt zijn ene hand op en daar bungelt een witte plastic zak aan, hij maakt die open en haalt de whisky te voorschijn, schroeft met zijn tanden de dop eraf en neemt een flinke slok, waarna hij de fles laat zakken en aan zijn bewakers geeft. En dan roept hij met luide stem, een eenzame stem tussen honderden andere roepende stemmen: 'Angeles tegen Olongapo, Sodom tegen Gomorra!'

'Hoe kon je zoiets stoms doen?' zei ik.

En Butterfield antwoordde met het eeuwige excuus van Scandinavische mannen: 'Ik was toch dronken.'

Voor de menigte was hij een cadeautje: een *kano* zonder uniform en wapen. Hij bespotte hen om hun steden, Sodom en Gomorra, Angeles en Olongapo. Hij maakte pooiers en hoeren van de Filippino's en ze vergaten dat ze de Amerikanen juist om die reden haatten. Hij maakte hoerenlopers en hoereerders van de Amerikanen en dat was een feit waaraan ze zo midden op de dag niet herinnerd wilden worden. Hij riep bij de vrome vrouwen in de processie hun schande in herinnering: het feit dat de mensen in alle andere steden hen met verachting bekeken; alle vrouwen uit Angeles en Olongapo werden bestempeld als hoeren.

Butterfield was een blanke, een burger en een man. De vijand van iedereen.

Ze trokken hem vrijwel direct naar beneden. Een Filippijn kerfde met een mes in zijn borst, een ander sloeg hem in zijn gezicht zodat hij omviel. Een Amerikaanse marechaussee in een blinkend wit uniform en met zware laarzen baande zich een weg door de menigte; hij ademde zwaar toen hij langzaam en ritmisch op Butterfields hand stampte.

Butterfield bekeek zijn verband terwijl hij het vertelde; hij sprak nu op mokkende toon.

'Het deed verrekte zeer. Ik schreeuwde als een dolle... En bang was ik ook; er was op die plek immers geen zak aanwezig die zijn kop erbij had. Alleen maar gekken, allemaal!'

Cesar en Mario, die het allemaal met open mond hadden gadegeslagen, kwamen plotseling tot leven. Ze trokken hun wapens, zwaaiden met hun identiteitsbewijzen en andere regalia, tilden Butterfield Berglund op van de grond en sleepten hem naar hun jeep. Achter hen gingen de vechtpartij en het geschreeuw verder, de mensenmenigte balde samen alsof ze kramp had. De Zwarte Nazarener zwaaide heen en weer toen zijn dragers hem op de grond zetten om zich in de golvende kluwen te begeven, maar hij keek niet op, hij had zijn ogen naar de grond gericht en ontblootte zijn smalle nek, zoals altijd.

Butterfield zweeg en ging met zijn hand door zijn haar. Buiten fluisterde de as, de orkaanwind lachte en zong, de lucht in onze auto stond stijf van de geuren.

Maar deze keer heb je je kont niet laten zien, dacht ik.

Hij sloeg met zijn vuist tegen de rugleuning voor hem, zo hard alsof hij mijn gedachte gehoord had.

Mijn moeder gaat achteruit. Haar kin zakt naar beneden en ze kan het niet langer opbrengen haar mond te sluiten. Bij iedere ademtocht piept ze. Ik zit aan haar bed en aai over de deken, probeer over dingen te praten die haar opgewekter kunnen stemmen. Alsof je opgewekt dood zou kunnen gaan.

Haar hand beweegt een beetje. Ik streel hem voorzichtig, maar het helpt niet, ze balt hem en haar hele lichaam spant zich.

'Rustig maar, de dokter komt zo, ik heb hem al gebeld, hij komt zo...'

Maar ze balt nog steeds haar vuist; die is grauw en wit en gesloten. Ze piept. Ik huil niet, ook dit kan ik aan. Maar Lars-Göran zou hier eigenlijk moeten zijn, of iemand anders, iemand van wie ze heeft gehouden en van wie ze nog steeds houdt.

De eerste steen die op het dak sloeg, was zo groot als een vuist. Hij richtte geen schade aan en rolde meteen op de weg, maar de klap was krachtig en Ricky remde zo hevig dat hij slipte.

We hadden in meer dan een uur geen enkel huis gezien, geen mens, geen dier. Snel en zwijgend waren we door de duisternis gevlogen en we hadden geen woord gezegd over het feit dat het dichter trok, dat de as als een muur tussen ons en de wereld stond en dat de orkaan toenam.

‘Godverdomme! Wat was dat?’

Ricky’s stem klonk schel. Ik wilde hem kalmeren, maar voor ik iets had kunnen zeggen sloeg de volgende steen al tegen de motorkap. Hij stuiterde zachtjes tegen de ruit. Ricky’s stem schoot nog een octaaf de lucht in.

‘Iemand gooit stenen naar ons!’

Butterfield boog zich naar voren, raakte Ricky’s schouder aan en zei: ‘Het is de Pinatubo. Rustig maar. We redden het wel. Het is een goeie auto, hij kan er wel tegen...’

Ricky ademde heftig, boog zich voorover en legde zijn hoofd op het stuur. Ik fluisterde bijna: ‘We halen Manila vannacht niet meer, dat moeten we maar gewoon onder ogen zien. Zullen we niet stoppen en proberen te slapen tot dit is opgehouden?’

Weer plofte een steen op de motorkap. Butterfield antwoordde: ‘Dat zou idioot zijn. Morgen ligt de weg vol stenen, dan komen we niet meer vooruit. En we zitten midden in de rimboe, behoorlijk ver de bergen in.’

‘Hoe weet je dat het niet ophoudt? Het is misschien maar tijdelijk. Vulkanen spuwen altijd lava, die gooien niet met stenen.’

‘Deze vulkaan gooit wel met stenen. En we moeten hoe dan ook bij hem vandaan zien te komen...’

Ricky rechtte zijn rug.

‘Sorry, madam, dit was niet de bedoeling. Ik was alleen zo verrast. Vergeef me. We rijden door, dat is beter. Misschien bereiken we het dorp van mijn neef, dan kunnen we daar vannacht blijven. Het zou niet ver meer moeten zijn.’

Hij startte de auto heel voorzichtig. De stenen kwamen nu vaker, ze vlogen als een heldere sterrenregen door de as en ploften ritmisch op ons dak. De weg lag er al mee bezaaid, de auto schommelde en deinde zodat we ons aan de zitting vast moesten houden.

‘Kijk!’ Butterfield greep me bij mijn arm en wees naar de voorruit. ‘Wat een lichtflitsen!’

Eerst geloofde ik hem niet, ze leken niet op lichtflitsen. Het waren snelle gele streken langs de hemel, streken die vervolgens overgingen in wit en ijsblauw, om daarna in hun eigen rook op te gaan. Van lichtflitsen komt nooit rook af.

'Vuurwerk', zei ik.

Butterfields gezicht werd verlicht door een geel schijnsel, daarna door een blauw. De insecten van de onrust kropen onder mijn huid, klonterden samen en nestelden zich in mijn keel. Ik bracht mijn hand naar mijn keel, Butterfield stak een sigaret op. Zijn bewegingen waren stijf en strak, als van een pop.

Ricky haalde diep adem en schakelde naar de derde versnelling. We hobbelden verder, sneller dan de auto eigenlijk kon verdragen.

'Het is nu waarschijnlijk zover', zegt dokter Alexandersson.

'Moet ik mijn broer bellen?'

'Zeker weet ik het natuurlijk niet, maar ik denk dat dat wel verstandig zou zijn.'

Ik bel zowel Yvonne als Sophie. Yvonne fluistert dat ze ervoor zal zorgen dat ze Lars-Göran te pakken krijgt, hij is vandaag in ieder geval in Zweden, waarschijnlijk in het parlement. Sophie zwijgt en is in de war.

'Wil je dat ik kom, mama?'

'Nee, Lars-Göran komt. Ik wilde alleen dat je het zou weten.'

Maar het eerst van allemaal komt Berit. Ze lijkt opgewekter dan anders, bijna vrolijk. Ze geeft mijn moeder een injectie en schudt haar kussen op. Ik sta haar in de deuropening op te nemen.

'Gaat u maar even een kop koffie drinken', zegt ze. 'U ziet eruit alsof u dat wel kunt gebruiken.'

Ik blijf lang met mijn koffie in de keuken zitten en teken met mijn vinger op het tafelzeil. Ik denk aan mijn vader, aan zijn bulderende lach en zijn vette Smålandse dialect dat hij nooit echt kwijtraakte, hoe hij het ook probeerde. Opeens staat hij voor me.

'Teelaarde in je broekzak', zegt hij lachend. 'Als je maar teelaarde in je broekzak hebt, dan komt alles in orde. En dat heb jij, Cecilia.'

'Dat weet ik', zeg ik. 'Die heb ik van jou gekregen. Maar wat moet ik met jouw geld, kun je me dat vertellen?'

'Dat krijg jij. Jij krijgt dat gewoon en je bent gelukkig.'

'Net zo gelukkig als jij was met mama? Net zo gelukkig als zij was met jou?'

'Nou moet je niet zo doen. Je moet geld niet verachten. Onze ruzies gingen nooit over geld; het was de politiek, en andere flauwekul. Dagny en ik hadden toch wel ruziegemaakt, ook als ik gewoon als bouwvakker verder was gegaan... Wij waren eerlijke en eenvoudige mensen, Cecilia, wij konden niet alles verzwijgen zoals jij en jouw deftige kennissen.'

'En toen jullie klaar waren met jullie eerlijkheid, toen was ik bijna dood. Hebben jullie dat nooit beseft? Betekende dat niets?'

'Betekende wat?' vraagt Berit die haastig de keuken binnenkomt. Goudbom is weg, hij is al vier jaar dood.

'Niks', zeg ik terwijl ik opsta en verlegen glimlach. 'Ik zat gewoon in mezelf te praten. Ik ben waarschijnlijk een beetje aan het doordraaien.'

Op weg naar het aanrecht komen we elkaar tegen. Berit heft haar hand op alsof ze me wil aanraken, maar ik doe snel een stap achteruit en ontsnap. Ik moet immers naar boven, naar mijn moeder.

In Peru had ik een minnaar die David heette.

Ik was jong en zijdezacht aan de buitenkant, in die tijd, maar stroef van eenzaamheid vanbinnen. Ulf was nog niet meer dan een beleefde collega op de ambassade die hoog in de hiërarchie zat. Ik begreep niet wat het betekende wanneer hij mij met zijn lichtblauwe ogen aankeek; ik dacht dat hij boos was.

Maar David leek nooit boos. Hij was een Engelsman en had een glanzende snor, glimlachende bruine ogen en pakken die goed van snit waren. Hij streelde mij en kuste mijn tenen. Daar werd ik door verleid, daardoor vloog ik met zo'n vaart in zijn armen dat hij bijna omviel.

We zijn drie keer met elkaar naar bed geweest en de eerste keer was ik bang en onzeker, angstig dat mijn lichaam te lelijk zou zijn, dat ik niet goed genoeg zou zijn. Maar ik was goed genoeg: na afloop lachte hij en goot hij een beetje champagne over mijn rechterborst en likte dat op. De tweede keer was ik zelfverzekerder en David vuriger; hij pakte me stevig bij mijn haar en ging op in zijn eigen begeerte, maar deze keer kon ik hem volgen, voor het eerst kon ik een man volgen en ik vloog aan zijn zijde, overweldigd en verbijsterd.

De derde keer bekoelde hij zodra hij mijn handen voelde.

'Niet zo enthousiast', siste hij. 'Je hebt te veel haast...'

Maar ik was niet meer te stuiten; ik kroop dicht tegen hem aan en maakte hem complimenten, ik ging met mijn nagels langs zijn ruggengraat, ik likte zijn borst. Toen stond hij op en liep bij me vandaan, ging in een fauteuil aan de andere kant van de kamer zitten.

'Goeie genade', zei hij, terwijl hij een sigaar opstak. 'Eerst gedraag je je als een maagd, daarna word je net een vent... Kalm aan!'

Ik zat geknield op bed, de lakens waren niet eens gekreukeld en terwijl hij naar me keek, verwelkte ik. Ik tilde de deken op en verstopte me. Toen legde hij zijn sigaar weg en kwam terug in bed. En toen hij de liefde met me bedreef, hield ik mijn ogen open; ik keek naar het plafond en dacht aan muren en hekken, en aan hoe wild en gevaarlijk en ongelooflijk het buiten die muren en hekken is; er bestaat geen kaart van die gebieden.

En ik wist dat ik moest blijven waar ik was, hoe koud het ook was, hoe benauwd het ook was, want niemand zou mij ooit iets willen leren over het leven aan de andere kant.

We waren Manila vergeten, we waren alleen maar onderweg. Steeds dieper de duisternis in reden we. De bamboe en de struiken waren opgehouden met dansen; nu was de vegetatie een kolkende zee. De wind rukte aan de hele wereld, spleet tengere kokospalmen en wierp ze onverschillig aan de kant om bulderend naar steeds steviger bomen en steeds krachtiger tegenstand te grijpen.

Butterfield zat schuin in zijn hoek van de achterbank en hield zich vast aan de handgreep boven de deur. Soms keek ik naar hem, soms keek hij naar mij, maar meestal keken we voor ons, de duisternis in, naar de as en de stenen, naar de bonte bliksemflitsen. Maar het was moeilijk om alles te zien: zeven stenen waren tegen de voorruit gestuiterd en hadden dunne spinnenwebben in het glas gemaakt.

Midden in de catastrofe bestaat geen paniek, alleen maar waakzame stilte. Ik herinnerde me hoe het was om een kind ter wereld te brengen, hoe ik een minuut op het uiterste randje had gebalanceerd, waarbij de dood net zo aanlokkelijk en veelbelovend was als het leven, en ik herinnerde me hoe ik machteloos had geschreeuwd toen Ulf tegen mij praatte en zijn stem mij terugtrok naar de realiteit op het verlosbed.

Maar Butterfield sprak niet en Ricky ook niet; we bewogen ons niet eens. Ricky's rug was stijf en strak; hij lag bijna over het stuur en voerde ons steeds dieper de duisternis in.

En in die duisternis kwamen we Dolores tegen.

Eerst was ze niet meer dan een gezicht in de as, een licht gezicht met een zwart gat als mond, vervolgens kreeg ze een lichaam en een paar armen die recht opzij staken, ze werd een schelle kreet die door de orkaan heen drong en ten slotte werd ze een plof, een zachte plof op onze motorkap. Haar handpalmen werden tegen de gesprongen ruit geperst, maar ze waren heel klein en het glas ging niet kapot.

Ik loop heen en weer in de grote slaapkamer. Het is avond en Lars-Göran laat op zich wachten. We willen dat hij gauw komt, mama en ik, er is haast bij, er moet een keer een eind aan komen.

Vanavond ben ik weerloos, ik kan me niet tegen mijn herinneringen verzetten. Ik sta op de trap, altijd sta ik op de bruine trap, precies waar hij een bocht maakt.

Taptaptap, iemand rent de trap af. Het is mama. Ik ben negen jaar en het is herfst.

'Sta jij hier, Cecilia? Maar je hoeft hier toch niet helemaal alleen te blijven staan; Lars-Göran heeft de radio aangezet, Carl-Gustaf Lindstedt is erop. Ga gauw naar boven; ik ben voor negenen thuis, we hebben vandaag niet veel op de agenda staan...'

Ik blijf staan, ik beweeg niet, ze is al weg.

Iemand rent de trap op. Het is papa. Hij ziet mij eerst niet, ik moet mijn hand uitsteken om hem even aan te raken. Ik ben acht jaar en het is lente.

'Wat doe jij hier? Je zult toch wel huiswerk hebben? Naar boven jij, en aan het werk. Op een na de beste is niet goed genoeg.'

Hij geeft me een klap op mijn achterste en drijft me een paar treden voor zich uit omhoog, daarna is hij mij vergeten. Ik verdwijn in het bruin.

Iemand rent de trap af. Het is tante Olsson, ze rammelt met een emmer. Ik ben zeven jaar en het is vroeg in de zomer.

'Sta jij hier, Cecilia? Wil je meegaan naar de kelder om te zien hoe ik jonge poesjes verdrink? We kunnen ze niet langer houden, het is te veel werk...'

Ik schud mijn hoofd, maar ze trekt de handdoek van de emmer en dwingt mij om te kijken. Daar heb je Maja, de gestreepte, die van mij zou zijn geweest als ik een poes had mogen hebben. Ze geeuwt, beweegt haar mond maar jammert niet, haar keelholte is zalmroze, haar tanden zijn witte puntjes.

Iemand loopt moeizaam de trap op, Marita staat naast me, ze knijpt hard in mijn arm, maar ik schreeuw niet. We zijn zes jaar en het is laat in de zomer. Oom Olsson sluipt langs ons maar ziet ons niet. Hij loopt met zware, onvaste tred en er komt een scherpe stank uit zijn mond. Hij lacht een beetje in zichzelf; grijpt de leuning en lacht. Hij heeft een witte zak in zijn hand, maar het zijn geen broodjes. Broodjes bewegen niet, die kronkelen niet zachtjes om zichzelf heen.

Marita en ik lopen de trap op, onze sneeuwlaarzen stampen, we zijn vijf jaar en het is winter. Ik haal mijn neus op en snotter, maar Marita's gezicht is bleek, haar ogen zijn groot en glanzend, alsof ze koorts heeft.

'Het is waar', zegt ze. 'Het is echt waar. De sneeuw zit vol slangeneieren, als je sneeuw eet krijg je slangen in je buik...'

Ik heb sneeuw gegeten, ik heb mijn want afgelikt. Ik blijf staan en houd me vast aan de leuning, buig voorover en probeer over te geven. Dat lukt niet, ik krijg niets omhoog. Toch zie ik ze de hele tijd, ze zijn al uitgekomen, ze zitten binnen in me, ik voel nog hoe ze bewegen.

'Het Gemeentelijk Toezichthoudend Orgaan op de Geheelonthouding!' Goudbom kan zijn oren niet geloven; hij slingert een beetje heen en weer en zoekt met zijn knokkels steun op zijn bureau. Hij heeft een groot, donker mahoniehouten bureau en een onderlegger van echt leer.

Mama lacht en zet haar hoed af, ze maakt een kleine pirouette op zijn Perzische tapijt.

'Voorzitter van het Gemeentelijk Toezichthoudend Orgaan op de Geheelonthouding! Als we de verkiezingen winnen word ik voorzitter... De eerste vrouwelijke voorzitter in de stad!'

'En daar moet je mee getrouwd zijn! Alsof het nog niet erg genoeg is dat jij een rooie bent; moet je nou ook nog zo'n wijf worden dat voor de bijstand werkt? Jullie zullen ons hele land nog naar de bliksem helpen met jullie belastingen en toezichthoudende organen op de geheelonthouding.'

Mama schudt haar hoofd een beetje, zijn woorden glijden

langs haar af en vallen in een hoopje op de grond. Ik kan ze bijna zien, vanuit de fauteuil voor de open haard waarin ik zit.

'Nou, met mensen zoals jij hoeven we vast geen medelijden te hebben! Maar er zijn er met wie het slechter gesteld is; ik heb gehoord dat Olsson weer in een inrichting voor alcoholisten is opgenomen.'

'Die lamstraal... Dat zal hem goed doen. Maar ik moet opdraaien voor zijn wijf en kinderen! Ik en andere belastingbetalers.'

Mama trekt haar wenkbrauwen op en laat haar hoed op haar wijsvinger bungelen; ze spreekt nu met een zachte stem, zoals altijd wanneer het menens begint te worden.

'Jij, ja. Jij hebt misschien je geld wel voor wat anders nodig... Voor een nieuw speeltje op kantoor, dat Inger heet. Ik heb het wel begrepen: een vers kutje voor de ouwe bok.'

Ik sla mijn handen voor mijn oren; ik ben dertien jaar en ik wil dit niet horen. Maar ze zijn mij vergeten. Goudbom is donkerrood in zijn gezicht, hij loopt op haar af met opgeheven hand. Haar stem wordt nog zachter.

'Als je me slaat, doe ik aangifte bij de politie; ik zweer het je. Probeer het maar. Als jij mij één keer slaat, dan ga je voor de bijl!'

Hij blijft voor haar staan en zijn hand zakt naar beneden. Pas nu zie ik hoe bang ze is geweest: op het moment dat ze ontspant, wordt ze veel kleiner. Ze neemt haar hoed in haar hand en begint naar de deur te lopen, blijft op de drempel staan en glimlacht wat naar hem.

'Voorzitter Gemeentelijk Toezichthoudend Orgaan op de Geheelonthouding doet bij politie aangifte tegen penningmeester van werkgeversvereniging. Dat zou wat zijn! Denk daar maar eens over na, Arne, denk daar maar eens over na!'

Hij blijft midden in de kamer staan en balt zijn vuisten. Zijn schouders hangen af. Hij is niet groot meer; ook hij is op de een of andere manier gekrompen.

Eén keer zie ik hen elkaar omhelzen. We zijn net naar het Bananenhuis verhuisd, alle nieuwe meubels zijn nog niet gearriveerd. Ze staan in de woonkamer, voor de witte open haard. De kamer is leeg, de grijze schemering sijpelt door de ramen naar binnen en ze houden elkaar vast als twee drenkelingen. Zij pakt hem stevig bij zijn overhemd beet, hij verbergt zijn gezicht in haar blonde haar.

Ik sta in de hal en kijk naar hen, heb het gevoel dat ik blij zou moeten zijn. Het ziet er net zo uit als in een film en de meisjes in een film worden altijd blij wanneer ze hun ouders elkaar zien omhelzen. Maar ik heb de hoop op die twee daar opgegeven.

Ze zijn immers niet ouder dan ik.

Wanneer ik haar voorhoofd dep met een vochtige handdoek, slaat ze haar ogen op en kijkt me met een heldere blik aan.

'Mama', zeg ik. 'Lars-Göran komt zo…'

Ze beweegt haar hoofd een beetje, het is een ontkenning. Ik pak haar hand en houd die vast, hij is nu melkwit, de huid spant zich en wordt helemaal glad. Ze trekt hem naar zich toe, legt onze handen tegen haar borst. En ik ben weer een kind, ik ren met mijn moeder en mijn vader over een strand, de zon schijnt, het zand kriebelt tussen mijn tenen, ze hebben me allebei bij de hand vast en opeens stijg ik op, ik vlieg.

Ik laat de handdoek op de grond vallen en streel haar met mijn vrije hand over haar voorhoofd.

'Ondanks alles', zeg ik.

Ze geeft een klein knikje en is het met me eens. Ondanks alles.

Taptaptap. Lars-Göran rent de trap op, hij ademt zwaar, zijn stem is hees.

'Hoe is het?'

'Het is voorbij.'

Hij blijft bij haar bed staan, zijn armen hangen slap langs zijn lichaam en we zijn allemaal zichtbaar in zijn gezicht: mama, Goudbom en ik.

Wanneer ik opsta om hem te omhelzen, valt er iets met een plof op de grond. Het is de Armendoos. Ik ben verbaasd; ik weet niet hoe die op mijn schoot terechtgekomen is.

Ze is dood, dacht ik. We hebben haar omgebracht. De gedachte was koel en zakelijk, ik trilde niet eens.

Mijn rechterhand zocht geroutineerd in mijn handtas, duwde de portefeuille opzij en greep naar het pakje sigaretten.

Dit kost me m'n leven, dacht ik, zoals ik al honderden keren had gedacht. Ooit stop ik met roken. Maar nu niet. Nu ga ik rustig een trek nemen, daarna zal ik uitstappen om het lijk te verplaatsen.

Mijn lichaam nam het over. Mijn tranen begonnen te stromen, mijn keel jammerde, mijn rechterhand liet het pakje sigaretten los en mijn linker zocht naar het portier en de deurklink. Ik was terug in de realiteit.

'De centrale vergrendeling, Ricky! Ik moet eruit, ik kan er niet uit komen!'

Hij gaf geen antwoord. Ik sloeg hem op zijn rug; het was alsof ik een slapende dronkelap sloeg en midden in mijn gehuil herinnerde ik me dat ik een keer echt een slapende dronkelap had geslagen. Dat was Olsson. Hij lag op de bruine trap te slapen toen ik Marita kwam ophalen. Ik was een tiener en begon net te veranderen in het meisje van het Bananenhuis; ik droeg smoezelig ondergoed, maar een gele rok die opwipte, puntige witte schoenen en een nieuwe gouden armband met bedeltjes. Die klingelden als elfenklokjes toen ik mijn vuist op Olssons rug liet neerdalen: *ouwe klootzak, ga dan aan de kant!* Hij was slap en bood geen weerstand, hij schudde alleen maar een beetje heen en weer onder mijn hand. Olsson was niet wakker te krijgen, niet wanneer hij dronken was.

Maar Ricky was niet dronken, alleen maar lamgeslagen, hij schudde onder mijn hand heen en weer maar drukte toch op de goede knop.

De wereld buiten deed pijn: de as brandde en prikte, ik kreeg een steen tegen mijn arm en een andere in mijn nek. Maar de wind was het ergst. Die wierp mij met een ruk omver en dwong me op mijn knieën; ik werd heel klein en kreeg slaag van een volwassene met harde vuisten. Voor – puh – je eigen – bestwil! Dat je het – puh – zult snappen!

Ik kroop langs de auto naar de motorkap, zonder iets anders te zien dan duisternis en zonder iets anders te horen dan het gebrul van de wind. Vlak achter mij kroop Ricky, maar dat wist ik niet, ik bemerkte hem pas toen ik me tegen het spatbord afzette en omhoogwerkte, toen raakte zijn hand mijn voet aan.

Toen ik haar wilde pakken, bewoog ze: ze leefde. Ik pakte haar bij haar armen en trok haar naar me toe. Ricky kreeg haar voeten te pakken en we legden haar voorzichtig in de as. Ricky riep iets, maar de wind overstemde hem en ik haalde mijn schouders op en gebaarde: ik hoor je niet, ik hoor totaal niets. We pakten haar ieder bij een arm en sleepten haar achter ons aan. Ze was niet zwaar.

Ik kroop op de achterbank, Ricky tilde haar op en stouwde haar op mijn schoot.

'Is het een kind?'

Butterfields gezicht was in duisternis gehuld, maar zijn stem klonk net als anders.

'Ja. Een meisje. Of wat denk jij, Ricky?'

'Ik weet het niet. Ik kon het daarbuiten niet zien...'

Hij draaide zich op de chauffeursstoel om en nam haar op. 'Inderdaad, het zal wel een meisje zijn. Maar de duivel weet...'

Ze lag als een baby met haar hoofd tegen mijn linkerborst, de ogen halfgesloten, een brede mollige neus, de mond slap en open. Ricky boog zich over ons heen, zijn hoofd raakte even het mijne.

'Wat is er met haar haren?'

Ik streek over haar hoofd. Het haar was kort en klitterig en boven haar ene oor was ze kaal. De naakte huid was dun en oneffen.

'Ze heeft allemaal littekens op haar hoofd...'

'Is ze erg gewond?'

'Ik weet het niet.'

'Wat moeten we doen, madam?'

'Ik weet het niet.'

Butterfield deed de leeslamp boven mijn zitting aan en streelde haar voeten.

'Bloedt ze?'

Mijn handen gleden over haar heen. Haar kleren waren kapot en grauw: een verwassen rok met een elastieken band in de taille, een hemdje dat ooit roze geweest moest zijn en een dun versleten onderbroekje. Haar huid spande over haar ribben, maar haar buik was rond en gezwollen, haar armen en benen zo dun als twijgen, maar haar wangen zacht en rond.

'Ze bloedt niet.' Ik deed het lichtje uit, wilde niet meer zien. Ricky startte de motor, de auto schommelde.

'We moeten een huis zien te vinden', zei hij. 'Als er een kind midden op de weg loopt dan moet er een dorp of een paar hutjes in de buurt zijn. En daar weten de mensen vast wel wie zij is, daar kunnen we haar achterlaten.'

Toen ik Dolores bekeek in het licht van het leeslampje, meende ik dat ik haar eerder had gezien. Maar pas toen het donker werd in de auto begreep ik waarom.

Van een meereizende partner wordt verwacht dat die goeddoet. Wat ze doet en hoe ze dat doet, is minder belangrijk. Als haar hart uitgaat naar weggelopen katten in Rangoon, dan mag ze haar vrije tijd besteden aan liefdadigheid ten behoeve van weggelopen katten in Rangoon. Ze kan een bazaar organiseren, ze kan poezenpantoffeltjes breien, een telefonisch spreekuur beginnen, wat dan ook, als het maar niet te veel tijd kost. Het wordt een alsof-leven: van haar wordt verwacht dat ze leeft alsof datgene wat ze een paar luttele uren in de week doet echt iets betekent, alsof de katten haar pantoffeltjes nodig hebben, alsof die naar haar telefonisch spreekuur zouden kunnen bellen, hoewel iedereen weet dat ze hun pootje niet eens in de draaischijf kunnen krijgen.

Op iedere ambassadereceptie zijn een of twee alsof-vrouwen aanwezig. Ze dragen hun bloedend hart als een sieraad tussen hun borsten: het bloedt voor een kindertehuis hier, een peuterspeelzaal daar, voor het slaan van putten in het noorden en een ontwikkelingsproject in het zuiden. Ik kan het weten, ik ben een van hen geweest.

Jarenlang heb ik in de sloppenwijken van Delhi rondgelopen,

iedere week in nieuwe delen, om zakjes met ORS tegen diarree bij baby's uit te delen aan moeders die hun drinkwater uit open riolen moesten halen. Naast mij liepen Indiase vrouwen in sari's van duizend dollar om aan de hongerende vrouwen en hun ondervoede kinderen te vertellen dat een goede gezondheid begint met een goede hygiëne. De moeders staarden ons met grote ogen aan en staken hun handen begerig naar de zakjes uit. Ik begreep pas na verloop van tijd dat ze hun handen altijd begerig zouden hebben uitgestrekt, ongeacht wat ik hun had gegeven; ze zouden mijn zakjes ook hebben aangepakt als die leeg waren geweest. De armen nemen alles aan wat ze krijgen, want ze hebben overal behoefte aan. Maar waar ze het meest behoefte aan hebben, dat krijgen ze nooit, want dat wil iemand anders hebben.

Aan mijn betrokkenheid bij het ORS-project kwam een abrupt einde. Iemand vroeg mij een speech te houden tijdens een dameslunch en dat deed ik; ik stond achter een keurig kathedertje in een luxehotel in het centrum van Delhi en werd gegrepen door mijn eigen stem. Opeens hoorde ik dat ik op dezelfde toon sprak als mijn moeder wanneer ze het had over water en waterleidingen, over de behoefte aan leidingen en aan loodgieters. Waarom wordt alleen het aantal artsen per duizend inwoners geteld? Waarom praat men nooit over het aantal loodgieters? Schoon water en gesloten rioleringssystemen zijn van doorslaggevend belang. Niets, *ladies*, kan meer betekenen voor de gezondheid van de bevolking in de sloppenwijken en de overleving van de kinderen.

Toen ik de katheder verliet, voelde ik al dat er iets fout zat. Er werd mat geapplaudisseerd, stijf geglimlacht. En toen ik in de residentie terugkeerde, kreeg ik de verklaring. Ulf was zeer ontevreden. Een hooggeplaatst persoon had gebeld. Het was een lang en omstandig gesprek geweest en hij had moeite gehad om het te begrijpen, maar kennelijk was het zo dat ik een *politieke* speech had gehouden, dat ik me had bemoeid met een kwestie die nog meer besmet was dan het water in de riolen. Wist ik niet dat het establishment van Delhi al twee jaar ruzie maakte over water en waterleidingen? In zo'n situatie gaat de Zweedse ambassadeursvrouw geen politieke speech houden. Ambassadeursvrouwen houden trouwens nooit politieke speeches. Dat zou vanzelfsprekend moeten zijn. Bovendien was het belachelijk! Loodgieters!

De straf was twee weken stilte. Ik boog al na twee dagen, gaf ook voor mezelf mijn belachelijkheid toe en schaamde me, en uiteindelijk meldde ik dat ik mij terugtrok uit het ORS-project, maar het hielp niet. Die keer was het voor mij buitengewoon moeilijk om vergiffenis te krijgen.

Ik herkende Dolores: ze had duizenden zusters in de sloppenwijken van Delhi. Ze stonden met hun voeten in de klei en met een broertje of zusje op hun heup aan de buitenkant van de cirkel die zich altijd rond de rijke Indiase vrouwen en mij vormde. Ze waren grote zussen van acht jaar met oeroude gezichten en ze gingen gebukt onder de verantwoordelijkheid en het werk, uitgemergeld door honger en diarree. Hun jongere broertjes slopen naar voren en wilden aan me voelen, ze wilden mijn rode haar aanraken en mijn blanke huid. Ze lachten. Maar de zussen van Dolores deden nooit pogingen mijn haar aan te raken. Hun nieuwsgierigheid was dood, ze dronken water uit de riolen en hadden niets om om te lachen.

Ik moest in slaap zijn gevallen. Toen ik wakker werd was het gaan regenen, de ruitenwissers vochten tegen een pap van nat cement. Het kind in mijn armen lag in dezelfde houding als daarvoor. Ricky reed nu heel langzaam, *skump-skump-skump*. De weg zou spoedig onbegaanbaar zijn.

'Ricky, hoe gaat het?'

Zijn stem klonk stijf van vermoeidheid.

'Ik zie de weg zo meteen niet meer, madam. Het is allemaal alleen maar as...'

'Maar ik hoor geen stenen meer. En de wind lijkt te zijn afgenomen... Het stormt nu alleen nog maar. Het is geen orkaan meer.'

'Maar de as, madam. De as en de regen!'

'Geen huizen?'

'Niet een.'

Ik pakte de Coca-Cola-fles en liet die op de lege stoel naast hem vallen.

'Drink, Ricky. Maar stop niet, als we stoppen komen we nooit meer op gang.'

Hij draaide met zijn tanden de dop eraf en dronk met grote slokken; de weg maakte een bocht, maar hij zag het niet: de auto bleef rechtdoor rijden. Ik schreeuwde, maar midden in mijn schreeuw zag ik dat we er waren.

Diep in de as was vaag een trap te zien.

Eén geheim had ik, dat ik nooit met iemand heb gedeeld, zelfs niet met Marita.

In het bos bij Eksjöberget groeiden hoge sparren. Ze hadden lange groene rokken, maar wanneer je daaronder kroop deed je je altijd pijn. Je huid liep schrammen op van bruine, naaldloze takken, ze waren teer en prikkelbaar, braken af en werden scherp zodra je ze maar even aanraakte. We leerden al snel om de sparren te ontwijken, ze waren niet geschikt om hutten in te maken of je in te verstoppen.

Maar nu is het laat in de zomer en Cecilia is zes jaar. Ze rent alleen door het bos, ze is op de vlucht, misschien wordt ze achternagezeten door grote jongens en honden, misschien denkt ze alleen maar dat ze achterna wordt gezeten, ze hijgt zwaar, ik weet niet waarom, maar ze moet zich verstoppen. Links van het pad heb je varens; Cecilia kan niet tussen de varens springen, dat is onmogelijk, God red me als u bestaat, maar rechts heb je vossenbessenstruiken en bosjes, alleen gewone vossenbessenstruiken, dank u goede God voor de spar voor me, het geeft niet dat hij prikt en schrammen maakt, als hij me maar verbergt.

Ik liet me onder de takken rollen en bleef op mijn buik liggen, ongedeerd, zonder schrammen. Onder me lag een kleed van bruine naalden, ze geurden en waren zacht, ze prikten helemaal niet. Ik bekeek ze lang, wreef ze fijn tussen mijn vingers. Mijn hart kwam tot bedaren, mijn misselijkheid trok weg.

De boom sprak. Zijn stem was diep en ritmisch, toch fluisterde hij alleen maar.

‘Hier zijn geen slangen. Ik verjaag ze en prik ze, ik maak ze bang en schud ze door elkaar. Maar ik maak ze niet dood. Hier in mijn zaal kun je veilig zijn, ik dood niemand, zelfs degenen niet die het verdienen om te sterven, want niemand verdient het om te sterven.’

Ik ging op mijn knieën zitten en inspecteerde zijn beloftes. Ze werden waargemaakt: dit was inderdaad een zaal. Ik ging op mijn tenen staan en strekte mijn handen uit boven mijn hoofd; toch reikte ik niet eens tot de plaats waar de onderste takken vastzaten. Ze groeiden hoog, bogen geleidelijk en kwamen helemaal tot de grond.

‘Hier zijn geen slangen, hier wordt niemand getreiterd’, fluisterde de spar. ‘Ik bescherm je en verdedig je, ik verberg je en troost je…’

Ik ging op mijn knieën zitten en legde mijn wang tegen zijn stam, hij fluisterde en zong en sommige van zijn woorden werden beelden die nooit zouden verdwijnen. Een vredig gevoel is nog steeds geurende hars, troost zijn de bleke naalden van de stam, geborgenheid is een rok van groene takken.

Uren later hoorde ik Lars-Göran mijn naam roepen; ik gleed met tegenzin uit de omhelzing en rende hem zwijgend tegemoet. Hij schrok op en hield zijn adem in toen ik uit het duister opdook. Dat verbijsterde mij; ik had niet gedacht dat zulke grote jongens bang konden worden.

Hij was vijf jaar ouder dan ik en zag me nooit staan; ik was immers klein en nog nauwelijks werkelijk. Maar nu pakte hij me bij de hand en hield me stevig vast totdat we bij onze flat aankwamen. In alle vier de keukens brandde licht, maar in de onze het felst. Wij hadden een glazen bol als keukenlamp, die straalde harder en witter dan alle andere. De Olssons hadden een schemerlampje voor het raam staan, de kap was rood. Bloedrood. Ik kon hem weg knipperen als ik wilde.

Papa zat aan de keukentafel; hij las de krant en keek niet op. Mama gaf me een standje omdat ik te laat aan tafel kwam en omdat ik weer in mijn broek had geplast. Ik zei ‘sorry’ en trok mijn natte broek uit, probeerde niet te jokken of me te verdedigen. Maar toen ze vroeg waar ik had gezeten, gaf ik geen antwoord. Ik kon niet praten, ik had mijn mond immers vol brood.

Toch lag het geheim de volgende dag op het puntje van mijn tong; ik wilde het aan Marita vertellen. Maar het kwam er niet van: ze was onverklaarbaar nijdig en chagrijnig, sloeg met een stok in het gras en noemde mij een piskous. Ik sprak haar niet tegen, ik wist dat ze gelijk had. Ik was een piskous. Maar een piskous met een geheim.

Ricky liet de koplampen aan; hij had licht nodig. Het weer was opgeknapt: hij kon rechtop lopen, nee, hij rende min of meer terwijl hij zijn armen ter bescherming boven zijn hoofd gekruist hield. Ik verloor hem al snel uit het oog, de voorruit werd grijs en ondoordringbaar door vochtige as.

Butterfield sliep nog steeds. Hij was opzij gegleden en leunde tegen mijn schouder. Het was fijn om hem daar te hebben. Slapende mensen zijn ongevaarlijk.

'Het huis is verlaten. Er is niemand.'

Ricky's overhemd was nat en zat onder de modder. Misschien was hij uitgegleden.

'Denk je dat we daar veilig zijn?'

'Absoluut, madam, het is een goed huis. Veel meubels en spullen, misschien is er ook water...'

'Goed, dan dragen we het meisje naar binnen.'

We hoefden niets te zeggen om te weten wat er moest gebeuren. Ricky pakte haar schouders, ik haar enkels en zo renden we in de richting van het huis. Ze hing als een houten pop tussen ons in; haar handen bungelden naar beneden, haar hoofd hing wiebelend achterover. We hadden geen tijd om voorzichtig te doen. Ik telde twaalf traptreden op weg naar de deur en voelde dat er hout zat onder de natte, opgehoopte lagen as.

De kamer was donker. Ik zag niets, maar voelde dat het een grote ruimte was. We legden het kind op de vloer en keerden terug. Butterfield was wakker geworden, maar hij zag er slaapdronken en verward uit toen ik op de achterbank kroop en naar de Coca-Cola-flessen en mijn handtas begon te graaien.

'Hier!' zei ik, terwijl ik hem drie flessen in zijn armen drukte. 'We hebben een huis gevonden. Breng deze naar binnen, dan nemen Ricky en ik het eten mee...'

Ricky pakte vier plastic tassen en droeg een kokosnoot onder elke arm, ik nam drie tassen en de verbanddoos. Ik was vergeten dat die er was, maar daar lag hij in de kofferbak en hij troostte mij met zijn rode kruis.

Alles werd anders toen we deur hadden dichtgedaan. Hierbinnen kon je net doen of alles normaal was. Het was regentijd: daarom kletterde het op het dak. Het was nacht: daarom sliep het kind. Niets om je ongerust over te maken.

Butterfield knipte zijn aansteker aan. Te midden van de flakkerende schaduwen kon je een grote tafel onderscheiden, op de Filippijnse manier versierd met een kanten kleed en snuisterijen, maar zonder stoelen. Het vlammetje doofde en ik liep op de tast in de richting van de tafel; als een blinde voelde ik rond tussen de voorwerpen, porselein, plastic en hout. Heel langzaam zette ik ze op de grond, een voor een. Ik vouwde van het kleed een lang kussen en legde dat onder de tafel. Nu had ze een bed, nu hadden we allemaal een bed.

Butterfield deed zijn aansteker weer aan en ging me voor terwijl ik haar droeg. Ricky was overmand door vermoeidheid, hij zat op de grond met een fles voor zich, sloot zijn ogen en probeerde voldoende kracht te verzamelen om te drinken. Toen ik het meisje had neergelegd, moest ik over de vloer kruipen en hem beetpakken om ervoor te zorgen dat hij zou komen. Hij schudde geïrriteerd zijn hoofd, maar kroop vervolgens uit zichzelf onder de tafel en liet zich neerzakken.

Toen was iedereen op zijn plek: Butterfield lag warm en wakker aan mijn linkerzijde, het meisje ademde zwaar aan mijn rechterkant en naast haar lag Ricky. Hij was al in een diepe slaap verzonken. De tafel beschermde ons; het blad was bijna tien centimeter dik en heel breed. Alleen onze voeten staken eronderuit; die zouden worden verbrijzeld wanneer het dak instortte...

Plichtmatig maakte ik me een paar tellen zorgen over de

voeten van Ricky en Butterfield. Daarna gaf ik het op; ik nam de hand van het kind in de mijne en viel in slaap.

Ik weet niet wanneer dat allemaal gebeurd is. Ik weet niet waar. Misschien waren we mijlen van de vulkaan verwijderd, misschien zaten we er vlakbij. We waren al een eeuwigheid op weg, misschien was het nacht en misschien was het ochtend, misschien was er een etmaal of meer verstreken, misschien maar een paar uur. Zonder licht bestaat er geen tijd en geen geografie.

Drie etmalen lang was het nacht rond de Pinatubo. Op de ochtend dat ik nog lag te slapen in een groene kamer in een hotel in Olongapo, was de berg opengebarsten en geëxplodeerd. Na zeshonderd jaar stilte, na een paar weken zwaveldamp en dreigementen, deed hij ten slotte zijn mond open en brulde.

Er waren niet veel mensen die de uitbarsting van dichtbij zagen: één onbezonnen boer was achtergebleven op de vlakte aan de voet van de vulkaan, hij moest nog rijst planten en had geweigerd te vluchten toen alle anderen vluchtten. Hij kreeg een steen op zijn hoofd, en puimsteen en modder bedekten algauw zijn akker. Hij rende zwijgend en verschrikt meer dan vijftien kilometer zonder één keer te stoppen. Daar stond hij later in een dorp, een veilig dorp, zeiden de autoriteiten in het begin, en hij had zijn ene arm om zijn vrouw geslagen en de andere om zijn moeder. Ze keken naar de Pinatubo. Gas, as en modder welden op uit de zojuist ontstane krater, het was net de bek van een wild dier, een gewonde draak die zijn ingewanden uitspuwde. Een twintig kilometer hoge pilaar verrees aan de hemel: groene as en grijze as, witte damp en zwarte rook, brandende modder en gloeiende stenen, grote zwarte rotsblokken en kleine witte bergkristallen, fonkelend als diamanten.

Misschien was de uitbarsting een parodie, het ironische commentaar van de natuur op het streven van de mensheid: toen de aspilaar de hemel had bereikt, veranderde hij in een paddestoelvormige wolk, zeer bekend van kleur en vorm. De vlakte aan de voet van de berg begon te giechelen om de overeenkomst, de aarde trilde in kleine, elkaar snel opvolgende bevingen. Boven zee wond de wind zich op tot een orkaan, lachte hard en wilde ook aan het spelletje meedoen.

De as van de vulkaan verdrong het daglicht tot voorbij Manila, maar dat begrepen wij niet, daar kwam ik pas later achter. In ons huis was de duisternis totaal. We dreven rond in het donker, schommelden tussen slapen en waken, ademden, droomden en probeerden niet te denken.

Ik at in mijn slaap. Ik werd een keer wakker van de smaak van papaja. Ik zat rechtop en hield de vrucht vast, ik had de schil er met mijn tanden afgehaald. Hij was groot en zwaar als een pompoen, overrijp en sappig. Heel mijn gezicht was plakkerig. Toen ik verzadigd was, was de helft nog over. Ik legde hem op tafel en kroop de kamer in op jacht naar Coca-Cola.

Ricky had de dop er niet op gedraaid, de drank was heerlijk lauw en bevatte geen koolzuur meer. Terwijl ik dronk herinnerde ik me dat er een kind onder de tafel lag en ik kroop met de fles terug en schonk voorzichtig een paar druppels in de dop en schoof mijn hand onder haar nek. Ze slikte, ik voelde de beweging en werd enthousiast. Ze sliep alleen maar, ze was afgemat maar niet bewusteloos. Dop na dop goot ik bij haar naar binnen, tot ze haar mond dichtdeed en zuchtte. Ik schoof de fles weg en viel weer in slaap.

De volgende keer dat ik wakker werd, moest ik zo nodig plassen dat het pijn deed. Als ik me een millimeter zou verroeren, zou ik in mijn broek plassen. Dat mocht niet gebeuren. Ik kneep mijn ogen dicht, balde mijn vuisten en concentreerde me. De goede spier aanspannen, Cecilia, die niet. Die! Nu kun je bewegen, aanspannen, aanspannen, niet verslappen, sta op en zoek steun tegen de tafel.

As en regen kletterden nog steeds op het dak, de wind drong de kamer binnen en deed mijn haren wapperen. Ik durfde niet naar buiten te gaan, maar waar moest ik plassen? O God, als je toch in een fles kon plassen! Een plastic zak! Ik zou in een van Ricky's zakken kunnen plassen; ze lagen bij de deur.

Ik bewoog mij kronkelend door de kamer: waarom word je nooit volwassen, piskous, waarom wordt het vanzelfsprekende nooit vanzelfsprekend? De tassen ritselden. Ik pakte de kleinste en bewoog me kronkelend verder, naar de andere hoek van de kamer.

Het was nog niet zo gemakkelijk als ik gedacht had; voordat ik erin slaagde goed te richten, had ik over mijn hand en op de vloer geplast. Nadien knoopte ik de zak zorgvuldig dicht en droogde met mijn broekje eerst mijn hand af en daarna de vloer, daarna nogmaals mijn hand en de vloer, een eeuwigheid lang steeds weer opnieuw.

Mijn moeder is vertwijfeld, dat zegt ze een paar keer per dag. Na een paar maanden gaat ze met me naar de dokter. Die is groot, heeft wit haar en kijkt me niet aan.

'Ze was zindelijk toen ze anderhalf was, maar nu plast ze iedere dag in haar broek. Kan het blaasontsteking zijn?'

Ik kijk door het raam naar buiten, we zitten hoog, je ziet het dak van het huis hier recht tegenover. Vanochtend moest ik in een schaaltje plassen, nu kan mama dat nooit meer in de keuken gebruiken. Ze goot de plas in een flesje en gaf dat aan de assistente in de andere kamer.

Ik denk nooit aan een plas. Alle anderen denken aan een plas, ze zwemmen en duiken erin, dompelen zich onder en proesten.

Mama: 'Maar Cecilia, niet weer, wat moet ik toch met jou, ik ben de wanhoop nabij...'

Papa: 'Je zult toch moeten leren dat kind in het gareel te krijgen. Nou moet het afgelopen zijn, hoor, als je dit nog een keer doet, dan krijg je potverdorie slaag op je blote billen...'

Lars-Göran: 'Mama, ze heeft het weer gedaan, ze heeft haar natte broek achter de boeken in de kast gestopt, getverdemme wat een smerig kind...'

Tante Olsson: 'Laat haar maar in haar natte broek rondlopen, dan leert ze het wel af. In het begin is het lekker warm, maar dan wordt het koud en vervelend, haha.'

Marita: 'Kom dan, piskous. Maar je mag bij ons binnen niet

gaan zitten, de stoel stinkt er daarna van. Of misschien toch, als je het toegeeft. Zeg dan: ik ben een piskous. Dan mag je zitten. Hoor je me niet? Ben je soms ook doof?'

De dokter op de radio: '...maar wanneer het meisjes betreft, is het wat anders. In die gevallen waarin er geen fysieke oorzaak is, kan men meestal vaststellen dat het om opstandigheid gaat...'

Van de dokter op weg naar huis lopen we bij Stens Boekhandel binnen; ik blader in een prentenboek en neem letter voor letter een hele bladzijde door, terwijl mama iets koopt. Ze weet niet dat ik kan lezen, niemand weet dat ik kan lezen, behalve Marita en zij gelooft mij niet. Wanneer we weggaan heeft mama een boek in haar tas en wanneer we thuiskomen gaat ze meteen aan de keukentafel zitten en begint erin te lezen. Ik ga tegenover haar zitten tekenen; het tekenblok is op en ik heb geen nieuw verdiend, dus teken ik op een zakje. Er zitten kruimels in, mijn potlood stuitert eroverheen en de lijn wordt bobbelig. Ik kijk stiekem naar mama's boek en probeer de titel te lezen: *Kinderpsy...*, het lukt niet, het woord is te lang.

Mama kijkt op.

'Moet je niet naar buiten om te spelen? Maar eerst plassen.'

Het duurt drie dagen voor ze opnieuw vertwijfeld is. Ze zegt deze dagen niets over plassen, zelfs niet wanneer ik van het toilet kom met mijn rok rond mijn middel omhoog gehesen om te laten zien wat er is gebeurd. Ze zucht alleen en doet mijn kastlade open, geeft me een schoon broekje en haalt het plasbroekje van de wc. Het is roze en glimmend en nat. Het lijkt of ze een stuk vlees in haar hand heeft. Kalfsvlees.

De vierde dag plas ik in mijn nieuwe skibroek; die is van wol en kan niet in de gewone was. Dan wordt mama weer vertwijfeld en ze geeft me een harde pets op mijn oor, hoewel ik huil en haar verzeker dat ik helemaal niet in mijn broek heb geplast. Ik ben op mijn achterste in een plas water getuimeld. Het is alleen maar water, mama, dat zweer ik!

Het lukt me nooit om een betere leugen te verzinnen, dus houd ik op met liegen. Ik schaam me en ben het met hen eens. Toch geven ze het op, de een na de ander. Mama wordt de was en de controles beu. Papa hoeft mijn onderbroekjes die boven de kachel hangen te drogen niet te zien en vergeet de hele boel. Zelf raak ik eraan gewend in een natte onderbroek rond te lopen en de anderen raken gewend aan de lucht. Marita houdt het het langst vol. Zij zorgt ervoor dat ik niet vergeet wie ik ben. Zij is de baas. Maar ze speelt wel met me; ze heeft niemand anders.

De school wordt een keerpunt; al op de eerste dag is duidelijk dat ik in lezen de beste ben. En ik durf met vreemde meisjes te praten, ik vraag hoe ze heten en ze geven me antwoord. Mijn moeder heeft me verteld wat je moet doen. Marita staat achter me te zwijgen, zij durft met niemand te praten en kan helemaal niet lezen. Wanneer ik verkouden word, weigert ze naar school te gaan; ze durft niet zonder mij. Wanneer ik haar hoor huilen in het trappenhuis, lig ik triomfantelijk in mijn bed te glimlachen.

Heel het eerste semester bloei ik op. Marita geeft me niet langer opdrachten, zij weet en ik weet dat ik niet hoef te gehoorzamen. Maar wanneer de kerstvakantie nadert, doe ik een ontdekking: mijn stoel ziet er niet langer uit zoals die van de andere kinderen. De urine heeft het vernis uitgebeten, midden in het glimmende oppervlak zit een doffe plek. Marita staat naast me en schuift haar spiegelgladde stoel aan; we zitten natuurlijk naast elkaar, we zijn immers elkaars beste vriendin. Ze volgt mijn blik, ziet de plek en glimlacht.

Wanneer we die dag naar huis gaan, moet ik dertien passen achter haar lopen. Zij meet de afstand af. Ik moet lopen wanneer zij loopt en blijven staan wanneer zij blijft staan. Ze blijft vaak staan, ze pakt stenen van de grond, bekijkt grind en oude toffeepapiertjes. In die tijd mag ik mij niet bewegen. Als ik niet gehoorzaam zal ze dat woord op het schoolplein roepen en dan weet iedereen wie ik echt ben.

Ik sta onbeweeglijk en voel mijn plas tussen mijn benen door lopen. Het schrijnt van de kou in de spleet tussen mijn kousenband en het roze broekje.

Maar ik gehoorzaam en ik blijf gehoorzamen.

‘Hoe is het?’ Butterfield was wakker en fluisterde in het Zweeds toen ik terugkroop onder de tafel. Ik geneerde me, misschien had hij me gehoord.

‘Goed. Maar het waait naar binnen, heb je dat gemerkt?’

‘Dat geeft niets, ze bouwen de huizen bewust op deze manier. Dan zijn ze tegen orkanen bestand...’

‘God, laat dat zo zijn. Hoe is het met je hand? Heb je pijn?’

‘Niet zo erg. En het kind?’

Ik draaide me om en voelde aan haar. Het verwonderde me dat haar huid zo ruw en hard was; ze was immers zo klein, hoogstens acht jaar, misschien pas zes.

Mijn stem klonk een tikje te overtuigd.

‘Ze heeft zich bewogen en ademt rustig. En een poosje geleden heeft ze gedronken. Ze slaapt waarschijnlijk gewoon, ik geloof niet dat ze bewusteloos is. Ze verkeerde in de auto waarschijnlijk alleen maar in een shock, ze verkeerde in een shock en was oververmoeid.’

Butterfield steunde op zijn ene arm, boog zich over me heen en streek met zijn hand over haar buik.

‘Zullen we proberen haar wakker te maken?’

‘Nee, laat haar slapen. Ze wordt vanzelf een keer wakker.’

Hij liet zich weer op zijn rug zakken, we lagen vlak naast elkaar. Zijn onderarm drukte tegen de mijne, de zijne was zwaar behaard. Hij legde zijn andere arm over zijn voorhoofd, ik voelde de beweging, maar zag die niet.

‘Waar denk je aan?’

Zijn stem glimlachte.

‘Aan van alles. Aan hoe we in deze puinhoop zijn beland en hoe we hier weg moeten komen. Aan het feit dat de wereld klein is en dat jij met Marita bevriend was.’

‘De wereld is niet klein. Dat wordt hij nooit.’

‘Hoe raakte jij met Marita bevriend?’

‘Toen we klein waren woonden we in dezelfde flat en we waren de enige meisjes in de hele straat die even oud waren. We hadden nauwelijks een keuze.’

‘Ik meende dat je zei dat Goudbom je pa was. Hij was toch

rijk, hij woonde toch zeker niet waar de Olssons woonden?'

'Rijk, rijk... In het begin was hij een gewone bouwvakker, maar hij werkte zich op.'

Ik stuurde een groet naar papa in zijn hemel: je eigen woorden, lieve vader. Wanneer zul je mijn keel verlaten? Wanneer mag ik met mijn eigen stem en in mijn eigen woorden spreken? En Goudbom lachte door het heelal: nooit, lieve Cecilia. Waarom denk je dat ik kinderen op de wereld heb gezet?

Butterfield zweeg een poosje en lag doodstil, hij zette zich schrap voor de volgende zin: 'Ja, als je in Nässjö bent opgegroeid, zul je wel weten wie mijn pa was.'

Ik probeerde mijn stem zo neutraal mogelijk te laten klinken: 'Inderdaad.'

'En mijn moeder ook?'

Ik knikte. Hoe zou je haar kunnen vergeten? Maar wat moest je zeggen?

'Ze was erg mooi.'

'Misschien. Ja, dat was ze wel. Tot op het laatst.'

Ik haalde diep adem en durfde te vragen: 'Heb je nog steeds verdriet om haar? Aan je stem te horen wel.'

'Inderdaad. Tegenwoordig heb ik verdriet om haar. Hier op de Filippijnen. Maar thuis in Zweden was ik alleen maar boos, ik geloof dat ik haar in de twintig jaar na haar dood heb gehaat... Ik haatte haar meer dan ik Jefferson haatte. Kun je dat begrijpen?'

'Jawel. Ik heb haar die laatste avond gezien.'

Hij sloeg met zijn vuist tegen het tafelblad boven ons. Toch durfde ik te vragen: 'Waarom werd ze Venus uit Gottlösa genoemd? Wie had dat bedacht?'

Die vraag kwelde hem minder dan ik verwacht had; er klonk een lachje door in zijn stem.

'Dat was die verrekte Aron, die bedacht al die slimme namen. Ze kwam uit Gottlösa, dat is een dorp in Skåne. Daar zijn ze getrouwd, mijn pa en ma, en op de ochtend van de bruiloft denderde Aron de keuken binnen. Ma had gebaad en stond naakt in de teil, Aron was een beetje dronken en hij was helemaal verrukt. Ze moet mooi geweest zijn; hij zei dat hij de deur uit moest gaan om niet te worden verblind...'

'Dus toen werd ze Venus uit Gottlösa.'

'Nee, er kwam nog meer bij. Mijn grootouders van moeders kant waren gewoon pachters, maar ze hadden het redelijk goed en betaalden het bruiloftsdiner. Ik geloof dat dat Aron dwarszat, hij was zo vrekkig als de duivel, maar wilde graag stralen. Dus hield hij een speech, dat kost immers niks. Hij vertelde hoe hij in zijn jeugd door heel Europa had gereisd – dat waren natuurlijk leugens, hij was nooit verder geweest dan Kopenhagen – en dat hij in Rome het mooiste schilderij van de wereld had gezien. 'De geboorte van Venus' van Botticelli. Hij beschreef het lyrisch, de schelp aan haar voeten, haar witte huid en gouden haar, haar ronde buik en stevige borsten...'

'En toen?'

'Toen vertelde hij dat hij het voorrecht had gehad zijn schoondochter naakt te zien en had ontdekt dat zij een evenbeeld, een exacte kopie was van Botticelli's Venus. En daarom moest ze de naam van de godin dragen, ze was warempel geen gewone Anna meer, ze was Venus zelf. Ik doop je tot Venus uit Gottlösa, zei die ouwe. En toen goot hij brandewijn in haar bruidskroontje...'

'O goeie genade. Wat zei Jefferson?'

'Hij zei helemaal niets, hij stond alleen op en sloeg Aron op zijn bek. Hij meende dat die ouwe haar had lastiggevallen. Dat zal hij nu nog wel denken, als hij nog leeft. Dat van Botticelli begreep hij niet, dat had Aron opgepikt op een boerderij in Blekinge toen hij daar als paardenhandelaar kwam. Er was daar blijkbaar een zoon in huis die het plaatje boven zijn bed had hangen. Hij had zijn godsdienstige moeder wijsgemaakt dat het engelen waren die Maria kwamen halen om haar naar het paradijs te brengen. Aron vond dat grappig; een godsdienstige moeder voor de gek houden was zijn idee van een echt geslaagde grap. Het was een ouwe klootzak.'

'Marita mocht hem graag.'

'O. Ja. Hij kon altijd wel met vrouwen omgaan.'

Het werd een poosje stil, er bonsde iets op het dak, een keer, nee, twee, drie keer. De stenenregen was weer begonnen. Heel even moest ik aan Pompeï denken: over tweeduizend jaar zijn we gaten in de grond, gaten die met gips gevuld worden en die onze afgietsels vormen...

Ik haalde diep adem en veegde de gedachte weg van mijn voorhoofd.

'En vervolgens leefden ze nog lang en ongelukkig.'

Butterfield schrok op, misschien had hij op het punt gestaan in slaap te vallen.

'Wie?'

'Jouw ouders. Aron goot brandewijn in het bruidskroontje en Jefferson werd jaloers.'

'Helemaal niet. De eerste jaren hadden ze het goed. Ze bleven bij de ouders van mijn moeder in Gottlösa wonen. Het was de bedoeling dat Jefferson de boel van mijn grootvader zou overnemen, hij zou leren hoe hij moest boeren, maar daar kwam natuurlijk niks van terecht. Jefferson was te praterig. Hij kon z'n mond nooit stilhouden en nooit langer dan twee minuten achter elkaar naar iemand anders luisteren.'

'Was hij toen al religieus?'

'Dat geloof ik niet. Ik geloof dat hij nooit echt religieus is geweest. Maar bijbelvast was hij altijd wel. Hij had het veel over de lelies van Saron en zo. Maar dat was maar gepraat. Woorden. Ik denk dat hij van woorden hield...'

Opnieuw stilte. Maar ik wilde dat hij zou praten.

'Hoe kwam het dan dat het anders werd?'

'Grootvader stierf. De boerderij verdween. En Jefferson en mijn moeder verhuisden naar Nässjö. Aron wilde dat. En daar kwam ma tot de ontdekking dat ze met iemand van het schooiersvolk was getrouwd, een schóóier, zoals ze in Skåne zeiden. Dat had ze eerst niet begrepen. Rond Gottlösa had je niet zo veel schooiers, ze wist niet goed wat dat waren. Maar daar is ze wel achter gekomen.'

'Wat is dat dan? Hoe is het om een schooier te zijn?'

Hij trok zijn arm weg en keerde me de rug toe.

'Dat zou jij moeten weten, Cecilia Lind. Jij bent toch in Nässjö geboren. Nu wil ik slapen.'

Het was nog steeds donker; ik werd wakker door het kermen van het meisje. Ik sloeg mijn arm om haar heen, schonk Coca-Cola in haar mond en vroeg me slaperig af wie ze was. Ze slikte en klokte het weg, jammerde om meer en was tastend in het luchtledige naar iets op zoek.

Ik pakte de papaja van de tafel, hapte er een stuk uit en maakte dat fijn tussen mijn tanden. Vervolgens legde ik wat gepureerd vruchtvlees op mijn vingertop en liet haar dat opzuigen. Ze hield op met jammeren en greep met knokige vingers naar de zoete vrucht, drukte die tegen haar gezicht en begon te smakken. Ze was al snel verzadigd en viel weer in slaap met de vrucht in haar armen.

Ik kon niet meer slapen, ik lag in het donker te staren. Butterfield had zich omgekeerd, we lagen met onze gezichten naar elkaar toe en ademden in hetzelfde ritme.

Toen hij fluisterde klonk zijn stem heel anders, een warme wind in de duisternis. Hij vertelde over zijn handen en mijn lichaam, over lippen, borsten en huid, over warm vocht en hete zwelling.

Ik vormde me naar het beeld dat hij had geschapen, vloeide daarin over en liet me drijven op zijn begeerte. Algauw brandde er een vlammetje in mijn onderlichaam, mijn eigen beelden ontwaakten en zwollen op. Ik hoorde mezelf fluisterend antwoorden en genoot daarvan. Dit was mijn eigen stem, die leek op die van niemand anders.

We raakten elkaar niet aan. De eerste keer bedreven we de liefde alleen met woorden en ademhaling.

Nacht und Nebel. Nacht en nevel.

Ik leun met mijn voorhoofd tegen het raam van de woonkamer en zie de rode achterlichten van de ambulance aangaan en verdwijnen. Dokter Alexandersson blijft even op het tuinpad staan, alsof hij niet goed weet wat hij zal doen, maar daarna zoekt hij in zijn zak naar zijn autosleutels en loopt het trottoir op.

In gedachten volg ik de laatste tocht van mijn moeder door Nässjö, haar lelijke paradijsje. In de huizen zijn alle lampen gedoofd, de inwoners van Nässjö liggen midden in de koude nacht in hun warme bed te slapen. Misschien dat er iemand wakker wordt door het ongebruikelijke geluid van een motor, knipperen enkelen in het donker met hun ogen en voelen honger of dorst. Blote voeten sluipen over de keukenvloer, naar de koelkast. Iemand leunt tegen een aanrecht en neemt een nachtelijke boterham of een glas melk.

Voedsel. Water. Warmte. Elektriciteit.

Alsof het vanzelfsprekend is.

Jij hebt op je saaie vergaderingen wonderen verricht, mama. Jouw voorzittershamer was een toverstokje; een toverstokje van de degelijkheid, dat honger in een voldaan gevoel veranderde en ziekte in gezondheid.

En nu? Wat gebeurt er nu, nu je op weg bent naar het mortuarium en het graf? Jouw zoon en erfgenaam kan niet toveren. Hij wil dat niet eens.

Lars-Göran komt zachtjes achter me staan.

'Zou je niet naar bed gaan?' vraagt hij.

'Straks. Ik kan nu niet slapen.'

'Heb je de slaaptabletten die we hebben gekregen niet genomen?'

'Jawel. Maar die werken nog niet echt... Ik zou naar buiten willen gaan. Naar Eksjöberget.'

Maar dat is niet meer dan een snelle ingeving, op hetzelfde moment weet ik dat dat niet waar is. Ik verlang naar de nevel en het vocht van de nacht in mijn longen, maar niet naar Eksjöberget. Wanneer het donker is, lijken de naakte takken aan de bosjes op de berg te fluisteren. Dat maakt me bang.

'Op dit tijdstip kun je niet naar buiten', zegt Lars-Göran.

'Nee', zeg ik gelaten. 'Dat kan niet.'

Ik ga dus gehoorzaam naar bed, doe het licht uit en laat de chemicaliën van dokter Alexandersson het overnemen. Mijn ogen gaan dicht, mijn hart slaat steeds langzamer en mijn spieren zijn opeens zo zwaar dat ik niet in staat ben me te verroeren. Toch slaap ik niet: mijn hoofd gloeit van de beelden en herinneringen.

Dan hoor ik hem; hem, voor wie ik al zo lang bang ben. Ik ben weerloos en verlamd en dan komt NogNog.

Zijn stem klinkt schel en spottend. *'Oh madam!'* piept hij. *'Oh madam! Watch out! Beware of the darkness...'*

Nu zie ik hem. Hij staat op blote voeten op het bevroren gras buiten bij het Bananenhuis. Ik druk mijn gezicht in mijn kussen om hem te verjagen.

'Ga weg', zeg ik ademloos. 'Ga weg!'

'Oh madam', zegt NogNog, en nu is zijn stem lager, bijna fluisterend. 'Oh, madam! Ik ga heus wel weg. Maar ik neem niet mijn weg, maar de uwe...'

Hij houdt zijn kalasjnikov bij de loop vast en laat de kolf over de bevroren grond ritselen. Zelf sta ik opeens bij het hek van het Bananenhuis en druk een doos tegen mijn borst.

'Wat hebt u in die doos?' fluistert NogNog. 'Wat hebt u in die doos?'

'Dat gaat jou niets aan!'

'Dat gaat mij wel aan! Wat hebt u in die doos?'

Ik keer hem de rug toe en begin te lopen, ik moet naar Eksjöberget. Natuurlijk volgt hij me.

'Wat hebt u in die doos? Zeg het maar gewoon: u draagt mijn herinneringen in uw doos...'

'Je kunt de herinneringen van een ander niet dragen. Het is de doos van mijn moeder. Nu is ze dood en ik ga de doos begraven.'

NogNog probeert me te pakken, zijn knokige vingers dringen

diep in het vlees van mijn bovenarm.

'Verdomde blanke hoer! Dat zijn mijn herinneringen, je hebt het recht niet ze te begraven!'

Ik dwing mezelf ertoe mijn loodzware arm op te tillen en doe de lamp aan, daarna blijf ik een minuut lang stil liggen om waakzaam als een dier naar de stilte te luisteren. Ik hoor natuurlijk niets.

Ik vertrek mijn gezicht vanwege het absurde van de droom en herhaal mijn verweer: je kunt de herinneringen van een ander niet dragen. Dat weiger ik.

Ik doe het licht uit en sluit resoluut mijn ogen.

Weigeren is mijn enige uitweg. Ik kan misschien wel terugdenken aan de moeder en de honden, de straat en de honger, maar ik weiger te denken aan het mes dat hem op de keel werd gezet, de gloed van de sigaretten en de boom waaraan hij werd vastgebonden. Onmogelijk. Dat kan niet gebeurd zijn.

'Bewijzen', fluistert NogNog door het heelal. 'Je wilt bewijzen? Wil je me zien hangen in die boom? Wil je me heen en weer zien zwaaien in de wind? O, Cecilia, zie de waarheid toch onder ogen: je hebt het niet gezien, maar je ziet het! Je hebt het slavenmerk op mijn borst gezien, het fijne, nauwkeurige patroon dat door de sigaretten van blanke mannen is ingebrand...'

Ik trek het kussen over mijn hoofd om hem niet te hoeven horen.

'Dat helpt niet', fluistert NogNog. 'Ik ben niet van plan mijn mond te houden. Nooit. Ik weet dat het enige wat jij wilt, het enige wat jullie blanken allemaal willen, is dat wij in stilte sterven. Jullie willen niet horen, jullie willen niet zien, jullie willen niet weten. Maar ik ben niet van plan te zwijgen en ik zal je tot praten dwingen! Je hebt het slavenmerk op mijn borst gezien! Je weet dat ik nog maar een kind was toen ik werd gebrandmerkt. Je hebt het gezien en je weet het en je zult praten!'

Maar ik weiger. Ik weiger. Ik weiger.

Wanneer de ochtend aanbreekt is het weekend geworden. Het huis is doodstil, de wereld buiten mijn raam is mistig, en rustig alsof het zondag is.

Het is fijn om in stilte wakker te worden. Achter mijn oogleden is de wereld vaag groen en oranje. Mijn ochtendspeeksel smaakt zoet en het lichaam dat ik langzaam in bezit neem is warm en zacht en alleen van mij. Ik pas op voor NogNog, mijn gedachten maken een grote, handige omweg rond de duistere herinnering in het midden van mijn ik.

Ik sla mijn ogen op en herinner me weer dat mijn moeder vannacht is gestorven. Eigenlijk is het helemaal geen weekend. Het is donderdag en ik heb veel te doen. Ik zou eigenlijk naar beneden moeten gaan om het ontbijt klaar te maken, de tekst voor de overlijdensadvertentie te schrijven, de begrafenisondernemer en de bank te bellen, mijn moeders adresboek door te nemen om familie en vrienden op de hoogte te stellen.

Maar daar maak ik me allemaal niet druk over. Mijn moeder heeft geen pijn meer, ze heeft geen injecties en zuurstof meer nodig, ze kan niet boos worden. En in mijn kamer is het weekend en heel stil.

Toen Sophie net geboren was, werd het ook weekend. Dat had ik niet verwacht: het was een grijze, doordeweekse dag toen Ulf door de gang van de kraamafdeling aan kwam lopen. Hij was bleek en gespannen, hij was zijn normale zelfverzekerdheid kwijt. Toen Sophie in de taxi moest huilen keek hij bang, bang en ontevreden, en toen ik al in de lift mijn blouse begon open te maken werd hij wit van ingehouden irritatie.

En toch: toen ik haar de borst had gegeven en mijn blouse weer had dichtgeknoopt, stonden we tegenover elkaar in de woonkamer. Buiten voor het raam stond een esdoorn te gloeien in geel, rood en oranje, de herfstzon was bleek. Alles was stil en rustig. In de maxi-cosy op de grond sliep onze dochter, ons derde kind, de overlevende.

Daar stond mijn man in zijn diplomatenuniform: een wit overhemd met bijna versleten kraag, een verouderd maar elegant flanellen kostuum, een zijden stropdas van Dior en een leren riem van Yves Saint-Laurent. Een precies juiste dosis elegantie uit een taxfree shop ergens in de wereld gecombineerd met degelijk ouderwets kleermakersvakmanschap. Ulf was een man die de diepste inhoud kende van begrippen als stijl en klasse, ook al zou hij zich er nooit toe verlagen die in de mond te nemen.

Maar zijn ogen en lippen behoorden toe aan een ander, aan iemand die ik niet kende en nooit eerder had ontmoet. Ik liet mijn wijsvinger over het gezicht van deze vreemdeling glijden, volgde de contouren van zijn neus en wangen, raakte even zijn bovenlip aan. Hij trok mij tegen zich aan en mijn handen gleden onder zijn colbert, ik streelde zijn rug, die warm en bekend was. We zeiden geen woord, want we konden alleen maar beleefd tegen elkaar zijn en dit vroeg om meer. Eerlijkheid misschien. En hoe zouden wij, die niets over onszelf wisten, eerlijk hebben kunnen zijn? Maar we omhelsden elkaar en ik geloof dat we op dat moment van elkaar hielden.

Hij vond niet dat hij de hele dag vrij kon nemen, hij had een belangrijke vergadering. Dat was een opluchting, ondanks alles. Toen hij was weggegaan, pakte ik Sophie op en legde haar op mijn buik; ik zat onderuitgezakt op de bank en luisterde naar haar slaap. Zij lag in de omgekeerde foetushouding, met mijn keel en kin als bekkenbodem en haar rode handjes gebald in het kuiltje van mijn keel. Soms boog ik mijn hoofd achterover en blies een beetje in het dons op haar schedel; dat was als een zomerweide die wuifde in de wind.

We waren totaal geborgen, de wereld kon niet binnendringen, buiten voor ons raam stond een blozende esdoorn op wacht en binnen in ons huis rook het naar sparrennaalden en hars.

Lars-Göran huilt in de badkamer. Ik zou moeten opstaan om voor hem te zorgen, hem te troosten en koffie te zetten. Toch blijf ik liggen, ik wil nog slapen. Ik vind dat hij zichzelf maar moet troosten.

Ik ben diplomaat geworden, Marita, precies zoals ik dacht dat ik wilde. Matig succesvol weliswaar, maar toch voldoende beleefd, goed formulerend en goedgekleed om nooit ontmaskerd te worden als iemand die er niet bij hoort.

Mijn angst remde mijn carrière af. Ik was bang voor de andere diplomaten, voor hun harde vriendelijkheid en hun hoogmoedige ootmoedigheid, voor hun stemmen, gebaren en kleren, die zo veel geheimen en tegenstellingen bevatten. Maar het bangst was ik voor de woorden: iedere keer dat er een 'Woordvoering' op mijn bureau belandde, werd ik misselijk van de zenuwen. Ik was nooit in staat die uit mijn hoofd te leren, ik liep ermee rond in mijn zakken, alsof de nabijheid van het document zelf het gemakkelijker zou maken om te onthouden wat je mocht zeggen.

Hoe moet je aan vrije mensen uitleggen wat 'Woordvoering' inhoudt? Heel eenvoudig samengevat is dat een antwoord in een gesprek tussen staten, een antwoord dat dagen en weken heeft gekost om te formuleren. Eerst is het in elkaar gezet door een zweterige en ambitieuze beleidsmedewerker op het ministerie, iemand die zo welopgevoed is dat hij niet eens eigen woorden bezit, maar die een hele doos met kant-en-klare frases in zijn bureau heeft staan. Daarna is het bekeken en bijgeschaafd door de directeur-generaal, in een nieuwe vorm gegoten door de secretaris-generaal en uiteindelijk bijgewerkt en goedgekeurd door de minister zelf. Het resultaat is een fluim, een frase die klef en grauw is, onwelluidend en onbegrijpelijk. Maar dat geeft niet: onduidelijkheid is juist de bedoeling. 'Woordvoering' is namelijk altijd een leugen, en het is een leugen die zo handig geformuleerd is dat er nooit doorheen gekeken kan worden. 'Woordvoering' zegt dat goed kwaad is en kwaad goed, en dat het vreselijke nooit is gebeurd.

Wanneer er een 'Woordvoering' is uitgegeven, wordt heel Buitenlandse Zaken een koor, iedereen die ermee te maken heeft leert hem uit zijn hoofd. Waarheden kun je wel onthouden. Leugens moeten worden ingeprent.

Toen ik met Ulf trouwde en moeder van Sophie werd, werd ik bevrijd. Ik ontsnapte aan alle 'Woordvoeringen', ik werd een meereizende partner. Een flinke echtgenote en liefdevolle moeder, een geduldige steun en toeverlaat en een bekwame expert in borrels. Ik hoefde alleen maar over kleine dingen te liegen, onbelangrijke dingen. Wat maakt het uit of ik zeg dat een lelijke jurk mooi is? Wat maakt het uit of ik altijd net doe of ik opgewekt en zelfverzekerd ben?

Ik leefde mijn leven naast Ulfs carrière. Drie jaar in Peru: verkering, verloving, huwelijk, twee miskramen. Vier jaar op het ministerie in Stockholm: zwangerschap, handelsbetrekkingen, bevalling, kinderdagverblijf. Drie jaar in Vietnam: eenzaamheid, hitte, infecties, belachelijke modeshows. Acht jaar in India: school, diners, recepties, scheiding.

Pas op het laatst kreeg ik weer een eigen post: ik werd ambassadesecretaris op de ambassade van mijn man en kreeg een eigen bureau met nieuwe 'Woordvoeringen'. Maar daar hoefde ik me niets van aan te trekken. Ik behandelde alleen de consulaire vraagstukken: ik stuurde trillende junks naar huis en zorgde ervoor dat Zweedse dames met toeristendiarree bij een goede dokter terechtkwamen.

Het verwonderde me dat die papieren uit Stockholm verder niemand leken te plagen, dat niemand er het schandelijke van inzag dat je sprak in de woorden van een ander. Ulf was blanco in alles, ook ten overstaan van mij, een onbeschreven blad dat op een pen wachtte. Soms verachtte ik zijn gehoorzaamheid, maar ik twijfelde net zo vaak aan mijn eigen gevoel. Ulf had een scherpe blik: misschien zag hij een grote waarheid achter al die leugentjes.

Op een keer, vlak nadat ik weer aan het werk was gegaan, probeerde ik er met hem over te praten. Hij was die avond in een goed humeur. We hadden in de grote witte Alva Myrdal-zaal het Luciafeest gevierd, een echt geslaagd feest met glühwein, peperkoekjes en saffraanbroodjes. Bijna de hele Zweedse kolonie was gekomen, inclusief vier directeuren met hun in zijde gehulde echtgenotes die helemaal uit Poona waren komen vliegen. Dat was ongewoon. Bovendien waren er meer Indiërs gekomen dan het voorafgaande jaar, belangrijke mensen, zelfs een minister.

Ulfs ogen glinsterden hoopvol, misschien dat de Bofors-affaire gauw vergeten zou zijn.

Hij lag in bed en keek toe hoe ik mijn nachthemd over mijn hoofd trok. Dat was van zijde; in december is het in Delhi koel genoeg om zijde te dragen.

'Dat heb je goed gedaan, Cecilia. Heel goed. Dit was precies wat we nodig hadden.'

'Leuk dat je dat zegt. Hoe ging het met de minister? Heb je ongestoord met hem kunnen praten?'

'Ja hoor, ja hoor. We hebben een paar woorden kunnen wisselen...'

Ik kroop in bed en deed het licht uit. Hij legde zijn arm over mijn borst, in een soort omhelzing. Ik verlichtte de druk door zijn hand te pakken.

'Wat heb je dan gezegd?'

Hij zuchtte.

'Ik heb gezegd wat ik moest zeggen...'

'Dat de Zweedse regering er alles aan doet om de waarheid aan het licht te brengen? Zoals het in de "Woordvoering" staat?'

'Mmm. Heb je die gezien?'

'Zeker. Iedereen heeft die gekregen.'

'Dat was niet de bedoeling. Wie heeft hem uitgedeeld?'

'Weet ik niet. Maar geloof jij erin?'

'Wat bedoel je?'

'Denk jij dat de regering er alles aan doet om de waarheid over de steekpenningen aan het licht te brengen?'

Hij trok zijn arm weg.

'De verméénde steekpenningen, Cecilia. Niemand weet het. Er zijn geen bewijzen.'

Ik ging op mijn zij liggen en keerde hem de rug toe. Ik wist het, hoewel er niets bewezen kon worden. Ik had die mannen van Bofors gezien, ik had hen horen praten. Ze waren arrogant, luidruchtig en cynisch, en zo zeker van zichzelf dat ze niet eens probeerden te verbergen dat ze logen. Maar de eigenlijke kern van de leugen, die gaven ze niet bloot.

'Je hoeft in je eigen slaapkamer niet als een "Woordvoering" te klinken...'

Ulf ademde zwaar achter mijn rug.

'Beschuldig je mij ervan dat ik lieg, Cecilia?'

Ik hoorde mijn eigen stem, de stem van Goudbom, resoluut en van achter uit de keel.

'Ja. Ik denk dat jij elke dag liegt. Dat zit in de aard van het vak. We liegen allemaal.'

'En jouw broer, Cecilia? De minister? Liegt die ook? Wat weet hij over de steekpenningen?'

Ik gaf geen antwoord, ik was al te ver gegaan. Het bed bewoog toen hij opstond, de zijde ruiste toen hij zijn ochtendjas omsloeg. Vijf dagen zweeg hij. Vijf nachten sliep hij alleen op de logeerkamer. De zesde nacht ging ik bij hem naar binnen en bedelde woordloos om vergiffenis.

Er loopt iemand op de trap. Ik droom dat tante Olsson glimlacht, daarna ga ik rechtop zitten om te luisteren. Dat is niet Lars-Göran, ik weet hoe zijn voetstappen klinken. Hij loopt net als ik: met zware stappen en weerklinkende hakken. Maar degene die daar nu loopt, sluipt en aarzelt; ze is nu op de overloop, op weg naar de kamer van mijn moeder. Het is Marita, nu is ze eindelijk gekomen. Ik sla mijn ochtendjas om en haast me de overloop op.

'Hallo, is daar iemand?'

Een gestalte in de deuropening van mijn moeders kamer. Het is Gunilla.

'Ik ben het maar. Er deed niemand open toen ik aanbelde, dus ben ik maar naar binnen gegaan. We hebben immers een sleutel. Ligt ze in het ziekenhuis? Gaat het slechter met haar?'

Ik leun tegen de deurpost en word nu echt wakker, strijk mijn haar uit mijn gezicht en verontschuldig me.

'We hadden moeten bellen, maar we hebben allebei slaaptabletten van de dokter gekregen, Lars-Göran en ik. Mijn moeder is vannacht overleden.'

Mijn tranen beginnen te stromen wanneer ik mezelf dit hoor zeggen, de helft van me is een gat vol verdriet, de andere helft is alleen maar geïrriteerd. Het is middag, ik heb de hele dag geslapen terwijl ik zo veel te doen heb.

Gunilla trekt aan de mouw van haar katoenen trui; opeens krijg ik het gevoel dat zij net zo bang is voor mij als ik voor haar. Ze heeft zich door mijn resolute stem en doelbewuste voetstappen in de luren laten leggen, ze denkt dat ik weet waarheen ik op weg ben en wat ik moet doen als ik aangekomen ben. Daar krijgt ze het benauwd van. Zelf is ze nergens op weg naartoe.

'O. Wat afschuwelijk. Ja, dan zal ik maar weggaan. Sorry.'

Ik snotter vergevingsgezind, zoek naar een zakdoek in de zak van mijn ochtendjas en snuit mijn neus.

'Het geeft niet. Je kon het immers niet weten...'

Wanneer de koffie klaar is, komt Lars-Göran naar beneden; hij heeft rode ogen en is zwijgzaam. Ik heb de overlijdensadvertentie al geschreven. Hij leest hem hardop voor zichzelf en merkt niet dat de taal doods is. Onze geliefde moeder. Na geduldig gedragen lijden. Geliefd. Gemis.

Maar natuurlijk moet hij er toch iets aan veranderen: 'Ik geloof dat ze ook een gedicht wilde. Dat zei ze toen papa stierf, het was dacht ik iets van Dagerman.'

'Welk gedicht dan?'

'Dat weet ik niet meer, ik kan het me niet herinneren.'

Hij laat zijn hoofd in zijn handen zakken en huilt, brult met open mond als een kind. Ik kijk even naar hem zonder te weten wat ik met zijn verdriet aan moet; dan pak ik een stukje keukenrol en aai hem onhandig over zijn arm.

Vervolgens ga ik aan de slag met alles wat er gedaan moet worden.

Fonus, natuurlijk. Fonus moet het worden. Toen vader overleed hebben we een particuliere begrafenisonderneming in de arm genomen, nu moet het een coöperatieve worden. Het conflict blijft tot in de dood. Mijn wijsvinger vindt de juiste regel in het telefoonboek, Fonus is gevestigd aan Storgatan...

Net wanneer ik de hoorn wil pakken, gaat de telefoon en ik zie de hoop in mijn spiegelbeeld. Marita!

Maar de stem aan de telefoon is jong en welopgevoed, zonder een spoor van Nässjödialect.

'Neemt u mij niet kwalijk dat ik u stoor, ik bel van het *Smålands Dagblad.* Mijn naam is Katarina Söderberg. Wij hebben zojuist gehoord dat Dagny Dahlbom is overleden, klopt dat?'

'Ja.'

'Gecondoleerd. En mijn excuses dat ik u zo bel om het te controleren, maar we willen natuurlijk niet dat het er verkeerd in komt te staan.'

Hou op met je te verontschuldigen, denk ik. Dat is het eerste heilige gebod van succes: je moet je nooit verontschuldigen. Dat moet je leren, dwaas, als je wat wilt bereiken in deze wereld.

'Ik begrijp het. Maar het klopt. Mijn moeder is vannacht overleden. Ze is lang ziek geweest.'

'We schrijven een necrologie voor morgen. En ik vroeg me af of ik u en Lars-Göran Dahlbom een interview zou mogen afnemen?'

'Een interview? Waarover dan?'

'Ja, we waren van plan een wat grotere reportage over uw moeder te maken ter gelegenheid van de begrafenis, over haar achtergrond en haar politieke loopbaan en zo...'

Ik ben verwonderd. Dit is niets voor het *Smålands Dagblad.* In Nässjö beperkt de verslaggeving van het nieuws zich normaal gesproken tot korte stukjes over de activiteiten voor het zendingswerk en de sprekers bij de Rotary.

'Ja, ik weet het niet...'

'Ze heeft immers heel wat voor de stad betekend. En dan haar zoon, die parlementariër en minister is geworden en zo...'

Plotseling zie ik mijn moeder voor me in de spiegel. Ze heeft haar mooie vergadermantelpakje aan, dat strak aansluit om haar taille, ze haalt snel een kam door haar blonde haar en haar blik is ver weg; ze denkt aan waterleidingen en straatverlichting, aan scholen en schoolkantines. Ze glimlacht naar me en ik glimlach terug: mijn moeder, oneindig goed in haar brandende rechtvaardigheidsgevoel en oprechte zorg voor anderen, oneindig slecht in haar gebrek aan respect en inlevingsvermogen. Een reportage in het *Smålands Dagblad* zou haar plezier hebben gedaan.

'Inderdaad', zeg ik. 'Ik zal even overleggen met mijn broer. Een ogenblik...'

Ik blijf in de deuropening van de keuken staan en sla mijn arm om de deurpost. Lars-Göran kijkt op; hij huilt niet meer.

'Maar ik moet terug naar Stockholm', zegt hij weifelend. 'Kun jij het niet doen?'

Dan besluiten we dat Katarina van het *Smålands Dagblad* morgen mag komen.

'Maar alleen ik ben er', zeg ik tegen haar. 'Mijn broer moet terug naar Stockholm.'

Te laat hoor ik dat dat klinkt als een verontschuldiging.

Ik loop met Lars-Göran mee naar de auto, we lopen vlak naast elkaar. De schemering is al ingevallen, de lucht is koel en vochtig, de hemel heeft een tint van zich verdiepend lavendel.

'Je voelt het voorjaar al', zeg ik. 'Voel maar, het zit in de lucht...'

Lars-Göran kijkt naar de grond en geeft geen antwoord.

'Ben je verdrietig?'

Hij schopt tegen een steentje.

'Natuurlijk ben ik verdrietig...'

Ik weet niet wat ik verder nog moet zeggen; ik sta alleen maar naast hem en zie hoe hij zijn koffer op de achterbank slingert en er zijn overjas bovenop gooit. Daarna blijft hij tegen het geopende portier staan leunen.

'Red je het allemaal wel, Cecilia? De rouwkaarten, de liederen en zo...'

'Ja hoor, dat lukt best. Ik ben gewend om te organiseren. En ik heb nog meer dan een week de tijd.'

'Als haar ouders willen oppassen, kan Yvonne misschien wel hier komen...'

'Het komt wel voor elkaar.'

Hij strijkt met zijn hand door zijn haar en zegt met schorre stem: 'En ik was er niet eens op tijd bij...'

Lars-Görans auto draait Gamlarpsvägen op. Het is koud, ik sla mijn armen over elkaar en omarm mezelf. De straatlantaarns branden inmiddels; hun licht is zo wit dat het naar blauw neigt.

Wanneer ik me omkeer om het huis binnen te gaan, zie ik dat we hebben vergeten de deur dicht te doen. Hij staat halfopen; het gele licht van de hal sijpelt de tuin in.

Wat was dat? Een schaduw in de deuropening?

Daarbinnen bewoog iemand. Of iets.

Ik blijf als vastgenageld op het grindpad staan en kan me niet verroeren. Het Bananenhuis glimlacht zijn gele glimlach en probeert mij naar binnen te lokken. Opeens word ik omringd door een bekende geur. Zweet en ammoniak. Een zweem van ether. Angst.

Een herinnering roert zich in mijn buik, een vraag zonder vorm of omtrek. Ik weet niet wat er is gebeurd en wat er gaat gebeuren, ik weet alleen dat ik banger ben voor het verleden dan voor de toekomst.

Maar bovenal ben ik bang voor wat mij in het huis van mijn ouders te wachten staat.

De hagedissen keerden terug voor het licht werd.

Ik had uren wakker gelegen en geprobeerd me te herinneren of het echt was gebeurd. Waren we verkeerd gereden? Hadden we een kind gevonden? Had Butterfield Berglund me echt gestreeld met woorden en gefluister?

De wind was afgenomen, die schudde niet langer aan de muren, gleed er alleen maar met zachte hand langs. Er sloegen geen stenen meer op het dak en de as kletterde niet meer, die fluisterde, neuriede en zong.

Smek-smek-smek.

Het bekende geluid was teruggekeerd. Een doorschijnende hagedis had een vlieg gevangen. Zowel de hagedissen als de vliegen hadden het dus overleefd.

Smek-smek-smek.

De eerste nacht in Manila kon ik niet slapen. Ik was gewend aan schuwe Indiase hagedissen, die de duisternis en de schaduwen opzochten om te doen wat ze moesten doen. De Filippijnse hagedissen waren brutaal en lawaaiig, ze zaten midden op de muur en slokten met hun driedubbele gesmak elke vlieg op. Iedere keer schrok ik op en trok ik mijn laken steviger om me heen, maar de volgende nacht was ik er al aan gewend. Het leven op de Filippijnen wordt dag en nacht begeleid door het gesmak van hagedissen; daar valt niets aan te doen.

Smek-smek-smek.

De kamer was bezig te veranderen; ergens drong grauw licht naar binnen. Of waren het alleen maar mijn ogen die aan de duisternis gewend waren geraakt? Ik kroop de kamer in en ging staan; het huis maakte slagzij. Duizeligheid. Ik had te lang stilgelegen.

Smalle stroken licht van de ochtendschemering stroomden naar binnen tussen de kieren van de planken van de muren door; het was dus een houten huis, een ouderwets huis. Maar het was geen huis van een arm iemand: de kamer was groot en vol schaduwen van meubels. En hij had een hoge zoldering; de zoldering volgde de scherpe hoek van het dak. De ramen vormden donkere vlekken in het grijs, de eigenaars van het huis had de luiken gesloten voor ze waren gevlucht.

Mijn voet stootte tegen een Coca-Cola-fles. Ik pakte hem op maar durfde er niet van te drinken, want er zat nog maar een bodempje in. Ik zou eigenlijk naar buiten moeten gaan om een put of een pomp te zoeken. Dat moest kunnen: buiten was het nu helemaal stil geworden, geen wind, geen geruis van regen en as.

Ik liep naar de deur en deed hem open.

Toen ik klein was, hield ik van de beeldspraak van Goudbom. Die sprak mijn fantasie aan.

'Je kunt m'n rug op', zei hij, en ik zag de aangesproken persoon op zijn rug klimmen.

'Teelaarde in je broekzak, dat moet je hebben', zei hij, en ik keek naar zijn broekzak en zag er kluiten aarde met rogge en haver uitsteken. Wanneer hij liep trilden de haverpluimen.

'Jij krijgt je zin wanneer het sneeuwt in de hel', zei hij, en ondanks mijn teleurstelling zag ik hoe het in de hel sneeuwde, hoe de witte sneeuwkristallen in de vlammen sisten en hoe de duivel zijn lange puntige tong uitstak om die af te koelen.

Sneeuw in de hel.

Dat was het eerste dat er door mijn hoofd schoot. Het heeft gesneeuwd in de hel.

Ik bleef op de bovenste traptrede staan, waar de as niet zo diep was, en bekeek een totaal nieuwe wereld. Die was grijs. De as was in zachte ophopingen over huizen en planten, bomen en stenen gaan liggen. De auto was niet langer zichtbaar, die was niet meer dan een licht afgeronde bult onder een doorbuigende kokospalm.

De hemel had dezelfde ondefinieerbare tint als de nachtelijke hemel boven een grote stad, alsof hij duizenden lichten van ver weg weerspiegelde. De maan stond nog steeds aan de hemel; die werd alleen overschaduwd door enkele lichte wolkenflarden die snel langs de hemel voeren. Het zou algauw licht worden, dat kon je zien.

We waren in een dorp of een stadje terechtgekomen. Misschien was het gelijkmatige grijze oppervlak tussen de huizen wel de hoofdstraat. Het huis tegenover het onze was gelijkvloers en bijna helemaal bedekt met as, ik kon maar een halve meter van zijn muren zien. Andere huizen hadden hoge cementen funderingen, net als het onze, of stonden op palen en die hadden het er beter van afgebracht. Slechts één dak was bezweken, maar terwijl ik daar stond en probeerde te begrijpen wat ik zag, begon de as op een dak verderop in de straat te bewegen; hij stroomde en sijpelde en viel, in het begin zachtjes en stil, maar na een paar seconden razend en donderend. Het was alsof het huis mijn blik niet kon verdragen, het dak klapte in elkaar en een muur stortte in, het hele huis ging in een stofwolk op. Een seconde later werd het doodstil.

Ik ging zitten en sloeg mijn armen om mijn knieën. De as schrijnde tegen mijn dijbenen, de hete lucht brandde in mijn longen. De hemel begon rood te kleuren.

Aan beide kanten van de trap stond een boom. Ik had dergelijke bomen al eerder gezien en dacht een poosje na over hoe ze heetten, maar kon het me niet herinneren, kon het me nog niet herinneren. Ze zijn erg mooi: hun stammen zijn grijs en naakt en hebben geen gebladerte. Ze zien er dood uit, maar aan hun takken komen iedere ochtend grote roze bellen uit, dikke wasachtige bloemen die los aan hun aanhechtingspunt zitten en maar één dag leven.

Ik zag er iedere dag de knoppen aan komen. Ondanks de as van de vulkaan, ondanks de lange duisternis kwamen er knoppen aan en ontloken ze. En toen de zon boven de daken van de huizen verrees, liet de eerst ontloken bloem los van een tak en zeilde langzaam in mijn schoot.

Als je je hand door de tijd kon uitstrekken…

Ik zie mijn eigen arm zich uitstrekken door de maanden die zijn verstreken, mijn arm die bleek is en lichte sproeten heeft. Hij bereikt bijna de Cecilia in de naamloze stad, zoals ze daar zit, net zo heet en droog als de as van de eerste ochtend.

Sigaretten, denkt ze. Een peuk. Had ik geen slof in de auto?

Ik wil haar bij haar schouder pakken en door elkaar schudden en fluisteren: 'Doe het niet, Cecilia! Raak de auto nog een paar uur niet aan... Geef Butterfield een leven en het meisje een toekomst, red je vriendschap met Ricky en je eigen illusies. Raak de auto niet aan!'

Maar mijn hand komt niet zo ver en Cecilia merkt niets; ze staat gewoon op en rekt zich uit, de bloemen vallen van haar schoot in de as. Vervolgens gaat ze de twaalf traptreden af en begint door de as in de richting van de auto te ploeteren.

Cecilia! Idioot!

De auto was versteend. De bovenste droge laag as kon je gemakkelijk wegvegen, maar daaronder waren regen, as en viezigheid verstijfd tot een kruimelig cement. Ik peuterde aan het oppervlak, dat grove poriën had, en wilde dat losmaken om te proberen of ik de handgreep kon lokaliseren; jawel, het lukte om de knop in te drukken. Als ik maar zo veel as opzij kon krijgen dat het portier een stukje geopend kon worden, dan kon ik erin kruipen om mijn sigaretten te pakken.

Het was zwaar werk. In het begin probeerde ik de as met mijn voeten weg te krijgen, maar dat was niet voldoende; ik moest op mijn knieën gaan liggen om met mijn handen te scheppen. Ik zweette en vloekte, maar ik gaf het niet op. Ik snakte naar een sigaret.

Eindelijk had ik genoeg ruimte geschapen om het portier open te kunnen krijgen. Met een beetje moeite zou ik mij erin kunnen persen. De opening was niet groot, slechts een paar decimeter. Maar wel zo groot dat zijn hand naar buiten kon glijden.

Een hand!

Ik tuimelde achterover en ging onhandig op mijn billen zitten, verschrikt als een kind in het spookhuis. Mijn handen zonken diep weg in de as en door de hitte in de diepte raakte ik nog meer in paniek. Grommend krabbelde ik snel nog een paar meter verder weg, totdat ik besefte waar ik op leek. Ik dwong mezelf te bedenken dat ik een mens was en dat bepaalde geluiden en bewegingen voor een mens niet gepast zijn. Moeizaam stond ik op, even moeizaam draaide ik mij om en dwong ik mezelf te zien wat ik al had gezien.

Een hand. Er stak echt een hand uit de auto.

Hij was donkerbruin en heel knokig, had dezelfde kleur en glans als gesneden jacaranda.

Het portier van de auto ging langzaam weer dicht en de hand raakte bekneld.

Ik kroop onder de tafel en schudde hen allebei door elkaar.

'Ricky! Butterfield! Er ligt iemand in de auto... Wakker worden! Er ligt iemand in de auto!'

Ricky werd met een ruk wakker en ging rechtop zitten. Hij zei niets, maar kroop alleen snel de kamer in en pakte de fles Coca-Cola. Terwijl hij opstond dronk hij die in een keer leeg. Mijn stem werd schel toen ik hem nariep: 'Verdomme, Ricky! Dat was de laatste fles!'

Hij antwoordde niet en keek mij niet aan; hij wierp de lege plastic fles alleen zo hard op de grond dat die stuiterde en kloste de deur uit. Er viel een wolk van roze bloemen achter hem neer.

Met gezwollen oogleden en zijn haar in de war ging Butterfield rechtop zitten; we keken elkaar aan als vreemdelingen.

'Wat is er?' zei hij slaperig. 'Is er iets gebeurd?'

De rest van de ochtend was een chaos.

Butterfield en Ricky lagen op hun knieën bij de auto en probeerden meer as weg te scheppen. Ze praatten de hele tijd; Ricky's stem klonk scherp van ongerustheid, die van Butterfield dof en mompelend, maar ik kon niet verstaan wat ze nou eigenlijk zeiden.

Het meisje hoorde ik echter wel. Toen ze wakker werd, slaakte ze een diepe zucht.

Ze lag met open ogen onder de tafel, maar weigerde mij aan te kijken; ze hield haar blik koppig naast mijn gezicht gericht. Ze had de half verrotte papaja nog steeds in haar armen; haar vingers waren zo diep in het bruingele vruchtvlees gedrongen dat ze bijna niet te zien waren. Ze was smerig op een manier waarop alleen de allerarmsten smerig zijn. Ze zien er stoffig uit, hun huid en haar en kleren zijn overtrokken met lichtgrijze, verpulverde armoede.

Ik had een paar woorden en zinnen in het Tagalog opgepikt. Niet veel, maar net genoeg om ze hier en daar als glinsterende lovertjes door saaie gesprekken in Manila te strooien. Meestal riepen ze flauwe glimlachjes en een vorm van contact op. Nu goot ik er een paar uit over het kind voor me.

'Magandáng umaga... Goeiemorgen.'

Ze reageerde niet. Haar gezicht was stijf en gesloten, haar blik ver weg. Maar ze zou honger moeten hebben.

'Pagkain? Prutas? Eten? Fruit?'

Ik streek met mijn hand over haar wang, dacht heel even en schuldbewust aan luizen, schurft en vlooien, en liet als een soort verontschuldiging mijn vingertoppen over de huid vol littekens boven haar oor gaan. Het was net of ik een pop aanraakte.

'Prutas?'

Ze vertrok geen spier. Ze hield haar kaken stijf op elkaar.

Zonder erbij na te denken ging ik over op het Engels. Bijna alle mensen op de Filippijnen spreken Engels, zelfs de armste kinderen op straat.

'Hungry? Are you hungry? Do you want food?'

De uitdrukking in haar ogen veranderde, ze begon met haar oogleden te knipperen en keek me aan, maar durfde geen antwoord te geven. Ik boog me naar voren en wurmde voorzichtig haar plakkerige hand uit de papaja: *'Are you in pain? Does it hurt?'*

Haar stem was die van een heel oud iemand, fluisterend en hees. Ze zei maar twee woorden: *'Pain, drink.'*

Ik zocht iets te drinken en vond een complete keuken. Helemaal achter in de grote kamer was een dunne deur van houtvezelplaat die ik nog niet eerder had opgemerkt. Ik deed hem open en was verbijsterd. Het was een kleine, propvolle ruimte met planken, kasten en dozen, borden en schalen, een halfvolle houten kist met rijst en twee conservenblikken. Cornedbeef. Maar het mooiste van alles: een grote ronde koelkast uit het Amerika van de jaren vijftig en een waterkraan, een armzalig kraantje boven een grote gootsteen.

Mijn verhouding tot God is simpel en ongecompliceerd: ik geloof niet in zijn bestaan, en daarom praat ik voortdurend tegen hem, volkomen open en zonder schaamte of voorbehoud. Op weg naar de kraan wist ik het hele onzevader op te zeggen en terwijl ik al met uitgestrekte hand klaarstond, voegde ik er nog snel een riedeltje aan toe: lieve God, laat de kraan het doen.

Maar God was er niet, hij is er nooit, de kraan piepte en zuchtte, maar er gebeurde niets. Ik was niet eens erg teleurgesteld; tijdens mijn gebed had ik immers al geweten hoe het zou gaan. Ik opende de deur van de koelkast op een kier, maar sloot hem meteen weer. Wat het ook was dat de huiseigenaren hadden achtergelaten toen ze vluchtten, tijdens de lange duisternis was het verrot en vergaan.

Het meisje in de kamer steunde. Ik pakte een metalen mok, stak de twee conservenblikken onder mijn arm en ging naar haar toe. Haar voorhoofd was klam en ze lag met haar ogen dicht. Ik legde de conservenblikken snel in de verbanddoos en zocht naar aspirine.

Maar ik had nog steeds niets om haar te drinken te geven. Ik stopte een tablet in mijn mond en beet in een van Ricky's appels; die was sappig en zoet, en opeens drong het tot me door dat ik zelf ook dorst had.

Ik spuugde voorzichtig het gespikkelde witte vruchtvlees op mijn vingertoppen en kroop onder de tafel. Het meisje deed gehoorzaam haar mond open en liet mij met mijn vingers langs haar tanden en tong gaan. Ik weet niet hoeveel ze binnenkreeg, maar na een poosje ontspande haar gebalde vuist in mijn hand. Ze sloeg haar ogen op.

'Hallo. Gaat het nu beter?'

Ze knipperde met haar ogen. Dat was een soort antwoord.

'Hoe heet je?'

Ze zette zich schrap; de naam zat diep in haar keel en wilde er niet uitkomen. Ik gaf haar de appel, ze beet er snel in en zoog vervolgens lang en genotzuchtig het sap uit de hap die ze had genomen.

'Dolly...'
Haar stem klonk nu helderder, ze klonk bijna als een kind.
'Dolly? Dolores? Waar heb je pijn?'
Ze vertrok haar gezicht alsof ze wilde huilen, maar hield zich in en streek met haar hand over haar benen. Ik tilde voorzichtig haar linkerknie op en liet de voet bungelen. Geen reactie. Vervolgens pakte ik de rechter en tilde die ook op.
Van het geluid dat ze voortbracht werd ik nog het bangst. Het was een naar binnen gerichte kreet. Dolores zoog de lucht op, haalde die met een sissend geluid naar binnen. Iedere uitdrukking verdween van haar gezicht en ze werd onbereikbaar: een verstijfde grimas met ontblote tanden, appel en tandvlees. Haar voet bungelde in een onnatuurlijke hoek, als iets uit een stripverhaal.
Ergens daarbinnen moest een hele bundel botten gebroken en verbrijzeld zijn.

De as reikte tot mijn knieën, hij was warm maar brandde niet meer. Ik liep in het spoor dat Ricky en Butterfield hadden gemaakt en hield de grote groene noot tegen mijn borst gedrukt.
'Ricky, je moet me helpen de kokosnoot open te hakken.'
'Nu niet, madam. Nu niet. We moeten eerst die persoon uit de auto halen.'
'Sorry Ricky, maar het moet. Het meisje is wakker geworden. Ze moet iets te drinken krijgen en we hebben niets anders dan kokosmelk. Jij hebt de laatste Coca-Cola opgedronken!'
'Nu niet...'
Hij stond op en keerde me de rug toe, trok een aantal keren hard aan het portier. Ik schraapte mijn keel.
'Sorry Ricky, maar het moet. Ze heeft pijn en dorst.'
Butterfield maakte een gebaar alsof hij me wilde wegjagen.
'Laat hem met rust, je kunt nou niet met hem praten...'
Nooit is mijn Engels perfecter dan wanneer ik onder spanning sta. Schel Oxford-English.
'Je moet. Het spijt me, Ricky, maar op dit moment is dit het belangrijkste... Je moet!'
Maar Ricky liet de handgreep niet los. Hij wierp me een snelle

blik over zijn schouder toe en rukte ritmisch aan de deur terwijl hij sprak: 'Zosima denkt dat ik dood ben, de kinderen denken dat ze geen vader meer hebben, misschien gaan ze wel niet meer naar school, misschien zijn ze gewond. We moeten dit lichaam eruit zien te krijgen en de auto weer aan de gang… Dan zal ik de kokosnoot openbreken, madam. Nu niet. Straks.'

Op hetzelfde moment gaf de as mee en vloog het portier van de auto wijdopen. Er viel een bovenlichaam uit; een gezicht waarvan de mond een gapend zwart gat was, keerde zich naar de hemel.

Ik liet de kokosnoot vallen.

Opnieuw sleepten Ricky en ik een menselijk lichaam door de as. Maar dit was zwaarder: we moesten allebei met beide handen een arm vastpakken en flink ploeteren om het überhaupt in beweging te krijgen.

Bij de trap aangekomen bleven we staan en keken elkaar lusteloos aan. Hoe moesten we hem boven krijgen?

'Leeft hij nog?' vroeg Ricky, terwijl hij het zweet van zijn voorhoofd wiste.

'Hij lijkt halfdood', zei ik, terwijl ik zijn gebaar herhaalde. 'We moeten hem hoe dan ook naar binnen zien te krijgen…'

We kropen op onze knieën met één trede tegelijk de trap op. De knokige knieën van de vreemdeling sloegen dof en regelmatig tegen het hout, iedere keer jammerde hij zwak, maar verder hoorde je alleen Ricky's zware ademhaling. We zeiden niets totdat we hem naar binnen hadden gesleept en op zijn buik midden in de kamer hadden gelegd. Ik leunde tegen de tafel om op adem te komen en wreef over mijn pijnlijke knieën.

'Draai hem om', zei Butterfield. Hij stond als een schaduw in de deuropening met de kokosnoot in zijn armen. Hij had er een gat in weten te slaan en toen ik besefte dat ik snel wat te drinken zou krijgen, kreeg ik een vreselijke dorst.

Ricky stak zijn voet onder de borst van de vreemdeling en tilde die op, de man rolde op zijn rug, zijn hand viel slap tegen de vloer. Daar leek hij wakker van te worden: hij knipperde even met zijn ogen en keek ons een seconde aan, maar vervolgens draaide hij met zijn ogen en verdween weer in zijn bewusteloosheid.

'Wat voor iemand denken jullie dat het is?' vroeg Ricky.

Hoe moet ik NogNog beschrijven zodat Marita hem voor zich ziet?

Wat ik me in de eerste plaats herinner zijn zijn polsen. Hij had slanke armen met heel lange polsen.

Of moet ik beginnen met zijn pezige hals en zijn grote adamsappel, die steeds in beweging was, wanneer hij zweeg en wanneer hij sprak, wanneer hij snauwde en wanneer hij snikte? Of met zijn hoofd? Een geschoren schedel waarop het haar niet meer dan een schaduw was?

Nee. Ik begin met iets anders, iets wat zij herkent, iets wat wij beiden kennen.

De wreedheid van de vertwijfeling, Marita. NogNog droeg de wreedheid mee die uit grote vertwijfeling voortkomt.

Een jongen of een man? Ik kon het niet vaststellen. Hij had de lengte van een man, was langer dan de meeste Filippino's, maar zijn armen en benen waren jongensachtig mager en knokig. Zijn huid was heel donker, had een heel andere nuance dan de gouden tinten van Ricky en Dolores.

Ik zonk op mijn knieën naast hem neer en streek met mijn hand over zijn T-shirt in camouflagekleuren en zijn kapotte shorts. Zijn ademhaling gleed even langs mijn wang, snel, heet en geurend. Hij had kapotte, gesprongen lippen, maar verder leek hij niet gewond. Toch kreunde hij van pijn toen ik hem aanraakte. Mijn handen voelden opeens heel koel aan.

'Wat is hij warm', zei ik. 'Hij zal wel koorts hebben...'

'Mmm', zei Ricky. 'Ik had het al gevoeld. Het zal wel dengkoorts zijn. Mijn kinderen hebben dat vorig jaar gehad: die waren ook halfdood en alles deed hun zeer...'

Ik keek hem aan: 'Hoe zijn ze behandeld?'

Hij haalde zijn schouders op.

'Ze hebben helemaal geen behandeling gehad. Daar had ik geen geld voor. Maar ze hebben het alle vijf gered. Het is niet gevaarlijk, je krijgt alleen verdomd hoge koorts en hebt overal pijn. Het ergste is na een paar dagen over, vervolgens ben je een poosje in orde en daarna word je weer ziek... Maar dan is het niet meer zo erg als eerst.'

Butterfield kwam dichterbij.

'Dengkoorts', zei hij. 'Daar kun je wel degelijk aan doodgaan. Een van de kerels in de gevangenis is vorig jaar aan dengkoorts overleden. Ik werd zelf ook besmet en het is een van de rottigste dingen die ik heb meegemaakt...'

'Wat moeten we dan doen?' vroeg ik.

'We geven hem wat te drinken', zei Butterfield, en hij stak de kokosnoot naar voren.

Ik heb altijd een hekel gehad aan kokosmelk: alleen al bij de gedachte aan het vette vlies dat tegen je gehemelte achterblijft, word ik misselijk.

Maar nu keek ik begerig naar het vocht dat uit de groene noot in de metalen beker liep; ik keek en dwong mezelf te bedenken dat de zieken eerst mochten drinken. Ik ondersteunde de vreemdeling in zijn nek en zette de beker aan zijn mond. De eerste druppels liepen uit zijn mondhoek, maar al snel slikte hij en dronk hij net zo gulzig als Dolly eerder had gedaan.

'Butterfield', zei ik. 'Wil jij het meisje wat te drinken geven...'

Butterfield kroop onder de tafel en hield haar de groene noot voor. Hij had van een papiertje een rietje gerold.

Dolores sloeg haar ogen op, zag hem en gilde. Butterfield zag de angst in haar blik, aarzelde even, maar herstelde zich snel; hij legde de noot op de grond en riep Ricky. Daarna liet hij ons alleen.

Ik ren de bruine trappen af; ik ben blij, want de zondagse ruzie van mijn ouders is voor de verandering eens in een lach geëindigd.

'Wil je ingemaakte peren als toetje?' vroeg mama bij het fornuis, nadat ze een hele poos had gezwegen.

'Ja', zei papa, terwijl hij op de keukenbank met zijn krant ritselde.

'Dan moet je zelf maar naar de kelder gaan om een pot te halen...'

Lars-Göran was de eerste die moest lachen, eerst zacht en verbouwereerd giechelend, daarna, toen hij aan het gezicht van papa zag dat het mocht, proestend en luidruchtig schaterlachend.

'Zoiets ergs,' zei papa, ook proestend, 'zoiets brutaals heb ik nog nooit gehoord...'

Mama begon ook te lachen. In het begin aarzelend en flauw, haar lach nog steeds gekleurd door alle woorden van die ochtend over schuld, hoererij en ontrouw, maar opeens was ze verrukt over haar eigen onbewuste brutaliteit en liet ze een gouden, klaterende lach horen die als een waterval door de keuken stroomde en die helemaal vergulde.

Vanaf mijn plaats op een keukenstoel waar ik een boek zat te lezen, keek ik op en zag hoe alles glansde. Papa pinkte een traan uit zijn ooghoek en zei: 'Cecilia! Gauw naar de kelder om een pot peren te halen.'

Vanwege het lachen, vanwege het feit dat ze een keer de moeite namen om een gelukkig gezin te spelen, rende ik opgelucht en blij de trap af.

Cecilia is een gelukkig meisje: ze is zeven jaar en kan al boeken met hoofdstukken lezen, ze woont in een vergulde keuken en in haar gezin wordt gelachen.

Buiten is het november en hoewel het midden op de dag is, schemert het al. De deur van de kelder is zwaar en hij piept, Cecilia moet haar hele lichaam gebruiken om hem open te krijgen. Ze blijft op de bovenste traptrede staan en strekt zich uit naar het lichtknopje; dat is groot en zwart, moeilijk om te draaien. Anderzijds is het een betrouwbare knop: hij gaat niet uit zichzelf na drie minuten weer uit zoals het nieuwe licht in het trappenhuis.

Taptaptap, Cecilia's zondagse schoenen klepperen op de traptreden, de vrolijkheid is weggestroomd maar die is nog wel buiten op de binnenplaats aanwezig en wacht op haar; wanneer ze weer bovenkomt, zal die bezit van haar nemen en iedere cel van haar lichaam vervullen.

Taptaptap, Cecilia haast zich door de kelder, ze houdt de sleutel van het hangslot in haar rechterhand. Het is een groot, zwaar slot, het komt van de bouw, van papa, maar Cecilia weet hoe je het open moet maken, ze gaat vaak met mama naar de voorraadkelder.

In de kelder ruikt het altijd lekker, naar hout en aarde en winterappels. Maar vandaag hangt er ook een andere geur in de lucht, misschien komt dat omdat Cecilia alleen is, omdat het de eerste keer is dat ze alleen naar de kelder rent om een pot op te halen. Het is een scherpe geur, een feestgeur, een geur van ooms die kaarten en hard lachen…

Net wanneer Cecilia de grote glazen pot heeft gepakt gaat het licht uit, maar ze laat de pot niet vallen, ze houdt hem stevig vast en knippert naar het zwart, ziet dat dat vele kleuren heeft. Ze is bang, maar ze zal dit tot een goed einde brengen, zo waardevol zijn de vergulde keuken en het lachen boven. Als ze haar ene arm voor zich uitstrekt en met de andere de pot vasthoudt, dan kan ze dit tot een goed einde brengen. Alles kan Cecilia dragen: duisternis en potten met peren en geheimen.

Maar nu wordt de scherpe geur in de kelderlucht steeds scherper en iemands voeten sloffen over de grond; Cecilia bevriest, blijft staan waar ze staat met haar hand voor zich uitgestrekt. En dan gebeurt wat er moet gebeuren: een spook, een gele grijns met scherpe schaduwen zweeft los voor haar.

Cecilia gilt en laat de pot los, ze gilt en plast op de glassplinters en de peren en weet op hetzelfde moment dat ze slaag zal krijgen, maar hoe kan ze zich inhouden?

Ze blijft gillen wanneer de grijns verdwijnt, ze gilt wanneer het licht weer aangaat, ze gilt terwijl haar verstand haar dwingt een andere pot met peren van de plank te pakken en ze gilt terwijl ze rent, zonder het licht uit te doen of de deur achter zich op slot te draaien.

Buiten op de binnenplaats is geen blijdschap meer: het is nog donkerder geworden en het bos aan de voet van Eksjöberget is zwart.

In het bruine trappenhuis staat oom Olsson; hij leunt tegen de muur en heeft iets langwerpigs in zijn hand, een zaklamp. Cecilia doorbreekt de laatste hindernis van de scherpe lucht uit de kelder en stommelt de trap op. Hij mompelt iets tegen haar en ze blijft midden in haar pas steken: 'Wat?'

Zijn stem is troebel: 'Kun jij niet tegen een grapje, domkop?'

Hij keert haar de rug toe, duwt de buitendeur open en verdwijnt.

Domkop?

Ik gilde niet meer. Ik sloop zachtjes de trap op, deed de deur van onze flat heel voorzichtig open, ze konden me vanuit de keuken niet zien, zette de pot met peren op de grond en trok mijn natte onderbroek uit. Mijn hand trilde, heel mijn ik was een trage, vloeibare, onderhuidse massa. Ik trok zachtjes mijn lade van het halkastje open en haalde er een droog onderbroekje uit, trok dat aan en stopte de plasbroek achter de radiator. Daarna liep ik terug naar de deur, deed die met een klap dicht en riep vrolijk: 'De bestelde ingemaakte peren!'

Maar ze lachten niet meer.

Buiten haperde en hoestte de motor, Ricky draaide keer op keer het sleuteltje om en gaf gas. Hij wilde de waarheid nog niet onder ogen zien, hij geloofde nog steeds dat we op de een of andere magische manier naar Manila zouden kunnen rijden, dat we de wielen uit de versteende as zouden kunnen losbreken en dat er wegen zouden zijn die begaanbaar waren. Butterfield en ik negeerden hem: we hadden geprobeerd met hem te praten, maar hij wilde niet luisteren.

De vreemdeling lag met zijn rug naar ons toegekeerd bij de muur, nog steeds gloeiend van de koorts. Dolly sliep rustig ademhalend onder de tafel, ze hield haar arm een beetje gebogen boven haar hoofd en leek geen pijn te hebben.

Zelf liep ik doelloos in de kamer rond en probeerde me een beeld te vormen van de mensen die hier woonden. Misschien was het een plattelandsdokter of een advocaat in een klein stadje. Hij had een boekenkast en een kleine tv die het niet deed, een kast die verborgen stond onder een glimmende doek met lange franje en een hard bankje met rode, bobbelige bekleding.

Misschien zou ik de boel weer netjes moeten neerzetten: als er een wonder gebeurde en Ricky de auto aan de praat kreeg, moesten we snel zijn. En misschien moesten we een briefje voor de eigenaars neerleggen, bedanken voor het gebruik van hun huis en vertellen dat we in paniek waren geweest toen we binnen waren gedrongen, dat we niets hadden gestolen maar alleen maar dingen hadden gebruikt... Ik dacht aan het sprookje van Sneeuwwitje en de zeven dwergen en glimlachte in stilte. Wie heeft er onder mijn tafel geslapen?

De snuisterijen stonden nog steeds op de grond. Dat was iets wat ik kon doen; ik pakte ze op en zette ze op tafel, een plastic madonna, een heilige van houtsnijwerk, een paar foto's van een serieuze jongen. Hij had een diploma gehaald; op een van de foto's droeg hij een platte Amerikaanse universiteitsbaret en een zwarte cape. Eindelijk had ik iets om over te praten.

'Amerikaanse diploma's, Amerikaanse liedjes, Amerikaanse dromen... Waarom waarderen de mensen in dit land hun eigen dingen niet? Als natie beschouwd hebben de Filippijnen bijna nog minder zelfvertrouwen dan Zweden. En dat wil heel wat zeggen...'

Butterfield zat op de grond tegen de muur te roken; zijn blik gleed even over me heen, maar hij gaf geen antwoord. Toch ging ik door.

'Ze dragen zelfs hun eigen namen niet. Ze hebben naast Spaanse ook Amerikaanse namen... Ik heb in Manila een journalist ontmoet en die zei dat een typische Filippino een vent is die bij de Amerikaanse ambassade rondloopt met een bord waarop staat: *Yankee, go home! But take me with you!*'

Butterfield keek op.

'Kun je niet even stil zijn?'

Dat kon ik niet. Niet wetend wat ik moest doen, bleef ik voor hem staan.

'Heb je de sigaretten gevonden?'

'Ja. In het handschoenenkastje. Daar lag bijna een hele slof...'

Ik was vergeten dat ik trek in een sigaret had, maar nu voelde ik het verlangen daarnaar ontwaken. Ik ging naast hem zitten en leunde met mijn hoofd tegen de muur; op de een of andere manier was het onbeleefd en onmogelijk om op de stoelen van onze gastheer te gaan zitten.

'Slaapt het kind?'

Ik inhaleerde diep en voelde een waaier van duizelingwekkende bevrediging door mijn aderen gaan.

'Mmm. Ze heet Dolly. Dolores, vermoedelijk, niemand noemt zich hier bij zijn echte naam...'

'Kon je met haar praten?'

'Maar een paar woorden. Ze verstaat Engels. Maar ik weet niet hoeveel ze zelf spreekt.'

Ze is bang voor je, dacht ik. Waarom?

Butterfield maakte een vaag gebaar in de richting van de vreemdeling bij de muur.

'Wat denk jij dat dat voor figuur is?' vroeg hij.

Ik haalde mijn schouders op.

'Geen flauw idee. Een boer of een of andere dorpsbewoner ergens vandaan die bescherming heeft gezocht voor de as... Iemand die op de vlucht was en die toevallig onze auto heeft gevonden net zoals wij dit huis hebben gevonden...'

Butterfield blies een rookwolk uit, maar antwoordde niet. Buiten krijste de motor van de auto het uit van paniek. Ik knikte in de richting van de deur.

'Denk jij dat Ricky de auto aan de praat krijgt?'

'Weinig kans, zoals hij bezig is. Maar het heeft geen zin om er iets van te zeggen, hij is helemaal hysterisch... We moeten wachten tot hij gekalmeerd is.'

Butterfield zette zich schrap tegen de muur en stond op.

'Zullen we naar buiten gaan om te kijken of we ergens water kunnen vinden?'

Hij gaf me een hand en keek me recht in mijn ogen en opeens was ik me er heel erg van bewust dat ik onopgemaakt en smerig was, dat ik er verkreukeld uitzag en stonk. Afstotelijk. Gewoon weerzinwekkend. Toch pakte ik zijn hand en zei ja.

Er staat je in het huis van je ouders niets te wachten.

Keer op keer zeg ik dat tegen mezelf, mijn stem is vol en vast, maar toch ben ik niet in staat me te verroeren, durf ik niet naar binnen te gaan.

Ik ril, ik draag alleen een dunne trui; het voorjaar komt eraan maar dat verwarmt nog niet.

Er staat je in het huis van je ouders niets te wachten. Als je je ene voet voor de andere zet, dan heb je het zo warm. Je kunt koffiedrinken en een kaars voor je moeder aansteken, je kunt naar binnen gaan en lijstjes maken van wat er allemaal gedaan moet worden, je kunt belangrijke telefoontjes plegen. Meer dan dat: je moet, je zult.

Maar ik kan het niet opbrengen. Mijn voeten hebben wortel geschoten in het grindpad, als ik ze probeer op te tillen zal ik breken en bloeden. Ik word een boom, ik kies ervoor hier een eeuwigheid te staan en mijn takken naar de hemel uit te strekken, ik zal glinsteren van donker vocht en ijswitte druppels, net als de andere bomen.

Er staat je in het huis van je ouders niets te wachten. Zet je ene voet voor de andere!

Nee. Er staat me in het huis van mijn ouders wel wat te wachten.

'Cecilia! Ben jij dat die daar staat?'

De stem van Gunilla en een fiets die knerpt in het grind.

'Voel je je niet goed?'

Mijn wortels verweken, ik kan me omdraaien.

'O, hoi, ben jij het...'

Ze laat haar fiets tegen haar heup steunen en zit te ritselen met iets op haar bagagedrager.

'Ik kwam alleen maar even een bloemetje brengen. Als excuus, min of meer. Het was daarstraks niet mijn bedoeling me op te dringen. En ik wilde je condoleren. Ik heb immers behoorlijk lang voor Dagny gezorgd...'

Als antwoord snik ik. Ze reikt me de witte papieren puntzak aan en het duurt een tel voor ik begrijp dat ze die aan mij wil geven.

'O', zeg ik. 'Dank je wel. Maar dat was niet nodig geweest...'

Ze blijft even staan met een witte want in haar hand, zegt niets en kijkt mij niet aan. Ik ben mezelf weer: opeens heb ik een plan. Mijn stem is vast, mijn verstand werkt.

'Wat aardig van je, Gunilla. Dank je!'

Ze plukt aan haar want en herhaalt: 'Meestal gaan we niet... Maar ik heb immers behoorlijk lang voor Dagny gezorgd. Lang voordat jij terugkwam. En in die tijd, toen jij op de Filippijnen vermist werd, toen hebben we veel gepraat... Ze was enorm ongerust over je.'

Een bliksemflits van irritatie schiet door mijn hoofd. Ja, ja! Niettemin is mijn stem warm wanneer ik lieg: 'Ik weet het. Ze heeft gezegd dat je haar toen fantastisch hebt geholpen, toen ze zo ongerust was. Wil je niet even mee naar binnen komen voor een kop koffie?'

'Ik weet het niet. Jullie willen natuurlijk alleen zijn...'

'Lars-Göran is al naar Stockholm teruggegaan. Ik was net met hem meegelopen naar de auto, daarom ben ik buiten... Alsjeblieft, het zou fijn zijn om niet alleen te hoeven zijn.'

Ze werpt me een haastige blik toe.

'Ja. Jawel. In dat geval...'

Ik glimlach triomfantelijk naar het Bananenhuis. Probeer me nou nog maar eens wat te doen!

Gunilla gedraagt zich alsof ze hier nog nooit eerder is geweest; ze blijft aarzelend buiten bij het voorportaal staan.

'Kom binnen', zeg ik. 'We maken de open haard aan...'

Ik dwing haar te gaan zitten in een van de fauteuils bij de haard.

'De koffie is dadelijk klaar. Ik kom er zo aan...'

Ik ren naar de keuken, gooi een paar koffiebroodjes uit de diepvries in de magnetron en doe snel water in het koffiezetapparaat, vervolgens graai ik tijdschriften, wat fruit en een paar pakjes Blend bij elkaar; ik zie op de timer van de magnetron dat dat maar acht seconden heeft gekost, ik heb nog meer dan een minuut over. Dat is voldoende. Ik ren de trap op, gooi de tijdschriften, het fruit en de sigaretten op de vloer van de badkamer, ren naar mijn kamer en trek de matras en het beddengoed van het bed, sleep dat in een bij elkaar gefrommelde bundel over de overloop en gooi het op de vloer van de badkamer neer, ik doe het licht uit, de deur dicht en adem uit. De magnetron heeft nog niet gepiept, er is nog niet eens een minuut verstreken: ik heb nog tijd om rond te rennen om alle lampen op de bovenverdieping aan te doen.

Wanneer ik terugkom in de keuken is het water van de koffie nog niet eens beginnen te pruttelen. Maar de koffiebroodjes zijn klaar. Ik heb nog tijd om een dienblad netjes klaar te maken en om Gunilla's witte anjers in een vaas te zetten. Ik hoor niet dat ik de hele tijd mijn riedeltje prevel: Butterfield en NogNog, Ricky en Dolores, Butterfield en NogNog...

'Kan ik je ergens mee helpen?'

Gunilla staat naast me. Ik kijk op en glimlach, ben bijna op haar gesteld.

'Nee, dat hoeft niet, de koffie is zo doorgelopen.'

'Wat zei je?'

'Ik zei dat de koffie zo is doorgelopen.'

'Ja, nee, daarvoor. Jij zei iets over Butterfield en iemand anders...'

Ik haal de filter van de kan en keer haar de rug toe.

'NogNog. Dat is gewoon iemand op de Filippijnen waar ik aan moest denken...'

'Wat een gekke naam.'

'Tja, eigenlijk is het ook geen naam. Het is een koosnaampje. Of een scheldnaam. Op de Filippijnen heeft iedereen een bijnaam...'

'Wat betekent het?'

'NogNog?'

Ik doe net of ik nadenk.

'De zwarte, geloof ik. Of de donkere. Ik weet het niet precies. De koffie is klaar. Weet jij wat Gunilla betekent?'

'Ik ben nooit ergens geweest', zegt Gunilla. 'Daar heb ik nu spijt van, maar nu is het te laat...'

Ik blaas in mijn koffie en werp een verstolen blik op de foto van mijn moeder die op de schoorsteenmantel staat.

'Mijn moeder zei altijd dat het nooit ergens te laat voor is...'

'Jawel, maar zij was ook een bijzonder mens...'

'Iedereen is toch op de een of andere manier bijzonder.'

Ze zucht.

'Ik niet. Ik ben gewoon gewoon. Twee kinderen, een jongen en een meisje. Een man in de houtfabriek. Een klein huis en een grote auto. Een zomerhuisje in Hästerum. Ik heb alles gekregen wat ik wilde hebben en nu wil ik het niet...'

Ik kijk op en frons mijn voorhoofd. Ik wil je vertrouwelijkheden niet, ik ben niet van plan je in ruil daarvoor iets terug te geven. Maar ze merkt niets, ze zit gewoon in het vuur te staren en blijft op vlakke toon doorpraten.

'Ja, de kinderen natuurlijk, die wil je natuurlijk niet missen. Die zijn het fijnste wat je hebt. En mijn dochter krijgt binnenkort een baby, dat is leuk... Maar verder. Het is zo zinloos, allemaal. Je leeft en krijgt kinderen en gaat dood, zodat je kinderen kunnen leven en kinderen krijgen en doodgaan... Waarom?'

Ik sta op en steek de kaarsen naast het portret van mijn moeder aan, maar ik geef geen antwoord. Ze vervolgt: 'Er is een uitdrukking waar ik soms aan moet denken. Die heb ik op de radio gehoord. Een zee van mensen. In die zee ben ik verdronken, dacht ik toen. Een zee van mensen. Er is niks bijzonders aan mij; ik ben niet meer dan een druppel in de zee: ik ben nooit verder geweest dan de Canarische Eilanden en ik zal nooit iets anders worden dan hulp in de thuiszorg.'

Ze kijkt me aan.

'Waarom zeg je niets? Waarom zeg je nooit wat...'

Ik kijk naar mijn handen, de een rust met uitgestrekte vingers in de ander.

'Jij hebt alles gekregen. Jij hebt zo veel meegemaakt. Waarom moet je mensen zoals ik verachten?'

Mijn stem klinkt schor.

'Ik veracht jou niet, Gunilla.'

'Jawel, jij veracht mij wel.'

Ik kijk haar recht in de ogen. Het is tijd om de waarheid te spreken.

'Ik veracht jou niet, Gunilla. Ik ben bang voor je.'

Tot op het laatst deed ik mijn plicht ten opzichte van Ulf en Buitenlandse Zaken. De scheiding was al uitgesproken, Sophie was naar Zweden en de kostschool in Sigtuna vertrokken en liet een grote grijze leegte achter. Zelf was ik al begonnen mijn koffers te pakken toen Stockholm meedeelde dat de minister van Ontwikkelingssamenwerking voor een kort bezoek langs zou komen. Volgens de voorschriften moest er een diner met Zweedse ontwikkelingswerkers en Indiase hulpontvangers worden gehouden.

Ik pakte mijn jurk van natuurzijde weer uit en zorgde ervoor dat die gestreken werd, stelde het menu vast, schreef uitnodigingen en dwong de bedienden voor de laatste keer de bloeiende bougainville de grote witte zaal binnen te dragen.

Ulf stond bij de open haard met een drankje in zijn hand gade te slaan hoe ik hen aanstuurde. Hij keek anders dan normaal, had een vreemde trek rond zijn mond.

'Ik begrijp niet dat je dat kunt opbrengen', zei hij, terwijl hij zijn glas naar zijn mond bracht.

Ik gaf geen antwoord, we hadden nooit eerder over zulke dingen ruziegemaakt en het was te laat om er nu mee te beginnen. Maar hij gaf zich niet gewonnen.

'Het is geen speciaal diner. We hoeven niet meer dan het noodzakelijke te doen. Bloemen zijn niet noodzakelijk...'

Ik keek hem aan. Misschien was hij een beetje aangeschoten; ik had Ulf nog nooit eerder aangeschoten gezien.

'Maar het is wel op ministerieel niveau.'

'Ja, ja. De minister van Ontwikkelingssamenwerking. Maar zij weet precies op welk niveau ze zich bevindt. Het is een politiek strafbevel, dat zou jij toch moeten weten, jij bent toch verwant aan de rooien...'

'Je klinkt vulgair als je zo praat.'

Hij zette zijn glas op de schoorsteenmantel. De bedienden liepen de deur uit.

'Ach, maar ik zal ook wel vulgair zijn... Zeker. Dat heb je toch altijd gevonden.'

Ik was oprecht verbaasd. Zou ik, die door ons huwelijk was getrokken met een hele rugzak vol minderwaardigheidscomplexen over mijn afkomst, hebben gevonden dat Ulf vulgair was?

'Is dat zo?'

'Denk je dat ik dat niet gemerkt heb? Zo zijn jullie proletariërs toch allemaal... Jullie verachten ons.'

Hij meende het serieus. Eerst was ik daardoor verbijsterd en maakte het me ook nieuwsgierig, maar een tel later werd ik wraakzuchtig en triomfantelijk. Hij had gelijk! Ik had hem echt al die jaren veracht, ik had het alleen niet gemerkt. Ik had hem veracht om zijn verachting, zonder dat de gedachte bij me was opgekomen dat ik onder dat blanco oppervlak een pulserende en intense vulgariteit had vermoed.

Ik moest een beetje lachen.

'Dus. Jij vindt mij een proletariër; dat had je schoonvader eens moeten horen...'

Hij hield zijn adem in. Hij was totaal onvoorspelbaar; zo had ik hem nog nooit meegemaakt.

'Jouw vader was de grootste proletariër die ik ooit in mijn leven ben tegengekomen. Hij liep als een proletariër, hij dacht als een proletariër, hij sprak als een proletariër – dat hij geld als water had, doet aan dat feit niets af...'

'Guttegut. Wat een geluk dan dat jij zelf meerdere generaties geestelijke adel vertegenwoordigt. Of wat het is.'

'Lieve Cecilia, kom me niet aan met toespelingen op het feit dat ik zelfingenomen zou zijn. Of mijn familie. Als er iemand is die de Zweedse zelfgenoegzaamheid vertegenwoordigt, dan ben jij dat wel met jouw familie: jouw vader, die meende dat hij aan tafel mocht boeren, alleen maar omdat hij zelf zijn vermogen bij elkaar had gewerkt. Jouw moeder, die in volle ernst meent dat alle armen een moreel overwicht hebben op degenen die een paar centen bij elkaar hebben gewerkt. En jouw broer, die meent dat de rooien moreel boven alle anderen zijn verheven. Soms heb ik het idee dat Lars-Göran de sociaal-democratische partijleiding verwart met het Vaticaan. Daar wordt bepaald wat goed en wat slecht is, daar vormen ze de kerk en de geestelijkheid van de geïndustrialiseerde samenleving… Bovendien is hij parmantig, de eikel. Bestaat er iets ergers dan parmantige rooien?'

Hij streek over zijn gezicht, kennelijk gepijnigd door zijn openhartigheid en zijn eigen woorden, maar hij kon zich niet inhouden. Ik glimlachte en schonk een drankje voor mezelf in. Het amuseerde me dat hij degene was die stond te trillen en emotioneel werd, terwijl ik koel en superieur was. Dat er een scheiding voor nodig was om ervoor te zorgen dat we zover kwamen.

'Wat je zegt. En het is toevallig niet zo dat jij en de jouwen een beetje bang voor ons zijn?'

'Bang? Waarom?'

'Vanwege onze kracht. Vanwege het vermoeden dat we echt een moreel overwicht hebben. Omdat jullie denken dat wij iets weten wat jullie niet weten. En dat doen we ook. Proost!'

Ik hief mijn glas, maar hij bedwong zijn impuls en hield zijn drankje koppig op borsthoogte. We stonden een paar meter bij elkaar vandaan.

'Ja, ja. En wat weten jullie dan dat wij niet weten?'

Ik glimlachte maar gaf geen antwoord, keerde hem alleen de rug toe en liep weg om de eerste gasten te ontvangen. Mijn hakken weerklonken op de stenen vloer. Het absurde in mijn redenering kwam niet bij mij op: dat ik, Cecilia Lind, gekleed in natuurzijde en schoenen van slangenleer, over mezelf had gesproken als arm.

Maar ik was immers arm. Ik ben immers arm.

'Bang voor mij?' zegt Gunilla en ze leunt achterover met haar koffiekopje tussen haar vingertoppen. 'Ha. Jij zou bang voor mij zijn? Dat is toch belachelijk, jij met je mooie kleren en je deftige kennissen en je lunches en wandelingen…'

'Ik weet het. Het klinkt belachelijk. Maar het is waar…'

'Maar wat zou ik jou nou kunnen doen?'

'Ik weet het niet. Dingen zeggen. Mij belachelijk maken. Zoals toen we klein waren...'

Ze neemt een slok koffie.

'Nou, jij kon er anders ook wat van... Weet je niet meer dat Marita en jij rondliepen en zeiden dat ik een engerd was omdat ik koortsblaren op mijn lip had?'

Ik kijk verbaasd op.

'Hebben we dat gezegd? Daar weet ik niets meer van.'

'O jawel, dat weet je vast nog wel. Varkenspest, noemden jullie dat. Raak haar niet aan, dan krijg je varkenspest! Toen jullie in de zesde klas zaten waren jullie verschrikkelijk, jij was toen net naar dit huis verhuisd en je was verwaander dan ooit...'

Ik zet mijn koffiekopje op de tafel tussen ons in. Ik had haar nooit moeten binnenhalen, ik had in de tuin moeten blijven en haar met het geritsel van mijn takken moeten verjagen. Ze neemt opnieuw een slok.

'Maar het is natuurlijk wel zo dat als je een vriendin hebt als Marita, je dan misschien wel een beetje bang aangelegd raakt. Ze pakte jou soms immers ook behoorlijk hard aan. Zoals die keer in de vierde klas...'

Het mens is gek. Ik weet niet waar ze het over heeft.

'Wat bedoel je?'

'Toen je op het schoolreisje in je broek had geplast. En ze hele klas liet gillen dat je een piskous was... In de bus. Ik vergeet het nooit meer: jij droeg een wijnrode spijkerbroek waarvan de pijpen waren omgeslagen, en een soort blouse van dunne crêpe. Je was tot aan je knieën nat en stond daar maar te koekeloeren; je vertrok geen spier. En dan Marita, die schreeuwde: "Nou heeft ze het weer gedaan, ze plast steeds in haar broek. Ze is een piskous!" Volgens mij ben je daarna ziek geworden, je bent vrij lang weg geweest.'

Nu weet ik het weer: ik kreeg in de vierde klas blindedarmontsteking, ik weet dat ik lag te jammeren en geopereerd werd, ik herinner me de geur van ether nog en de salto in mijn hoofd toen ik onder narcose ging. Maar de pijn heb ik me nooit meer kunnen herinneren; ik weet niet of ik destijds echt ziek was of dat ik alleen maar de mogelijkheid onderzocht. Ik weet alleen dat ik de schoolreis naar Gränna en Visingö heb gemist. Daar was ik ontzettend teleurgesteld over.

'Je herinnert het je verkeerd, Gunilla. Ik ben nooit met dat schoolreisje mee geweest. Daar was ik ontzettend teleurgesteld over; mijn moeder had poffertjes voor me gemaakt, maar toen kreeg ik buikpijn en kon ik niet mee...'

Ze schudt haar hoofd.

'Je was er wel bij. Ik herinner het me nog heel goed.'

We kijken elkaar even aan; ik ben degene die zijn ogen neerslaat.

'Tja. Ik weet het niet. Het is allemaal zo'n warboel...'

Ze zucht.

'Inderdaad. En je weet natuurlijk niet wat Marita zelf had meegemaakt. Ze had het misschien niet zo gemakkelijk. Haar vader scheen nogal behoorlijk te drinken, nietwaar...'

Ik knik, maar het is niet Olsson die ik me herinner, het is zijn vrouw. Ze staat midden in de keuken met een vetvrij papiertje in haar hand. Ze is bij de slager geweest om vers spek te kopen en nu neemt ze een plakje tussen duim en wijsvinger en houdt dat ter hoogte van haar gezicht, ze bekijkt het zorgvuldig waarna ze haar hoofd achterover buigt en haar mond openspert. Het roze plakje kringelt langzaam naar binnen, het lijkt of ze een levend wezen opslokt. Als ze mijn gezicht ziet, verschijnt er een hagedissenglimlach op haar gelaat en begint ze te lachen: rauw vlees is lekker, weet je dat niet, Cecilia. Marita begint mee te lachen, maar haar gezicht is bleek en ze heeft een koortsachtige blik. Waarom heeft ze altijd zo'n koortsachtige blik?

'Maar je zult natuurlijk wel veel andere dingen aan je hoofd hebben', zegt Gunilla. 'Nu je moeder is overleden en zo...'

Ze kijkt naar de foto op de schoorsteenmantel.

'Ik mocht Dagny graag. Zo'n moeder had ik wel willen hebben, eentje die wat durft... De mijne durfde nauwelijks naar de kruidenier te gaan. Maar die moeder van jou zat in de gemeenteraad en zwaaide met haar hamer, ze blies de kerels zo van tafel. Ze was een goeie tante.'

Ik volg haar blik. Inderdaad. Ze was een goeie tante. Op haar manier.

Gunilla zet haar kopje op tafel en maakt zich op om weg te gaan. Al mijn spieren spannen zich; nu moet ik snel zijn. Ik sta op en blaas de kaarsen naast de foto van mijn moeder uit.

'Kom je ook op de begrafenis?' vraag ik wanneer we in de hal staan.

'Misschien', zegt ze. 'Meestal gaan we niet naar de begrafenis van cliënten, maar dit ligt natuurlijk een beetje anders... Wanneer is het?'

'Volgende week zaterdag. Ik zou het fijn vinden als je kwam. Beschouw het als een uitnodiging.'

Ze kijkt me met een flauwe glimlach aan.

'We zullen kijken. Het hangt ervan af...'

Wanneer ze haar ene want heeft aangetrokken, stopt ze.

'Ben je nog van plan ooit te vertellen wat er met Butterfield Berglund is gebeurd?'

Ik zou kunnen beweren dat ik het al heb verteld: iedere krant heeft de officiële lezing gegeven. Maar het is zinloos nog langer te liegen.

'Nee', zeg ik. 'Ik ben niet van plan dat ooit te vertellen.'

Zodra ze de deur heeft dichtgetrokken, draai ik hem op slot; in vier grote stappen vlieg ik de trap op en de badkamer in, ik draai nog een deur op slot en adem uit. In veiligheid. Ik ben in veiligheid. In deze raamloze ruimte kunnen ze me niet te pakken krijgen, ik blijf hier de hele nacht.

Ik heb alles wat ik nodig heb: water om te drinken, fruit om te eten, tijdschriften om te lezen, sigaretten om te roken en een matras om op te slapen. Op de vloer maak ik zorgvuldig een bed op. Ik moet met mijn hoofd onder de wastafel liggen en dat komt me goed uit. Dat is nog veiliger. Ik ga liggen en bekijk de ruimte. Er is iets heel aangenaams aan witte tegels en wit badkamerlicht: het is hard en helder en ondoordringbaar. Het is alsof je vastgevroren in zee ligt; niets kan veiliger zijn.

Mijn moeder komt als eerste. Ze rent doelloos babbelend de trap op en af en lokt Goudbom, die vanuit de slaapkamer twistziek een antwoord mompelt, te voorschijn. Op de begane grond lacht Ricky, en Butterfield begint mee te lachen, ze lijken Nog-Nogs schelle kreten uit de tuin niet te horen. Iemand sluipt op blote voeten over de overloop. Dat is Dolores: nu krabt ze met haar harde werkhandjes aan de badkamerdeur; ik houd mijn adem in zodat ze niet hoort dat ik hier ben.

De telefoon blijft maar gaan. Het is Marita, maar daar trek ik me niets van aan; ik ben niet van plan op te nemen.

Ik praat niet met verraders.

De zon was achter de wolken verdwenen, hemel en aarde vloeiden samen in noordse novembertinten. We bleven een minuut bij Ricky staan, probeerden op hem in te praten en hem tot rede te brengen, maar hij keurde ons geen blik waardig, hij draaide alleen maar de startsleutel om en gaf voor de duizendste keer gas.

We liepen langs de kant van de weg, Butterfield voorop en ik achter hem; zonder een woord te zeggen waren we het erover eens dat het verkeerd zou zijn het gladde oppervlak met dubbele sporen kapot te maken. De as van de bovenste laag was droog en lichtgrijs, dieper was die donker, vochtig en stenig. Je moest met lichte, snelle tred lopen; daar beneden in de diepte zoog het zwarte en het wilde onze voeten vasthouden.

Butterfield had een brede rug, hij was langer en forser dan ik me uit Olongapo herinnerde. Het haar in zijn nek krulde een beetje, de haartjes hadden dezelfde kleur en vorm als die op zijn dijen. Het kostte hem moeite om zijn evenwicht te bewaren; hij wankelde een beetje wanneer hij in de as op stenen stuitte en hij strekte zijn gezonde hand uit om overeind te blijven.

Het was geen grote stad: het centrum bestond uit een allee van vermoeide bomen, het zouden wel croton zijn, van het type waarvan er bij mijn moeder voor de ramen altijd verschillende in rood, geel en groen opvlamden. Verder waren er een plein, een politiebureau en een paar winkels. De huizen lagen erbij zoals dat meestal het geval is: de belangrijkste en degelijkste rond het plein, de kwetsbaardere in wijde kringen eromheen. Natuurlijk had je ook hier sari-sari stores, maar de luiken waren gesloten en vastgeschroefd, alleen de uithangborden hingen los. Het was totaal windstil en er heerste volledige stilte, geen blaffende honden, geen fluitende vogels, en opeens besefte ik dat ik de hele tijd al had geweten dat deze stad verlaten was. Geen moment, zelfs niet tijdens de lange nacht, was het bij mij opgekomen dat hier andere mensen zouden zijn.

Er waren twee kerken, een gewone en een kapelletje van suikergoed in roze en lichtblauw. Butterfield bleef staan en draaide zich om: 'Als er in Disneyland kerken waren, dan zouden ze er zo uitzien. Het is Iglesia ni Kristo, ken je die?'

Hij was ver op me voor geraakt en toen ik moest lachen en hem probeerde in te halen, raakte ik buiten adem.

'Natuurlijk. Je ziet ze overal. In Quezon City hebben ze ook een aantal kathedralen. Je hebt gelijk, deze ziet er ook uit als Disneyland...'

'Ben je er wel eens in geweest?'

'Nee, Ricky zegt dat alleen leden naar binnen mogen.'

'Is hij lid?'

Eindelijk had ik hem ingehaald; ik bleef staan en hoorde mezelf hijgen.

'Ricky niet, nee. Hij is gewoon katholiek. Maar hij zegt dat het een soort vrijmetselarij is; iedereen die lid is krijgt werk bij andere leden. Maar ze moeten kennelijk bijna de helft van hun loon aan de kerk afstaan...'

'Werk is in dit land een verdomd goed argument', zei Butterfield. 'Geen wonder dat ze hun plastic kerken in ieder dorp neer kunnen kwakken... Pa had het niet beter kunnen doen.'

Terwijl hij praatte begon hij in de richting van de katholieke kerk te lopen. Die had geel pleisterwerk, een zwart dak en gebrandschilderde ramen. Hij duwde de zware, zwarte deur open, keek over zijn schouder en wachtte geduldig op mij.

Voor mij was Ricky synoniem geworden met de Filippijnen, en Ricky's geloof was het geloof van de Filippino's. Ik begreep dat niet; hij had geprobeerd het uit te leggen, maar ik had het nooit begrepen. Hij had het niet over één Christus, hij had het over verschillende. Santo Niño, het kind Jezus, was een andere dan de gekruisigde, en de Zwarte Nazarener was weer een andere dan de Messias die onlangs van het kruis was gehaald, degene die dood neerlag en wachtte op de opstanding.

Hier had je ze allemaal. De dode Messias lag in een glazen vitrine vlak bij de deur. Het was een oud beeld en het was gebarsten; het hout was uitgedroogd en had nieuwe groeven in het gelaat gekerfd. Santo Niño stond dik en glimlachend op een altaar tegen de muur; zijn aureool werd gevormd door een bord achter zijn hoofd, een gouden bord voor een papperig prinsje. Boven het middenpad hing met gesloten ogen de gekruisigde en in de verte, bijna helemaal vooraan bij het grote altaar, stond de Zwarte Nazarener. Hij was gekleed in een purperkleurige cape en ging zoals altijd gebukt onder het kruis. Een menselijke god, een bedelkoning.

Toen Butterfield op hem af liep, fluisterden zijn voeten over de marmeren vloer; hij kroop dicht tegen het beeld aan en streek heel even met zijn hand over de cape, daarna verplaatste hij zijn vingers en liet ze over de voeten van het Christusbeeld glijden.

'Kom', zei hij. 'Dit is een prachtig stuk werk...'

Eigenlijk wilde ik niet. In Manila had ik een Zwarte Nazarener gezien met paarlemoeren nagels. Dat was weerzinwekkend; ik werd er onverklaarbaar misselijk van. Maar deze figuur had geen glimmende nagels; zijn voeten waren helemaal uit donker hout gesneden, jacaranda misschien, of mahonie. Toch zag je de nagels duidelijk; ze waren geraffineerd gebeeldhouwd, het halvemaantje bij de aanhechting was dun inlegwerk van een lichtere houtsoort.

Butterfield deed drie stappen achteruit en stak een sigaret op.

'Fantastisch. Het mooiste dat ik ooit heb gezien...'

Ik volgde zijn blik: de donkerbruine hals was ongewoon slank, hij leek op die van een jongen, de ogen waren halfgesloten, de lippen weken licht uiteen. Hij was mooi. Toch vond ik hem niet prettig; hij was te opdringerig en echt, met al zijn aderen die zich aftekenden en die aangespannen pezen. Hij deed me aan iemand denken. Jawel. Alleen de schitterende kleren onderscheidden hem van de vreemdeling in ons huis.

Dat wilde ik niet zien. Ik wendde me af, liep naar een van de hoge ramen en bekeek een schitterende bijbelse vertelling. Het was een annunciatie: de engel was wit, blauw en hemels, de maagd knielde voor hem neer in een rood gewaad.

Butterfield merkte niet dat ik was weggelopen; hij praatte alsof ik nog steeds naast hem stond.

'Ik wou dat ik hem kon schilderen. Al sinds ik hier ben, heb ik de Zwarte Nazarener willen schilderen...'

Ik keerde me niet om, maar mijn stem weerklonk tegen het plafond.

'Waarom doe je dat dan niet?'

Er schraapte een stoel over de vloer, hij ging zitten.

'Omdat ik dat niet kan. Er bestaat geen vorm voor datgene waarvoor hij staat. Het is doods; alles wat ik doe wordt trouwens doods...'

Ik dacht aan de afbeelding in zijn cel en draaide me om.

'Waarom?'

Hij begon te lachen en inhaleerde diep.

'Doods en zoetig, dat wordt het. Dat komt misschien omdat ik uit Zweden kom. Wij dragen een doods en zoetig land binnen in ons.'

Hij liet de klinkers een beetje trillen en dat irriteerde me. Ik heb moeite om het zelfmedelijden van anderen te verdragen; het doet me aan dat van mezelf denken. Daarom werd mijn eigen toon des te scherper.

'Zweden is doods noch zoetig. Ik hou niet van die clichéverachting voor Zweden. Goeie genade, ik kom diplomaten tegen die al een internationale toekomst voor hun kinderen uitstippelen zodra die geboren worden. Alsof het een loopbaan is om niet-Zweeds te zijn. Waarom? Is het te schoon op straat? Is de zuigelingensterfte te laag, de criminaliteit te onschuldig?'

Ik haalde adem, maar mijn keel zat opeens vol woorden die eruit wilden: 'Ik begrijp die verachting voor geborgenheid en netheid niet; mensen die proberen orde in de chaos te scheppen moet je niet verachten. Daar zit iets zeer bewonderenswaardigs in. Daar net zo goed als hier. Slordigheid en onverschilligheid zijn gevaarlijk, dat is een groot zwart gat. Dat eindigt met sloppenwijken en sloppenwijken zijn het ergste dat er is...'

Ik stak zelf ook een sigaret op en wachtte op zijn antwoord. Dat bleef uit; hij keek me met opgetrokken wenkbrauwen en een pretlichtje in zijn ogen aan. Maar ik meende het serieus, ik vond dat ik iets belangrijks had aangesneden.

'Begrijp je dat niet, Butterfield? Wanneer ik hier op de Filippijnen schoongeboende, pas gewassen vrouwen uit hun hutjes zie stappen, dan word ik blij. Ze hebben de sloppenwijk overwonnen, ook al wonen ze erin. Ik weet hoeveel werk die netheid van hen vergt, ik weet welke bescherming die kan bieden. Niet omdat netheid op zichzelf bescherming biedt tegen chaos, dat is een illusie, maar omdat die bescherming biedt tegen veroordeling. Tegen verachting en medelijden...'

De lach verdween van Butterfields gezicht.

'Verdomme, wat ben jij bemoeizuchtig. Weet alles, kan alles. Maar je zou je bek moeten houden over dingen die je niet snapt...'

Toen begon hij over zijn moeder te vertellen.

Het duurde een hele tijd voordat Venus uit Gottlösa in Nässjö gewend was; er gingen jaren overheen voordat ze snapte dat ze nooit zou worden geaccepteerd. Ze kwam op het koffiekransje van de Vereniging van Huisvrouwen binnenschommelen met Butterfield in haar buik en meende dat de leegte om haar heen veroorzaakt werd door de verlegenheid van de andere vrouwen. De uitvluchten van de verpleegster van de kraamkliniek begreep ze nooit. Ze voelde zich gezond en sterk, waarom moest ze bevallen bij de specialisten in het grote ziekenhuis in Eksjö? Toch schikte ze zich en deed net of ze geloofde dat haar eenzaamheid door haar vette Skånse dialect, de ronde klinkers en koerende keelklanken, kwam. Pas toen Butterfield op driejarige leeftijd bij de kruidenier voor schooiersdief werd uitgemaakt, drong tot haar door dat de hele onderneming onmogelijk was. Je kon in Nässjö geen Berglund heten.

'We moeten verhuizen', zei ze tegen Jefferson. 'Je kunt hier niet wonen. Ik ben geen schooier en dat hoef jij ook niet te zijn.'

Hij zat met Aron aan tafel, ze zaten allebei maar een kleine meter bij haar vandaan maar toch bereikte haar stem hen niet. Ze droegen oorkleppen; ze hadden al vroeg geleerd om hun oren te sluiten zodra iemand het woord schooier in de mond nam.

'Ik kan er niet tegen', zei ze een paar jaar later toen ze Butterfield op een besneeuwde stoep zag zitten voor het huis van een ander jongetje. Zijn vriendje moest eten, zei Butterfield, en diens moeder wilde hem niet binnenlaten. Hij zou misschien stelen.

'Ach', zei Jefferson tijdens het eten. 'Waar zeur je over? Die jongen komt toch niks te kort.'

'Kinderen zijn altijd gemeen tegen elkaar', zei Aron, terwijl hij met zijn wijsvinger de pruimtabak uit zijn mond haalde. Hij bekeek de pruim heel even en streek vervolgens met zijn vinger langs de tafelrand. Venus uit Gottlösa begon te beven en slikte. Ze had de tafel precies zo gedekt als op een foto in een tijdschrift had gestaan. Een geruit tafelzeiltje, porselein van Gustavsberg, een roestvrijstalen schaaltje met tomaten waar de mannen hun neus voor konden ophalen.

Het had haar acht maanden van zeuren gekost om nieuwe borden te krijgen, acht maanden van steken onder water en een grote bek wanneer ze de zaak aan de orde stelde, acht maanden van genadegiften en kneepjes in de billen wanneer Jefferson in een goed humeur was. Toch was ze ermee doorgegaan. Tafeldekken was belangrijk, een keurige tafel voor de warme maaltijd was een van de honderd noodzakelijke toegangsbewijzen voor de verzorgingsstaat en daar wilde Venus uit Gottlösa naartoe, daar wilde ze meer dan wat ook naartoe. Maar Aron zat hier met zijn pruimtabak en zijn bruine tanden, en hij herinnerde haar eraan dat dit nog steeds een schooierswoning in Gamlarp was, een huis met een zwart fornuis dat op hout werd gestookt en een ouderwetse vloer die geschuurd moest worden.

Maar ze zei niets: al in Gottlösa had ze geleerd hoeveel pijn het kon doen om te zeggen wat je op je hart had. Ze wilde niet weer naar de tandarts moeten, daar met een leeg gehemelte zitten liegen hoe nou net die ene tand was losgegaan. Bovendien had ze een nieuwe jas nodig; ze had alleen maar een regenjas en het was al januari. Alle verstandige calculaties leverden dus hetzelfde resultaat op: ze kon beter zwijgen.

Toen Butterfield klein was en nog op haar schoot getild wilde worden, was alles gemakkelijker geweest. Ze zette een kaars op tafel en sloot de duisternis buiten, ze trok hem zijn sokken uit en speelde met zijn parelteentjes: dat varkentje moet naar de markt, dat varkentje mag thuisblijven. Ze genoot van zijn lach en moest daar zelf om lachen. Maar tegenwoordig lachte Butterfield zelden en al helemaal nooit om kleine varkentjes; hij ging nog niet naar school, maar zijn lichaam was al hoekig en hard geworden. Wanneer ze hem probeerde te omhelzen, plantte hij zijn scherpe elleboog in haar borst en gleed weg; hij was voortdurend op de vlucht voor haar half ingehouden gesnik en het medelijden dat zij liefde noemde en dat eigenlijk nooit iets anders was dan zelfmedelijden. Als ze erin geslaagd was hem vast te houden, dan zou hij week geworden zijn en ten onder zijn gegaan.

Butterfield Berglund had zijn scherpe ellebogen en harde polsspieren nodig. Hij had een opdracht: iedere keer dat een ander kind zijn tong of gedachten langs het woord schooier liet glijden, moest hij hem te grazen nemen en vechten, hij moest jassen in waterplassen dopen, mutsen hoog in de takken van bomen gooien en snotterige gezichten in sneeuwhopen drukken, zo diep dat het harde ijs dat daarbinnen altijd verborgen zat rode strepen in de wangen van de andere kinderen kerfde. Bovendien moest hij zwijgen en wegkijken, net zoals zijn vader en grootvader, wanneer zijn moeder zichzelf af en toe vergat en het verboden woord door de keuken liet vliegen.

Venus uit Gottlösa wilde graag een nieuw kind, een klein meisje. Kant en klaar zou ze komen, gekleed in een rokje met een Schotse ruit en een paar stevige schoenen met crêpezolen van een goed merk. Zij zou op haar moeders schoot kruipen zonder dat haar dat gevraagd hoefde te worden, zij zou lachen en fluisteren en vragen en luisteren. Op zondag zouden ze dezelfde jurken dragen, Venus uit Gottlösa had al een patroon in het tijdschrift *Allers* gezien en dat stiekem besteld. Wanneer het kind kwam zou ze namelijk ook een naaimachine krijgen, want de macht van dat meisje was zo groot dat alles zou veranderen. Aron zou in rook opgaan en verdwijnen, Jefferson zou veranderen in een gewone, zwijgzame man. Misschien zou hij elektricien worden. Dat zou mooi zijn: dan kon hij een motortje aan de naaimachine zetten; ze had in *Allers* gelezen dat er mannen waren die dat deden.

Keer op keer wortelde het magische meisje van de verzorgingsstaat zich in de buik van Venus uit Gottlösa, keer op keer vluchtte ze er ook uit weg. Er bonkte iets tegen de baarmoeder, een vuist of een laars of een smerig woord, en het meisje van de verzorgingsstaat raakte zo van ontzetting vervuld dat ze losliet: op dergelijke voorwaarden was ze echt niet van plan zich ter wereld te laten brengen. Dus zoefde ze door de smalle rode gang, drijvend in een vloed van bloed en een eeuwigheid vallend, totdat het klompje cellen dat niet meer nodig was in de ton van de plee landde. Zelf vertrok het meisje naar de plek waar de ongeboren kinderen op hun beurt wachten. Soms hoorde ze Venus uit Gottlösa huilen en haar smeken om te blijven, maar meestal verliep het soepeler; ze kneep ertussenuit voordat haar moeder weet van haar bestaan had gekregen. Venus uit Gottlösa begreep pas dat het meisje van de verzorgingsstaat er was geweest wanneer ze het bloed op haar dijen zag. Dat had een andere kleur en consistentie dan de gewone maandelijkse ongesteldheid; het was roder, plakkeriger en kneedbaarder. Daarom gebeurde het wel dat Venus uit Gottlösa zeer gedetailleerde kaarten op haar dijen afgetekend zag. Dat werd haar ongeluk.

Opnieuw, om precies te zijn voor de zevende keer, lag Venus uit Gottlösa in een betegelde gang in het ziekenhuis van Nässjö te wachten op een curettage. Ze hadden de handdoeken die ze tussen haar benen had gepropt weggehaald, ze was gewassen en gereed, geschoren en schoon rond haar geslacht, en volgepompt met de vredigheid die alleen een juist afgewogen dosis chemicaliën kan schenken. Een verpleegster met een pas gesteven kapje op en een lichtblauw uniform aan schoot voorbij en Venus uit Gottlösa vergat zichzelf, ze wilde haar hart uitstorten en vertellen over haar grote belevenis. Ze pakte het witte schort beet en fluisterde: 'Ik heb Afrika tussen mijn benen...'

De zuster bleef staan, fronste haar voorhoofd en zei: 'Pardon? Wat zegt u?'

'Ik heb Afrika tussen mijn benen. Kongo is een witte vlek, maar de Kilimanjaro ligt waar hij moet liggen...'

De hand van de verpleegster schoot benauwd naar het speldje

dat haar kraag bijeenhield. Afrika tussen de benen? Wat was dat voor schunnigs?

'Vanochtend,' zei Venus uit Gottlösa dromerig, 'toen had ik Afrika tussen mijn benen. Iedere berg, iedere rivier, honderden woestijnen, duizenden missieposten en in ieder daarvan een Albert Schweitzer. Die doen goede werken, de Zwitsers. Alleen Kongo is een witte vlek! Dat arme Kongo! Dat arme, arme Kongo...'

Venus uit Gottlösa begon luid te snikken, de zuster stond roerloos naast haar.

'Geen Albert Schweitzer in Kongo, alleen een grote witte leegte. O, die stakkers, ik weet hoe ze eraantoe zijn, die arme eenzame kindjes... Wanneer mijn dochter groot is, zal ze verpleegster worden net als u en dan zal ze naar Kongo reizen om te helpen en ik ga mee om voor haar te zorgen, ik zal in de hitte onder de palmen lopen en voor haar zorgen en voor alle andere kindjes...'

Haar greep om het schort werd steviger, het verkreukelde in haar hand. Nu huilde ze luid.

'Help me, ik heb Afrika tussen mijn benen en mijn meisje komt maar niet... Ze komt maar niet! Zij wil mij ook niet...'

De zuster maakte haar schort los, deed een stap naar achteren en sprak met een blikken stem: 'Rustig aan nu, mevrouw Berglund. De dokter komt zo en dan moet mevrouw Berglund kalm en rustig zijn, blijf nou stilliggen en probeer verstandig te zijn...'

Haar hakken weerklonken toen ze zich door de gang haastte om rapport uit te brengen.

Twee dagen later was Venus uit Gottlösa een andere vrouw: grauw en lusteloos, ontdaan van veel meer dan van slijm en bloed alleen. Ze liep licht voorovergebogen als een oud vrouwtje achter de zuster aan die haar moest begeleiden naar de kamer van de geneesheer-directeur.

Die droeg een witte jas, had een rechte rug, neergetrokken mondhoeken en lange bleke vingers. Het formulier lag al op zijn bureau klaar om ondertekend te worden, ze hoefde alleen nog maar helemaal onderaan haar naam te zetten. Zijn stem klonk nurks en ontevreden: daar! Helemaal onderaan op het papier, mens! Voor haar eigen bestwil. Hij kon er werkelijk de verantwoordelijkheid niet voor nemen. Uitgeput als zij was. Zo veel miskramen. Nee, nee.

Ze huilde niet en verzette zich niet, ze vroeg niet eens waarom hij zo veel praatte en wat dat voor formulier was. Ze schreef gewoon helemaal onderaan met bange ronde letters haar naam. Misschien waren het de letters van een kind: een laatste groet van het meisje van de verzorgingsstaat.

De handtekening van de arts was net zo onregelmatig en scherp als de woorden in zijn brief aan de Inspectie voor de Volksgezondheid. Beschrijving: vrouw uit schooiersfamilie. Geringe verstandelijke vermogens en met bepaalde waanvoorstellingen. Laf en onderdanig zoals schooiers zijn. Motivatie: sterilisatie van dit individu is een daad van barmhartigheid, deels voor haarzelf, deels voor de gemeente die al jarenlang last heeft met de familie Berglund, deels voor het nageslacht waaraan ze het leven zou kunnen schenken.

Het meisje van de verzorgingsstaat zuchtte en ging op zoek naar een geschiktere moeder.

Hij liet zijn klinkers niet meer trillen, zijn stem klonk kalm en zakelijk. Maar toen hij was opgehouden met vertellen haalde hij diep adem.

'Ze zeggen dat Zweden zonder geschiedenis leeft. Dat we geen pogroms hebben gehad. Om de donder niet. Dit waren de pogroms van de netheid en de geborgenheid: niks geen geknoei met lijken en graven. Snij ter wille van de financiën van de gemeente de schooier zonder dat hij het merkt gewoon zijn pik af en haal de ingewanden uit het schooierswijf.'

Ik keerde hem mijn rug toe en zocht in mijn handtas.

'Sorry', zei ik. 'Je had gelijk. Ik ben bemoeizuchtig, ik wist niet...'

'Nee, hoe had je dat verdomme moeten weten? Geen een van die eikels wist ervan en toch was iedereen het ermee eens. Ze hebben in de jaren vijftig tweeduizend schooierswijven per jaar leeggezogen; tweeduizend schooierswijven die in een periode van tien jaar minstens drieduizend schooierskinderen zouden hebben gebaard, waarvan minstens de helft tot dief, alcoholist, praatjesmaker of bedrieger zou zijn opgegroeid. Dertigduizend niet-bestaande schooiers. Tel uit je sociaal-economische winst! En als er op de koop toe nog een paar schooierswijven aangingen – *so what.*'

Ik hield hem mijn pakje sigaretten voor; ik kon mijn portemonnee niet als schild gebruiken, hij was immers een Zweed.

'Het spijt me, Butterfield. Je weet niet alles over je eigen land, vooral niet wanneer je zo lang bent weggeweest als ik...'

'Jij bent in Nässjö opgegroeid. Je hebt gezien wat ze met ons deden!'

Ik knikte en herinnerde me hoe een meisje een ander meisje achternazat over het schoolplein. Schooier! Schooier! Haar kreten stuiterden als blinde kraaien tegen de gele stenen van de muren; de Berglunds waren niet de enigen.

Butterfield inhaleerde diep en herinnerde zich opeens weer waar we in werkelijkheid waren: in een naamloze kerk in een naamloze stad.

'Water', zei hij. 'Ik heb dorst. Nu moeten we water te pakken zien te krijgen...'

Het was nog warmer geworden. De hitte perste zich tussen de wolken en de as en toen ik uit de koele kerk naar buiten stapte, had ik het gevoel dat ik decimeters kromp. De lucht was heel vochtig. Ik moest diep ademhalen en me langzaam bewegen om überhaupt vooruit te kunnen komen. Butterfield, die voortploeterde in de richting van een sari-sari-store langs de kant van de weg, was sneller. Hij hield iets langwerpigs in zijn hand, ik kon niet zien wat het was, mijn ogen schrijnden. Ik moest hard schreeuwen, anders kon hij mij niet horen.

'Butterfield, wacht, wat heb je daar in je hand?'

'Een kandelaar. Die heb ik uit de kerk meegenomen. We moeten iets hebben waar we deuren mee open kunnen breken. Maar maak je niet ongerust: ik zal hem niet stelen. Ik zet hem terug wanneer we water hebben gevonden.'

Ik schopte geërgerd in de as.

'Zo bedoelde ik het natuurlijk niet. Ik vroeg het me gewoon af. Het zweet loopt me in de ogen, dus ik kan niet goed zien...'

Hij haalde zijn schouders op en ploeterde doelbewust voort. Bij de kiosk aangekomen bleef hij staan en inspecteerde hem grondig: in het midden aan de voorkant zat een houten luik en aan de zijkant een deur met een hangslot erop. Geen glazen ramen.

'Heb jij een spijker?' riep hij.

Een spijker? Mijn ergernis vlamde op: hoe dom kan iemand zijn?

'Nee, ik heb geen spijker. Ik loop meestal niet met spijkers in mijn zak rond...'

Hij keek over zijn schouder en glimlachte.

'Dat zou je wel moeten doen. Een spijker komt altijd van pas.'

'Ja, ja. En waar heb je die van jezelf dan?'

Hij begon te lachen; hij glimlachte nu opeens ongedwongen.

'Maar je hebt vast wel iets scherps in je tas. Een nagelvijl? Of een schaartje?'

Ik was inmiddels ook gearriveerd, zonk in de as neer en gaf hem mijn tas. Een lichte hoofdpijn was bezig zich in mijn achterhoofd te nestelen.

'Er moet ergens een naaietui zitten...'

De schaar was niet groter dan zijn duim. Hij bekeek hem van alle kanten.

'Nu moet jij het slot vasthouden, Cecilia. Ik kan maar één hand gebruiken...'

Toen ik me schrap zette om op te staan explodeerde de hoofdpijn. Ik begon te jammeren en liet me terugzakken, hief mijn armen op en sloeg die om mijn hoofd.

'Wat is met jou aan de hand?'

Wanneer ik veel pijn heb, houdt mijn taal op. Ik praat alleen nog in telegramstijl.

'Pijn!'

'Heb je hoofdpijn? Ben je misselijk?'

Ik knikte weer: ik hoorde hem wel maar kon niet antwoorden.

'Drink je iedere dag koffie?'

'Mmm.'

'Dan is het cafeïnegebrek. Dat is een koleregevoel maar het is niet gevaarlijk. Alle Zweden worden erdoor getroffen. Je knapt weer op als je koffie hebt gehad...'

Hij lachte en streek met zijn hand door mijn haar. Ik wilde gillen, maar kon dat niet: als ik gilde zou ik overgeven. Ondanks mijn pijn voelde ik me toch gekrenkt. Smachten naar koffie. Belachelijk.

Butterfield zat boven mijn hoofd met het slot te rammelen; hij begon te vloeken en er opnieuw mee te rammelen.

Ik weet niet of ik voor Butterfield ooit heb bestaan. Bestaan wij ooit voor mannen? Ik heb het gevoel dat ze zodra ze in mijn buurt komen allemaal door een lichte mate van scheelzien worden getroffen; het is alsof ze een punt vlak boven mijn rechterschouder waarnemen. Maar daar ben ik niet. Daar is niets.

En toch: hij scharrelde een poosje rond in de kiosk, kwam na verloop van tijd weer naar buiten naar mij toe, ging op zijn knieën zitten en zette iets aan mijn lippen.

'Drink!'

Ik deed mijn mond open: een dikke, lauwe vloeistof liep over mijn tong. Het smaakte afschuwelijk. Ik duwde hem weg.

'Wat is dat?'

'Gecondenseerde melk en Nescafé. Dat is het enige dat er is. Ik weet dat het smerig is, maar je moet drinken... Wanneer we terug in het huis zijn kunnen we echte koffie zetten, maar het cafeïnegebrek moet eerst zijn afgenomen, anders kun jij zo ver niet lopen. Maar dat gaat snel. Drink nou maar!'

Hij had gelijk. Het ging snel. Na een minuut of wat kon ik mijn ogen weer openen en weer praten, de hoofdpijn was wat meer naar boven getrokken.

'Heb je water gevonden?'

'Geen kraan, maar een heleboel mineraalwater en Coca-Cola. Alleen al met wat hierbinnen ligt, zullen we ons zeker nog een week kunnen redden. Er is zelfs Tanduay...'

'Wat is dat?'

Hij moest lachen.

‘Goedkope rum. We nemen een fles voor Ricky mee, dan kalmeert hij misschien…’

Ik glimlachte terug en nam opnieuw een slok; wanneer je eraan gewend was geraakt, smaakte het niet zo vies meer.

‘Maar waar moeten we ons in wassen? Ik zou me willen wassen…’

Hij lachte weer en glipte door de deur naar binnen.

Jawel, misschien.

Misschien bestond ik op dat moment voor Butterfield, toen hij me bij mijn arm pakte en omhoog hielp, me de kiosk in voerde en me begon uit te kleden. Ik sloeg automatisch mijn handen gekruist voor mijn borsten, maar daar gaf hij geen commentaar op: hij liet mij zijn wie ik was en verbergen wat ik wilde verbergen.

‘We beginnen met je haar. Buig je voorover, zo ja…’

Het mineraalwater was opvallend koel, de shampoo rook zwaar geparfumeerd. Hij goot een klodder op mijn achterhoofd en begon met zijn gezonde hand mijn hoofd te masseren.

‘Nu gaan we het uitspoelen…’

Het koolzuur schuimde rond mijn zwarte tenen, ik wiebelde ermee en voelde me blij. Mijn hoofdpijn was weg, net als mijn misselijkheid. Over was alleen nog die lichte, vibrerende lucht die altijd komt wanneer de pijn wegtrekt. Ik lachte: ‘Zo, nu is het goed. De rest kan ik zelf wel wassen. Heb je ook zeep gevonden?’

‘Zeker, madam. Echte Palmolive! Dit is een ware schatkamer, hier heb je alles…’

Ik zeepte me in en keek eens rond. De planken zaten tot aan het plafond en ze stonden overvol. Ik telde vijf potten Nescafé, zeven flessen rum, een heleboel zeep, shampoo en tandpasta, blikken fruit, olie en gecondenseerde melk, theezakjes en losse thee, suiker, lucifers, sigaretten en chocolade. En verder liters mineraalwater en Coca-Cola.

‘Wanneer we teruglopen, kunnen we wat chocolade meenemen voor Dolly…’

Hij begon zijn T-shirt over zijn hoofd te trekken.

‘Zeker. En Tanduay voor Ricky en mij en die andere… Daar zal hij wel van opknappen.’

'Ik kan rijst koken in mineraalwater. Er is rijst in het huis.'

Met zijn rug naar mij toegekeerd trok hij zijn shorts uit, hij droeg er geen onderbroek onder.

'Absoluut.'

'En dan kan ik een groenteprutje maken van uien en tomaten.'

'Geweldig. Ik heb berehonger...'

Het mineraalwater liep tintelend langs zijn benen. Ik kwam dichterbij en streek hem met de zeep over zijn rug. Hij keerde zich om; ik keek hem strak in de ogen en durfde mijn blik niet naar beneden te laten gaan. Toch klonk mijn stem net als anders.

'We kunnen ons maar beter buiten afspoelen, anders stroomt de vloer over...'

Hij gaf geen antwoord. Zijn lippen smaakten naar zeep, zweet en mineraalwater en ze deden alles wat hij had gezegd dat ze konden doen. Toch kan ik me zijn handen het beste herinneren: de gewonde hand die tussen ons in op zijn borst lag te schokken en te bewegen, en de gezonde hand die als een bevel op mijn heup lag.

Nooit ben ik bereidwilliger geweest om te gehoorzamen.

Butterfield. Boterveld. Weilanden vol boter.

Ik keek naar Butterfield en dacht aan bloeiende koolzaadvelden, aan de blauwe schemering van de midzomernachten en aan de goudbruine schittering die altijd op de bodem van Smålandse bosmeertjes rust.

De vloer was van grof cement en schuurde langs mijn knieën toen ik voor hem op de grond zakte en mijn wang tegen zijn geslacht drukte. Hij duwde mij een seconde tegen zich aan en liet vervolgens zijn hand langs mijn nek omhoog glijden en streelde me over mijn hoofd. Hij legde zijn handpalm op mijn voorhoofd, duwde mijn hoofd achterover en hield zijn adem in.

En later, toen ik met mijn armen uitgestrekt als een gekruisigde op de grond lag, hield hij zich in om steunend op zijn elleboog naar mij te kijken en te zeggen: 'Wat ben je mooi.'

Ik glimlachte met mijn ogen dicht. Nooit eerder was dat waar geweest en het zou ook nooit meer waar worden, maar toen, op dat moment, was ik werkelijk heel mooi.

Toen we terugkwamen zat Ricky op de trap met zijn gezicht in zijn handen. Ik liep heel langzaam, niet vanwege de as of de hitte, maar omdat ik een zware doos op mijn hoofd droeg. Die hadden we in de kiosk gevonden en volgestopt met mineraalwater, Nescafé, zeep, shampoo, Tanduay en chocolade. Butterfield kon hem niet dragen en de doos was te zwaar voor mijn handen of schouders, maar op mijn hoofd ging het goed. Butterfield liep naast me om me te ondersteunen; ik verloor gemakkelijk mijn evenwicht.

Ik zette de doos neer, ging naast Ricky zitten en sloeg voor het eerst mijn arm om hem heen.

'Hoe is het?'

Hij sprak van achter zijn handen: 'De benzine is op. We komen hier nooit vandaan...'

Butterfield legde een hand op zijn schouder.

'We hebben voedsel en water gevonden. We redden ons wel.'

Maar Ricky huilde luid: 'We komen hier nooit vandaan! En de kinderen en Zosima gaan hun ondergang tegemoet! *Ay naku,* Zosima!'

Ik leunde met mijn hoofd tegen zijn arm, hij trok hem een beetje weg, maar ontspande vervolgens en accepteerde mijn aanraking.

'We komen hier wel weg, Ricky. Je bent hongerig en moe, we gaan eten en rusten, daarna gaan we bespreken hoe we het zullen aanpakken. We vinden er wel iets op...'

Butterfield draaide de kurk van de fles rum.

'Hier, Ricky. Neem een slok!'

Ricky haalde zijn handen weg, keek naar de fles, streek vervolgens met zijn hand over zijn gezicht en zette de fles aan zijn mond.

Ik liep zachtjes door de kamer om de zieken niet wakker te maken.

De vreemdeling lag nog in dezelfde houding, maar hij had zijn ogen geopend. Desondanks leek hij bewusteloos. Hij reageerde niet toen ik hem aanraakte, knipperde niet eens met zijn ogen.

Dolores sliep nog steeds rustig. Ik aaide haar over haar wang; haar huid was nog steeds ruw, maar de harde spieren hadden zich ontspannen.

'Wanneer ze wakker wordt, geven we haar een van jouw pijnstillende tabletten', fluisterde ik tegen Butterfield.

'Zouden we dat wel doen? Zijn die niet te sterk?'

'Daarom juist. Ze heeft vreselijk veel pijn. We moeten haar voet ook spalken, ik denk dat dat verzachtend werkt.'

'Geef haar maar een halve tablet.'

'Oké. Nu ga ik wat eten in elkaar flansen.'

Ik streek hem over zijn wang en was blij met wat ik onder mijn hand voelde.

Ricky stak de spiritusbrander aan en ging groente uit de kofferbak van de auto halen, ik schonk rijst in een aluminiumpan met een dunne bodem en liet Butterfield mineraalwater kloppen in een andere pan. Hij had zijn bedenkingen bij dit project en ik moest om hem lachen.

'Het is net alsof je in champagne roert; de bubbels gaan eruit. Mousserende koffie is niet lekker, ik wil echte koffie.'

Hij glimlachte terug, haalde zijn schouders op en begon met een houten vork te kloppen, onderwijl hardop denkend: 'Ik vraag me af of er ergens bier is. Daarginds waren nog drie andere sari-sari-stores, in een daarvan zou bier moeten zijn...'

Ricky kwam binnen en zette de plastic tassen voor me neer. De rum was zijn werk beginnen te doen: hij lachte een beetje om ons.

'U ziet eruit als een echte *proviciana*, madam, zoals u daar op de grond eten zit te koken. U ook, mister Berglund...'

Butterfield keek naar hem op: 'Zullen we op zoek gaan naar bier?'

Ricky begon te stralen.

'Absoluut. Er moet ergens bier zijn... Maar ik haal eerst de rest van de groente nog even.'

Ik hoorde aan zijn voetstappen dat er iets was gebeurd; hij rende met zware stappen de trap op.

'Madam! Mister Berglund!'

Hij hield het wapen met beide handen vast, de kolf rustte in zijn linkerhand, met zijn rechterhand hield hij de loop stevig vast.

'Deze lag in de auto. Op de achterbank.'

Ik zag meteen dat het een machinegeweer was. Het had een houten kolf en een trekker van metaal, maar ik kon niet vaststellen of het Russische kalasjnikov was of een Amerikaanse M16. Ten aanzien van wapens heb ik mij altijd onbeholpen gevoeld: wat ik als aankomend diplomaat gedwongen was te leren, heb ik doelbewust weten te vergeten.

Ik hoorde Butterfield achter mijn rug opstaan. Hij droogde zijn handen af aan zijn T-shirt en zei: 'Godsamme! Shit, zeg!'

We deden de deur naar de woonkamer dicht en spraken op zachte toon.

'Een soldaat', zei Butterfield. 'Een verrekte NPA'er. Die zijn een beetje te trigger-happy naar mijn smaak...'

Ik probeerde mijn angst weg te slikken. Eén keer raden wie er het eerst zou worden doodgeschoten als dat waar was. Hoeveel buitenlandse diplomaten waren er de laatste jaren door de guerrilla met autobommen opgeblazen? Die Fransman, de Italiaanse attaché en...

'Dat weten we niet', zei ik. 'Hij kan net zo goed een of andere bewaker zijn... Of deel uitmaken van het privé-leger van een landeigenaar...'

'Hij kan ook een bandiet zijn', zei Ricky. 'Hier in de bergen heb je bandietenbendes, dat heeft mijn neef verteld...'

Terwijl hij praatte overhandigde hij het wapen aan Butterfield.

'Wat is het voor iets?' vroeg ik. 'Een M16?'

Butterfield schudde zijn hoofd en begon het magazijn eruit te halen.

'Het is een kalasjnikov. Een NPA-wapen. En we moeten het verstoppen...'

Ricky werd bang.

'Dat kunnen we niet doen, mister Berglund. Hij zal boos worden... En als hij een NPA'er is, dan zullen de anderen van zijn groep naar hem op zoek gaan.'

'Daarom juist. Lag er nog meer munitie in de auto?'

'Voorzover ik kon zien niet, maar het was immers pikdonker.'

'Pak je aansteker en controleer het goed. We moeten hem ook fouilleren. Cecilia, dat moet jij doen. Doe net alsof je zijn zweet afwist of zoiets...'

De vreemdeling had zijn ogen gesloten en lag doodstil; hij was nog steeds gloeiend heet en haalde snel en piepend adem. Ik waste hem halfhartig met een lap die ik met mineraalwater had natgemaakt. Hij jammerde een paar keer zachtjes en toen ik hem over zijn gezicht streek zocht hij dorstig met zijn mond naar de natte lap, maar ik was te opgewonden om hem de tijd te geven te zuigen.

Butterfield stond achter mij met het magazijn in zijn ene en het wapen in zijn andere hand.

'Voel ook in zijn shorts', zei hij in het Zweeds.

'Ik kan er niet bij', zei ik.

'Draai hem dan om!'

Het nylon stond stijf van het vuil. Ooit moest deze korte broek geel zijn geweest, dacht ik, terwijl mijn vingers in de eerste broekzak gleden. Daar zat niets. Maar toen ik hem omdraaide om bij de andere broekzak te komen, voelde ik het tweede magazijn bij zijn linkerheup; hij lag er half bovenop en ik moest aan hem rukken en trekken om het eruit te krijgen. Het deed belachelijk intiem aan om mijn hand in zijn broekzak te steken en het magazijn eruit te halen.

'Geef hier', zei Butterfield.

Ik ben er nooit achter gekomen waar hij het wapen verborg. Ik zag hem de snuisterijen en het zijden kleed van de kist weghalen en de magazijnen daarin verstoppen, maar hij heeft nooit verteld waar hij het wapen had neergelegd. Hij verdween gewoon naar buiten in een wolk van roze bloemen.

Toen ik alleen was met de bewusteloze vreemdeling liet ik me op mijn knieën zakken om hem te bekijken. Hij zag er niet uit als een soldaat. Ook niet als een bandiet.

Maar hoe zien soldaten en bandieten er eigenlijk uit?

Voedsel en medicijnen. Er is niets dat zo goed tegen onrust helpt als iemand voedsel en medicijnen geven.

Ik stopte een stukje chocolade in Dolores' mond; ze sliep met open mond. Ze reageerde meteen: sloot haar lippen en begon te zuigen. Daarna sloeg ze haar ogen op en keek mij aan.

'Hallo. Heb je geslapen?'

Ze mompelde iets en probeerde rechtop te gaan zitten, maar zakte terug met een van pijn vertrokken gezicht.

'Hier, doe je mond open, dan krijg je medicijnen. Daarna krijg je meer chocola. Kijk maar, doe je mond open...'

Ze begon te huilen, een dof en eentonig geklaag, *lola, lola*; ik werd er bang van en ging er ook bijna van huilen.

Butterfield en Ricky stapten de deur binnen; ze hadden bier gevonden, veel bier. Ze waren allebei door en door nat: de regen was gekomen en het was schemerig in ons huis, hoewel het nog steeds midden op de dag was.

'Huilt ze?' vroeg Butterfield.

Ik kon alleen maar knikken; als ik had gepraat was ik zelf gaan huilen.

'Ze roept om haar grootmoeder', zei Ricky, terwijl hij een paar flessen op het tafelblad boven ons hoofd zette. Vervolgens boog hij zich voorover en sprak een zin in het Tagalog. Dolores zweeg onmiddellijk. Ik was helemaal verbouwereerd: 'Wat heb je gezegd, Ricky?'

'Ik heb gezegd dat ze moest ophouden met huilen en een lief meisje moest zijn.'

Ik trok mijn neus op; ik vond die zin maar niks.

'Zeg tegen haar dat ik vind dat ze een lief meisje is. Maar dat ze haar medicijnen moet nemen zodat de pijn ophoudt.'

Ricky sprak namens mij en ze deed gehoorzaam haar mond open.

We goten mineraalwater in de mond van de vreemdeling om hem wakker te maken. Dat hielp niet; hij slikte wel maar liet zich niet naar het heden lokken.

We bekeken hem een poosje, stonden met z'n drieën zwijgend en ernstig naast elkaar en probeerden zijn geheimen te raden. Toen haalde Butterfield zijn schouders op en Ricky werd weer zichzelf; hij kroop onder de tafel om Dolores op te tillen. We legden haar op de bobbelige bank met een trui onder haar hoofd, waarna we de grote tafel aanschoven en dekten met borden en mokken. De rijst had de juiste consistentie, de groenteprut was heet en voedzaam en we hadden liters bier.

Ik ging naast Dolores zitten om haar te voeren. Ze keek me met heldere ogen aan. Butterfields tabletten hadden geholpen; ze kon zich bewegen zonder haar gezicht van pijn te vertrekken.

'Dus ze spreekt toch Tagalog', zei ik tegen Ricky. 'Ik vraag me af waarom ze het niet begreep toen ik met haar praatte.'

Hij sprak een paar zinnen tegen haar en Dolores gaf antwoord. Hij begon te lachen.

'Ze zegt dat ze u geen Tagalog heeft horen spreken, madam. U hebt een bepaald accent...'

Ik glimlachte terug.

'Vraag of ze iets over zichzelf vertelt', zei ik.

'Straks, madam. Nu gaan we eerst eten. Iedereen heeft honger...'

Regen buiten voor ons raam, koffie in de metalen mokken, nog meer chocolade voor het oververzadigde kind en een kaars op tafel. Butterfield was teruggekeerd naar de kerk om kaarsen voor de kerkkandelaar op te halen. Nu strekte hij onder de tafel zijn voet uit, wreef die tegen mijn enkel en glimlachte.

Daar had de tijd eigenlijk moeten ophouden. Maar ik zette die zelf in beweging door te zeggen: 'Nu moeten we de voet van het meisje spalken...'

Ze huilde niet, maar vertrok haar gezicht en het zweet stond op haar voorhoofd. We hadden niet veel om mee te spalken: vier kleine houten lepels uit de keuken en een paar dunne houten plankjes die Butterfield in de boekenkast had gevonden. Ik plaatste een daarvan onder haar voet en begon met een zwachtel een stevig verband aan te leggen.

'Vertel haar een verhaaltje, Ricky', zei ik. 'Zodat ze iets anders heeft om aan te denken.'

'Ik ken geen verhaaltjes', zei Ricky.

'Je kent er vast wel een...'

Hij zweeg een poosje en keek weg, nam een stevige trek van zijn sigaret en begon toen in het Engels tegen haar te praten.

'Wil je een verhaal horen, Dolly? Begrijp je zo veel Engels dat ik het ook aan onze *kano's* kan vertellen?'

Ze knikte maar was nog steeds ernstig. Ik glimlachte naar haar, opgelucht dat ze toegaf dat ze het begreep. Daardoor werd de afstand kleiner, en om die nog kleiner te maken zei ik om ons als het ware voor te stellen: 'We zijn geen Amerikanen. Wij komen immers uit Europa.'

'Voor ons zijn alle blanken *kano's*', zei Ricky.

Terwijl hij vertelde keek hij ons niet aan.

'Dit verhaal gaat over hoe het allemaal begon. Eerst was er alleen maar hemel en zee. En boven zee vloog een vogel, de enige vogel, die na verloop van tijd heel moe werd. Hij kon immers nergens gaan zitten rusten. Maar het was een slimme vogel. Hij wist wat hij wilde en hij wist hoe hij dat moest krijgen...

Dus vloog de vogel naar de hemel en zei: de zee is van plan mij te verdrinken! En de hemel antwoordde: dat moest hij eens wagen! Als er ook maar een druppel tegen mij aan komt, gooi ik rotsen en stenen in het water!

Toen vloog de vogel naar de zee en zei: de hemel is van plan jou met een regen van stenen en rotsen te vernietigen. En de zee antwoordde: dat moest hij eens wagen! Voor die tijd heb ik hem allang verdronken!

Zo begon de strijd: de zee wierp enorme golven op naar de hemel en de hemel beantwoordde dat door rotsen en grote steenbrokken in zee te gooien. Ten slotte waren dat er zo veel dat ze de zee aan banden legden; die was niet meer in staat zich nog tegen de hemel op te werpen. En de vogel was blij: nu had hij veel eilanden en rotsen om op te gaan zitten rusten...'

Hij zweeg. Dolores keek hem strak aan en wachtte op meer.

'Was dat alles?' vroeg Butterfield. 'Hoe kwamen er dan mensen?'

Ricky glimlachte aarzelend.

'Nou, toen de vogel op een van de eilanden rustte, toen spoelde er uit zee een stuk bamboe aan. Dat rolde naar de vogel toe en kwam op zijn tenen terecht; hij verplaatste zich, maar de bamboe rolde hem achterna en ging weer op zijn tenen liggen...'

Dolores lachte een schorre lach. Ik schrok op van het onverwachte geluid. Ricky pauzeerde even, maar keek haar niet aan.

'De vogel verplaatste zich vaak, maar iedere keer rolde de bamboe hem achterna en ging op zijn tenen liggen. Ten slotte werd hij boos. Hij boog zich voorover en begon gaten in de bamboe te hakken. En toen stapte er een man uit de bamboestengel te voorschijn. Hij heette Malakas en hij was de eerste man.

Meteen daarna rolde er nog een stuk bamboe aan land en de man gooide dat op de tenen van de vogel, die zo boos werd dat hij weer begon te hakken. En toen stapte er een vrouw uit de bamboe. Ze heette Maganda en was heel mooi...'

We overpeinsden haar schoonheid een poosje; iedereen schiep in stilte voor zichzelf zijn eigen beeld.

'Malakas bouwde een huis op het eiland en Maganda baarde veel kinderen. Maar het waren geen lieve kinderen; ze waren lui en wilden alleen maar spelen, ze wilden hun ouders nooit helpen. Wanneer het tijd was om te werken, knepen ze ertussenuit, maar ze kwamen trouw terug naar huis zodra het tijd was om te eten. Ten slotte werd Malakas hen beu; hij had geprobeerd hen vriendelijk terecht te wijzen, maar ze waren ongehoorzaam en wilden niet naar hun vader luisteren. Dus brak hij in het bos een stok af en ging naar huis om hun een pak slaag te geven.

Toen werden ze allemaal bang en ze probeerden te vluchten. Een paar renden het huis uit en verdwenen, een paar verstopten zich in de slaapkamer, een paar anderen in de woonkamer en enkelen kropen in de keuken bij elkaar.

Zo werden ze de voorouders van alle mensen: degenen die zich in de slaapkamer verstopt hadden werden de voorouders van alle opperhoofden en tovenaars, degenen die zich in de woonkamer hadden verstopt werden de voorouders van alle vrije mannen, en degenen die zich in de keuken hadden verstopt werden de voorouders van slaven. Sommigen van hen waren helemaal tussen de potten en pannen gekropen, dus die hadden een pikzwart gezicht van het roet gekregen, en zij werden de voorvaders van de Aëta. Daarom hebben de wilden zo'n zwart vel...'

Het verhaal was kennelijk afgelopen. Ricky keek ons weer aan.

'Maar degenen die het huis uit waren gevlucht?' vroeg ik. 'Hoe ging het met hen?'

Ricky glimlachte naar mij.

'Dat werden uw voorouders, madam. Zij werden de voorouders van alle vreemde volkeren.'

Ik strikte de zwachtel stevig vast en ging weer op de bank zitten met Dolores' hoofd in mijn schoot. Butterfield gebaarde met de fles rum in mijn richting, maar ik schudde mijn hoofd. Ik had er even aan genipt maar het smaakte naar terpentine. Ricky daarentegen knikte en pakte zijn glas.

'Nu is het uw beurt om een verhaal te vertellen', zei hij, terwijl hij op zijn stoel heen en weer schommelde. 'Hoe is volgens jullie de wereld ontstaan?'

Ik haalde mijn schouders op.

'Ach, wij hebben alleen Adam en Eva...'

'Helemaal niet', zei Butterfield met zijn blik op tafel gericht. 'Wij hebben nog een verhaal...'

Hij voegde er in het Zweeds aan toe: 'Wallin heeft me dat verteld; ondanks alle altaarschilderingen hield hij zich erg bezig met het Oudnoordse...'

Dolores ging plotseling rechtop zitten, plantte haar ellebogen op tafel en zette haar handen onder haar kin. Ze keek Butterfield strak aan en voor het eerst lag er geen verlegenheid en angst in haar blik.

'Tell me story!' zei ze.

Ik werd zo blij dat ik er luid van moest lachen.

'Nou,' zei Butterfield en hij leunde achterover tegen de houten rugleuning van de stoel, 'voordat deze wereld bestond, had je twee andere werelden. Nifelheim en Muspellsheim. Nifelheim, dat in het noorden lag, was het rijk van de kou en de nevelen, daar heerste een eeuwige schemering en een grote stilte. In Nifelheim had je elf rivieren, die in de afgrond tussen Nifelheim en Muspellsheim neerstortten. Die leegte werd Ginnungagap genoemd en daar bevroor al het water en het werd ijs.

Muspellsheim, dat in het zuiden lag, was het rijk van het vuur en de hitte, daar stegen rode vlammen op uit de bergen, de aarde barstte en gloeiende spleten openden zich. Uit Muspellsheim kwam een stroom van hete vonken die over Ginnungagap neerdaalde.

Een eeuwigheid lang was Ginnungagap niet meer dan een leegte, maar op een dag begonnen de vonken uit Muspellsheim het ijs van Nifelheim te ontdooien. Het water drupte neer op de bodem van de afgrond en vormde een reus. Hij heette Ymir. Toen hij af was, maakte het water een koe. Ymir dronk uit haar uier en leefde van haar melk.'

Ricky vertrok zijn gezicht in afgrijzen en nam een slok Tanduay.

'Tell more', zei Dolores met haar hese stem.

Butterfield streek met zijn hand over zijn mond, opeens veel rustiger dan hij een paar minuten geleden nog was geweest. Zijn voet streelde mijn enkel niet meer.

'Op een dag toen Ymir sliep, begon de koe aan een ijsklomp te likken. En toen bleek dat er een mens in het ijs zat. Het was een man die Buri heette. Hij kreeg een zoon die Bor heette, hoewel niemand weet hoe dat ging, en Bor trouwde op zijn beurt met een reuzin die Bestla heette. Ze baarde drie zonen: Odin, Vili en Ve. Zij werden goden. En ze doodden Ymir.'

Butterfield ging met zijn vinger over het tafelblad.

'Odin en zijn broers namen het dode lichaam van Ymir en legden dat over Ginnungagap. Zo schiepen ze daar de wereld van. Zijn bloed werd de zee en de meren, zijn vlees werd de aarde, zijn botten werden bergen en zijn tanden stenen. Zijn hoofd werd de hemel en in die richting wierpen ze de hersenen van Ymir en ze bliezen daartegenaan, zodat het wolken werden. En ten slotte vingen ze de vliegende vonken uit Muspellsheim op en maakten daarvan de zon, de maan en de sterren...'

Hij zweeg en nam een slok rum; we zaten allemaal zwijgend rond de tafel. Ik dacht aan Nifelheim en Muspellsheim en aan Ymirs lek gestoten oude lichaam, zo moe van het rekken en strekken tussen noord en zuid, tussen hitte en kou.

'Dus de wereld ligt uitgestrekt over een afgrond?' zei Ricky.

Butterfield legde zijn gezonde hand midden op tafel.

'Ja', zei hij. 'De wereld ligt uitgestrekt over een afgrond.'

Dolores leunde naar voren en legde haar hand op die van Butterfield. Zonder erbij na te denken legde ik mijn hand op de hare. Ricky wachtte aarzelend een tel, maar ten slotte legde hij zijn hand op de mijne.

Ginder bij de muur kreunde de vreemdeling van pijn.

Ik lig vastgevroren in de witte zee van de badkamer en denk aan die vrouw in India.

Iedereen had over haar horen praten, maar niemand wist zeker of ze ook echt bestond. Nu was haar vader echter overleden en ze had een erfenis gekregen. Haar familie smeekte om hulp: ze hadden geprobeerd haar met brieven en telegrammen te bereiken maar waren daar niet in geslaagd.

Wij hadden alleen de naam van een dorp en de naam van een deelstaat. Meer niet. Er was geen telefoon in het dorp en nauwelijks betrouwbaar postverkeer. Ik was gedwongen haar persoonlijk op te zoeken. Ik was daar wel blij mee, want ik had vaak aan haar gedacht en geprobeerd haar beweegredenen te doorgronden. Ulf vond het echter maar niets.

'Het kan gevaarlijk zijn. Ik denk dat je de risico's onderschat, Cecilia. Ik weet echt niet of ik dit wel kan toestaan...'

Ik trok mijn wenkbrauwen op.

'Hoezo toestaan? Ik vraag je niet om toestemming, ik vertel je alleen maar wat ik ga doen.'

Hij glimlachte over de ontbijttafel heen.

'Jij was zelf degene die weer aan het werk wilde. Begreep je niet dat ik dan je baas zou worden? Het is dus niet, en vanwege de rust hier in huis wil ik dat benadrukken, in mijn hoedanigheid van jouw echtgenoot dat ik mijn twijfels heb. Het is in mijn hoedanigheid van baas van deze ambassade. Mijn vrouw kan doen wat ze wil, maar ik kan mijn personeel niet alle mogelijke risico's laten nemen.'

'Zelfs niet als ik iemand meeneem? Suhan Lal bijvoorbeeld? Hij komt immers uit Uttar Pradesh, hij kent er de wegen en de omstandigheden...'

'Maar hij komt uit een lage kaste, hij heeft onvoldoende autoriteit om dat te kunnen. Goeie genade, het is daar een erg achtergebleven deel van het land; toen ik daar vijf jaar geleden voor het eerst was, waren er nog nauwelijks auto's. Er ontstond bijna een oploop toen wij in onze jeeps aan kwamen tuffen...'

'Maar zij is een Zweedse staatsburger; we zouden toch een keer moeten kijken hoe het met haar en haar kinderen gaat.'

Hij fronste zijn voorhoofd: crèchementaliteit.

'Het was haar eigen keuze en ze heeft de ambassade nooit om hulp gevraagd. Het is haar familie die aandringt...'

'Maar de avondbladen dan? Haar moeder dreigt naar de pers te stappen als we niet uitzoeken of haar dochter nog leeft...'

Dat kwam aan. Hij dacht een poosje na.

'Er is er maar één die dit volgens mij aan zou kunnen: Radju. Als je hem en Suhan Lal allebei meeneemt, dan zou het misschien wel gaan. Zij zouden met de grote jeep naar Uttar Pradesh kunnen rijden en dan zou jij het vliegtuig kunnen nemen. Anders kost het je immers een week. Minstens. En je hebt toch ook nog wel wat anders te doen?'

'Maar ik ben niet zo erg gesteld op Radju...'

'En wat dan nog? Hij hoeft alleen maar met zijn patroongordels om op de voorbank te zitten en er dreigend uit te zien, je hoeft niet gezellig met hem om te gaan.'

Natuurlijk ging het zoals hij het wilde. Radju en Suhan Lal vertrokken met de jeep, vier dagen later nam ik het vliegtuig naar Uttar Pradesh. Radju stond me in zijn opzichtige bewakersuniform op te wachten: een tulband met een pluim, een rood jasje, een groene broek en glanzende koperen knopen. Zo zien alle ambassadebewakers in Delhi eruit. Radju was de meest zelfingenomene van allemaal: een man die alles wist en alles kon, en die niet aarzelde om dat te vertellen, vooropgesteld dat Ulf buiten gehoorsafstand was.

We vertrokken meteen; ik zat alleen achterin en zweeg om Radju ertoe te dwingen ook te zwijgen. Dat was jammer, want ik had graag met Suhan Lal gepraat. Maar hij had wel wat anders aan zijn hoofd; het was zijn taak de weg naar het dorp te vinden. Er was geen kaart. In Uttar Pradesh heb je veel dorpen en niemand weet met zekerheid waar de allerkleinste eigenlijk liggen.

Het was al laat in de middag toen we het eindelijk gevonden

hadden. De weg was allang opgehouden en we reden al een uur over iets dat nog het meest van een steppe weg had.

Het dorp was klein en erg arm, met akkertjes, zandgele huizen en bruine hutten. Een paar apen klauterden kletsend over de daken van de huizen, maar verder was het doodstil. Ik stapte uit de auto en keek rond. Er was geen mens te zien, de dorpsstraat lag er totaal verlaten bij. Alleen een uitgemergelde koe sloeg ons herkauwend gade.

Suhan Lal zette de motor af en Radju en hij stapten uit.

'Madam,' zei Radju, 'dat lijkt wel een theehuis daarginds. Zal ik het daar gaan vragen? Vrouwen zijn er waarschijnlijk niet echt welkom...'

Ik schudde mijn hoofd, wat in India hetzelfde is als een knik, en Radju vertrok. Suhan Lal ging glimlachend naast me staan; zijn tanden blonken als ivoor in zijn donkere gezicht.

'*Creepy place!* Enge plaats. Heel stil.'

Ik glimlachte aarzelend terug en stak mijn handen in de zakken van mijn rok. Het was er echt griezelig en het zou er zeker nog griezeliger zijn voor iemand van een heel lage kaste, op de grens van onaanraakbaar.

Het rode jasje van Radju was nog net te zien in de deuropening van het theehuis en op hetzelfde moment kwamen er over de dorpsstraat een paar kinderen aanrennen. Ze kregen mij in de gaten en gaven een gil. Binnen een mum van tijd was ik door hen omringd, ze lachten en praatten, maar durfden mij niet aan te raken.

Radju kwam weer aanlopen met een dikke man achter zich aan. De man droeg een stevige stok en toen hij de kinderen naderde, hief hij hem op en zwaaide ermee door de lucht om ze weg te jagen. Een jongetje kreeg de stok tegen zijn slaap en wankelde, maar een ouder meisje pakte hem snel en hield hem op de been.

'Madam, dit schijnt het dorpshoofd te zijn. Hij spreekt geen Engels en ik heb moeite om hem te verstaan.'

Ik wendde me tot Suhan Lal: 'Kun jij met hem praten?'

Suhan Lal schraapte zijn keel, deed een stap achteruit en begon te praten. Het dorpshoofd luisterde met een misnoegd gezicht; hij had me nog geen blik waardig gekeurd. Dat was ongebruikelijk; als westerse vrouw in India word je altijd bekeken en vaak uitgelachen, maar deze man was kennelijk totaal niet gecharmeerd van mijn verschijning. Hij had een gesloten gezicht. Hij luisterde naar Suhan Lal, blafte vervolgens een paar korte zinnen en marcheerde terug naar het theehuis.

'Wat zei hij?'

Suhan Lal slikte.

'Hij zei dat ze aan de rand van het dorp woont, aan de andere kant...'

Ik wachtte. De man had nog meer gezegd. Suhan Lal keek naar de grond.

'Bij de kastelozen. Hij zei dat ze precies naast de kastelozen woont...'

We liepen vlak naast elkaar door het dorp. Opeens was ik er Ulf heel dankbaar voor dat hij erop had aangedrongen dat ik twee begeleiders zou meenemen. Dit was geen vriendelijke plek: de kinderen die ons naliepen lachten niet meer, de volwassenen wendden hun blik af en trokken zich binnenshuis terug toen we eraan kwamen, zelfs de bejaarden die op hun brits op de veranda lagen keken niet vriendelijk geïnteresseerd.

We zagen haar al van verre. Ze zat op haar hurken op het grindachtige erf voor haar hut in een zinken teiltje te wassen; het ene kledingstuk na het andere wrong ze uit en legde ze in een geëmailleerde teil. Ze had haar asblonde haar in een Indiase knot in de nek bij elkaar gebonden en was gekleed in een beige katoenen sari van de goedkoopste soort. Ze was niet mooi. Westerse vrouwen zijn zelden mooi in sari's: ze zien er verwassen uit, alsof iemand ze op een te hoge temperatuur in de wasmachine heeft gedaan.

Ze keek pas op toen we vlak bij haar waren en vertrok geen spier; het was alsof ze ons verwacht had.

'Birgitta?' zei ik. 'Bent u Birgitta?'

Ze stond op, streek met haar natte handen langs haar heupen en keek me een beetje glimlachend aan. Vervolgens drukte ze haar handen tegen elkaar, boog op de Indiase manier en antwoordde: 'Wat denkt u?'

Ik had mijn hand ter begroeting uitgestoken maar liet die nu zakken; ik wist al dat deze vrouw niet van plan was iets op de Zweedse manier te doen.

Ze nodigde me binnen, maar Radju en Suhan Lal moesten op het erf op hun hurken gaan zitten wachten. Ze kon haar reputatie niet op het spel zetten door vreemde mannen in haar huis binnen te laten.

'Het is niet groot', zei ze. 'Maar ik vind het prettig... Ik heb het zelf gebouwd. Het was niet gemakkelijk om materiaal te pakken te krijgen.'

Ik zag het: de hut bestond uit losse takken en planken die ze had vastgesjord met touw en staaldraad. De ene muur bestond voor de helft uit een oude deur, maar voor de deuropening hing alleen maar een kapot gordijn. De zoldering was zo laag dat ik moest bukken: zij was kleiner dan ik en haar lengte had kennelijk de hoogte van het huis bepaald. Het was erg donker en het duurde een paar minuten voor ik zag dat we niet alleen waren. Er zat een meisje van een jaar of drie in een hoekje; ze was heel stil en ademde nauwelijks.

'Dat is mijn jongste', zei Birgitta verklarend, terwijl ze me een glas thee aanreikte. 'Helaas heb ik geen melk of suiker in huis, dat kan ik me al een tijdje niet meer veroorloven...'

Ik probeerde me te vermannen en gewoon te klinken.

'U zult het binnenkort beter krijgen. Het spijt me dat ik dat zo moet zeggen, maar uw vader is dood. Uw familie zoekt u: u hebt behoorlijk wat geld geërfd...'

Ze ging weer op haar hurken zitten en tekende met haar wijsvinger op de aarden vloer.

'O. Is hij dood. Ik hoop dat hij brandt in de hel!'

Ik gaf geen antwoord, nam alleen een slok van de bittere thee.

'Hoeveel geld is het? Precies?'

'Vijfhonderddrieënzestigduizend kronen en een huis in Norrtälje. Uw moeder wil dat u naar huis komt om het te bekijken. Ze zegt dat het ideaal zou zijn voor u en de kinderen.'

'Mijn moeder is niet goed wijs. Ze is nooit goed wijs geweest. Ik ben hier toch getrouwd, ik woon hier toch; hier moeten mijn kinderen opgroeien.'

'Hoeveel kinderen hebt u?'

'Vijf. Allemaal meisjes, dus het geld komt goed van pas. Nu is de bruidsschat geregeld...'

'Waar is uw man?'

'In Delhi. Hij is schoonmaker in een groot hotel.'

Ik was helemaal verbijsterd.

'Maar waarom woont u dan niet bij hem?'

'Dat kan niet. Hij wil dat ik hier in het dorp blijf. Bij zijn ouders...'

Ze zweeg even.

'Maar die zijn niet zo erg op mij gesteld. Ze hebben de meisjes en mij eruit gezet. Het zijn brahmanen en die vinden immers dat mensen zoals wij op de een of andere manier kasteloos zijn. Wist u dat ze vinden dat alle blanken kasteloos zijn?'

Ik schudde mijn hoofd: dat kon door deze vrouw als zowel een bevestiging als een ontkenning worden uitgelegd.

'Toen ik in hun huis woonde, moesten de meisjes en ik aan een speciale tafel eten en we hadden ons eetgerei in een aparte kast. Ik mocht niet afwassen in hetzelfde water als zij, niet eens in hetzelfde teiltje. Mijn voedsel was onrein en alles waar mijn voedsel mee in aanraking was geweest, was voor altijd onrein. Hoewel ik geen vlees eet; ik heb in geen vijftien jaar vlees gegeten.'

Dat was te zien. Ze was volkomen uitgemergeld, haar sleutelbeenderen in de uitsparing van haar jurk vormden diepe schaduwen.

'Maar ik heb me toch behoorlijk goed gered. Ik heb eigen schapen gekocht van het geld dat ik bij me had. En een koe. En ik heb echt mijn best gedaan om een goede schoondochter te zijn; dat doe ik nog steeds. Ik ga naar ze toe en help ze bijna iedere dag met huishoudelijk werk. En de grote meisjes helpen hen op het land; ze kunnen zelf immers niet zo veel werk doen, omdat mijn schoonvader ook nog het religieuze werk heeft om zorg voor te dragen.'

Het meisje kwam over de vloer aankruipen en nestelde zich tegen haar moeder aan; ze keek nog steeds heel ernstig. Haar buik stond strakgespannen en puilde uit, haar ogen waren heel groot. Ik kon niet zwijgen: 'Uw dochter is ondervoed.'

Ze wierp een haastige blik op het meisje.

'Ja, dat zal ze wel zijn. We hebben de laatste tijd niet zo veel te eten gehad. Een handwerk beheers ik immers niet. Ik probeer te leren weven maar het duurt lang voordat je daar goed in bent. Dus ik krijg niet zo veel betaald.'

'Wat is er met uw schapen gebeurd?'

'Mijn schoonvader heeft die afgepakt en op de markt verkocht. De koe hebben ze zelf gehouden toen ze mij eruit gooiden.'

'En uw man, wat heeft hij toen gedaan?'

'Mijn man is een goede zoon. Hij is maar één keer tegen de wil van zijn ouders ingegaan, en dat was toen hij met zijn studie aan de universiteit stopte om met mij te trouwen. Hij wil hun niet nog meer verdriet doen. Maar nu kan ik nieuwe schapen kopen; ik denk niet dat hij daar boos over wordt. Als ik ze zelf betaal, is het immers geen ongehoorzaamheid... En kippen, ik kan ook een paar kippen kopen. Dan krijgen we eieren, dat is goed tegen ondervoeding, ik denk dat ze de meisjes wel eieren laten eten...'

Ze zweeg even, daarna keek ze op.

'U vindt dat ik gek ben, hè? U begrijpt niet waarom ik dit doe?'

Ik gaf geen antwoord en probeerde een andere kant op te kijken, maar ze keek me nog steeds doordringend aan en pakte me bij mijn arm.

'U vindt dat ik gek ben, maar ik weet wat ik doe. Dat kan niet tot in de eeuwigheid doorgaan met die luxe en overconsumptie in de geïndustrialiseerde landen en de nood en het lijden in de ontwikkelingslanden. Er komt een dag des oordeels! En wanneer die dag komt, wil ik niet met mijn kinderen in de rijke wereld zitten. Jullie zullen allemaal gebraden worden, jullie zullen in jullie eigen uitlaatgassen stikken, branden in het vuur der wrake... Maar ik zal overleven, ik en mijn man en mijn kinderen, wij zullen overleven. En wij zullen van ons eigen werk kunnen leven, van hetgeen de grond ons geeft. In harmonie! Weet u wat dat is? Weet u echt wat harmonie is?'

Ik zette mijn theeglas op de grond en haalde mijn visitekaartje te voorschijn.

'U kunt tegen uw man zeggen dat hij zich tot de Zweedse ambassade moet wenden. Hij moet zich wel kunnen legitimeren. Daarna kunnen we het zo regelen dat het geld naar een Indiase bank wordt overgemaakt. Hebt u nog een boodschap voor uw moeder?'

Ze was opgestaan en had haar vuisten gebald.

'Zeg haar maar dat ik hoop dat ze sterft voordat de dag der wrake aanbreekt. Zeg haar maar dat ik hoop dat ze niet hoeft mee te maken dat de mensen uit Afrika, Azië en Latijns-Amerika de straten van Norrtälje binnenstromen om zich te wreken! Dit wens ik haar toe: de dood!'

Ik haalde een paar honderd roepies uit mijn portefeuille en stak haar die toe: 'Neem dit geld. Koop wat voedsel voor uw kinderen. Ze zullen het nooit kunnen opbrengen zich in Norrtälje te wreken als ze hun buik niet vol hebben kunnen eten...'

Ze boog haar hoofd, geslagen maar niet verslagen, en ze aarzelde even maar pakte de biljetten toen toch aan. Ik bukte en liep door de nauwe deuropening naar buiten. De zon was bezig onder te gaan, de hemel was roze en de hutjes van de kastelozen begonnen zich donker af te tekenen in de schemering.

Ik was vanbinnen gloeiend heet, maar ik wist eerst niet waardoor die hitte kwam. Ik dacht dat het schaamte was, de gebruikelijke schaamte die altijd in mij brandt wanneer ik iemand heb geslagen die zwakker is. Pas toen de jeep hobbelend wegreed in de richting van de zonsondergang, besefte ik dat het woede was. Een welbekende woede.

Ik had die eerder gevoeld, maar hem nooit onder ogen gezien. Nu zag ik wat die woede inhield: haat jegens diegenen die loyaler zijn aan abstracte begrippen dan aan mensen, woede ten opzichte van volwassenen die hun eigen ideeën liefdevoller koesteren dan hun kinderen, angst voor mensen die in staat zijn hun kinderen op te offeren...

Tijdens die herinnering ben ik opgestaan om een sigaret op te steken. Nu krijg ik in de badkamerspiegel mijn eigen beeld in de gaten. De vrouw in de spiegel lacht haar spottende glimlachje. Wat dacht je, Cecilia? Wat dacht jij over mensen die in staat zijn kinderen op te offeren?

Ik verdraag haar niet, ze maakt me misselijk, ik wil mezelf niet zien, nu niet en nooit meer. Ik pak een handdoek en drapeer die zorgvuldig over de spiegel.

Dolores krabt aan de deur van de badkamer en de telefoon blijft maar gaan.

Ik geloof dat het ochtend is. Door een ventilatierooster sijpelen verkeersgeluiden naar binnen, dan moet het buiten licht zijn. Of althans schemeren.

Maar zeker kun je daar niet van zijn. Ik draai zachtjes het slot van de badkamer om, maar open de deur slechts op een voorzichtige kier. Als het daarbuiten nog steeds donker is, moet ik hem vlug kunnen dichttrekken.

Iemand heeft de Armendoos over de overloop gesmeten; de stompjes kaars en de oude rotzooi liggen verspreid over de vloer. Maar het is licht, de zon schijnt door de ramen van mijn moeders slaapkamer naar binnen. Ik loop snel langs de kamers op de bovenverdieping en zet de boel tegen elkaar open.

Wanneer ik heb gedoucht en de badkamer heb opgeruimd, dek ik de keukentafel netjes voor het ontbijt. Vruchtensap en sterke koffie, kaas op een glazen bordje en marmelade in een schaaltje. Terwijl ik het ochtendblad uit de bus ga halen, ontdooit in de magnetron een broodje. Wanneer ik terugkom laat ik de buitendeur openstaan; ik wil dat het vandaag waait in het Bananenhuis. En dat doet het: als ik aan tafel zit, klappert het *Smålands Dagblad* in mijn hand en moet ik mijn ochtendjas bij de hals dichthouden. De wind ruikt winters. Als je die geur in een fles zou kunnen gieten, dan zou hij een verkoopsucces worden in het land Diplomatië.

Ik zou hem in elk geval kopen, denk ik, terwijl ik een pagina van de krant omsla.

Ernstig kijkt mijn moeder mij aan. Ze hebben een oude foto bij haar necrologie gekozen, eentje waarop ze nog blond en capabel is, en sterker dan haar kanker.

Opeens meen ik in de winterwind in de keuken Butterfields stem te horen.

'De pogroms van de netheid', fluistert hij. 'Dertigduizend niet-bestaande schooiers...'

Ik sla de pagina van de krant snel om en moet er zomaar

opeens aan denken dat de Olssons maar één tandenborstel hadden. Die werd door de hele familie jaar in, jaar uit gebruikt. Hij was grijsbruin en versleten. Toen de juffrouw op school een film over tandhygiëne liet zien, werd er zo'n tandenborstel afgebeeld. Er stond een groot zwart kruis overheen en hij werd vol verachting in de vuilnisbak gegooid. Met kruis en al.

Ik keek Marita aan en zij keek terug.

Het was het jaar van de wereldtentoonstelling, in een stad die Brussel heette. In moeders tijdschrift *De mensheid in beeld* stond een foto die mij fascineerde: belangrijke wetenschappers hadden vlak bij de ingang van de tentoonstelling een reusachtig model van een atoom gebouwd.

'Wat is een atoom, mama?'

Ze was bezig de ramen te lappen en streek snel met de spons in haar hand over haar voorhoofd.

'Het kleinste dat er bestaat, de kern der dingen...'

Ze liep door de keuken en keek over mijn schouder, dankbaar voor de onderbreking. Mijn moeder gaf altijd de voorkeur aan een theoretische discussie boven het lappen van ramen, maar dat hielp niet. Ze moest de ramen toch lappen. Als zij niet de meest blinkende ruiten van de hele straat had, zouden de buren zeggen dat ze een smerige slons was die alleen maar naar politieke bijeenkomsten en vergaderingen rende.

Maar nu had ze reden om een pauze te nemen. Mijn moeder hield ervan iemand iets bij te brengen. Ze ging op een keukenstoel naast me zitten en begon: 'Alles bestaat uit atomen. Jij en ik en de ramen, alles bestaat uit kleine bolletjes die in een grote leegte rondzweven, net zoals de aarde, de zon en de maan in de ruimte rondzweven...'

De werkelijkheid veranderde die dag. Ik kneep eens voorzichtig in mijn rok en dacht aan de werelden die daarin verborgen lagen, ik streek met mijn hand over de keukentafel en zag de ruimtes daarvan voor me.

'Waar loop jij naar te koekeloeren, piskous', zei Marita op weg naar huis.

'Ik loop niet te koekeloeren', zei ik.

'Je loopt wel te koekeloeren. En wat stink je, bah, wat stink je.'

Dat was een valse beschuldiging; ik was de hele dag goed doorgekomen.

'Ik stink niet. Ik heb niet in mijn broek geplast.'

Marita bleef plotseling staan en draaide zich om: 'Je stinkt toch, bah, viezerik!'

Ik zweeg en slikte, maar er was iets veranderd en dat wisten we allebei. Ze deed twee stappen in mijn richting en zwaaide haar schooltas in een halve cirkel voor zich langs.

'Je stinkt toch! Jij blijft altijd stinken!'

Tegenstand. Dat woord zweefde aan de rand van mijn bewustzijn, het liet zich niet vangen en onder woorden brengen, maar opeens zag ik dat ze niet groter was dan ik. Gewoon een klein meisje.

'Ik stink niet. Niet erger dan jij in elk geval. Jij met je gele tanden!'

Ze liet haar schooltas los; hij landde met een plof op straat. Dat vrolijkte me op.

'Hoe vaak poets jij je tanden eigenlijk? Met die smerige schuurborstel die jullie hebben... Nou? Eén keer in de week? Of één keer per jaar? Heb je niet gehoord wat de juffrouw heeft gezegd: je moet je tanden twee keer per dag poetsen. Dat doe ik altijd. En ik heb een eigen tandenborstel.'

Ze kroop ineen, ze zou zo tot de aanval overgaan. Toch ging ik door.

'Dezelfde tandenborstel voor iedereen, dat is toch walgelijk smerig... Bèh! En hij stinkt ook nog naar brandewijn, dat merk ik vaak, het stinkt bij jullie binnen altijd naar brandewijn, bah...'

Met de sprong van een panter vloog ze op me af; ik viel achterover in een sneeuwhoop op het trottoir en verloor mijn schooltas. Ze probeerde me in mijn gezicht te krabben, maar ik kreeg haar haar te pakken en trok er hard aan; ze begon te jammeren en keerde haar bleke gezicht naar de hemel, maar ik liet niet los, ik draaide me om en zat opeens boven op haar, zoals de jongens bij ruzies op het schoolplein op hun vijanden gingen zitten.

'Viezerik', zei ik terwijl ik aan haar haren trok. 'Jíj bent vies!'

Ze keek me met haar koortsachtige blik aan en heel even dacht ik dat ze het met me eens zou zijn. Dat beangstigde me, en ik begon te aarzelen en liet haar los. Daarna stond ik op en begon de sneeuw van mijn lange broek af te slaan.

Ze kwam van achteren en nu kon ik het onmogelijk van haar winnen. Ze drukte me diep neer in een sneeuwhoop, zette haar knie in mijn rug en sloeg met haar schooltas op mijn hoofd. Bij iedere klap trilde ik. IJs en sneeuw vielen over me heen; misschien zou ze me in deze stille straat in de sneeuw begraven. Die gedachte ging als een huivering van paniek door mijn lichaam, maar opeens werd de druk minder en was ze weg.

Ik stond op. Aan de overkant van de straat naderde een mevrouw. Daarom was Marita ervandoor gegaan.

De mevrouw keek naar mij toen ik met mijn want mijn snot en tranen afveegde, maar ze zei niets. Ik pakte mijn schooltas op en veegde die ook schoon. Toen gebeurde het: opeens wist ik het.

In deze tas bestaat een ruimte, dacht ik. Een ruimte met een aarde. Een van de bolletjes in een van de atomen van de tas lijkt precies op de aarde en daar is een meisje dat Cecilia heet en zij heeft net een pak slaag gehad van iemand die Marita heet. En de aarde, onze aarde, waarop ik op dit moment sta, is gewoon een bolletje in een atoom in de schooltas van een ander meisje. Zij heet ook Cecilia en zij is reusachtig groot, maar zij woont ook op een atoom in de tas van een ander, nog groter meisje. En zij... Nee, verder kwam ik niet met mijn gedachte.

'Ik ben niet alleen', fluisterden alle Cecilia's van de ruimtes tegen elkaar. 'Ik ben niet alleen en vandaag heb ik zelfs niet in mijn broek geplast.'

Het wordt een mooie ochtend; de kou is opeens teruggekeerd en de bomen in de tuin van het Bananenhuis staan te glinsteren van de rijp. Al een halfuur voordat Katarina Söderberg zal komen ben ik aangekleed en gereed: ik heb pumps aan mijn voeten en mijn haar is gewassen, de fotoalbums liggen voor het grijpen en de koffie is klaar.

Ik slenter rustig in huis rond met een stofdoek in mijn hand om te controleren of alles in orde is. Dat is het: ik heb de Armendoos helemaal achter in mijn moeders kleerkast gestouwd en een oude koffievlek op de bureauonderlegger van mijn vader weggeboend.

Wanneer ze komt sta ik voor het raam van de slaapkamer van mijn moeder. Ze is heel jong, heel bleek en vreemd gekleed: in een zwart leren jack en een dikke zwarte coltrui met een soort gedessineerde legging eronder. Een paar grijze geitenwollen sokken steken uit de korte schachten van haar laarsjes.

Ze ziet eruit als het lid van een bende. Hoe moet zij mijn moeder kunnen begrijpen?

Maar ze heeft zich ingelezen. Ze weet meer dan ik had verwacht. En ze is nu beduidend zelfverzekerder dan toen we elkaar aan de telefoon spraken.

'Al die openbare functies en dergelijke, dat is me wel enigszins duidelijk', zegt ze wanneer we voor de open haard plaats nemen. 'Jaartallen en met welke kwesties ze bezig was en zo. Ik had gedacht dat u haar als persoon zou kunnen beschrijven, als u begrijpt wat ik bedoel. Hoe ze was als mens. En als moeder.'

'Oei', zeg ik.

Ze kijkt met een schuin hoofd op van haar blocnote.

'Ja, niet zo verschrikkelijk persoonlijk. Ik ga niet allemaal mensen langs om hun reactie te vragen; het wordt geen roddelartikel. Dat bedoel ik niet. Dit is immers het *Smålands Dagblad*, weet u.'

Ik pak mijn koffiekopje en neem een slok.

'Ben u nieuw hier in de stad?'

'Inderdaad. Ik neem alleen maar voor iemand waar. Ik woon eigenlijk in Göteborg; daar woont mijn vriend ook.'

'O. Is hij ook journalist?'

Ze laat haar blik door de kamer glijden.

'Nee hoor. Hij wil architect worden. Hij zou dit huis mooi vinden.'

Ik schiet in de lach.

'Dat kan ik me niet voorstellen. De architecten die ik ken hebben verklaard dat dit huis een afschrikwekkend voorbeeld is. Kitsch van de ergste soort.'

Ze glimlacht.

'Mijn vriend houdt van kitsch. Ik ook. Maar eerlijk gezegd had ik niet zo'n huis als dit verwacht. Het past eigenlijk niet bij een sociaal-democratische wethouder.'

Ik mag haar wel. Ze mag er dan misschien uitzien als een jeugddelinquent, maar ik mag haar wel. Ik besluit mijn dekking te laten zakken.

'Inderdaad, maar zij was ook niet degene die het heeft gekocht. Dat was mijn vader. Arne Dahlbom heette hij, hij is een paar jaar geleden overleden. Hij was aannemer.'

Ze zit serieus aantekeningen te maken.

'Arne Dahlbom, zei u? Was hij ook een rooie?'

Ik begin te giechelen.

'Nauwelijks. Politiek stond hij direct links van Djengis Khan.'

Ze lacht en merkt niet dat ik mijn tong wel af kan bijten.

'En toch was het een gelukkig huwelijk?'

'Ja. Zeer. Maar weet u, misschien moeten we een klein beetje opschieten want ik moet om één uur bij de begrafenisondernemer zijn... En wilt u alstublieft dat over Djengis Khan niet citeren. Dat is een oud familiegrapje en we willen het ook graag in de familie houden. Vooral nu in verband met de begrafenis.'

Ik krijg tranen in mijn ogen en snuit discreet mijn neus.

'Natuurlijk', zegt Katarina Söderberg. 'Natuurlijk.'

Ik beschrijf mijn moeder als een hardwerkend en oprecht idealistisch mens. Als iemand die zich nooit door tegenslagen terneer liet slaan. Humoristisch en meelevend.

'Warm?' vraagt Katarina Söderberg met haar pen in de aanslag.

Ik denk aan de vijf bontjassen. Vijf jaar lang gaf Goudbom haar iedere kerst een nieuwe bontjas. Niemand begreep waarom:

ik niet, Lars-Göran niet, mijn moeder zelf niet. Maar iemand die vijf bontjassen bezit moet je als warm kunnen typeren.

'Heel warm', zeg ik geheel overeenkomstig de waarheid.

'Was ze in hier in Nässjö geboren?'

'Nee. Ze kwam uit Malmbäck. Haar vader was daar een soort landarbeider. Maar hij is vroeg overleden en mijn grootmoeder bleef met vier kinderen achter.'

'Ze hadden het dus niet breed?'

'Helemaal niet. Mijn moeder moest uit werken toen ze dertien was. Ze was dienstmeisje bij een lerarengezin hier in de stad... Dat was in de jaren dertig.'

Ze hadden een slot op de provisiekamer, maar dat vertel ik niet. Ik weet te weinig van dat verhaal, weet alleen dat mijn moeder na een halfjaar in die voorname wereld 's ochtends niet meer uit bed kon opstaan. Ondervoeding. Leraar Dahlberg kon zich eigenlijk geen dienstmeisje veroorloven, maar zijn jonge echtgenote was gewend ontbijt op bed te krijgen en alleen maar naar de stofnesten te hoeven wijzen. Toch was ze een zuinige en goede echtgenote. Het meisje in de keuken kreeg twee keer per dag havermoutpap: 's ochtends gekookt en voor het avondeten opgebakken. Toen het proteïnegebrek ten slotte zijn werk had gedaan, werd mijn moeder naar huis gestuurd, naar oma in Malmbäck, om weer op krachten te komen, en werd ze vervangen door een nieuw en gevulder dienstmeisje.

Mijn moeder sprak niet vaak over die tijd, maar toen Goudbom lid werd van de Rotary, gooide ze hem een stofdoek in zijn gezicht en schreeuwde ze in een soort telegramstijl: 'Rotary! Waar die leraar Dahlberg de voorzitter van is! Dat je je niet schaamt om met zulk verrekt schorem om te gaan! Die hufter heeft me laten verhongeren! Hij heeft me laten verhongeren!'

Goudbom slingerde de stofdoek terug en vloekte zo hard dat de keukenramen ervan begonnen te rinkelen: 'Als je in die tijd net zo verrekt chagrijnig en zeurderig was als nu, dan was het verdomme je verdiende loon! Je zult je werk wel niet goed hebben gedaan. Mensen die van aanpakken weten, die kunnen hun buik godsamme wel vol eten. Overal en altijd, en dus voortdurend.'

Ze moest toen huilen en dat beangstigde me. Ze huilde anders nooit. Of beter gezegd: ze tolereerde geen tranen. Niet van haar zelf en ook niet van een ander.

'Hallo', zegt Katarina Söderberg.

'Ach, neem me niet kwalijk, ik raakte zeker even in gedachten. Wat zei u?'

'Uw vader, kwam hij uit een welvarender milieu?'

'Nee, helemaal niet. Zijn vader was spoorwegarbeider. En grootmoeder was huisvrouw, nee, zo breed hadden ze het helemaal niet. Ze woonden jaar in, jaar uit in een tweekamerflat...'

'O. Dus uw vader heeft dit allemaal zelf bij elkaar verdiend?'

'Inderdaad. Dat heeft hij inderdaad gedaan. Maar toen waren het ook andere tijden.'

Katerina Söderberg zuigt nadenkend op haar pen.

'Dat is best interessant, eigenlijk. Dat ze allebei hun eigen richting in zijn geslagen. In politiek opzicht dus. Je zou denken dat ze elkaar eigenlijk hadden moeten beïnvloeden, omdat ze zo succesvol waren, ieder op zijn eigen manier. Ze hadden eigenlijk aan dezelfde kant moeten uitkomen.'

'Tja', zeg ik terwijl ik mijn koffiekopje op tafel zet. 'Dat weet ik niet. Mensen trekken uit succes enorm verschillende conclusies. Sommigen zeggen: als ik het kan, dan kan iedereen het. Wie niet slaagt heeft het alleen aan zichzelf te wijten. Anderen zeggen: je moet niet vergeten wie je bent en waar je vandaan komt.'

'Mmm. En wat zegt u?'

Ik pak mijn kopje op en glimlach naar haar: 'Niets van dat al. Ik ben niet zo succesvol, dus ik hoef daar niet over na te denken. En het kan immers allebei een beetje hautain overkomen.'

Ze stopt haar pen weer in haar mond en kijkt me aan.

'Mmm. Maar uw broer heeft zich aan de zijde van uw moeder geschaard...'

'In politiek opzicht, ja. En de politiek heeft voor mijn moeder meer betekend dan voor mijn vader. Hij schikte zich daar met een bepaalde onverschilligheid in, al was hij natuurlijk heel trots toen Lars-Göran minister werd. Het was fijn dat hij dat nog heeft mogen meemaken. Vlak daarna is hij overleden.'

Katarina Söderbergs pen krast en ik wil alleen maar verdwijnen. Mijn tong wordt moe van al dat liegen.

Wat is waarheid?

Dat mijn moeder kinderen in bescherming nam, maar haar eigen kinderen nooit omhelsde?

Dat is waar en niet waar: het is wel voorgekomen dat ze haar hand uitstak om het te proberen, maar het wilde nooit echt lukken. Ze had er geen woorden voor, ze leed aan een soort taalprobleem. Mag ik haar dat verwijten?

En mijn vader? Was hij gewoon een hoerenloper en een streber? Of wilde hij meer, wanneer hij met zijn bontjassen en zijn Perzische tapijten aankwam? En waarom zou hij het enige wat hij kon geven niet mogen geven?

Maar ik heb hen veroordeeld. Ik zie mezelf in deze kamer staan, ik ben vierentwintig jaar en ik tril en ben wit van woede. Mijn stilte is doorbroken, maar ik kan nog niet hard praten.

'Hou op!' sis ik en ze houden inderdaad op. Mijn moeder keert zich bliksemsnel om en trekt haar wenkbrauwen op. Mijn stem wordt sterker: 'Niet nog meer gevloek, horen jullie! Niet nog meer vieze woorden! Ik kan er niet meer tegen; ik heb er lang genoeg tegen moeten kunnen. Jullie hebben mijn leven verpest met jullie geschreeuw. Ik ben niet in staat om te leven! Ik weet niet wat normaal of abnormaal is, ik durf niemand te vertrouwen, jullie hebben het hele leven smerig en stinkend gemaakt...'

Mijn vader zat op de plek waar ik nu zit. Hij keek mij met open mond aan, boog zich vervolgens voorover en sloeg zijn armen om zijn knieën. Hij huilde, nee, brulde zijn aanklacht uit: 'Wat heb ik misdaan? Wat heb ik misdaan? Ik heb toch alleen maar geprobeerd...'

En mijn moeder, die hem zojuist nog had gehaat, zonk op haar knieën naast hem neer en sloeg haar arm om zijn hals. Ik keek met afkeer naar haar en onze blikken kruisten elkaar.

'Ik vind dat je nu weg moet gaan', zei ze. 'Dit zul jij toch nooit begrijpen...'

Ik begon te snikken, zocht op de tast naar mijn tas en toen ik die gevonden had, liep ik naar de deur. Daar draaide ik me om en keek naar hen. Zij had haar wang tegen zijn nek gevlijd, zijn rug schokte een beetje van het snikken en zij streelde die. Er ging een steek van medelijden door mij heen, maar ik was toch niet van plan hun vergiffenis te schenken.

'Ik ben op een strijdtoneel opgegroeid', zei ik. 'Dat kunnen jullie niet ongedaan maken. Ik zal nooit een mens worden.'

Negentien jaar later zit ik gelaten te zuchten in de fauteuil van mijn vader. Misschien ben ik juist wel mens geworden.

De vreemdeling kreunde maar één keer; daarna zakte hij weer onbeweeglijk terug in zijn pijn.

Wij zaten al even onbeweeglijk aan de grote tafel. Ricky's hand lag op de mijne. Mijn hand op die van Dolores. Dolores' hand op die van Butterfield. We bleven lang zo zitten. De vlam van de kaars op tafel flakkerde onder invloed van onze ademhaling. Ricky bewoog als eerste: hij trok zijn hand terug en pakte zijn glas. Wij deden hem na; de stemming was verbroken maar de stilte bleef.

Dolores liet langzaam haar hoofd in mijn schoot zakken; ze was ernstig maar leek geen pijn meer te hebben. Ik streelde haar over haar voorhoofd en wikkelde een streng haar uit haar pony rond mijn vinger. Mijn andere hand zocht onwillekeurig de kale huid boven haar oor. Ze reageerde niet, keek alleen recht naar het plafond met haar donkere ogen.

Ik boog me over haar heen en mijn stem klonk gedempt: '*Who are you, Dolly? Where do you come from?*'

En toen begon ze te vertellen.

Ricky was onze tolk, maar zijn stem was leeg en toonloos toen hij sommige van mijn vragen in het Tagalog vertaalde en sommige van haar antwoorden in het Engels. Hij ontweek mijn blik; hij bekeek het glas in zijn hand en draaide het af en toe rond alsof hij de bewegingen van de rum wilde bestuderen.

Ze was acht jaar, dacht ze. Ze wist haar achternaam niet, ze wist niet eens wat een achternaam was. Haar gezicht begon te glimmen en ze werd bang toen ik zeurde over dat onbegrijpelijke; ze deed haar best om mij ter wille te zijn, maar ze wist niet goed wat ik eigenlijk wilde horen. De naam van haar vader? Papa. De naam van haar moeder? Mama. En grootmoeder, lola, was gewoon grootmoeder.

Haar grootmoeder was naar de fabriek gekomen. Grootmoeder was de enige die kwam. En mister Carubian was die keer aardig geweest; hij had haar even laten gaan om met grootmoeder buiten op de binnenplaats te zitten. Ze had rijstkoeken bij zich gehad, twee stuks, en ze had Dolores die laten opeten terwijl zij toekeek.

Dat was alles wat ze uit zichzelf vertelde. De rest moest ik er met duizend moeizame vragen uittrekken.

'Leven je ouders nog?'

'Ja.'

'Waar.'

'In Floridablanca.'

'Staat de fabriek daar ook?'

'Nee.'

'Waar ligt de fabriek?'

'Ver weg. 'k Weenie hoe het daar heet.'

'Wat is het voor fabriek?'

'Textile mill.'

'Hoe heet de fabriek?'

'Paradise Textile Mill.'

'Wat maken ze daar?'

''k Weenie. Stoffen.'

'Hoelang werk je daar al?'

''k Weenie. Zes weken, misschien. Of twee jaar. Ja, twee jaar.'

'Hoeveel dagen zitten er in een week?'

''k Weenie.'

'Kun je lezen?'

'Nee.'

'Wat doe je in de fabriek?'

'Werk in de spinnerij. Spoelen dragen. Volle spoelen, lege

spoelen. Soms moet ik een machine bedienen. Soms schoonmaken.'

'Waar slaap je?'

'In de fabriek. Op een deken.'

'Waarom woon je niet bij je ouders?'

'Veel kinderen. Geen plaats, geen eten. Ver weg.'

'Heeft je moeder nog meer kinderen gekregen sinds jij in de fabriek bent?'

''k Weenie. Jawel, oma vertelde dat er nog een zusje is bijgekomen. 'k Heb haar niet gezien. 'k Weenie.'

'Wat voor werk doet je vader?'

'Straatventer. Oma's rijstkoeken verkopen.'

'En je moeder?'

'Ook rijstkoeken verkopen.'

'Hoeveel verdien je in de fabriek?'

''k Weenie. Papa heeft het geld gekregen. Ik niet.'

'Van wie krijg je eten?'

'Mister Carubian geeft de kinderen één keer per dag eten. Rijstepap meestal. Soms pure rijst. Soms hebben de grote arbeiders medelijden met ons en dan geven ze ons wat te eten. Soms.'

'Wie is mister Carubian? Is hij de eigenaar van de fabriek?'

'Hij is de big boss.'

'Waar heb je Engels geleerd?'

'Mister Carubian spreekt alleen Engels. Hij wordt boos als je het niet begrijpt. Maar ik begrijp het.'

'Wat is er met je haar gebeurd? Waarom ben je kaal boven je oor?'

Bij die vraag kwam Ricky tot leven. Hij keek op van zijn glas en sprak met zijn gewone stem: 'U moet niet zo veel vragen, madam. Dan gaat ze huilen.'

Maar Dolores huilde niet. Ze richtte haar blik op het plafond en vertelde op hese, fluisterende toon.

Het gebeurde toen ze nog maar net in de fabriek begonnen was. Voordat ze alles geleerd had. Voordat ze Emma kende.

'Wie is Emma?'

Een groot meisje. Een vriendin. Iemand die ook uit Floridablanca kwam en al lang bij de fabriek was. Ze werkte toen in de weverij; daarom hadden ze elkaar nog niet ontmoet.

Dolores werkte echter in de spinnerij. En ze was bang. De grote spillen floten de hele tijd, floten en denderden, je kon je eigen stem niet eens verstaan als je wat zei. En de mevrouw die aan Dolores' spinmachine stond was de hele tijd boos; ze wilde een meisje dat de spoelen snel kon oppakken en niet een onhandig beginnelingetje. Ze werd nog bozer toen Dolores niet op tijd bij de volle spoelen was. Ze deed echt haar best – dat was echt zo, madam – maar ze kon het niet bijhouden. De machine was lang; wanneer aan de ene kant een spoel vol was, moest ze tegelijkertijd ook aan de andere kant zijn en meehelpen om het gebroken garen aan elkaar te knopen. Ten slotte wist ze niet meer welke kant ze op moest rennen en ze kon ook geen goede knoop maken, dat had ze thuis nooit geleerd, ze wist niet dat je dat moest kunnen...

De machinevrouw noemde haar lui en gaf haar een oorvijg. Dolores haastte zich nog meer, maar de machine was sneller; ze redde het niet, ook al rende ze zo hard dat ze ervan moest hoesten. Ze had in die tijd lang haar en haar vlecht ging los, haar haren wapperden en ze had het echt geprobeerd, madam, ze had geprobeerd zowel haar werk als haar vlecht in orde te krijgen. Maar toen de machinevrouw zag dat ze met haar haren bezig was, werd ze zo boos dat ze een paar lege spoelen onder de machine schopte. En toen moest Dolores die gaan pakken; ze mochten daar niet als rotzooi op de grond liggen. Geen rotzooi op de grond, had mister Carubian gezegd. Ze was bang voor zijn stem en daarom kroop ze onder de machine.

Ik heb het niet gezien, maar ik zie het. Het grauwe cement van de fabrieksmuren, de open deuren naar het zonlicht en de trillende hitte op de binnenplaats buiten, de arbeiders en de machines die kleine en grote schaduwen werpen in het halfduister, ze vloeien in elkaar over, worden verenigd en gescheiden. Het gebulder is zo oorverdovend dat niemand het nog hoort.

De spoel snort en fluit, honderdtwintig toeren per minuut, het garen wordt getwijnd en de spoel groeit. Het gaat heel snel, het duurt allemaal maar dertig seconden, zestig snelle toeren van de spoel: een paar slierten van het haar van een meisje waaien op in de trek onder de machine, worden opgepakt, ingesnoerd en omgedraaid. Opeens tekent zich een zwarte streng in de witte draad af, een leren riem zegt 'pang' en raakt in de knoop, en langzaam, heel langzaam, tilt de machine het meisje van de grond, maakt haar halve hoofdhuid los van haar hoofd en draait die om; zo meteen zal hij heel haar haar inslikken.

Maar de machinevrouw ziet het en ze gilt; ze gilt en drukt op een knop die de hele scène bevriest, en vervolgens kruipt ze onder de machine, pakt Dolly's slappe benen en trekt. Dat is voldoende: het stukje hoofdhuid dat Dolores vasthoudt, scheurt af en het gescalpeerde kind valt op de cementen vloer.

Ze voelt niets. Ze bloedt, maar ze voelt niets. De pijn komt later: wanneer de machinevrouw haar naar de binnenplaats draagt en de wond onder de kraan wast, en wanneer andere machinevrouwen toestromen met plukken ongesponnen katoen van het kaarden. Ze hebben de plukken in de whisky van mister Carubian gedoopt en Dolores' hoofd staat in brand. Het whiskyvuur voelt ze. Dat zal haar altijd bijblijven.

Ze mag de hele dag op haar deken blijven liggen; ze bloedt te veel om haar te kunnen laten werken. Maar voordat het bloeden is opgehouden, komt mister Carubian zelf en dwingt haar om op een krukje plaats te nemen. Hij knipt de rest van haar lange haar af. Dat zal haar leren: in de fabriek kun je niet met je haar zitten te tutten. Hier wordt gewerkt. En wie dat niet begrijpt, mag geen vlecht hebben.

's Avonds komen de kinderen uit de weverij om naar het gescalpeerde meisje te kijken. Een van hen heeft een mango voor haar bij zich. Dat is het eerste cadeau dat Dolores ooit heeft gekregen. Zo leert ze Emma kennen...

Midden in een zin hield ze op met praten en het duurde even voordat het tot me doordrong dat ze in haar slaap was gevlucht.

Ze haalde zwaar adem en haar mond was opengevallen.

Ricky stopte met het ronddraaien van de rum in zijn glas en keek mij aan.

'Begrijpt u nu waarom ik terug naar huis wil, naar mijn kinderen, madam? Dat is wat er gebeurt als je heel arm bent. En zonder mij worden Zosima en de kinderen heel arm…'

Het duurde een poos voordat ik in staat was te antwoorden.

'Ik begrijp het', zei ik. 'Ik probeer het echt te begrijpen, Ricky.'

Butterfield stond met zijn rug naar ons toe aan de andere kant van de kamer en zei niets.

Jij had het kunnen zijn, Marita. Ik had het kunnen zijn. We zijn gewoon door het toeval gered en in een ander leven terechtgekomen. We hebben dat niet verdiend, we hebben gewoon geluk gehad.

Denk daaraan. We hebben geluk gehad, ondanks al ons geklaag. Of beter gezegd: ondanks al mijn geklaag. Ik weet immers niet of jij klaagt, misschien verbijt jij jouw pijn nog steeds even zwijgzaam als vroeger.

Maar in iedere sloppenwijk, in ieder goor hutje in de wereld is iemand als Dolores en zij heeft alle reden om te klagen. Zij is het kind dat het verst in de schaduw zit, ze is niet de jongste en niet de oudste, ze is bang maar niet de bangste, ziek maar niet de ziekste, hongerig maar niet de hongerigste. Niemand heeft haar gewild. Ze moet haar leven zelf verdienen.

Wanneer ze vier jaar is moet ze op haar jongere broertjes en zusjes beginnen te passen, zoals een ouder zusje ook op haar heeft gepast. Ze slaat ze zoals ze zelf is geslagen en pakt hun eten af zoals de oudere broers en zussen haar eten hebben afgepakt. En wanneer ze zes jaar wordt neemt iemand haar bij de hand – haar moeder, haar vader, een tante of een neef – en loopt met haar naar een fabriek. Een andere uitweg is er niet. Ze eet te veel. En het geld voor haar werk kan het leven of de schoolgang van een broertje redden.

Wanneer ze een paar jaar later op is, komt niemand haar halen. Dan is ze een verroeste machine, een oudje met littekens, vitaminetekort en tbc. Ze zal moeite hebben om zich op straat staande te houden: de fabriek heeft haar zo lelijk gemaakt dat ze niet eens kan bedelen. Degenen die geld hebben schrikken terug voor haar getekende gezicht. Bedelkinderen moeten lief en zielig zijn, ze moeten decoratief huilen met onbewogen gelaat. Oude kinderen die kinderarbeid hebben verricht, zijn trillerig en knokig en trekken lelijke gezichten. Ze schrikken de mensen af.

Soms vinden zulke kinderen de weg naar huis terug. Soms slagen ze erin zich bij een andere fabriek binnen te bedelen. Een enkele keer verdwalen ze in de as.

'Ze was altijd bang voor armoede', zeg ik tegen Katarina Söderberg. 'Schrijf dat maar op. Wat mijn moeder dreef, was angst voor armoede.'

Haar gezichtsuitdrukking is veranderd. Ze begrijpt dat dit ernst is.

'Maar waarom was ze zo bang? Wat was er met haar gebeurd?'

'In detail weet ik het niet. Ik weet alleen dat zij banger was voor armoede dan ieder ander die ik heb ontmoet. Ze wist wat armoede betekende en ze wilde andere mensen daarvoor behoeden.'

Terwijl ze zit te schrijven wordt het stil.

'Wacht', zeg ik. 'Ik zeg het verkeerd...'

Ze heft haar pen op en wacht. Ik probeer het, maar het lukt me niet om datgene wat ik me zonet opeens realiseerde onder woorden te brengen. Mijn keel vernauwt zich, de woorden zijn verboden. Wat ik wil zeggen is dat mijn moeder niet het bangst was. Mijn vader was nog banger.

Ik kijk rond in deze bekende kamer: kroonluchters en Perzische tapijten, zwaar mahonie en wijnrode pluche. Mijn vader zocht het meeste uit, hij droeg kostbare dingen als trofeeën naar huis en legde ze aan mijn moeders voeten. Maar ze zag ze niet; ze keek door de ramen naar buiten en droomde van de meubels van Bruno Mathsson en lithografieën van de Stichting ter Stimulering van Kunstbezit. Soms gaf hij het op en liet haar haar gang gaan: in een hoekje van de woonkamer staat een Pernilla-fauteuil weggemoffeld en op de salontafel staat een vaas van Alvar Aalto zijn omgeving te verachten. In de hal hangt een serie melancholieke lithografieën van mensen die zich hebben ingespannen voor de verheffing van het volk; ze zijn moe en gelaten na tientallen jaren lang te hebben gevochten tegen mijn vaders rommel in vergulde lijsten.

Het Bananenhuis is een burcht, het bolwerk van mijn ouders tegen de armoede. Die wilden ze buitensluiten. Maar daar zijn ze niet in geslaagd; ze hebben hem alleen maar binnengesloten.

Eindelijk barst ik in tranen uit, eindelijk kan ik verdriet hebben om mijn ouders: om hun leven en niet alleen om hun dood.

Drie dagen lang bleef NogNog stil en onbeweeglijk bij de muur liggen.

Drie grijze dagen. Dagen van as en regen.

Grijs is een kleur waar geringschattend over wordt gedaan, hij is lelijk en kapotgemaakt door het cement en beton van de mensen. Het grijs van de natuur is iets heel anders: glinsterend zand dat tussen je vingers door stroomt, de nevelen van de herfst, de regen van de zomernacht.

Ik genoot van de rust tijdens de grijze dagen, zoog die in me op en wilde dat mijn lichaam van al de zachte tinten van het grijs vervuld zou raken. Ik werd 's ochtends vroeg wakker en glipte geruisloos de keuken in om rijst voor het ontbijt te koken. Daarna speelde ik stil en glimlachend met een slaapdronken Dolores, terwijl Butterfield en Ricky langzaam uit de diepte van de nacht naar het oppervlak van de dag opstegen.

Ik had weinig verplichtingen en veel tijd voor genoegens. Het was mijn taak om op gezette tijden aspirine en mineraalwater in de jammerende vreemdeling bij de muur te gieten en ervoor te zorgen dat er drie keer per dag warme, verse rijst in de pan zat.

Dolly en ik hadden veel tijd voor spelletjes. Ik had een stukje touw gevonden en leerde haar het oude garenspelletje: ik maak tussen mijn handen van het garen een mand en jij pakt de draden op de juiste manier op zodat het een bed wordt, dan knijp ik de boel hier samen en dan wordt het een visnet...

Toen ze het spelletje moe werd, offerde ik een appel op en sneed ik uit het vruchtvlees voorzichtig een gezichtje, stak dat op een stokje en kleedde de pop aan met een gevlamde zijden shawl van Kenzo, een van Ulfs vele taxfree cadeaus uit een andere tijd en een andere werkelijkheid. Dolores sloeg mijn werk met grote ernst gade en zodra de pop klaar was, drukte ze die tegen haar borst.

Ze sliep vaak en lang, misschien omdat Butterfield ter wille van haar had besloten af te zien van zijn pijnstillende middelen. Ik gaf haar twee keer per dag een halve tablet; ik sneed ze voorzichtig met een scherp mes doormidden zodat ze niet kapot zouden springen en zouden verpulveren. Het was belangrijk om zuinig te zijn.

Ze sliep in mijn armen. Wanneer ze zo diep in haar dromen weggezonken was dat ik haar ademhaling niet meer kon horen, legde ik haar voorzichtig op de grond en sloop ik naar de keuken om de was te doen. Daarna hing ik de kleren over de boekenkast te drogen. De kamer rook naar zeep.

Ricky en Butterfield waren urenlang weg. Iedere dag trokken ze de naamloze stad in om in huizen en winkels in te breken. Ze kwamen tegen etenstijd weer thuis met hun schatten: rijst, bier, conserven en frisdrank. Wanneer ze hadden gegeten, gingen ze onder de tafel een middagslaapje doen. Zelf nam ik een kopje koffie mee en ging op de trap zitten. Duistere wolken hingen zwaar boven de stad; terwijl ze zich opmaakten voor de regen van de namiddag werden ze langzaam donkerder. Wanneer de eerste zware druppels op mijn huid kwamen, tilde ik mijn rok altijd op en droeg ik de bloemen die in mijn schoot waren gevallen voorzichtig naar binnen. Ik liet ze in een schaal midden op tafel drijven en werd helemaal warm bij de gedachte dat ik ze van de gesel van de regen en de vergankelijkheid had gered.

Inderdaad, Marita. Ik geef het toe. Het was belachelijk.

Ik was tijdens de grijze dagen oneindig belachelijk. Ik stelde me wijdopen voor alles en iedereen, weerloos door liefdesgeluk en moederlijke tederheid, volkomen naakt en voorbijgaand aan het feit dat deze grijze vredigheid niet eeuwig kon duren.

Buitenshuis zakte de as onder de regen in elkaar en werd zwaar en papperig. 's Ochtends bleef ik binnen en aarzelde ik of ik mijn voeten in die plakkerige massa zou zetten, maar wanneer Butterfield uit zijn middagslaapje wakker werd en naar mij glimlachte, pakte ik enthousiast zijn hand en volgde ik hem waarheen hij maar wilde. Ik denk dat ik maar zwijg over die momenten, Marita, want als ik daarover moet vertellen dan is het met spottende stem. Kijk naar Cecilia: op tweeënveertigjarige leeftijd werd ze opeens maagd!

Hebben we samen ooit plezier gehad?

Jawel, natuurlijk. Soms. Vaak.

We hadden plezier wanneer we met sparrentakken door het bos liepen te slepen om een geheime hut te bouwen. We hadden plezier wanneer de vaders, alle vaders, zelfs die van Marita, op het erf een dansvloer legden en wij bloemen plukten voor de meiboom. We hadden plezier wanneer we gingen sleeën op Eksjöberget. Mijn wangen werden rood als winterappels en Marita's bleekheid kreeg een zweem van roze, haar koortsachtige blik koelde af en verdween.

En later, toen we ouder werden?

Jawel, de laatste herfst was leuk, voordat dat met Venus uit Gottlösa gebeurde. Het was leuk om ons iedere zaterdagavond in een telefooncel te persen en een verandering door te voeren. Ik voelde me net Clark Kent: een slappeling doet de deur open en glipt naar binnen, een bijziende journalist uit Metropolis of een paar sproeterige schoolmeisjes uit Nässjö. Tien minuten later gaat de deur weer open en stapt Superman in glimmend tricot naar buiten of, in dit geval, twee compleet uitgeruste nozemmeiden.

We hadden vaste rituelen voor onze metamorfose. We gingen 's avonds vroeg weg in bijna identieke kleren: een strakke zwarte lange broek, suède jacks en witte sjaaltjes. Alleen leeftijdsgenoten konden de kleine verschillen tussen ons duiden. Marita's jack had een ritssluiting, het mijne had knopen, dus was zij stoerder dan ik. Mijn jack was van echte suède, terwijl dat van haar stroeve namaak was, dus hadden mijn ouders meer geld of liefde dan die van haar.

Er was ook een ander belangrijk verschil. Marita knoopte haar sjaaltje helemaal op het puntje van haar kin. Dat wees op een losgeslagenheid waar ik me niet echt aan durfde te wagen. Goudbom had uitgebreid beschreven hoeveel slaag ik zou krijgen als ik de knoop in het sjaaltje te ver naar voren liet glijden. Lars-Göran was zijn gewillige spion. Hij kon op zaterdagavond op ieder moment en op iedere plek opduiken om mij te betrappen. Niemand van ons kwam zelfs maar op het idee om net te doen of die bewaking op liefde en zorg gebaseerd was. Goudbom, Lars-Göran en ik wisten alle drie waar het om ging; in het Bananenhuis wist iedereen alles van macht en machteloosheid.

Ik had geen eigen make-up; ook dat was verboden, al stond daar een lagere straf op. Ik mocht die van Marita gebruiken.

Ze glipte altijd als eerste de telefooncel in om haar make-uptasje uit de zak van haar jack te halen. Het was klein en gebloemd, met een beugel van afbladderend goudkleurig metaal. Ze zette het voorzichtig op het plankje van het telefoonboek en haalde een zakspiegel te voorschijn. Ik maakte me klaar voor mijn enige taak: het spiegeltje vasthouden terwijl zij zich opmaakte.

Dat ging redelijk snel. Eerst bedekte ze haar sproeten met schmink, daarna stifte ze haar lippen zo bleekroze dat ze wit leken en trok ze dikke zwarte strepen rond haar ogen. Ten slotte spuugde ze op haar mascaraborsteltje en wreef dat stevig in de zwarte massa en terwijl haar lange wimpers dikker werden, praatten we over het enige dat echt werkelijk en belangrijk was: jongens met vet haar en zwarte leren jacks.

'Ik zweer dat Glenn Nilsson het op jou voorzien heeft', zei Marita, terwijl ze haar wimpers bekeek. 'Hij heeft afgelopen zaterdag de hele tijd naar jou zitten kijken, maar het is verdorie wel duidelijk dat hij je dat niet durfde te laten weten toen hij zag hoe het met Henkan ging.'

Ik beet op mijn lip en zweeg; ik wilde daar niet aan herinnerd worden.

Marita stopte het spiegeltje in het make-uptasje en haalde de schmink opnieuw te voorschijn. Ik deed mijn ogen dicht en tilde mijn pony op zodat ze de schmink op vier punten op mijn gezicht kon opbrengen.

'Je snapt toch zelf wel dat hij bang wordt... Als hij ziet hoe jij een jongen midden in zijn gezicht slaat. En iedereen hard moet lachen...'

Ik probeerde te praten zonder mijn gezicht te veel te bewegen.

'Ik ben niet van plan Glenn een klap te geven. Ik ben toch verliefd op hem.'

Marita haalde de bleke lippenstift te voorschijn, zuchtte en sprak duidelijk, alsof ik een kind was dat niets begreep: 'Ja maar, Cecilia, snap het nou eens een keer! Snap nou dat je een vent niet midden in de stad een klap kunt geven terwijl iedereen het ziet! Dat kan niet. Als jij met Glenn verkering wilt, dan moet je tegen alle jongens aardig zijn: als ze willen zoenen, zoen ze dan verdorie terug. Dan komen ze wel, de een na de ander, en ten slotte komt Glenn ook... Sta stil, anders wordt het klodderig.'

Ze keerde zich om en zocht naar de eyeliner, ik deed mijn ogen open en keek naar haar rug. De strategie die zij aanbeval stond me weliswaar tegen, maar werkte wel; dat was bewezen. Ze had daar zelf drie weken terug op een zaterdagavond gebruik van gemaakt, toen ze ons de toegang verschafte tot een lichtblauwe Ford Fairline uit Malmbäck. Ik stond buiten bij de auto en deed net of ik ongesteld was, terwijl Marita op de achterbank haar maagdelijkheid verloor.

'Ik bedoel,' zei Marita, terwijl ze opnieuw in de mascara spuugde, 'ik zou nooit verkering met Lasse hebben gekregen als ik het niet zo had aangepakt.'

Ik besloot vals te durven zijn; ik begon haar snoeverij over haar verloren maagdelijkheid beu te worden.

'Heb jij verkering met Lasse? Hij heeft zich anders sindsdien niet meer laten zien...'

Ze knipte het doosje dicht, onuitstaanbaar vol zelfvertrouwen.

'En wat dan nog. Hij komt heus wel een keer naar Södra Torget. En dan zal ik er zijn om hem op te wachten. En in de tussentijd zijn er toch zo veel anderen...'

Ik bekeek mijn zwart-witte gezicht in het spiegeltje. Het verbaasde me dat je mijn jaloezie niet kon zien.

Ja, Marita, ik was jaloers op jou. Nooit ben ik zo jaloers op je geweest als in die laatste weken. Ik was jaloers op jou wanneer je op de ene na de andere achterbank zat te giechelen, ik was jaloers op jou wanneer vreemde handen zich een weg zochten onder jouw trui en ik was jaloers op jou wanneer ik hoorde hoe de ritssluiting van jouw broek openging. Zelf zat ik op de voorbank, met een rechte rug en vijandig, met gebalde vuisten en een nepmenstruatie die maar niet wilde ophouden.

Ik wilde ook begeerd worden, ik wilde niets liever dan net zo begeerd worden als jij. Eindelijk had jij een wapen tegen de wereld gevonden; je gezicht lichtte op en je ogen glansden. Je zag eruit als een heilige, een madonna met donkere ogen en getoupeerd haar.

Je had je doel bereikt. Je was eindelijk gewenst.

Wat leerden we eigenlijk in de tijd van de vrijheid, Marita? Alleen maar de vorm en de kunstjes van de begeerte, de magische trucs van de geilheid. En zo is het gebleven, zo was het althans voor mij, ook al heb ik er in de loop der jaren natuurlijk nieuwe trucs bijgeleerd.

Pas met Butterfield begreep ik dat erotiek meer kan zijn dan machtsspel en variété.

Hij nam mij mee naar geplunderde sari-sari-stores en naar ruïnes die ooit de huizen van andere mensen waren geweest. Zwijgend en ernstig drukte hij me tegen ruwe cementvloeren of zijdezachte planken van muren. Mijn genot lag in zijn handen en dat wist hij, maar toch liet hij zich daar niet door afschrikken. Hij pakte me bij mijn haar, wreef zijn erectie tegen mijn buik en week niet; hij wist dat ik meer van genot dan van pijn kermde. Ik legde mijn wang tegen zijn stoppelbaard en mijn al opgezwollen schaamlippen zwollen nog meer op. Ik liet mijn vingers over de grijze haren op zijn borst glijden en voelde het vocht van mijn geslacht overstromen. Ik zonk op mijn knieën voor hem neer, liet mijn handen over zijn eikel gaan en voelde het bloed tussen mijn benen kloppen, heet en brandend.

Erotiek is een mis, Marita. Lust heeft een liturgie.

Dat leerde ik toen Butterfield Berglund mij keer op keer in een maagd veranderde.

Ricky werd tijdens de grijze dagen steeds stiller. Wanneer Butterfield en ik terugkeerden keek hij verlegen en weigerde hij mij aan te kijken; urenlang ontweek hij mijn blik, totdat ik alles weer goedmaakte door een fles Tanduay voor hem op tafel te zetten.

Hij dronk stil en doelbewust en wanneer de rum in zijn aderen was gevloeid, begon hij te praten over datgene waar hij ieder moment aan dacht. De thuisreis.

In gedachten probeerden we vele onmogelijke mogelijkheden. Butterfield droomde over een slee. We zouden die construeren uit een stuk kunststof uit de kofferbak van de auto, en van de veiligheidsgordels zouden we een trektouw maken. We zouden Dolores op de slee leggen en Ricky en ik zouden elkaar bij het trekken helpen. Zelf zou hij met zijn gezonde hand de proviand dragen.

'En de vreemdeling dan?' zei ik. 'Moeten we hem hier laten liggen doodgaan van de dorst?'

Ricky droomde ervan dat hij de auto aan de praat kreeg. Als hij maar ergens benzine kon vinden, dan zou de auto starten, dat wist hij zeker.

'*Please,* Ricky', zei ik. 'Zie de waarheid onder ogen: er zijn geen wegen meer! Kunnen we niet beter proberen een kar te vinden? Of een fiets?'

'Je kunt in deze brij toch geen kar trekken', zei Butterfield. 'En hoe moeten we Dolly en die andere allebei op een fiets krijgen? Dat gaat niet. Iets op wielen kunnen we niet gebruiken. Dan blijven we steken en dan staan we daar...'

Die andere, zei Butterfield.

De vreemdeling, zei ik.

That man, zei Ricky.

We spraken niet vaak over hem; het was alsof we hoopten dat hij vage contouren zou krijgen en in rook zou opgaan als we hem maar lang genoeg negeerden. We verafschuwden hem en waren bang voor hem zoals hij daar lag. Ieder op zijn eigen manier en om zijn eigen redenen.

Ricky, omdat hij ons vertrek in de weg stond.

Dolly, omdat ik haar soms alleen moest laten om ook hem te verzorgen. Ze wierp hem af en toe jaloerse blikken toe wanneer hij kreunde en naar mijn rok greep om mij bij zich te houden.

Butterfield was bang voor de dreiging die er van NogNog

uitging. Hij ging vaak in de deuropening staan om de regen in te turen. Ik geloof dat hij bang was dat de wapenbroeders van de vreemdeling zich daarbuiten ergens verborgen hielden.

Zelf verafschuwde ik hem omdat hij mij herinnerde aan de wereld buiten. Zijn lijden verstoorde het spel in mijn poppenhuis.

Het zou gauw avond worden. Butterfield en Ricky waren opnieuw in de stad op jacht naar voedsel en een uitweg. Zelf zat ik bij de open deur naar het grijs te kijken.

Dolores jammerde in haar slaap; ze was bezig wakker te worden.

De kamer was lichter geworden na de regen en nu kon je zien hoe vies Dolores eigenlijk was. Ik streek haar over haar haar.

'Ik denk dat we je moeten wassen, Dolores.'

Ik zette een teiltje op de vloer van de keuken en ondersteunde haar nek. Toen ik haar haar natmaakte, lag ze met wijdopen ogen onbeweeglijk stil maar toen ik er shampoo op deed, begon ze voorzichtig te snuffelen. Ik hield de fles onder haar neus zodat ze de geur goed kon ruiken. Ze moest erom lachen.

Toen ik het haar uitspoelde, bubbelde het mineraalwater in de teil zwart en vettig; pas nadat ik vier keer shampoo op haar haar had gedaan werd het water lichter.

Er gingen zes flessen mineraalwater door om het meisje helemaal schoon te krijgen, maar ten slotte zat ze daar toch tegen de ruwe planken van de keukenmuur te leunen: een glimlachend pas gewassen kind met mijn gestreepte badlaken om zich heen. Ze krabde met de badstof om haar wijsvinger gewikkeld over haar neus en wiebelde voorzichtig met de tenen van haar gezonde voet. Ze waren nog steeds een beetje grijs.

Dolores was een klein meisje geworden.

Ik ben nog heel klein en loop naast mijn moeder op een trottoir waar grind op ligt. Mama heeft een blauwe mantel voor mij genaaid, met een fluwelen kraag. Maar ik heb grind in mijn schoenen gekregen en ik sta voorzichtig op één been te balanceren terwijl mama eerst mijn ene schoen van grind ontdoet en vervolgens de andere. Er komt een oom langslopen; hij heeft grote schoenen aan en hij kijkt naar mij.

'Mama', zeg ik. 'Waarom lachen alle grote mensen naar mij?'

'Ze lachen niet', zegt mama. 'Ze glimlachen. Ze vinden dat je er schattig uitziet, daarom doen ze dat.'

We gaan weer lopen; mijn arm wordt uitgerekt want mama heeft haast.

'Marita heeft pijpenkrullen', zeg ik.

'Mmm', zegt mama. 'Dat zijn geen echte pijpenkrullen. Ze heeft een permanent.'

'Waarom heb ik geen permanent?'

'Omdat je daar te klein voor bent.'

'Marita is ook klein.'

'Jawel, maar haar moeder denkt daar anders over. Ik vind dat je mooi bent zoals je bent. En als je maar lief bent, dan zijn pijpenkrullen niet zo belangrijk. Het belangrijkste is dat je meer aan anderen denkt dan aan jezelf.'

Ik schaam me en struikel in het grind. Ik denk vooral aan mezelf. En aan pijpenkrullen.

Ik koos uit mijn reiskoffer een gele zijden blouse. Dat zou haar jurk worden. Verder haalde ik een schoon wit katoenen onderbroekje te voorschijn met een klein roze rozetje op het elastiek. Het was veel te groot, maar ze vond het prachtig. Ze zat met de blouse opgetrokken over haar buik aan het rozetje te frunniken toen ik met parfum aankwam. Ze giechelde en deinsde terug toen ik wat op haar pols spoot. Ik liet haar zien hoe ze moest wrijven om ervoor te zorgen dat de heerlijke geur tot zijn recht kwam en vervolgens bracht ik haar hand naar mijn neus en sloeg mijn ogen ten hemel. Dolores deed na hoe ik keek en lachte haar hese lach.

Ze mocht zelf de sieraden uitkiezen; ik leegde een plastic zakje met kettingen en oorbellen in haar schoot. Toen ze goed had begrepen dat het mocht, maakte ze stil en geconcentreerd haar keuze: eerst een keramiekketting met kralen in bonte kleuren, daarna een ketting van nepgoud. Hij was zo licht als plastic, maar heel glimmend. Ik hield mijn zakspiegeltje op en Dolores keek naar haar versierde spiegelbeeld en lachte opnieuw.

Butterfield dook op in de deuropening.

'Waar zijn jullie mee bezig?'

Daar waren geen woorden voor, althans geen woorden die uitdrukking konden geven aan de serieuze ondertoon van het spel. Ik legde het zakspiegeltje weg en nam mijn toevlucht tot de uitgekauwde uitdrukking die voorhanden was: 'Kijk eens hoe mooi Dolores is!'

Ik droeg haar naar de woonkamer en zette haar in het midden neer. Ze stond daar op één been en hield zich vast aan mijn arm, een mank en half kaal wezentje met voeten die niet echt schoon waren geworden. Pathetisch. Maar niet alleen pathetisch. Midden in de zieligheid fonkelde werkelijke schoonheid en dat wist ze. Ze lachte een flauw glimlachje, sloeg haar ogen neer en streek met haar hand over de zijde.

Butterfield en Ricky begrepen uit zichzelf wat ze moesten doen. Ze ging een paar meter van haar af staan en zeiden dat ze mooi was. Prachtig mooi. Net zo mooi als Maganda uit de mythe!

Ik haalde voor hen allebei een biertje als beloning.

Wanneer je van het vrouwelijk geslacht bent, is je haar je eerste genoegen.

Er lachen nu geen volwassenen meer naar mij, en Marita's pijpenkrullen zijn recht geworden. Haar moeder kan het niet meer opbrengen nog met haar naar de kapper te gaan en bovendien is het te duur. Veel te duur. Tegenwoordig heeft ze halflang haar, een kapsel dat misschien een page was voordat het te lang werd. Ik heb een paardenstaart en een pony. Ik ga altijd op de toiletpot staan met een losse spiegel in mijn hand om mijn staart te bekijken. Hij loopt als een koperen rivier langs mijn nek; ik zie dat hij mooi is. De jongens op school hebben alle pogingen gestaakt om mij met de kleur te plagen; ik schud mijn prachtige staart gewoon trots heen en weer en heb het gevoel dat in de zon de vonken ervan afslaan.

Toch geniet ik 's avonds het meest. Ik kleed me uit en loop naar het toilet, waarna ik op de pot ga zitten om voorzichtig mijn staart los te maken. Mijn haar stroomt over mijn rug en ik kijk naar het plafond en schud mijn hoofd een beetje heen en weer zodat het mij zal strelen. Iedere avond voel ik met mijn vingers hoe ver het reikt. Mijn schouderbladen zijn allang gepasseerd, binnenkort reikt het tot mijn middel.

Ik wou dat de hele wereld mijn losse haar kon zien, ik zou willen rennen om te voelen hoe het achter mij aan wappert. Maar ik mag overdag geen los haar hebben. Dat ziet er slordig uit.

Mijn moeder heeft een nieuw kapsel: haar haar ligt glad over haar schedel en krult over haar oren. Ze heeft een nieuwe jurk van zachte wol voor zichzelf genaaid; hij is turkoois en de rok is heel wijd. Wanneer ze op haar hurken gaat zitten om mij recht in de ogen te kunnen kijken, ziet de jurk eruit als een prinsessenjurk.

'Wat zie je eruit!' zegt ze. 'Trek die trui uit; die zit toch helemaal onder de vlekken. En wat stink je. Bah. Heb je nu weer in je broek geplast? Wat moet ik toch met jou, kind.'

'Getverderrie, wat smerig', zegt Lars-Göran automatisch.

'Vloek niet', zegt mama. 'En net op dit moment, Cecilia, nu ik zo'n haast heb. Maar zeg, dit moet je zelf oplossen; er liggen schone kleren in je kast. Lars-Göran, ik moet nu weg, kun jij Cecilia even helpen wat schoons te pakken... Zeg maar tegen papa dat ik niet zo laat ben; er staat eten in de oven.'

De deur is dicht, haar hakken weerklinken op de trap.

Ik ga naar het toilet en maak mijn haar los, hoewel het midden op de dag is, hoewel het verboden is. Ik kam mijn haar lange tijd en daarna ga ik met de zakspiegel op de toiletpot staan om mijn achterkant te bekijken. Mijn haar is rood en glanzend en reikt nu eindelijk tot mijn middel.

Lars-Göran hoort mij niet wanneer ik naar buiten sluip; hij leest en is in een andere wereld waarin ik niet besta, en ook mijn trui die onder de vlekken zit en mijn plasbroek niet.

Het is april en eigenlijk moet ik een muts op. Maar ik loop blootshoofds naar Eksjöberget en voel hoe de lentewind mijn haar optilt.

Ik ben volkomen gelukkig, hoewel er niemand in het bos is, hoewel alleen de bomen het moois kunnen zien.

Dolly's haar werd zijdezacht toen het opdroogde. Ze lag met haar hoofd in mijn schoot en streelde haar zijden buik.

'Had Emma lang haar?' vroeg ik.

Nee. Niemand mocht lang haar hebben in de fabriek. Dat had mister Carubian bepaald na wat er toen was gebeurd.

Hij was de eerste die de fabriek verliet. Toen de dag langzaam donker werd, haalde hij twee volwassen arbeiders van de kaardafdeling, allebei mannen, en liet hen het ene na het andere voorwerp uit het kantoor wegdragen. De machines liepen nog, zowel in de weefzaal als in de spinnerij, maar de volwassen arbeiders waren onrustig, het werk ging steeds langzamer en de een na de ander zocht een aanleiding om even langs de geopende deuren naar de binnenplaats te sluipen om naar buiten te kijken. Schemering, bijna duisternis, midden op de dag. Dat was onnatuurlijk, maar toch, je kon niet gewoon weggaan, stel je voor dat je ontslagen werd, hoe zou het dan gaan...

De kinderen gingen in hetzelfde tempo als de volwassenen langzamer werken; Dolores hield op met rennen, ging op haar hurken zitten en liet zich wegglijden in het rustgevende gedreun van de machines. Haar machinevrouw stond met een paar anderen bij de deur en zag mister Carubian in zijn zwaarbeladen auto stappen en tegen de chauffeur zeggen dat hij moest starten. De mannen die hem hadden geholpen met dragen vroegen iets, maar ze kregen boze gebaren als antwoord. Mister Carubian drukte op het knopje waarmee het raampje omhoogging en pakte het handvat boven het raam. Hij wilde nu weg, snel, er was haast bij.

De mannen van de kaardafdeling slenterden over het terrein, naar de wachtende vrouwen van de spinnerij. Ze zeiden een paar woorden tegen elkaar en de twijfel verspreidde zich; eerst keken ze naar de donker wordende hemel en daarna naar elkaar, ze haalden hun schouders op en praatten nog meer.

Maar ze hoefden het moeilijke besluit niet te nemen. Dat werd voor hen gedaan: de stroom viel uit en de machines stopten uit zichzelf. Een jonge man kwam het kantoor uitrennen; eerst was hij vol verantwoordelijkheidsgevoel en doelbewust, maar algauw liet hij zijn hoofd hangen en begon hij te aarzelen. Hij kon de elektriciteit immers niet met boze woorden op gang brengen en een andere manier om weer vaart achter de productie te zetten kende hij niet. Hij bleef met afhangende armen in de deuropening staan en maakte ten slotte een berustend gebaar. De volwassen arbeiders stroomden naar de uitgang, ze verdrongen elkaar half rennend, opeens in paniek en angstig. Ze wilden naar huis, naar hun hutjes en schuurtjes. Iedereen had kinderen en oudjes om aan te denken; kinderen en oudjes die voor die onnatuurlijke duisternis en die winden die al floten en een orkaan aankondigden behoed moesten worden.

Alleen de fabriekskinderen bleven over, een klein groepje voddenbalen dat in de donkere deuropening van de spinnerij stond en de volwassenen zag verdwijnen. Een jongetje begon te huilen en om zijn moeder te roepen. Dat raakte bij hen allemaal een snaar, iets wat ze niet wilden zien en niet wilden voelen, en als één man vlogen ze op hem af, sloegen hem en stopten zijn smoel dicht met ongesponnen katoen.

Toen hij alles had uitgespuwd en zijn pluizige mond met een vinger had schoongemaakt, was hij alleen. De andere kinderen waren niet meer te zien; misschien had de brullende storm hen weggevaagd.

Emma had Dolores bij de hand genomen; de andere kinderen waren in een mum van tijd verspreid, maar Dolores en Emma bleven bij elkaar. Ze renden naast elkaar, hand in hand, recht de duisternis en de as in.

'Waar wilden jullie naartoe?'

'Naar Emma's moeder. Naar Floridablanca. Emma dacht dat ze de weg wist.'

Maar alle wegen waren verdwenen, ze verdwaalden in een vluchtende menigte en bleven de kudde een poosje volgen, lieten elkaars hand los en raakten elkaar kwijt. Dat maakte hen bang; Dolores gilde hard en Emma antwoordde met haar naam; ze vonden elkaar weer, vlochten hun vingers in elkaar en wisten zich uit het gedrang te bevrijden. Ze zouden een andere weg nemen, een eigen weg.

Zolang ze rechtop konden lopen, liepen ze. Soms speelde de orkaan met hen, ging als een onzichtbare muur voor hen staan om zich een tel later om te draaien en hen van achteren voort te duwen. Emma kreeg een steen op haar hoofd, dat deed pijn en ze viel, maar ze stond weer op en rende een paar meter, viel toen weer en trok Dolly mee in haar val. En terwijl ze op de grond lagen, nog steeds hand in hand, begon de aarde te bewegen, hij golfde als een zee, schudde en trok harder en erger aan hen dan een volwassen mens ooit had gedaan.

En opeens was Emma weg.

Dolores' hand was leeg, haar woorden en gedachten hielden op. Emma was weg. Ze bestond niet meer. Dolores krijste in de storm, ze kroop over de golvende grond en riep haar vriendin, ze strekte haar handen uit in de zwarte leegte zonder iets anders te vinden dan as.

'Nu moet ze huilen, madam', zei Ricky verwijtend. 'U zou niet zo veel moeten vragen.'

Maar ik moest het weten. En toen? Wat gebeurde er toen?

Dolores drukte haar vuisten tegen haar ogen; haar antwoord was eerder een schreeuw dan een snik: 'Er kwam licht aan, een lamp. En toen was ik hier. Maar waar is Emma? *Ay naku,* waar is mijn Emma?'

Ik moet huilen en ik schaam me dat ik moet huilen; een schampere gedachte zegt dat alles leugens en huichelarij is, een andere gedachte maant me na te denken bij wat ik doe; je kunt je niet zomaar laten gaan, vooral niet wanneer er journalisten bij zijn. Zelfs niet wanneer het journalisten van het *Smålands Dagblad* zijn; dan loop je het risico dat ze iets klefs en sentimenteels schrijven en dan kun je die krant met geen vinger meer aanraken...

Maar geen enkele gedachte helpt: mijn tranen blijven maar stromen, mijn gesnik welt als lava op uit mijn keel.

Katarina Söderberg wordt op een onhandige manier moederlijk; ze ziet dat mijn papieren zakdoekje nat is en stommelt naar de keuken om de keukenrol te pakken. De telefoon gaat precies op het moment dat ze mij de keukenrol aangeeft.

'Zal ik opnemen?'

Ik knik, kan niets zeggen, maar mijn bewustzijn is glashelder, ik registreer alles wat er gebeurt.

'Hallo, met het huis van de familie Dahlbom.'

Stilte.

'Ja, ze is er wel, maar ze kan op dit moment helaas niet aan de telefoon komen. Kan ze u terugbellen?'

Stilte.

'Wie kan ik zeggen dat er heeft gebeld? O. Ja, probeert u het over een halfuurtje nog eens.'

Ze beweegt geruisloos. Dat zal wel komen omdat ze op geitenwollen sokken loopt. Nu staat ze voor me en pakt haar kopje van de tafel; ze past ervoor op om weer te gaan zitten, maar wil toch haar koffie opdrinken.

'Wie was dat?' vraag ik met een brok in mijn keel.

'Een vrouw. Ze wilde met u praten, maar ze wilde haar naam niet zeggen. Ze zei dat ze straks misschien wel terugbelt.'

Marita. Dat moet Marita zijn geweest.

Met de keukenrol nog onder mijn arm laat ik haar uit.

'Het spijt me dat ik u van streek heb gemaakt', zegt ze, terwijl ze haar leren jack aantrekt. 'Dat was niet mijn bedoeling.'

Ik voel me niet op mijn gemak en wil haar alleen maar weg hebben. Maar zoals altijd heb ik de juiste woorden tot mijn beschikking en ik spreek die uit: 'Het was uw schuld niet. Het zijn de omstandigheden. Er knapte gewoon iets. U moet me vergeven; dit was niet de bedoeling.'

'Het geeft niet.'

Ik knik en doe de deur open; we willen allebei even graag dat deze ontmoeting snel voorbij is. Toch kan ik me niet inhouden. Wanneer ze al een paar stappen op het tuinpad heeft gezet, zeg ik: 'Hoe klonk ze? Degene die belde?'

Katarina Söderberg denkt even na, haalt dan haar schouders op en antwoordt met één woord: 'Nors.'

Ik wacht drie kwartier en op het laatst sta ik met mijn mantel aan naast de telefoon. Die blijft zwijgen. Ik pak de hoorn een paar keer op om te controleren of de telefoon niet stuk is, maar hij doet het gewoon.

Uiteindelijk moet ik weg; ik moet over tien minuten bij de begrafenisondernemer zijn. Maar tot ik helemaal op het trottoir sta houd ik mijn oren gespitst: mocht ik de bel horen gaan, dan zal ik naar binnen vliegen om op te nemen.

Maar behalve mijn eigen voetstappen hoor ik niets.

De man van de begrafenisonderneming heeft alles geregeld. Ik hoef alleen maar ja en nee te zeggen en mijn handtekening op een papier te zetten. De plaatselijke afdeling van de sociaal-democratische partij heeft zich gemeld: ze willen een opstelling met vlaggen en vaandels vooraan in de kerk maken. Kan dat?

Dat kan.

En zoals u – ahum, mevrouw Lind, bedoel ik – wel zult hebben gezien, heeft het *Smålands Dagblad* de overlijdensadvertentie vandaag nog niet geplaatst. Zullen we die herformuleren, zodat de gegevens over de begrafenis er ook in komen?

Doe dat.

En mogen we voorstellen dat er na afloop gelegenheid tot condoleren is in Hotel Högland? Met koffie, sherry en luxe broodjes? Voor zo ongeveer vijfenzeventig personen?

Ik knik zwijgend en draag alles aan hem over. Hij weet vast beter dan ik hoeveel mensen van plan zijn te komen.

Daarna ga ik naar Grens Modehuis om een zwart linnen mantelpakje te kopen. Het staat mij niet; zwart heeft mij nooit gestaan.

De hele middag loop ik en algauw ben ik vergeten wie ik ben en hoe je je moet gedragen. Het tasje van Gren slaat tegen mijn been zoals de tas van een schoolmeisje. Dat zal er wel vreemd uitzien, maar dat kan mij niets schelen: ik denk niet, ik kijk alleen. Ik bekijk de stad die mijn ouders gebouwd hebben: de een met besluiten, de ander met beton.

Nässjö lijkt op een kind uit een kindertehuis, een pas gewassen kind gekleed in schone kleren, goed verzorgd en bij wie een natte kam door de haren is gehaald, maar van wie nooit is gehouden. Alles is blinkend schoon en helemaal heel, maar niets is mooi.

Fleurig. Ik zie het woord voor me, dat zeer Zweedse woord dat je in geen enkel Zweeds dialect kunt uitspreken zonder te huichelen. Fleurig, fleuriger, het fleurigst. Het is een pastelkleurig woord, het ziet eruit als drie ijsbolletjes op een hoorntje: aardbeien, pistache en citroen.

De mensen lijken op hun stad, ze zijn heel, schoon en fleurig, maar niemand is echt mooi. Misschien zijn het de kleuren die hen lelijk maken: hun zandkleurige haar en hun fletse ogen. Of is het hun huid, hun dunne huid? Ze zijn doorschijnend als vissen in een aquarium, hun gezichten zijn vlekkerig van de kou van de middag en dunne blauwe aderen tekenen zich af aan de slapen van de allerjongsten.

De huid. Ik strijk mijn haar van mijn voorhoofd om alle gedachten aan de witte huid te verjagen.

Het was een gewone vrijdagmiddag, lang voor de vulkaanuitbarsting en de as. Ik was in de overheidswijk in Quezon City geweest en nu zaten we in een van de oneindig lange files op weg terug naar Manila. Het was warm, de lucht stond stil en buiten onze auto glinsterden de uitlaatgassen met alle kleuren van de regenboog. Ik werd kriebelig van ongeduld: ik wilde naar mijn eigen huis toe, naar het zwembad onder de palmen en mijn maaltijd alleen op het terras.

Ik zuchtte en keek uit het raam: 'Dat er toch zo veel auto's kunnen zijn, Ricky... En zo veel mensen.'

Hij haalde zijn schouders op.

'Het wordt beter wanneer we op de grote avenue zitten, madam. En in Europa, in uw eigen land, schijnt het nog erger te zijn.'

Ik trok mijn wenkbrauwen op.

'Wat bedoel je?'

Hij wuifde met zijn hand om het uit te leggen: 'Iedereen in Europa is rijk. Dan moeten er ook meer auto's zijn. En dan krijg je toch langere files?'

Ik stak een sigaret op.

'Helemaal niet. Wij hebben veel minder files.'

Hij geloofde mij niet: dat zag je aan zijn rug en zijn nek, die waren rechter en strakker dan anders. Ik herkende die houding; precies zo had zijn rug er een paar weken geleden ook uitgezien toen ik had verteld dat de beren in Zweden winterslaap hielden. Hij dacht dat ik hem voor de gek hield, maar hij kon mij natuurlijk niet openlijk van leugens betichten. Hij was twee dagen chagrijnig, totdat ik hem een Engelstalige brochure over het Zweedse dierenleven in zijn handen drukte. Die bevestigde mijn belachelijke bewering en hij vergaf me.

Door ervaring wijs geworden probeerde ik het nu uit te leggen zonder hem te kwetsen: 'Er wonen in Zweden niet zo veel mensen. De steden zijn klein. En dan heb je ook niet zulke lange files...'

'Natuurlijk, ja', zei Ricky. *'Family planning.* Jullie doen veel aan geboorteregeling.'

'Mmm', zei ik. 'Wij hebben erg kleine gezinnen. Het is heel

ongebruikelijk dat iemand meer dan drie kinderen heeft.'

'Drie is een mooi gemiddelde... Of vier.'

Ricky zuchtte wat en liet de koppeling opkomen, maar kwam maar een paar centimeter vooruit. De file stond totaal stil; het laatste halfuur waren we maar tien centimeter vooruit gekropen. Ricky begon ook ongeduldig te worden: het zweet stond hem op de rug en hij haalde vaak zijn hand door zijn haar. Ik hield hem mijn pakje sigaretten voor. Hij stak de sigaret aan met zijn eigen aansteker.

'Dank u, madam', zei hij, terwijl hij het pakje over zijn schouder teruggaf. 'Weet u, soms denk ik dat geboorteregeling het grote verschil is...'

'Hoezo verschil?'

'Tussen rijke en arme landen. Het is niet alleen dat jullie blank zijn; de Japanners zijn ook niet blank en toch zijn ze rijk. Maar die doen ook aan geboorteregeling.'

Hij keek mij via het achteruitkijkspiegeltje aan en onze blikken kruisten elkaar. Ik schudde mijn hoofd.

'Nee. Het is een verschil. Maar ik geloof niet dat dat het belangrijkste verschil is.'

Hij liet de koppeling opkomen zonder zijn blik van mij af te wenden. We rolden een meter vooruit en stonden weer stil.

'Wat is dan het belangrijkste verschil?'

Mijn blik gleed opzij en ik keek door het raam naar buiten, naar de omgebouwde jeep die op de rijbaan naast ons stond en waarop een heel verhaal op de voorkant stond geschilderd. Ik bestudeerde dat grondig om Ricky niet te hoeven aankijken.

'De industrie, neem ik aan. De fabrieken. Dat we veel moderne fabrieken hebben...'

Ik wierp een blik naar de achteruitkijkspiegel en onze blikken kruisten elkaar weer; hij vermoedde dat ik niet had gezegd wat ik werkelijk dacht. Maar ik keek weer weg; het was een te zwaar, te moeilijk, te ondoordacht onderwerp en ik kon dat niet op een hete vrijdagmiddag midden in een file onder woorden brengen. Ricky haalde heel even zijn schouders op en verplaatste zijn blik naar de drukte op het trottoir.

Kijk naar je leven Ricky, dacht ik, terwijl ik naar zijn rug keek die nat was van het zweet. Kijk naar jouw leven en kijk naar het mijne. Kijk naar de duizenden rampen die jou en je buren treffen, de voortdurend doorgaande ramp die het leven in een arm land is. Je zoon viel op de cementvloer toen hij acht maanden was en hij is levenslang mank. De oude auto van je buurman is doorgeroest, de auto waarmee hij acht kinderen onderhield. Nu lijden ze honger. Je nicht verloor een dochter omdat ze geen elektriciteit en waterleiding in huis had: het petroleumstel viel om en de kleren van het driejarige kind begonnen te branden. Voordat de moeder bij de waterkraan een blok verderop was, was het kind al dood. Kijk naar de ziektes, naar het schoolgeld dat niet betaald kan worden, naar de versleten kleren en naar de schoenen die kapot zijn voordat er geld is voor nieuwe... Zie dat allemaal en denk eraan dat terwijl de rampen jou en je buren treffen, ik 's avonds alleen op mijn terras zit. De vleermuizen suizen door de duisternis, ze maken een rondje rond mijn lamp en verdwijnen weer in de duisternis, avond na avond, nacht na nacht. Maar ik ben eraan gewend geraakt, ik denk niet meer aan hen. Ik denk aan mijn huid die uitdroogt en dat ik eigenlijk moet gaan lijnen.

'Keuzes', zei ik hardop en Ricky's blik was meteen weer terug in de achteruitkijkspiegel; hij keek mij fel aan.

'Sorry, madam. Ik luisterde niet.'

Ik boog me over het asbakje en drukte mijn sigaret uit.

'Ach, niks. Ik zat gewoon hardop in het Zweeds te denken...'

Hoe zou ik tegen Ricky kunnen zeggen dat keuzes het grote verschil zijn, de keuzes waarvoor een mens gesteld wordt? Moeten we zevenjarigen aan het werk zetten zodat vierjarigen genoeg te eten krijgen om te overleven? Moeten we het meisje honger laten lijden en het jongetje laten eten? Moet de tienerdochter zich prostitueren zodat we geld hebben om voor de moeder medicijnen te kopen? Wie moeten we laten leven, wie moeten we laten sterven? Wie moeten we het meest laten lijden: de ouderen of de jongeren, de mannen of de vrouwen?

Ik loop door Nässjö en zie hoe dingen opnieuw zijn geschilderd en zijn opgefleurd, hoe wat kapot en versleten was, is opgeruimd. Ten slotte blijf ik voor een etalage op Storgatan staan – gebloemde gordijnen tegen een witte achtergrond –, ik sluit mijn ogen en wou dat ik Ricky toen de waarheid had gezegd.

Het grote verschil, Ricky, zijn niet de gordijnen en de vloerbedekking, de auto's en de fietsen en de stereo-installaties, zelfs het eten en de medicijnen niet. Het grote verschil is dat jullie voortdurend op de proef worden gesteld, dat jullie iedere dag voor de grote vragen over leven en dood en goed en kwaad worden gesteld.

Wij in de rijke wereld worden zelden op de proef gesteld: wij kopen met al ons geld afstand en distantie. En wanneer de werkelijkheid ons eens even aanraakt, wanneer we ons niet langer met geld kunnen verweren, dan storten we in.

Dat weet jij wel, Ricky. Jij wist dat ik zou instorten.

Het was tijdens de zonsondergang, op de derde van de grijze dagen.

We aten wat fruit en dronken een beetje koffie, waarna Ricky met een oude krant over zijn gezicht in een hoek ging liggen. Hij was de laatste uren uiterst zwijgzaam geweest; zoals altijd werd hij gekweld door het lot van Zosima en de kinderen.

Butterfield spreidde over de vochtige as op de bovenste traptrede een andere krant uit.

'Kom', zei hij. 'Kom, dan gaan we naar de schemering kijken.'

Ik tilde Dolores op en zette haar bij me op schoot.

Butterfield pakte haar gespalkte voet en legde die voorzichtig in zijn schoot.

'Not afraid of me anymore?' vroeg hij.

Ze glimlachte een beetje.

'No, sir.'

'Why were you afraid of me?'

Ze werd verlegen en keek naar beneden.

'You big boss. Nice big boss.'

We zwegen een poosje. Het zachte grijs had ons allemaal vervuld.

'Ik wou dat we hier konden blijven', zei ik.

Butterfield streek mij over mijn rug.

'Ik zou ook willen blijven', zei hij.

Hij sloeg zijn arm om mij heen. Ik leunde met mijn hoofd tegen zijn schouder. Dolores zuchtte en kroop dichter tegen me aan.

De duisternis viel in. De roze bloemen aan de bomen naast de trap verdorden in één vloeiende beweging en regenden over ons neer.

'Het is gek dat we elkaar in Nässjö nooit zijn tegengekomen', zei Butterfield.

'Mmm. Maar heeft Marita het nooit over mij gehad?'

'Misschien wel. Ik kan het me niet herinneren. Zo spraakzaam was ze niet, eigenlijk. Behoorlijk gesloten.'

'Inderdaad. Heb je haar ouders wel eens ontmoet?'

'Haar moeder was op de kraamafdeling toen Peter werd geboren. Dat was de enige keer. Ze leek enorm blij en opgewekt. Toen in ieder geval... Ik vond dat ze een beetje lijp overkwam.'

Ik streek hem over zijn dij, maar gaf geen antwoord. Hij herhaalde: 'Was ze lijp, Marita's moeder?'

Ik dacht na. Nee, lijp was niet het juiste woord.

'Nee. Maar echt volwassen was ze waarschijnlijk niet.'

'Kinderlijk?'

Ik was zelf verwonderd over de intensiteit waarmee ik sprak: 'Niet kinderlijk, ik hou van kinderlijke mensen. Marita's moeder was meer als een foetus. Op de een of andere manier onbereikbaar. Een onrijpe menselijke vrucht.'

'En haar vader?'

'Die was gewoon vals. Egoïstisch, gestoord en vals zoals dronkelappen zijn. Hij vond het leuk om mensen te treiteren en bang te maken. Vooral kleine meisjes.'

Butterfield zuchtte en we kropen dichter tegen elkaar aan. De hemel was nu helemaal donker, zonder maan en sterren. We bleven lang zwijgend zitten en toen ik weer sprak, fluisterde ik: 'Ik heb je thuis vaak gezien, Butterfield. Ik wist wie je was. En ik was erbij toen jij die keer met de Komeet de tent binnenreed...'

Het werd die nacht behoorlijk koud en tegen middernacht begon het te regenen. Butterfield en de Komeet waren op Södra Torget de helden van de avond, ze leunden tegen het zwarte ros van de Komeet en zogen alle bewondering in zich op. Butterfield, die om redenen van verwantschap niet zo erg in de gunst had gestaan, was gerehabiliteerd.

'En dan trekt hij zijn broek naar beneden en laat zijn gat zien!' zei de Komeet voor de twintigste keer verrukt. 'Wat een moordgozer. Goed gedaan, Buttis!'

Butterfield glimlachte bescheiden, maar zei niets.

'Wat denk je dat je pa ervan zegt als je thuiskomt?' vroeg een twijfelaar.

De Komeet keek hem met een verachtelijke blik aan: had die eikel geen geplastificeerd jack aan? Mensen met geplastificeerde jacks moesten zorgen dat ze niet opvielen.

'Buttis laat zich door niemand de wet voorschrijven. Zelfs niet door die ouwe van hem, daar kun je vergif op innemen!'

Butterfield liet zijn oogleden half zakken en richtte zijn blik op de twijfelaar in het geplastificeerde jack. Dat was voldoende: de jongen trok zijn ritssluiting dicht tot aan zijn kin en zei dat hij naar huis moest.

'Mmm', zei Butterfield. 'Daar begint het inderdaad wel tijd voor te worden. Breng jij me weg, Komeet, ik mag nog niet rijden...'

'Natuurlijk', zei de Komeet. 'Natuurlijk.'

Maar hij bracht hem niet helemaal naar huis. Butterfield wilde het laatste stuk lopen, dus de Komeet stopte bij de oude kerk van Gamlarp en zette hem daar af. Hij zette zijn motor niet uit; hij wilde snel terug naar Södra Torget en een nieuw grietje met witte lippen en zwarte strepen rond de ogen. Butterfield bleef bij de muur van het kerkhof staan en hoorde hem wegrijden.

Hij naderde het huis van de achterkant. Dat was het verstandigst: dan kon hij de situatie goed opnemen voordat hij naar binnen ging. Tussen de plee en de houtschuur groeiden frambozenstruiken; daar kon hij kijken zonder zelf te worden gezien.

De juninacht was grijs van de motregen en heel stil; toen hij het laatste stuk aflegde hief Butterfield zijn gezicht op naar de hemel en liet het nat worden. Daarom zag hij pas wat er op het erf stond toen hij al bij de struiken was aangekomen.

Wat was het?

Butterfield knipperde met zijn ogen. Midden op het grind achter het huis stond iets wits en het kostte een halve minuut voordat tot hem doordrong wat het was. Het was Venus uit Gottlösa. Een naakte Venus uit Gottlösa met loshangend haar en een straaltje bloed over haar kin. Ze wankelde een beetje.

De keukendeur ging met veel lawaai open en Jefferson tuimelde naar buiten. Hij had zijn witte domineesbroek nog aan, maar zijn jasje uitgetrokken en zijn stropdas wat losser gedaan.

Hij had zijn riem in zijn hand, een paar maal rond zijn vuist gewikkeld. De riem kronkelde in de lucht toen hij met zijn armen zwaaide en schreeuwde: 'Ik heb het wel gezien! Je hebt je bewogen, duivelse teef. Maar ik ben in dit huis Gods werktuig en ik zie en ik straf!'

Hij sloeg met zijn riem op haar rug, één slag, en ze wankelde even. Jefferson pakte een stokje van de grond en tekende in het grind rond haar voeten een ruit.

'Hier, zegt de Here! Zo zegt God dat je gestraft zult worden: een nacht en een dag zul je staan binnen de grenzen die de Here voor je heeft vastgesteld. En dat, omdat hij je in zijn zachtmoedigheid wil leren dat er grenzen zijn, zodat jij, teef, zult snappen hoe het een echtgenote en moeder betaamt! Maar kun jij moeder zijn? Kun jij echtgenote zijn? Jij woestijn, jij gebarsten kruik?'

Dat was een nieuwe gedachte en hij werd erdoor gegrepen; hij liet zijn riem over haar rug gaan en verhief zijn stem: 'Zo heeft God mij in zijn goedheid gered van nog meer addergebroed! Halleluja, hij wist wat hij deed toen hij jou door de doktoren liet uithollen! Dat was om mij, de dienaar van de Here, te behoeden voor de nakomelingen van de duivel! Halleluja, dank goede God, dank! Hoe zou een teef als jij goede zonen kunnen baren? Het kwaad brengt het kwaad voort, maar de Here behoedt zijn dienaar, halleluja, amen.'

Opeens werd hij moe; hij haalde een zakdoek uit zijn broekzak en veegde daarmee zijn gezicht af, merkte dat het regende en wierp een snelle blik over zijn schouder naar de geopende keukendeur en het warme licht daarbinnen.

'God stelt op de proef', zei hij op normale gesprekstoon, terwijl hij zijn zakdoek in zijn zak terugstopte. 'Hij heeft mij vanavond via Butterfield op de proef gesteld en nu stelt hij jou op de proef via mij. Schik je! God weet wat het beste voor je is en als je je een millimeter verroert, wijf, dan sla ik je zo de eeuwigheid in. Heb je dat begrepen?'

Ze knikte, maar keek hem niet aan.

'Mooi. En dat stuk addergebroed zal ik onder handen nemen zodra hij opduikt. Heb je dat gesnapt?'

Ze knikte weer. Hij sloeg met zijn riem over haar dijen.
'Dank de Here dan, teef!'
'Dank u, Heer!' zei Venus uit Gottlösa.

'Wat deed jij toen?' vroeg ik aan Butterfield.

'Ik ben weggegaan en in het bos gaan liggen. Ik wist dat Aron 's ochtends zou thuiskomen. Hij had het niet zo op Jeffersons goddelijkheid begrepen. Hij had vroeger nooit geprotesteerd wanneer ma geslagen werd, maar toen Jefferson predikant werd gebeurde het wel eens dat hij ingreep. En bovendien hield Jefferson het nooit zo lang vol: het was net een dronkenschap. Hij sloeg ma in elkaar, daarna viel hij in slaap en wanneer hij wakker werd was het of er nooit iets was gebeurd. Maar je mocht er nooit wat van zeggen, want dan begon het opnieuw. Je moest net doen of alles heel gewoon was.'

Ik pakte een van de verwelkte bloemen op en gaf die aan Dolores.

'Dat moet een verschrikkelijke ervaring zijn geweest...'

Hij trok zijn arm die om mijn schouder had gelegen weer terug.

'Ja, dat is wel zo. Niet zozeer voor mij, als wel voor haar. Toen begon ze ook in zichzelf te praten. Nadien heeft ze nooit meer een verstaanbaar woord uitgebracht: ze zat maar te mompelen. Thuis althans. En daarna begon ze rond te zwerven zoals ze die laatste maanden deed.'

Ik gaf geen antwoord, maar dacht aan haar terug. Ze liep met gefronst voorhoofd en wapperende lange haren Storgatan op en neer. Ik was oud genoeg om niet naar haar te kijken wanneer ze eraan kwam, maar een paar jongetjes volgden haar; ze liepen net zoals zij en deden haar na, ze trokken gekke bekken en verjoegen met hun armen onzichtbare vijanden.

Butterfield sloeg zijn arm weer om mij heen.

'Ik heb haar in de steek gelaten. Het was allemaal mijn schuld. De hele teringzooi. Ik wilde laten zien dat ik stoer was, maar ik was niet zo stoer. Ik had naar binnen moeten gaan om Jefferson een pak rammel te geven, ik had haar moeten laten zien dat ik voor haar opkwam.'

'Maar je was nog maar een jongen...'

'Ik had hem best een pak slaag kunnen geven. Hij wist dat en ik wist dat; daarom pakte hij ma ook.'

'Waarom heb je dat dan niet gedaan?'

Hij glimlachte in de duisternis.

'Omdat ik er niet zo zeker van was. Ik dacht dat hij misschien een werktuig van God was. Of God zelf, op de een of andere klotemanier.'

Dolores lag in mijn armen te geeuwen en ik droeg haar naar binnen. Ik maakte de slaapplaats onder de tafel in orde en trok haar de gele blouse uit. Ze mocht een van mijn T-shirts als nachthemd gebruiken. Ik legde het gestreepte badlaken over haar heen en ze draaide er meteen een stukje van om haar vinger om zich daarmee op haar neus te krabben.

Butterfield sloeg zijn arm om mijn middel en we bleven stil naar haar staan kijken. Ik kan me herinneren dat ik dacht dat ze volmaakt was.

Dat hij kinderen geboren laat worden en kinderen laat bestaan, is Gods enige excuus. Dat is zijn boetedoening tegenover de mensen.

Die avond bedreven we de liefde in de auto. We zaten op onze knieën tegenover elkaar op de achterbank en stroopten met langzame bewegingen elkaars kleren af. Ik kon hem nauwelijks zien; om ons heen was de avond donker en compact, maar toch voelde ik zijn kleuren: de scherpe overgang tussen de zongebrande en witte huid rond zijn taille, het zwartgrijsbeige van zijn haargroei en huid op zijn dijen, het warme bruinrood van zijn geslacht.

Hij sloeg zijn armen om mij heen en hield zijn adem in. Een mooier compliment heb ik nooit gekregen.

Na afloop waren we giebelig als tieners en probeerden we tevergeefs naast elkaar op de bank te gaan liggen. Dat lukte niet. Ik, die niet gewond was, moest aan de buitenkant liggen, maar het was te krap. Ik gleed de hele tijd op de grond en wanneer ik weer omhoog was gekrabbeld, schoof Butterfield zijn elleboog weer een centimeter naar voren en begon ik weer te glijden.

'Hou op!' giechelde ik vanaf de bodem van de auto. 'Denk eraan dat je een rijpe man bent en dat je met een zekere waardigheid zou moeten optreden.'

'Moet ik dat? Een ouwe bajesklant?'

'Lig nou stil met je elleboog! Zelfs valsemunters moeten een keer volwassen worden.'

Hij lachte zachtjes.

'Dat hoop ik toch echt niet.'

'Hoe heb je het aangepakt? Was het moeilijk?'

'Ik maakte kopieën. Het was helemaal niet moeilijk. Het vereiste zorgvuldigheid en concentratie, maar het was niet moeilijk. Nilsson heeft het me geleerd; het was zijn kopieerapparaat. Hij had een van de eerste kleurenkopieerapparaten in dit land.'

'Wie?'

'Rolf Nilsson. Hij heeft drie cafés in de rosse buurt. Of had. Ik weet niet of hij er nog is.'

Ik vertrok mijn gezicht. Natuurlijk kende ik Rolf Nilsson. Een pooierachtig type met bakkebaarden, zo onaangenaam dat de planten verwelkten zodra hij een kamer binnenkwam. Maar Bengt en Lydia mochten hem wel; hij fungeerde als een soort verklikker, hij belde de ambassade en gaf tips over de bezigheden van minder aangepaste Zweden in Manila. Er werd van uitgegaan dat ik hem ook af en toe belde, maar dat deed ik nooit; ik stelde me voor dat zijn slijmerige stem aan het snoer zou vastplakken.

'Getver! Hoe heb je je met zo iemand op kunnen houden?'

Butterfield moest lachen.

'Ik was niet met hem getrouwd. Ik werkte alleen maar voor hem; ik was verantwoordelijk voor een van zijn cafés.'

'En voor het kopieerapparaat?'

Butterfield legde zijn hand op mijn bil en trok me tegen zich aan.

'Precies. Ik bediende het kopieerapparaat. En daarom belandde ik in de gevangenis en Rolf Nilsson niet, en dat was niet meer dan rechtvaardig, zei de officier van justitie. Hij kreeg van mijn vriend Roffe echte biljetten. Kun je nu even stil zijn?'

Ik liet mijn tong langs zijn keel glijden. Hij smaakte naar amandelen. Butterfield pakte me bij mijn haar, liet zijn vingers erdoorheen glijden en verborg zijn gezicht erin.

En opnieuw verzonken we in elkaar.

Die nacht vertelde Butterfield hoe hij het altaarstuk had kapotgesneden.

Heb jij dat verhaal ooit gehoord, Marita? En was het in dat geval hetzelfde verhaal als hij mij vertelde?

Nou ja. Dat doet er ook niet toe.

Nu staat Butterfield in de geordende chaos van het atelier met een mes in zijn hand; hij is tegelijkertijd gevaarlijk en zielig. Zijn gelaatsuitdrukking is net zo perfect als zijn Brylcreemkapsel; de kunstig geschikte lokken vallen over zijn voorhoofd en hij glimlacht een beetje.

Wallin staat met zijn handen uitgestrekt bij de deur om de vlucht die hij verwacht te verhinderen. Hij is bang, maar toch vertwijfeld bereid om zich net zo in stukken te laten snijden als zijn blonde Jezus zojuist in stukken is gesneden.

'Ik bel de politie', zegt hij buiten adem. 'Ik bel de politie...'

Butterfield antwoordt niet, maar hij laat het mes vallen. Het lemmet zit onder de verf en het heft is rood en bobbelig; het stuitert een beetje over de houten vloer voordat het stilligt.

'Ik had het moeten snappen', zegt Wallin. 'Ik had moeten snappen dat jij niet meer te helpen was... Twee jaar werk! Mijn hele leven!'

Die woorden bieden plaats aan veel verhalen. In de eerste plaats vertellen ze over het beeld dat hij jarenlang in zijn hoofd heeft gehad en dat hij eindelijk meende te hebben geschapen. Het is een beeld met ruimte voor zowel licht als duisternis, zowel hoop als vertwijfeling, zowel dood als opstanding; heel de kunstenaar Wallin en zijn vrome wereldbeeld liggen erin besloten. Maar de woorden zeggen ook iets over zijn verwoeste dromen ten aanzien van de wereldlijke erkenning en artistieke verbondenheid die de kapotgesneden afbeelding hem eindelijk had moeten schenken. En als puntje bij paaltje komt vertellen ze over zijn gekwelde geweten, dat hem ertoe heeft aangezet zich met een soort schoorvoetende vrijwilligheid aan te bieden als bewaker van Nässjös ergste schooierssnotaap. Waarom? Omdat hij er zijn ogen niet voor had kunnen sluiten dat de stad sommigen van zijn zonen stenen in plaats van brood aanbood, slangen in plaats van vis. Dat zou hij hebben gezegd, de kunstenaar Wallin, als iemand zich de moeite had getroost het hem te vragen.

En dan had je nog die kwestie met de moeder van de jongen. Wallin had het niet gezien, hij had alleen maar geluisterd naar de roddel na afloop, maar toch meende hij dat hij deel had aan haar dood en iets moest doen.

Dus deed hij iets: toen de jongen uit de tuchtschool werd ontslagen, haalde hij hem met de auto op om hem mee te nemen naar zijn atelier. Hij wist immers dat Butterfield talent had; dat had hij gezien toen hij een bijbaantje als tekenleraar op de Centrum School had. En de jongen zweeg en aanvaardde het; maandenlang werkten ze zij aan zij, stil en intensief, met slechts korte onderbrekingen voor thee en onderricht. Nu vulden de schilderijen van de jongen het halve atelier, en vanaf de plek bij de deur waar Wallin stond kon hij zien dat ze leefden, ze lachten en riepen, ze kermden over wat geweest was en zongen over wat komen zou...

En nu dit: een aan stukken gesneden altaarschilderij, een kapotgesneden Jezus. Twee jaar werk. Een leven. Wallin bleef bij de deur staan en herhaalde: 'Ik bel de politie!'

Butterfield ging nonchalant op de rand van de tafel zitten en stak een sigaret op. Er hing een spiegel aan de muur tegenover hem en hij nam de jongen op die hij door de rook heen zag. Goed. Het zag er goed uit. Maar hij zou misschien de kraag van zijn leren jack moeten opzetten...

'Ik bel de politie!'

'Ja, maar doe dat dan ook! Doe dat dan eindelijk...'

Aan de rand van zijn gezichtsveld ving hij Wallins bewegingen op: een witte jas die onder de olieverfvlekken zat vloog door de kamer. Butterfield keek strak naar zijn eigen spiegelbeeld en zette

zijn kraag op. Inderdaad. Dat was nog beter.
Hij vond dat hij er bijna uitzag als James Dean.

We waren naar binnen gegaan en onder de tafel gaan liggen. Een stukje verderop snurkte Ricky zachtjes.

'Maar waarom?' fluisterde ik. 'Waarom heb je zijn schilderij kapotgemaakt? Hij heeft je toch leren schilderen... Hij heeft je geholpen.'

'Vanwege die verrekte vriendelijkheid van hem. Ik vond het niet prettig dat ik de lap moest zijn waar hij zijn kroon mee oppoetste...'

We bleven een poosje zwijgend liggen.

'Wie een sloppenwijk bouwt, moet daar de consequenties van aanvaarden', zei Butterfield opeens. 'Dat wilde ik toen eigenlijk tegen Wallin zeggen, destijds, hoewel ik dat niet onder woorden kon brengen. Wallin snapte niet dat zijn goedheid liefdadigheidswerk maakte van mijn leven. Ik wilde zijn boetedoening niet zijn. Ik wilde Butterfield Berglund zijn, wie dat ook was, geen verdomd metafysisch symbool voor wat hij ook maar wilde dat ik zou voorstellen. Ik leefde en ik bestond daar, als individu, persoon, een mens naast hem, maar het enige wat hij zag was de schooier en het lid van de jeugdbende en zijn eigen verdomde weggeefhumanisme. Als ik hem zijn gang had laten gaan, dan was ik eraan onderdoor gegaan. Hoeveel hij mij ook leerde, hij zou mij nooit echt deel van de kunst hebben laten uitmaken: ik had hem nooit voorbij mogen streven. En omdat dat zo was, had ik geen keus. Ik moest hem een halt toeroepen.'

Butterfield lag op zijn zij en ik was tegen zijn rug gekropen en had mijn arm om hem heen geslagen. Ik wilde mijn hand op zijn buik hebben; die was warm en zacht en een beetje dik, precies zo'n buik waar ik mijn hele leven al naar had verlangd om te mogen omarmen.

Toen hij in slaap was gevallen, bleef ik nog lang wakker liggen en hoorde ik hoe hij ademhaalde, hoe Ricky snurkte en hoe Dolly in haar dromen lag te mompelen.

Misschien viel ik slaap, ondanks alles. Ik weet het niet.
Ik weet alleen dat ik van angst opschrok toen NogNog eindelijk wat zei.

NogNog zei wat. Eindelijk zei NogNog wat.

Het wapen, dacht ik. Butterfield heeft zijn kalasjnikov verstopt. Misschien is hij boos.

De angst bonkte in mijn slapen; ik verroerde mij echter niet maar bleef heel stil liggen en probeerde te verstaan wat hij zei. Dat lukte niet: hij stak een hele tirade af in onbegrijpelijk Tagalog. Maar zijn stem had de afgemeten, constaterende toon waar ik nachtenlang naar had geluisterd; Ulf praatte vaak in zijn slaap.

Dat kalmeerde me. Hij zou wel slapen, ondanks alles; hij ijlde of droomde. Ik kon maar beter even naar hem gaan kijken.

Ik kroop de kamer in, tastte naar de lucifers en stak een kaars aan. NogNog zweeg toen de schaduwen van de vlam over de muren begonnen te dansen. Ik had moeten snappen dat dat betekende dat hij wakker was, dat hij zijn adem inhield en afwachtte. Maar ik snapte niets, ik dacht niet eens aan de stilte.

Ik was een vrouw op blote voeten in een T-shirt en een onderbroekje, iemand wier lichaam zacht en gevoelig was van het vrijen, een volkomen ongevaarlijk wezen dat door de duisternis gleed met een kandelaar in haar hand. Ik geloof zelfs dat ik glimlachte.

Toch gilde NogNog toen hij mij in de gaten kreeg.

Het was een schelle kreet die zich verdiepte en verduisterde tot een gebrul van werkelijke ontzetting. Hij krabbelde omhoog tot zit en drukte zich tegen de muur, hij kroop in elkaar en sloeg zijn armen om zijn hoofd alsof hij zich wilde beschermen. Zijn stem brak en veranderde van toonhoogte, maar de kreet zelf bevatte maar één enkel woord, een woord dat hij eindeloos bleef herhalen: *'Kano's! Kanoo's! Kanooo's!'*

Alsof ik een monster was.

Alsof we allemaal een soort monsters waren.

Precies vier maanden na de val van de Berlijnse Muur begreep ik dat Ulf van plan was mij te verlaten.

We hadden een Zweedse exportdelegatie op bezoek en namen hen mee naar het rode fort in Delhi. Ze waren er niet echt verrukt van: ze hadden een hele week onderhandelingen gevoerd en wilden nu de rest van de tijd besteden aan winkelen. Een Zweed die in India is geweest moet zijn koffer vullen met glanzende zijde en geurend sandelhout. Aan de andere kant waren ze natuurlijk beleefd: als de ambassadeur hun het heersershuis van de moguls wilde laten zien, dan moest je gewoon meegaan en nog bedanken ook.

Ulf en ik waren allebei bezeten van het rode fort, maar om verschillende redenen. Ulf bewonderde de architectuur ervan en was oprecht verdrietig over het verval; hij klaagde over eroderende mozaïeken, gebarsten vloeren en dode goudvisvijvers. Zelf maakte ik me niet druk om de gebouwen; ik wilde alleen maar op de oostelijke muur komen om op de grashelling neer te kunnen kijken. Daar verzamelden ze zich namelijk: de vuurvreters en de slangenbezweerders, de acrobaten en de fakirs. Een van hen kon zweven. Hij lag als een zieke ingestopt onder een groot dekzeil en opeens kwam hij omhoog; hij en het dekzeil zweefden beide in absolute stilte een meter boven de grond. De illusie was compleet. Je kon de contouren van zijn armen en benen onder het zwevende dekzeil onderscheiden.

Zijn toverkunst verontrustte alle Zweden en deze delegatie was daarop geen uitzondering. Hoe deed hij dat nou eigenlijk?

'Ik denk dat hij zich op de een of andere manier omhoog heft. Hij heeft zijn armen vast recht onder zich', zei een directeur van Aga, terwijl hij een sigaar opstak. 'Hij moet verdomd goed getraind zijn...'

'Maar dat dekzeil dan?' zei een man van Electrolux. 'Nee, dat kan niet. Hij moet hulp hebben. Ze hebben vast gaten in de grond gemaakt, een op iedere hoek en dan nog een onder hem. En dan staat er in ieder gat een kerel die hem optilt...'

De zwever begon langzaam weer naar de grond te dalen. Ik gooide een roepie op het dekzeil om de zakenlieden te laten zien wat er van hen verwacht werd. Dat begrepen ze en ze begonnen in hun zakken naar kleingeld te zoeken.

'Moeten zes personen die inkomsten delen?' zei de man van Aga, terwijl hij de man van Electrolux in een wolk van blauwe rook hulde. 'Dat kan toch niet; daar zullen ze niet vet van worden...'

Hij gooide zijn munt in een wijde boog over de muur, draaide zich om en liep weg zonder dat hij zag dat de munt tegen het voorhoofd van de zwever stuiterde. Die knipperde even met zijn ogen, maar veranderde niet van snelheid; hij bleef in hetzelfde langzame tempo naar de grond zakken. Ik bleef staan en zag hem landen. Hij kroop meteen onder het dekzeil vandaan en begon de verspreid liggende munten bij elkaar te harken.

Ulf stond een stukje verderop met een groepje zakenlieden om zich heen te vertellen over de machtige moguls. Een jonge vrouw, van adellijke afkomst en succesvol onderhandelaar voor de Vereniging van Groothandelaars, stond vlak naast hem en keek hem met een intense blik aan. In één seconde van inzicht besefte ik dat er tussen hen iets was gebeurd en dat er meer zou gaan gebeuren. Ulfs houding was een bekentenis. Haar blik was een getuigenverklaring.

Zelf had ik een dubbel gevoel: intens verdriet en grote opluchting. Binnenkort zou het dus gebeuren, alles wat ik altijd had verwacht.

Alle plannen waren in staat van paraatheid. Duizenden keren had ik mezelf beloofd de vernedering met waardigheid te ondergaan, duizenden keren had ik mezelf voorgehouden dat het een bevrijding zou zijn, duizenden keren had ik mezelf vermaand dat alles in het besef van de eerste seconde zou worden bepaald. Juist dan, Cecilia, juist nu, op dit ene moment moet je rug recht zijn en je blik vast, ondanks de smaak van bloed in je mond. Denk eraan dat Cecilia alles kan dragen: duisternis en potten met peren en in de steek gelaten worden.

De adellijke mevrouw legde haar hand op Ulfs arm en stelde een vraag; zijn ogen glimlachten toen hij zich vooroverboog om te antwoorden. Ik keerde hun de rug toe en krulde mijn bovenlip in verachting. Een vuurvreter ving mijn blik op en liet een prachtige vlam uit zijn mond slaan. De man van Electrolux schaarde zich bij me, leunde tegen de muur en zei: 'Uw man lijkt ontzettend veel van geschiedenis af te weten.'

Ik verbaasde mezelf door met een volkomen echte glimlach naar hem terug te lachen. Mijn man zal me verlaten. *Who cares?*

'Ja, daar weet hij veel van...'

'En wat zegt hij nu de geschiedenis is afgelopen?'

Ik begon te lachen. IJswater klotste in mijn borst.

'Wat zegt u? Is de geschiedenis afgelopen?'

Hij keek naar beneden, naar de vuurvreter.

'Hebt u dat niet gehoord? Dat staat thuis in elke krant. Toen het Oostblok instortte, was de geschiedenis afgelopen. In de toekomst zullen we allemaal nog lang en gelukkig leven en er zal niets meer gebeuren...'

De vuurvreter spoelde zijn mond met brandspiritus en zwaaide met zijn fakkels. Ik maakte een gebaar in zijn richting: 'En deze mensen dan?'

De man van Electrolux haalde zijn schouders op.

'Weet ik niet. Over hen staat er niets in de krant. Misschien maken zij geen deel uit van de geschiedenis...'

Ik bekeek hem met hernieuwde interesse. Een ongewoon type, voor iemand uit het bedrijfsleven: levendig en oplettend, zonder die krampachtige behoefte om de aardse realiteit te ontkennen.

Hij grijnsde even en legde zijn hand op de mijne. Dat irriteerde me. Zo simpel was het dus: hij had gezien dat ik in de steek werd gelaten en was meteen van plan om te proberen of hij het echtelijke graf kon schenden. Een dekhengst van loslopende vrouwen. Een stofzuiger-Don Juan. Zulke mannen zijn net zeepbellen: tijdens de verleiding schitteren ze van lust en gevoel, maar wanneer je de lakens openslaat en ze in bed uitnodigt spatten ze uiteen en blijft er niets over. Je hebt er niets aan. Zelfs niet om wraak mee te nemen wanneer je in de steek wordt gelaten.

Ik deed een stap achteruit en begon in mijn handtas naar mijn sigaretten te zoeken. De vuurvreter streek met een fakkel over zijn armen en borst, zijn ribben tekenden zich met diepe schaduwen af onder de vlammen.

'Kijk', zei de man van Electrolux, terwijl hij mij stevig bij mijn arm pakte, opeens alle verleidingsplannen vergetend. 'Moet je kijken! Daar zit een blanke man tussen al die bedelaars. Die daar met dat rode haar, daarginds, met dat lange haar...'

Ik stak mijn sigaret aan en volgde zijn blik. Een eindje achter de vuurvreter zat een groep grauwe wezens. Hun lichamen waren net zo kapot als hun kleren, en ze zaten met een lege blik voor zich uit te staren. Desondanks merkten ze dat ze gadegeslagen werden: een van hen strekte langzaam zijn etterige stompjes van handen naar ons uit, een wezen zonder benen zette zich met zijn knokkels af tegen het gras en strekte zich uit, een derde ging afwachtend op zijn knieën zitten en vervolgens staan, alsof hij bij zichzelf een inschatting probeerde te maken van onze eventuele vrijgevigheid. Hij had heel bijzondere kleuren. Zijn huid was smerig wit en zijn piekerige haar was net getwijnd dof koper.

De man van Electrolux pakte me nog steviger bij mijn arm, duidelijk opgewonden over zijn ontdekking.

'Zie je dat? Hoe kan een Europeaan nou in godsnaam bedelaar in New Delhi worden? Denk jij dat het een of andere hippie is?'

Ik trok mijn arm terug en hing mijn tas over mijn schouder.

'Ach', zei ik. 'Als je zijn pupillen had gezien, dan zou je zien dat die helemaal rood zijn. Dat is geen Europeaan. Dat is een albino.'

Jawel.

Butterfield had gelijk.

Het gevolg van liefdadigheid is haat.

Het gevolg van haat is geweld.

Het gevolg van geweld is de dood.

En wie uit liefdadigheid een sloppenwijk bouwt, moet de gevolgen aanvaarden.

Vijfhonderd jaar lang heeft Europa een sloppenwijk gebouwd.

NogNog was het gevolg daarvan.

De vreemdeling bleef een eeuwigheid gillen. Zijn stem schoot heen en weer tussen schelle paniek en doffe angst; het enige woord, *kano's, kano's, kano's,* ketste tegen de muren als een insect dat in een lamp gevangenzit.

Butterfield kwam struikelend achter mij onder de tafel vandaan. Ricky sprak vanaf zijn slaapplaats met een slaperige stem, Dolly begon te huilen en de hele tijd vibreerde het gekrijs om ons heen. Aftastend deed ik een stap naar voren, maar het gekrijs schoot hysterisch een octaaf de lucht in, dus trok ik me snel terug en duwde ook Butterfield naar achteren.

Pas toen Ricky vanaf zijn plaats onder de tafel te voorschijn kroop en zijn gezicht aan de vreemdeling vertoonde, veranderde het gekrijs in een schel gejammer. Zonder een woord te zeggen stopte ik Ricky de kandelaar in zijn handen en trok ik me in de duisternis en de schaduwen terug. Ik stapte bijna op Dolly, die de kamer in was gekrabbeld en nu languit voor me lag met haar handen voor haar oren. Ik boog me voorover en tilde haar op.

Het duurde een hele tijd om hem te kalmeren, maar uiteindelijk was Ricky's doffe gemompel datgene wat we het duidelijkst konden horen. Hij was voor de vreemdeling op de grond gaan zitten en had de kandelaar naast zich neergezet. De vlam brandde hoog en helder; toen het geschreeuw ophield, was ook het flakkeren van de vlam gestopt.

'Eten', zei Ricky toen de vreemdeling helemaal zweeg. 'Hij moet eten hebben, madam. Maar kom niet te dichtbij, hij is bang...'

Butterfield liep met me mee naar de keuken; hij hield Dolly op zijn gezonde arm terwijl ik overgebleven rijst op het petroleumstel opwarmde en wat vruchten in blik en de laatste resten van Ricky's groente te voorschijn haalde. Dolly snikte een beetje, maar begon ook te kalmeren.

Ik zette het eten een beetje in de schaduw op de grond. Ricky stond op en bekeek met een serieuze blik wat ik te voorschijn had gehaald.

'Ook bier', zei hij. 'Hij moet ook wat bier hebben.'

Ik knikte en gehoorzaamde.

Butterfield had de deur opengezet en toen ik terugkwam zat hij op de bovenste traptrede. Hij leunde tegen de deurpost en rookte een sigaret. Dolly lag nog steeds in zijn armen en keek met wakkere, alziende ogen de duisternis in. Ik ging bij hen zitten en strekte mijn armen naar haar uit. Ze ging rustig tegen me aan liggen en zuchtte. Na een paar minuten sliep ze.

We zaten daar lang, Butterfield en ik, en keken beurtelings de nacht en de donkere kamer in. In het begin hoorden we alleen Ricky's stem, maar na een poosje gaf de vreemdeling antwoord. Ze spraken lang met elkaar. Het moest de shock zijn, dacht ik. Of koortsdromen. Anders zou hij niet zo snel praten, anders zou zijn stem niet zo schel klinken...

NogNogs stem ging omhoog en omlaag: op sommige momenten klonk hij klagend en helder, op andere bitter en nors, soms ook zijdezacht en fluisterend. Soms lachte hij, een schel geluidje met scherpe kantjes. Twee keer snikte hij droog; dat bracht hem even tot zwijgen en dwong hem ertoe onbeweeglijk te zitten en in de vlam van de kaars te kijken. Die begon te flakkeren, hij was bijna opgebrand, en over NogNogs gezicht vlogen voortdurend nieuwe schaduwen. Toen hij het woord hernam hief hij beide handen op en streek daarmee over zijn wangen. Vervolgens begon hij sneller te praten; de woorden stroomden en vlogen uit hem, terwijl hij met lange, rechte vingers onbegrijpelijke letters in de lucht tekende. Ten slotte stokten zijn woorden; ze verdrongen elkaar, het werden er te veel en dat bracht hem tot zwijgen. Hij sloeg zijn armen om zijn hoofd, op dezelfde manier als hij gedaan had toen hij mij voor het eerst zag, en kroop in foetushouding in elkaar en begon te jammeren.

Het was een geluid zo scherp als prikkeldraad.

Eindelijk deed hij er het zwijgen toe en viel in slaap, eindelijk stond Ricky op om naar ons toe te komen.

'Wat zegt hij?' vroeg ik.

'Wat is het voor iemand?' vroeg Butterfield.

Ricky ging in kleermakerszit zitten.

'Hij zegt dat hij NogNog heet', zei hij. 'Maar hij wilde niet zeggen of hij een NPA-lid was of niet. Misschien is hij dat. Ik weet het niet...'

Ik bood Ricky een sigaret aan, hij stak hem op en inhaleerde diep.

'Maar waar praatte hij dan zo lang over?' zei ik. 'Wat heeft hij verteld?'

Ricky wierp mij een weifelende, onderzoekende blik toe.

'Hij is bang, madam', zei hij toen, terwijl hij met zijn hand over zijn gezicht ging. 'Voor u...'

Ik glimlachte aarzelend en veranderde van houding; Dolores begon zwaar te worden op mijn arm.

'Bang voor mij? Waarom dan?'

Ricky sloeg zijn ogen neer.

'Omdat u een *kano* bent. Hij zegt dat alle *kano's* gevaarlijk zijn...'

'En Butterfield dan? Is hij ook bang voor hem?'

'Hij heeft mister Berglund niet gezien. Hij weet niet dat die hier is... Hij heeft alleen u gezien en voor u is hij bang.'

'Maar waarom? Wat denkt hij dat ik hem zal doen?'

Het licht van de kerkkandelaar was gedoofd en we konden elkaars omtrekken in de duisternis maar vaag onderscheiden. Ricky's stem klonk gespannen en gekweld.

'Hij denkt dat u zijn kalasjnikov hebt afgepakt...'

In mijn buik begon een beetje angst op te spelen.

'Maar goeie genade, Ricky, je hebt toch zeker niet gezegd dat we zijn wapen hebben gevonden? Je had moeten zeggen dat dat weg was, dat we het niet hebben gezien...'

Ricky zweeg. Butterfield schraapte zijn keel en sprak met zachte stem: 'Heb je dat gezegd? Heb je tegen hem gezegd dat we zijn wapen hebben gevonden?'

Geen antwoord. Butterfield verhief zijn stem: 'Verdomme, Ricky! Zitten we hier opgescheept met een gek en dan vertel jij hem dat wij zijn wapen hebben afgepakt!'

Ricky zat te spelen met zijn aansteker en probeerde de kaars in de kerkkandelaar weer aan te steken. De lont was te kort, het vlammetje flakkerde even, maar doofde meteen weer.

'Wat had ik dan moeten zeggen, mister Berglund? Had ik moeten liegen?'

Butterfield hield zijn adem in; het werd even stil.

'Oké, Ricky. Wat heb je gezegd? Vertel nu precies wat je hebt gezegd.'

Ricky's sigaret gloeide intens, hij inhaleerde diep.

'Ik heb alleen gezegd dat we het wapen hebben gevonden...'

'Heb je gezegd dat we het hebben verstopt? Heb je hem verteld waar we het hebben verstopt?'

Ricky was verongelijkt en ging in de verdediging.

'Nee. Ik weet toch niet waar het wapen is; dat hebt u mij toch niet verteld...'

Butterfield griste het pakje sigaretten naar zich toe en vloekte in het Zweeds.

'Het is verdomme een geluk dat ik dat niet heb gedaan! Godsamme!'

De insecten van de ongerustheid kriebelden onder mijn huid. Ik moest iets zeggen, ik was gedwongen om Ricky en Butterfield te kalmeren om zelf weer kalm te worden.

Ik streek Butterfield snel over zijn arm.

'Rustig aan! Je moet niet op die manier tegen hem praten... Dan maak je het alleen maar erger...'

Butterfields gezicht werd even opgelicht door de aansteker.

'Er zijn grenzen!'

'Maar toch...'

Hij haalde ongeduldig zijn schouders op. Ik ging over op het Engels en wendde mij tot Ricky.

'Maak je geen zorgen, Ricky. Het is goed. Vertel verder. Waarom is hij bang voor mij?'

Hij was niet meer dan een vage omtrek in de duisternis, maar de gloed van zijn sigaret werd intenser en zijn stem begon te trillen: 'Hij denkt dat u van plan bent hem dood te maken, madam. Hij denkt dat u van plan bent hem dood te maken en zijn hart eruit te snijden...'

Het werd helemaal stil, helemaal rustig en helemaal stil. Butterfield en ik verroerden ons niet.

'Hij zegt dat jullie kannibalen zijn, madam. Dat alle *kano's* kannibalen zijn. Dat jullie mensen zoals wij opensnijden om ons hart te stelen...'

Hij zweeg en wachtte op een antwoord, maar Butterfield en ik bleven zwijgend en onbeweeglijk stil zitten.

'Als kippen, madam. Dat zei hij. Dat jullie de ingewanden uit ons halen alsof we kippen zijn.'

Ricky zweeg weer en wachtte op onze stem. Toen we geen antwoord gaven, stond hij op en liep hij de kamer in. Hij kwam met drie flesjes bier terug van het merk dat ik het lekkerst vond. San Miguel. Hij boog zich voorover en zette het flesje naast me neer. Daarna pakte hij mijn arm. Dat was de enige keer dat hij mij uit zichzelf aanraakte.

'I'm sorry, madam', zei hij met gedempte stem. *'I'm sorry.* Maar dat zei hij...'

Nog voordat ik het voor mezelf onder woorden heb gebracht, heb ik mijn besluit al genomen: niet weer zo'n nacht als afgelopen nacht.

Tabletten zijn de oplossing.

Ruim vóór zonsondergang ga ik naar huis en ik loop direct door naar boven. De middagzon zet mijn moeders slaapkamer in een goudroze glans. Haar medicijnpotjes staan nog op het nachtkastje en er ligt een oude bijsluiter op de boekenplank. Ik pak die en begin erin te bladeren: ik ben niet van plan fouten te maken.

Wanneer ik van iedere soort een slaaptablet slik, voel ik me veilig. Vannacht verstop ik me niet in de badkamer. Ik bouw een schuilkamer binnen in mezelf. Dat is net zo veilig, ze zullen me niet te pakken kunnen krijgen...

Ik slaap in mijn eigen kamer. Zeventien uur lang slaap ik in mijn eigen kamer en de levenden noch de doden zijn in staat mij wakker te maken.

Wanneer ik eindelijk weer aan de oppervlakte verschijn, knipper ik met mijn ogen en zie ik mijn hand op het kussen liggen. Mijn hand is bleek en doorschijnend. De huid is een beetje te ruim, je kunt zien dat ik binnenkort zal verouderen.

Nu hoor ik wat me heeft gewekt. De telefoon. Ik werp me uit bed en ren struikelend de slaapkamer van mijn moeder in; ik verwacht zeker een telefoontje, maar ik weet niet meer van wie.

'Mama! Wat is er gebeurd? Ik heb de hele ochtend gebeld en gisteravond ook... Waar heb je gezeten?'

Sophies stem rinkelt en klingelt, de hele wereld verandert erdoor van vorm. Alle contouren worden aangescherpt, alles wordt duidelijk en helder, simpel en eenvoudig. Er tikt iets tegen de ruit en ik zie dat het alleen maar een tak is; hier zijn geen spoken of schaduwen. Toch moet ik diep ademhalen om mijn moederstem te vinden.

'Dwaas! Je hoeft toch niet ongerust te zijn, ik had het alleen nodig om eens uit te slapen, daarom had ik het geluid van de telefoon zachter gezet. Sorry, vrouwtje, het was niet mijn bedoeling om je bang te maken en nu ben ik wakker… Hoe is het met jouzelf, vrouwtje, je loopt toch niet verdrietig te zijn om oma; je weet toch hoeveel pijn ze had en dat het zo het beste is… Mooi. En hoe is het met je wiskundeproefwerk gegaan? Heb je een tien gehaald? Wat goed, wat doe je toch altijd goed je best. We zien elkaar woensdag, lieverd, ik kom je van het station halen, dan hebben we nog een paar dagen voor onszelf voordat Lars-Göran met zijn gezin komt. Neem je je witte mantelpakje mee voor de begrafenis, dat zomerpakje, je weet wel. Als je dat bij de snelstomerij inlevert, dan is het op tijd weer netjes… O, het is al gewassen, dat is mooi…'

Er zijn zo veel woorden tussen mijn dochter en mij en toch weten we zo weinig van elkaar af. De laatste jaren in Delhi werd de afstand tussen ons steeds groter; ten slotte leek het wel of haar plaats aan de eettafel ergens aan de horizon was. Wanneer ik af en toe mijn hand uitstak om haar aan te halen en om een beetje vriendschap te bedelen, onze verbondenheid uit haar vroegste jeugd weer te herstellen, dan glipte ze altijd even snel en sierlijk weg als een bang geworden vis.

Op het moment dat ik de hoorn neerleg, gaat de telefoon alweer. Het is een schel, snijdend geluid dat me dwingt mijn ogen te sluiten.

Het is Gunilla, maar niet dezelfde Gunilla als van eergisteren. Ze praat op een vreemde, beetje koppige toon: 'Ik heb het.'

'Wat heb je?'

'Het telefoonnummer. Het telefoonnummer van Marita. Ik dacht dat je dat wel zou willen hebben…'

Ik geef geen antwoord. Gunilla gaat harder praten.

'Heb je een pen bij de hand?'

Mijn moeders bureauset is van bewerkt, knoestig hout en even schiet het door me heen dat ze dat vast bij de Handenarbeidvereniging heeft gekocht.

'Doe nou niet zo moeilijk', zegt Gunilla. 'Ben je boven? Op de slaapkamer van je moeder?'

'Mmm...'

'Nou dan, daar zijn wel pennen, schrijf het nummer nou op. Ze woont in Göteborg...'

Ze legt de hoorn erop zonder ook maar gedag te zeggen. Zelf blijf ik aan het bureau zitten en kijk naar de cijfers die ik rechtstreeks op de bureauonderlegger heb neergekrabbeld. Ik kan ze nauwelijks ontwarren.

Ik leer met de tabletten van mijn moeder om te gaan, zodat mijn slaap zwart is en mijn dagen zacht grijsgeel zijn. Vier dagen lang ben ik gehuld in een wolk; het voelt of ik een heel mooie jurk draag, soepel en meegaand, iets van zijde of chiffon. Ik schrijf veel brieven, naar mijn eigen vrienden en die van mijn moeder, en wandel snel naar de brievenbus, maar voor de rest blijf ik binnenshuis.

De hele tijd vermijd ik de slaapkamer van mijn moeder. Ik wil die cijfers op die onderlegger niet zien.

Dan wordt het dinsdag en is het met de rust gedaan. Morgen komt mijn dochter en ik wil haar niet gehuld in een wolk van tabletten ontvangen; ze heeft nog steeds de scherpe blik van een kind. Ik ga voor de spiegel staan en probeer mezelf met haar ogen op te nemen: ik zie dat mijn nagellak afbladdert en mijn haar zijn glans verloren heeft. Mijn oogleden zien er opgezwollen uit, maar dat is niet meer dan natuurlijk; ze zal denken dat ik gehuild heb. Toch ben ik niet te stuiten: ik loop naar de keuken en stop ijsklontjes in twee plastic zakjes. Vervolgens ga ik op bed liggen met de ijszakjes op mijn ogen.

Ik vraag me af of Marita zich nog steeds druk maakt over haar uiterlijk. Probeert ze zich nog steeds mooi te maken? Of heeft ze het zelfde gedaan als Gunilla en is ze in het onzichtbaarheidsomhulsel van onze generatie gegleden: een spijkerbroek en een trui?

Ik probeer me te herinneren hoe Marita's moeder eruitzag, maar ik herinner me alleen een schort en een paar bleke armen.

Opeens sta ik in de deuropening van de keuken van de familie Olsson en het verbaast me dat ik alles zo duidelijk voor me zie; onze eigen keuken herinner ik me immers nauwelijks in detail. Het is zomer, dat zie je aan de papieren wandversieringen die tegen het kraal hangen. Marita's moeder hangt ieder jaargetijde andere wandversieringen op. Die koopt ze bij de kruidenier en dat is een hele gebeurtenis; dagenlang denkt ze na over welk motief ze zal kiezen. Deze keer heeft ze een plaatje van een akker gekozen: het koren staat er goudglanzend en vol bij, klaar om geoogst te worden, maar de boer zelf zit er met zijn jonge vrouw op een groen plekje naast. Zij draagt een blauwgeruite hoofddoek en haar schort is blinkend wit, ze schenkt koffie uit een echt ouderwetse koffiepot, zo een als de Olssons zelf ook hebben. Bij ons thuis is mama begonnen met koffiezetten met een filter in een roestvrijstalen kan. Marita's moeder haalt haar neus op voor zulke nieuwigheden en zegt wat ze daarvan vindt, maar alleen tegen mij. Ik op mijn beurt heb geprobeerd dat aan mama te vertellen.

'Tante Olsson zegt dat u alleen maar wilt opvallen, mama. Ze zegt dat het hoogmoed is om koffie te filteren...'

Mijn moeder stond bij het fornuis en schudde haar blonde hoofd. Mijn vader had voor haar een elektrische kookplaat gekocht die ze boven op het ijzeren fornuis kon zetten; de welvaart begon dichterbij te kruipen.

'Onzin, Cecilia. Waarom zou ze dat tegen jou zeggen, je bent toch maar een klein meisje? Ik praat toch ook nooit op die manier met jouw vriendinnetjes?'

Hoe moet ik aan mijn moeder uitleggen dat tante Olsson wanneer ze met ons alleen is praat als een kind, dat ze twee stemmen heeft en een dubbele set woorden: een voor de volwassen wereld en een voor die van de kinderen.

'Maar dat heeft ze wel gezegd, mama. Dat u probeert op te vallen...'

'Nu hou je op, Cecilia. Ik begrijp niet dat je altijd zo veel moet verzinnen, je bent oud genoeg om fantasie en werkelijkheid uit elkaar te kunnen houden. Je kunt niet alles maar tegen iedereen zeggen, mensen kunnen daar verdrietig van worden.'

'Ja maar, dat heeft ze wel gezegd...'

'Ik denk dat tante Olsson erg verdrietig zou worden als ze jou hoorde. Zwijg nu en eet je bord leeg, dan kun je tenminste eindelijk naar buiten...'

Ik ben terug in de deuropening van de keuken van de Olssons en ik laat mijn blik van de wandversiering wegglijden; ik ben een camera die alles registreert. De koperen koffiepot staat vergeten te glanzen op het zwarte ijzeren fornuis, er bromt een vlieg op het raam, het vloerkleedje voor het aanrecht ligt er verfomfaaid bij; iemand is eroverheen gesloft en heeft het daarna niet netjes weer recht gelegd.

Marita zit op de keukenbank met haar armen om haar benen heen geslagen; ze heeft blote voeten en draagt een blauwe zomerjurk. Ze is er bijna uitgegroeid; ze probeert de hele tijd haar voeten onder de zoom te trekken, maar dat lukt niet, de rok is te kort. In haar haar zitten nog steeds resten van haar laatste pijpenkrullen: op haar hoofd is het haar recht, maar op haar schouders krult het een beetje. Haar gezicht is spierwit en ze heeft haar lippen opgetrokken en laat haar melktanden zien.

Marita's ogen zijn ongewoon groot; ze spert ze open en knippert er niet eens mee, het lijkt alsof ze me niet ziet, ze blijft verbeten naar haar ouders staren. Die staan dicht bij elkaar naast het verfrommelde vloerkleedje, ze lachen en buigen zich voorover, ze kijken naar iets grijs en vormeloos dat zich aan hun voeten beweegt. Olsson is dronken, dat kun je aan zijn stem horen. Hij zwabbert wat heen en weer en pakt zijn vrouw bij haar schouder. Ze moet lachen en tilt haar ene voet op. Haar benen zijn breed en stevig en het verbaast me dat ze zich zo sierlijk beweegt; die voet moet toch erg zwaar zijn.

Tante Olsson krijgt mij in de gaten en haar ogen beginnen te glinsteren. Misschien is zij ook dronken, nee, tantes worden niet dronken, die worden alleen gek, misschien is tante Olsson gek. Ze ziet er vreemd uit wanneer ze naar me kijkt, maar ze praat niet tegen mij, ze zegt iets tegen haar man. Olsson lacht zachtjes en buigt zich voorover, hij wankelt en moet met zijn ene hand even steun zoeken bij de benen van zijn vrouw, terwijl hij met de andere naar dat grijze op de grond tast.

Dat wil niet in zijn hand komen, dat windt zich om zichzelf heen en kruipt weg; de volwassenen praten maar ik hoor niet wat ze zeggen, ik zie alleen hoe tante Olsson haar armen behulpzaam uitstrekt om haar man te ondersteunen zodat hij beide handen kan gebruiken. Hij tast een poosje rond en vloekt, maar ten slotte krijgt hij de staart te pakken en hij staat op en keert zich langzaam om zodat ik het ding duidelijk zal zien. Hij is groot, veel groter en dikker dan ik ooit had verwacht dat een adder zou zijn.

De slang beweegt de hele tijd, hij kronkelt en hapt in het luchtledige. Olsson grijpt met zijn vrije hand naar hem; zijn bruine duim omklemt de slang vlak achter de kop, hij laat de staart los en laat de rest van de slang in zijn vrije hand neerkronkelen. Daar past hij niet goed in, delen van het lichaam puilen aan weerskanten over de handpalm uit.

Ze praten, maar ik hoor nog steeds niet wat ze zeggen, ik zie alleen dat Olsson zijn mond beweegt en glimlacht, ik zie hoe hij pijlsnel zijn voeten optilt en de eerste stappen zet in de richting van de keukendeur, waar ik sta. Hij struikelt over het verfomfaaide vloerkleedje, maar hij valt niet en laat ook dat wat daar in zijn handen friemelt niet los. Een eeuwigheid lang loopt hij met grote stappen op mij af. Ik probeer hem met mijn blik te beheksen, *sterf, ouwe kerel, sterf, hier ter plekke*, maar hij sterft niet, hij zet stap na stap in mijn richting.

Hij stopt pas wanneer hij vlak bij mij is, hij tilt de slang op naar mijn gezicht, houdt hem vlak onder mijn linkeroog, zo dichtbij dat hij zou kunnen bijten, maar dat weet ik niet en als ik het wel wist zou ik er toch niets aan kunnen doen. Ik kan me niet bewegen, ik ben op de een of andere manier dood.

Ze kijken elkaar aan, de slang en de zesjarige Cecilia, heel even kijken ze elkaar aan en zij denkt dat ze medelijden met elkaar hebben. Ja, Cecilia's hart breekt bijna van ontzetting en vertwijfeling over die adder; ze denkt dat die weet dat hij bijna gaat sterven en haar medeleven is zo groot dat ze vergeet dat ze zelf al is doodgegaan, dat haar hart is opgehouden met slaan en dat haar longen niet meer ademen.

De blik van het reptiel kruist de hare heel even, hij speelt met zijn tong en doet zijn mond open, die walgelijk glimlachende mond, groot genoeg om een hele rat in één keer door te slikken...

Cecilia ziet de slagtanden en herrijst, ze kan weliswaar nog niet praten of schreeuwen, maar ze kan zich bewegen, ze kan achteruitlopen het trappenhuis in en daar krijgt ze haar gehoor terug. Wanneer ze de trap af vliegt, hoort ze haar eigen voetstappen en Olssons dronkemansstem die haar naschreeuwt: 'Maar verdorie, Cecilia, kun jij niet tegen een grapje?'

Ik ren over de overloop met mijn handen voor mijn mond, naar de badkamer, doe de deur op slot en druk mijn rug tegen de koude, vertrouwde tegels. Mijn handen trillen en mijn ademhaling is kort en heftig.

Ik spoel mijn gezicht af met koud water, om het beeld te verdrijven van wat langgeleden is gebeurd. Mijn spiegelbeeld kijkt me aan, haar gezicht is vochtig en spreekt boekdelen, het biedt geen plaats meer aan spot of huichelarij.

'Dat kan toch niet', zeg ik. 'Dat kan niet waar zijn.'

'Waarom niet?' zegt mijn spiegelbeeld. 'Natuurlijk kan het waar zijn. De puzzel klopt: jij herinnert je dat je het bos in bent gerend en een troostende boom hebt gevonden, dat moet toen zijn geweest...'

'Maar waarom ging ik niet naar mijn moeder? Waarom heb ik mijn moeder niet om hulp gevraagd? Ze zou hen hebben doodgeslagen, ik was immers pas zes jaar...'

Het spiegelbeeld glimlacht een beetje en haalt zijn schouders op.

'Denk je dat, Cecilia? Denk je echt dat ze hen had doodgeslagen?'

Ik leun tegen de wastafel en buig mijn hoofd, knipper even om een heldere blik te krijgen.

'En Marita dan?' fluister ik. 'Marita. Als ze mij dit aandeden, wat hebben ze haar dan aangedaan?'

Ik hef mijn hoofd op en kijk mijn spiegelbeeld in de ogen; haar gezicht raakt verwrongen. We buigen ons op hetzelfde moment naar voren, leggen onze wangen tegen elkaar en huilen gelaten, ieder aan onze eigen kant van het glas.

We staan in de gymnastiekzaal in de houding. De schoolarts moet onze rug inspecteren, hij gaat controleren of we wel recht groeien. Iedereen heeft een ontbloot bovenlichaam, iedereen, behalve Marita. Ze wilde haar hemdje niet uittrekken, ondanks het feit dat de juffrouw en de assistente van de schoolarts haar allebei een standje hebben gegeven. De dokter blijft voor haar staan, prikt haar even met zijn vulpen en zegt: 'Hemdje uit, jongedame. We hebben geen tijd voor gezeur!'

Deze keer durft ze niet tegen te spreken; ze trekt haar hemdje uit, frommelt het in elkaar en drukt het tegen haar borst.

De volwassenen worden helemaal stil; ze zien iets wat wij meisjes niet kunnen zien. We moeten in de houding naast elkaar staan en mogen onze hoofden niet omdraaien.

'Hmm', zegt de dokter na een poosje. 'En wat is hier nou gebeurd?'

Marita's stem is hees: 'Ik ben bij het spelen tegen de radiator gevallen...'

'Hmm', zegt de dokter. 'O. Ja, ja. Dat moet dan wel een heel warme radiator zijn geweest. Armen langs je lichaam! Tja, met je ruggengraat is in elk geval niets mis.'

Hij mompelt iets tegen zijn assistente en zij buigt zich naar voren en fluistert dat Marita haar hemdje weer mag aantrekken. De volwassenen blijven staan kijken hoe zij het over haar hoofd haalt en rond haar heupen rechttrekt. Wanneer ze klaar is, strekt de dokter zijn hand naar haar uit en trekt haar zachtjes aan haar nekhaar: 'Ik denk dat jij een beetje een ongehoorzaam meisje bent. Doe daar wat aan! Gehoorzame meisjes hebben het gemakkelijker...'

Ik draai mijn hoofd om en zie Marita's strakke profiel. Zachtjes vormen haar lippen een woord, één woord, dat onuitgesproken blijft.

Klootzakken.

Ik moet me vermannen, ik kan niet de hele dag in de badkamer zitten. Ik heb veel te doen, ik heb altijd veel te doen...

Maar ik loop toch naar mijn kamer en laat me op bed vallen, hoewel de zonsondergang nog uren op zich zal laten wachten. Het enige dat ik wil is slapen. Ik ben niet bang meer voor de duisternis en de doden. Het zijn de levenden die vreesaanjagend zijn, die letterlijk vrees aanjagen.

In mijn droom zit ik schrijlings op een wit paard en rijd ik spoorslags in op een muur.

Wanneer ik wakker word is het donker, maar ik denk dat het gauw licht zal worden en neem niet de moeite om op de klok te kijken. Ik loop meteen naar de keuken en maak het ontbijt klaar. Ik heb veel trek en in de tijd die het duurt tot het koffiewater aan de kook is, verslind ik twee boterhammen.

Wanneer ik klaar ben met eten maak ik de aangekoekte afwas van een paar dagen aan kant. Daarna ga ik snel met de stofdoek door de hele benedenverdieping en vervolgens pak ik de stofzuiger.

Uit pure genotzucht begin ik in de garderobe; ik vind het prettig om gruis te horen rammelen in de stofzuigerslang. Dat geluid verzekert mij ervan dat ik echt iets nuttigs doe.

Nadien zet ik de schoenen netjes in een rij onder de kapstok, alle schoenen van mijn moeder en mijn eigen laarzen.

Wanneer de zon uren later opkomt, heb ik weer controle over het bestaan: mijn nagels zijn in een onopvallende bruinroze tint gelakt, mijn haar is gekamd en geföhnd. Ieder voorwerp in huis staat op zijn plek, de Armendoos incluis. Die staat helemaal achteraan in de kleedkamer van mijn moeder, met een stapel schoenendozen erbovenop.

Mijn dochter komt over zes uur. Ik ben gereed.

Wanneer ze uit de trein stapt, springt mijn hart op van liefde: ze is zo jong en kijkt zo serieus. Ze draagt een leren weekendtas over haar schouder, een dure merktas die Ulf in Londen voor haar heeft gekocht. Ze doet de schouderriem goed en kijkt rond of ze me ziet. Ik haast me over het perron, ik ren bijna. Pas nu besef ik hoe vreselijk ik haar heb gemist.

'O Sophie', zeg ik. 'O Sophie, wat fijn om je te zien!'

Ze heeft honger; ze had niet genoeg geld meer om in de trein te eten. We lopen naar een pizzeria in de buurt van het station. De hele weg babbel ik als een vrolijke Frans over onbenullige dingen en zij antwoordt met eenlettergrepige woorden. We bestellen en ik zwijg, ik kan niets meer bedenken waar ik over kan babbelen.

Er staan bloemen op tafel, gele en blauwe plastic krokussen. Ik zit met mijn vingers aan een kroonblad te wrijven en wacht totdat Sophie wat zal zeggen, maar ze blijft zwijgen tot we onze pizza's hebben gekregen.

'Papa wil dat ik bij hem ga wonen', zegt ze dan, terwijl ze naar haar Calzone kijkt. 'In New York. Hij zegt dat daar betere scholen zijn...'

Ik leg mijn bestek weg, kan opeens niet meer eten. Mijn vrees is bloedrood.

'Wil je dat dan?' zeg ik en ik hoor dat mijn stem hees is.

Ze neemt een slok melk.

'Nee. Eigenlijk niet. Ik wil in Zweden leven, eindelijk eens Zweeds worden. Gewoon. Een gewone baan krijgen en in een gewoon huis wonen. Niet meer hoeven reizen.'

Ik pak mijn bestek.

'Dus je wilt niet met mij mee naar Canberra?'

Ze slaat haar ogen weer neer.

'Nee. Ik hoop niet dat je teleurgesteld bent, mama, maar ik wil nooit meer reizen. De lift is het enige transportmiddel dat ik van plan ben te gebruiken als ik volwassen ben. Ik wil in Zweden wonen; het is hier zo rustig en mooi...'

Ik knik en ze kijkt me aan. Ik zie dat ze bang is.

'Denk je dat papa teleurgesteld zal zijn?'

Die vraag verbaast me: de gedachte dat Ulf teleurgesteld zou kunnen zijn is nooit bij me opgekomen. Maar voor haar is hij een ander dan voor mij.

'Dat denk ik niet. Maar dat doet er ook niet toe. Je moet doen wat je zelf wilt.'

Sophie slaakt een zucht, maar haar angst laat haar nog niet los.

'Maar stel je voor dat hij teleurgesteld zal zijn? En zij, zijn nieuwe vrouw, stel je voor dat ze denkt dat het haar schuld is. Dan is zij ook teleurgesteld.'

'Ik zal wel met hem praten, Sophie. Maak je niet ongerust. Je hoeft niet naar New York te gaan. Je moet gewoon in Sigtuna blijven tot je je eindexamen hebt gedaan. Behalve in de vakanties, natuurlijk.'

Ze knikt en glimlacht een beetje vermoeid.

'De zomer in New York en Kerstmis in Canberra?'

'Ik weet het niet, Sophie. Ik weet het niet. Misschien blijf ik in Zweden. Op dit moment weet ik nog niets over de toekomst.'

Heel in de verte roept Ricky met verstikte en gedempte stem: de toekomst, madam, zal die ooit komen?

Een kannibaal. Een moordenaar. Ik?

Ik voelde me gekwetst en gekrenkt, bang en woest, maar uiterlijk was ik zoals altijd koel en onaangedaan. Althans in het begin.

'Laat mijn arm los, Ricky', zei ik. 'Rustig aan!'

Mijn stem klonk zeer geprononceerd en zeer superieur.

'Zo', zei ik. 'Nu leggen we Dolly echt te slapen, dan kunnen we hier in alle rust over praten...'

Noch Ricky noch Butterfield antwoordde, ze verroerden zich zelfs niet. Ik moest proberen om alleen overeind te komen met het kind in mijn armen. Met enige moeite lukte dat.

Het was heel warm, warmer dan het ooit geweest was, en onderhuids smolt mijn vlees tot vloeibaar metaal. Toen ik naar de deuropening liep, wiste ik met de zoom van mijn T-shirt het zweet van mijn voorhoofd. Mijn kalme uiterlijk begon te craqueleren en midden in mijn beweging merkte ik dat ik trilde.

'Die man heeft koorts, Ricky', zei ik toen ik weer ging zitten. 'Hij is erg ziek. Hij ijlt.'

Ricky schraapte zijn keel.

'Ik heb aan hem gevoeld, madam. Hij is niet bijzonder warm.'

'Dat kun je in deze hitte niet met de hand vaststellen. De lucht zelf is immers koortsachtig warm.'

Ricky gaf geen antwoord; hij had zich verder in de schaduw teruggetrokken. Ik kon zijn gezicht niet zien, zelfs zijn omtrek niet. Hij zweeg en wachtte af, en daardoor raakte ik nog meer geïrriteerd.

'Dus ik zou jullie doodmaken', zei ik en ik nam een slok bier. Dat was heel warm en smaakte bitter. 'Dus ik zou het hart uit jullie lichaam rukken. Alleen omdat ik blank ben. Dat is toch belachelijk. Dat is verdomme belachelijk!'

'Het is niet belangrijk', zei Butterfield, terwijl hij zich vooroverboog en opnieuw probeerde de kaars in de kerkkandelaar aan te steken. 'Laat toch.'

Het licht schoot heel even over Ricky's gezicht; hij schudde zijn hoofd en deed zijn mond open alsof hij wat wilde zeggen, maar hij kreeg geen kans. Ik was nu aan het woord en ik kon me niet inhouden.

'Waarom zit je me zo aan te kijken, Ricky? Ben ik een soort monster geworden? Heb ik slagtanden en klauwen en een bochel gekregen?'

Ik nam een nieuwe slok van mijn bittere bier en zat in mezelf te praten.

'Orgaandiefstal. Dat zal hij wel bedoelen. Er doen immers legio van die rare verhalen de ronde over *kano's* die ogen en longen en van alles en nog wat stelen; dat heb ik zowel hier als in India gehoord.'

Ricky ging met zijn hand over zijn gezicht.

'Dat weet ik', zei hij. 'Daar heb ik over gehoord, dat heb ik op televisie gezien. En toen ik taxichauffeur in Manila was, toen was er een collega die zijn nier aan een *kano* verkocht. Hij kreeg er meer dan tweeduizend dollar voor...'

Ik knikte kort: 'Natuurlijk. Zulke dingen gebeuren. Iedereen weet dat er *kano's* naar Manila gaan om organen van arme mensen te kopen. Maar dan gaat het om kopen, Ricky. Het is misschien immoreel, maar het is geen moord. Al die verhalen over moorden en diefstallen zijn volkomen onmogelijk. Je kunt er toch helemaal niet op uitgaan om links en rechts op mensen te gaan schieten, dat gebeurt niet, dat zou niet eens gaan... Dat zijn gewoon leugens en verzinsels!'

'Het is niet belangrijk', zei Butterfield weer.

Ricky zweeg en stak een sigaret op. Zijn zwijgen wakkerde mijn woede opnieuw aan.

'Er is niets dat mij zo absoluut woest maakt als wanneer ik veroordeeld word om iets waar ik geen invloed op heb', zei ik. 'Ik wil verdorie als mens en individu beoordeeld worden, en niet als blanke, vrouw of Zweed. En ik ben geen *kano*, Ricky, ik ben een Europeaan. Dat is verdorie een verschil. Snap dat, Ricky! Snap dat nou eens!'

Daar ging ik te ver. Butterfield pakte me bij mijn pols en

kneep; het deed zo'n pijn dat ik het bierflesje losliet.

'Nu hou je je mond dicht, Cecilia! Nu zwijg je!'

Hij liet mijn arm los, maar gaf me tegelijkertijd een zetje, zodat ik bijna mijn evenwicht verloor zoals ik daar zat. Zijn bewegingen waren schokkerig uit nijdigheid.

'Soms doe je zo verdomd belachelijk! Ricky is tot armoede veroordeeld omdat hij is wie hij is. Dolly is tot kinderarbeid veroordeeld omdat ze is wie ze is. Ik ben tot schooier veroordeeld. Vannacht ben jij veroordeeld omdat je een *kano* bent. Jij bent één keer veroordeeld en dat in de fantasie van een gek. Wat heeft dat verdomme voor betekenis?'

Ik knipperde even met mijn ogen en besefte dat ik tegen Ricky had gepraat zoals de autoriteit tegen de machteloze praat. Ik had een afgrond tussen ons blootgelegd. Ik had een bittere smaak van schaamte in mijn mond. Ik wilde alles weer goedmaken, maar wist niet hoe.

'Neem me niet kwalijk, Ricky', zei ik met neergeslagen blik. 'Ik bied je mijn verontschuldigingen aan voor alle domme dingen die ik heb gezegd. Ik weet niet wat er over mij kwam.'

Maar het was al te laat. Ricky, die mijn vriend zou zijn geweest als vriendschap mogelijk was geweest, keek in de duisternis en antwoordde toonloos.

'Natuurlijk, madam. Het is goed. *Never mind.*'

Maar na dat moment glimlachte hij nooit meer naar mij.

We bleven lang zwijgend in de donkere deuropening zitten, de hitte verdiepte zich en werd intenser. We ademden geen lucht meer in, het was pure damp. Ik leunde met mijn hoofd tegen de deurpost en voelde het bloed aan mijn slapen kloppen.

'Het belangrijkste,' zei Butterfield ten slotte, 'het echt allerbelangrijkste is dat we weten wie hij is. Wat heeft hij daarover gezegd?'

Ik hoorde hoe Ricky het zweet van zijn voorhoofd wiste.

'Hij zei dat hij een Vietnambaby was...'

Ik draaide mijn hoofd voorzichtig in zijn richting, om de hoofdpijn die achter mijn voorhoofdskwab op de loer lag niet op te wekken.

'Wat betekent dat? Is hij een Vietnamees?'

Ricky lachte droog.

'No, madam. Dat betekent dat hij een zoon van een Amerikaanse soldaat is... Van iemand die hier tijdens de Vietnamoorlog was.'

'Dan is hij toch zelf een *kano.* Althans voor de helft.'

Ricky zuchtte.

'Zo ziet hij dat niet, madam.'

Butterfield boog zich naar voren: 'Was zijn vader zwart? Wordt hij daarom NogNog genoemd?'

Ricky schoof wat naar achteren en haalde zijn schouders op.

'Dat weet ik niet. Daar heb ik niet naar gevraagd. Maar hij zei dat hij zijn vader nooit had gezien...'

Butterfield boog zich weer naar voren: 'Dus hij komt uit Olongapo?'

Ricky schudde zijn hoofd. Zijn omtrekken begonnen zich af te tekenen; de dageraad zou gauw aanbreken.

'Nee, uit Angeles...'

'Maar hoe is hij hier gekomen?' vroeg ik. 'Hoe is hij in onze auto beland?'

Ricky haalde opnieuw zijn schouders op en leek opeens ontzettend moe.

'Hij zegt dat hij met een paar anderen in een jeep reed. En opeens werd het donker en begon het stenen te regenen. Ze kwamen gewoonweg vast te zitten, ze konden niet verder...'

Ricky zweeg en nam een slok bier; wij wachtten ongeduldig op het vervolg.

'Hij zei alleen dat hij hen is kwijtgeraakt. Hij is zijn kameraden in de asregen kwijtgeraakt en is verdwaald. Hij heeft urenlang gelopen en kwam midden in een aardbeving terecht, precies zoals waar Dolly het over had...'

Ricky streek met zijn hand over zijn gezicht en keek naar de hemel; die was zwanger van donkere regenwolken, maar daarachter bespeurden we het ochtendlicht al.

'Hij zegt dat hij ons huis niet heeft gezien', zei hij. 'Hij heeft het huis niet gezien en heeft geen idee waar we eigenlijk zitten.'

Hij nam een slok bier en deed zijn ogen dicht.

'Hij zegt dat hij niet weet hoe lang hij in onze auto heeft gelegen; hij had urenlang door de orkaan gelopen en vond toevallig onze auto. Hij is erin gekropen om zich tegen de as en de stenen te beschermen. Maar je kon het portier gemakkelijk open krijgen, zegt hij, dat was helemaal niet moeilijk. Dus hij moet zijn gekomen vlak nadat wij het huis zijn binnengerend...'

Het werd een poosje stil en Butterfield zette zijn lege bierflesje weg.

'Nou', zei hij. 'Wat denk jij? Denk jij dat hij een NPA'er is?'

Ricky stond op en sloeg zijn broek af.

'Ja', zei hij. 'Dat denk ik wel. Misschien.'

'Waarom?' zei ik ademloos. 'Waarom denk je dat?'

'Vanwege het woord dat hij voor zijn kameraden gebruikte, madam. Hij had het over zijn *patrulya.* In die jeep reed een patrouille.'

Hij bleef met zijn handen in zijn zakken staan kijken naar het grijs. Ik volgde zijn blik. Kwam er mist opzetten? Of was het damp die uit de as opsteeg?

'Maar je weet het niet zeker?' vroeg Butterfield met gedempte stem.

'Nee', zei Ricky.

'Waarom niet?'

'Omdat hij zo veel over God en de engelen praatte...'

'Ach', zei Butterfield. 'Dat hoeft toch niets te betekenen. De meeste NPA'ers zullen wel goede katholieken zijn.'

'Jawel', zei Ricky. 'Misschien. Maar die zeggen toch meestal niet dat ze zelf engelen zijn?'

Hij haalde zijn handen uit zijn zakken en streek ermee over zijn gezicht.

'Maar dat zegt hij wel, mister Berglund. Hij zegt dat hij een engel is. Dus u zult wel gelijk hebben. Hij is gek, volslagen gek.'

NogNog werd met een schok wakker en ging snel rechtop zitten; hij liet zijn ogen over de muren glijden voordat hij ons zag. Wij zaten aan tafel te ontbijten; we zaten moe en slaperig op onze vaste plaatsen. NogNogs blik gleed langs mij en Dolly, verder door naar Ricky en bleef afwachtend hangen toen hij Butterfield in de gaten kreeg. We verstijfden en wachtten af, maar hij gilde niet. Maar hij zei ook niets.

Na een poosje stond ik op om zijn ontbijt te halen; ik zette een bord met gekookte rijst en gedroogde vis op de vloer een stukje bij zijn slaapplek vandaan. Hij keek eerst naar het eten, toen naar mij en knikte ten slotte afgemeten.

Ik liep terug naar de tafel, ging naast Dolly zitten en streek haar afwezig over haar rug. De koffie smaakte die ochtend ongewoon smerig en ik verlangde naar brood. Het regende erger dan anders en de lucht was nog net zo zwanger van vocht en hitte als tijdens de nacht. Mijn kleren plakten aan mijn lijf, het zweet liep van mijn voorhoofd.

Toen het ontbijt achter de rug was, ging ik naar de keuken; ik kleedde me uit en sloeg de badhanddoek als een sarong om me heen. Ik pakte zeep en shampoo en liep op blote voeten de kamer in.

'Wat ga jij doen?' vroeg Butterfield verbaasd.

'Douchen', zei ik. 'Nu het zo regent kan ik maar beter van de gelegenheid gebruikmaken...'

Hij grijnsde en schudde zijn hoofd een beetje.

'Je bent niet goed wijs...'

Maar ik was wel wijs: het was heerlijk om in de regen te douchen. De druppels waren groot en eigenaardig taai; wanneer ze op mijn huid neerkwamen, behielden ze hun vorm; ze lagen daar als glazen kralen een seconde te glinsteren, waarna ze loslieten en langs mijn voeten in de as neerstroomden.

Ik ging achter het huis staan en zeepte mijn hele lichaam in, ik waste mijn lichaam en bekeek het stukje bij beetje om te zien of ik echt zo veranderd was als ik me voelde. Ik bekeek vooral mijn tepels heel goed en slaagde erin mezelf wijs te maken – belachelijk als ik in deze dagen was, Marita – dat de lichtbruine tint van de vroeg middelbare leeftijd een zweem van het roze van de jeugd had gekregen.

Ik strekte mijn armen naar de grauwzwarte hemel en nam waar hoe mijn huid werd opgerekt; ik was glanzend wit en glad als ivoor. Gedurende één ademtocht voelde ik mij net een godin; daarna liet ik mijn armen snel weer zakken.

Voor wie werkelijk een godin is tegengekomen, is een dergelijk gebaar godslastering.

Als eerste herinner ik me het geluid. Hoe de schelp rammelend op straat viel.

'Wat was dat?' vroeg ik.

'Een auto die ergens overheen reed', zei Marita. 'Laat nou maar. Heb jij genoeg geld voor worstjes?'

Ik haalde mijn portemonnee te voorschijn. Geld was nooit een probleem, Goudbom vond het heerlijk om mij geld te geven.

'Een speciaal', zei Marita begerig. 'Heb je genoeg voor een speciaal voor ons allebei?'

Het was onze laatste avond samen, maar dat wisten we toen nog niet. We dachten nog dat het een gewone zaterdagavond was. De stad was verlaten en leeg: de buitenkerkelijken hadden zich in hun tempels teruggetrokken en andere volwassenen bleven op zaterdagavond binnen. De stad was van ons, de jeugd, maar om eerlijk te zijn was er niet veel aan om de stad te bezitten. Een paar cafés en cafetaria's op Södra Torget waren de enige etablissementen die open waren. Nozemauto's cirkelden rond het plein, de een na de ander kwam aanglijden en parkeerde. Het spel zou zo beginnen en Marita en ik zouden meedoen...

Maar eerst wilden we een warm worstje. Het was laat in oktober en we hadden het koud in onze dunne suède jacks, omdat we er geen vesten onder wilden aantrekken. Dat stond opgeblazen en lelijk. Marita had niet eens wanten; ze warmde haar handen onder haar oksels, terwijl de worstenman haar speciaal klaarmaakte. Brood, een gegrild worstje, drie scheppen waterige aardappelpuree en een dot ketchup erbovenop.

Er rammelde en rinkelde opnieuw iets, maar het geluid ging verloren doordat de Komeet steeds aan het gas van zijn Harley Davidson zat te draaien terwijl die stationair liep. Hij was de koning van Södra Torget, al negentien jaar oud, en over hem deden veel mythes de ronde. We hadden hem en zijn motorbende nog niet durven benaderen.

Ik kan me nog herinneren hoe het houten lepeltje smaakte, het stroeve houten lepeltje dat je bij je aardappelpuree kreeg. Dat had ik net in mijn mond gestopt toen ik haar in de gaten kreeg en het rammelende geluid opnieuw hoorde.

'Kijk', zei ik tegen Marita. 'Daar is Venus uit Gottlösa...'

Ze liep op het trottoir en zag eruit zoals ze er de laatste maanden steeds had uitgezien: met haar lange haar wapperend achter zich, gefronst voorhoofd en in zichzelf mompelend. Maar vanavond liep ze niet te gesticuleren. Ze had haar handen vol.

Marita likte wat ketchup van haar bovenlip.

'Waar loopt ze mee te slepen?'

Op hetzelfde moment had iedere tiener op Södra Torget haar in de gaten gekregen. Binnen een paar tellen was alles rustig en stil, en daarna verspreidde zich de zekerheid dat er iets heel ongewoons gaande was. Autoportieren werden dichtgegooid en op slot gedraaid, startsleutels van motoren werden uit het slot getrokken.

Ik herinner me de stemmen en het geroep nog: 'Wat is ze verdorie aan het doen?'

'Waar loopt ze mee te slepen?'

'Het is de schelp! Godsamme! Dat mens heeft de Shell-schelp gejat!'

'Teringschooier! Wat moet ze daar verdomme mee?'

'God, wat zal Abrahamsson woest worden! Kom, dan gaan we kijken.'

Marita en ik hielden onze speciaal stevig vast toen we met de kudde mee renden naar het tankstation van Abrahamsson dat gesloten was.

'Ja, verdorie! Kijk, hier ligt de trap, dat teringwijf is op de trap geklommen en heeft de schelp losgeschroefd!'

'Dat schooierswijf heeft de Shell-schelp gejat!'

'Ze is niet goed wijs!'

'Ze is gewoon gek, zeg!'

'Volkomen krankzinnig!'

Terwijl we renden hield Marita haar worstje nog steeds stevig vast, maar ik had het mijne al verloren. Venus uit Gottlösa was nu op de hoek van de straat bij het Leger des Heils aangekomen en stond aarzelend voor de oversteekplaats te wachten hoewel er geen auto te zien was. Ze hield de gele metalen schelp met beide handen achter haar rug, sleepte hem achter zich aan zodat hij met een rinkelend geluid tegen de goot sloeg toen ze eindelijk een stap op straat zette.

'Ze is op weg naar het spoorwegviaduct...'

De Komeet had de leiding genomen: 'Afstand houden, verdomme, niet te dichtbij!'

Met hoeveel waren we? Wie waren we? Twintig of vijfentwintig donzige jongemannen en zeven zijdezachte meisjes, kinderen met ronde wangen en heldere ogen, kinderen die later beschreven zouden worden als een kudde jakhalzen.

Venus uit Gottlösa bleef onder een lantaarnpaal helemaal boven op het viaduct staan. Ze liet de metalen schelp met een klap los; toen hij op de grond viel bleef hij even op zijn ronde kant heen en weer schommelen. Ze boog zich met een ernstige blik over de reling van het viaduct en zag neer op de spoorlijnen, keek op haar horloge en knikte. Vervolgens boog ze zich voorover, pakte de schelp, nam die tussen haar uitgestrekte armen en tilde hem over de reling.

Wij stonden een paar meter verderop in de schaduw en opeens was er niemand meer die nog durfde te schreeuwen, alleen de jongens mochten nu nog praten en hun stemmen klonken gedempt.

'Wat doet ze?'

'Ze is van plan hem voor de trein te gooien...'

'Verdomme zeg, ze is niet goed wijs, straks ontspoort de trein nog.'

'Ze zou in het gekkenhuis moeten worden opgesloten...'

'Zulke mensen moesten ze niet los rond laten lopen...'

'Maar kijk, ze legt hem op die uitsteeksels daar...'

Venus uit Gottlösa steunde van inspanning. Met grote moeite

was ze erin geslaagd de schelp tussen twee ijzeren balken aan de buitenkant van het hekwerk te plaatsen. Zulke ijzeren balken zaten langs het hele viaduct, zwarte stukken ijzer met een meter tussenruimte. Ik weet niet waarom ze daar zaten. Ik weet nog dat ik dacht dat hun enige doel moest zijn om te voorkomen dat mensen als Olsson op het spoor zouden vallen wanneer ze op het viaduct stonden over te geven. Wat mij betreft hadden ze er dus net zo goed niet kunnen zitten.

Venus uit Gottlösa hurkte op het trottoir en stak haar hand door het hekwerk; ze legde de schelp recht zodat hij stevig tussen de twee balken rustte. Vervolgens stond ze op om het resultaat te bekijken, keek opnieuw op haar horloge en leek gekalmeerd.

Ze rukte in één snelle beweging de drukknopen van haar oude regenmantel open, trok de mantel uit en vouwde die op tot een net vierkant dat ze op het trottoir legde. Ze stond op; haar witte blouse was tot aan haar keel dichtgeknoopt, haar wijde rok wapperde in de wind. Ze draaide haar hoofd een beetje om en keek naar ons.

Ik pakte Marita stevig bij haar arm. Venus uit Gottlösa keek naar mij, naar Marita, naar ons allemaal. Eén schrijnend moment was haar blik glashelder en aanwezig, ze keek of het totaal vanzelfsprekend was dat we daar waren. Ze glimlachte een beetje en legde een vinger op haar lippen, riep geheimzinnig en lacherig 'sst' naar ons. Misschien zagen we er een beetje komisch uit: we waren met onze ledematen in elkaar blijven steken en struikgewas geworden, waarvan de zwarte naakte takken zich door en om elkaar heen hadden gevlochten.

Ze begon haar blouse open te knopen. Er ging een windvlaag door het struikgewas, een vaag geruis en een lichte beweging die snel verstomde. Nu trok ze haar blouse uit en vouwde die zorgvuldig op, boog zich voorover en legde hem voorzichtig op de regenmantel. Ze droeg een witte onderjurk van nylon; het bustestuk was bedekt met kapotte kant.

De wind pakte haar rok op en blies die weg zodra ze hem op de andere kledingstukken had gelegd. Venus uit Gottlösa keek hem een ogenblik na, haalde vervolgens haar schouders op en trok ook haar onderjurk uit. Ze hield hem onverschillig in haar ene hand en met een gebaar zo grof als schuurpapier draaide ze hem een paar keer in de lucht rond, waarna ze hem liet wegfladderen in de richting van de duisternis en Åkershäll.

Ze maakte haar beha los en pakte zichzelf onder haar borsten, mompelde iets en terwijl ze haar schoenen uitschopte, begon ze te lachen. Haar beha bungelde los van haar schouders toen ze zich vooroverboog om haar schoenen naast elkaar te zetten. Ze waren heel onmodieus, ze deden me denken aan een paar dat mijn moeder lang in de Armendoos had gehad.

Venus uit Gottlösa maakte haar jarretels los en deed haar korset uit; het was een model uit de jaren vijftig met stalen veren en van glanzend satijn, te zwaar om zomaar in de wind weg te vliegen. Ze maakte er een rolletje van en liet dat vallen, waarna ze omstandig eerst haar ene en toen haar andere kous begon af te rollen.

Het laatste kledingstuk was een ouderwetse zalmkleurige onderbroek. Hij was versleten en verwassen. Venus uit Gottlösa stak verstrooid haar wijsvinger door een gat vlak onder het elastiek en bewoog een beetje met haar vinger heen en weer. Met een snelle beweging waarbij ze een kniebuiging maakte trok ze hem vervolgens uit.

Nu was ze naakt.

Ze ging op haar tenen staan en stak beide armen de lucht in, de wind greep haar haar dat tot haar middel reikte en tilde het op. Het licht van de trillende straatlantaarn boven ons deed haar glanzen. Ze was een pilaar van ivoor en koper, ontzettend in haar schoonheid, verschrikkelijk in haar volmaaktheid.

Naderhand zei men dat we haar hadden opgehitst, dat we hadden geschreeuwd en geroepen en haar hadden beschimpt.

Dat is niet waar.

We hebben niet geschreeuwd. Eerst wel, maar daar op dat moment niet. Niemand bewoog. Niemand sprak een woord. We waren door haar blanke huid en wapperende haren met stomheid en onbeweeglijkheid geslagen, zo onder de indruk dat we zelfs vergaten op het kauwgom dat we in onze mond hadden te kauwen. De lucht stond opeens stijf van het geurende verlangen van de jongens, dat als bloemen aan de kale takken van het struikgewas ontbotte en openbarstte. Maar wij meisjes sloegen onze glanzende ogen neer, bezwaard en hopeloos overweldigd door haar onbereikbare vrouwelijkheid.

Ze moet over het hek op de schommelende schelp zijn geklommen, maar dat kan ik me niet herinneren; ik herinner me alleen hoe ze zich het ene moment op het grindachtige trottoir uitstrekte naar de hemel en hoe ze het volgende moment op de uiterste rand van de schelp heen en weer stond te zwaaien. Ze deed haar hoofd achterover en keek op naar de sterren, liet het daarna weer zakken en luisterde of ze iets hoorde. In de rails onder het viaduct zong het; de trein uit Katrineholm was in aantocht.

Ik dacht echt dat ze zou kunnen vliegen. Toen ik haar een stap recht de lucht in zag doen, was ik ervan overtuigd dat zich enorme vleugels uit haar schouderbladen zouden losmaken, dat die de trein met zijn gebulder zouden overstemmen en haar hoog boven het treinspoor en de stad zouden uittillen.

Maar Venus uit Gottlösa had in haar rug geen vleugels verborgen. Ze deed een stap in de lucht, sloeg snel met haar armen heen en weer alsof ze plotseling spijt had gekregen en viel vervolgens met een zeer aardse schreeuw voor de trein uit Katrineholm.

Het klonk alsof de wielen kauwden.

De badhanddoek was natuurlijk doornat geworden in de regen en nadat ik door de as had gerend, was ik tot ver op mijn benen zwart.

Ik ging in de deuropening staan en stak eerst mijn ene been en toen het andere naar buiten om het laatste vuil af te spoelen. Daar moest Dolly om lachen en daarna ook Butterfield. Ricky lag op de grond met een krant over zijn gezicht; de vreemdeling had zich naar de muur toe gedraaid en leek te slapen.

'Malloot', zei Butterfield. 'In deze vochtigheid word je nooit meer droog...'

'Dat gaat best, als jij je er niet mee bemoeit. Kun je me mijn T-shirt even aangeven, dat ligt onder de tafel...'

Terwijl het water voor de koffie op het petroleumstel stond te pruttelen, kleedde ik me in de keuken aan en wreef mijn haar halfdroog. Vervolgens bracht ik de koffiemokken naar de kamer en ging op mijn hurken naast Ricky zitten; ik drong me op om alles weer goed te maken.

'Slaapt hij?' vroeg ik terwijl ik in de richting van NogNog knikte.

'Mmm', zei Ricky.

Ik stond op en liep naar de tafel.

'Maak hem wakker', zei ik. 'We moeten overleggen. Nu kunnen we immers vertrekken. En hij kan meegaan als hij wil of blijven als hij wil, dat is gewoon aan hem...'

Ricky's gezicht veranderde: het was alsof ik hem een cadeau had gegeven. Hij zette zich af tegen de vloer om op te staan. Maar Butterfield onderbrak hem midden in zijn beweging.

'Nog niet', zei hij. 'Nog niet.'

Ik morste een beetje koffie op tafel toen de omvang van wat hij had gezegd tot me doordrong.

Ik weet niet wie Butterfield voor jou was, Marita. Ik weet niet wat jullie elkaar hebben gegeven en ontnomen.

Maar ik weet wie hij voor mij was. Volmaakte stilte, zwijgzame ernst, eerlijke woordeloosheid.

Wanneer we de liefde bedreven verstoorde hij dat niet door valse bezweringen te fluisteren, hij mompelde na het orgasme nooit plichtmatig over liefde. En zo was het het beste. Als hij had gezegd dat hij van me hield, was ik opgestaan en had ik hem in de as achtergelaten.

Dat woord zou een leugen zijn geweest. En Butterfield loog niet.

Maar hij gaf om mij, Marita. Hij gaf echt om mij en wilde me niet verliezen.

En toen ik dat besefte, werd ik bang en morste ik koffie op tafel.

Dolly lag met haar hoofd in mijn schoot en speelde met de keramiekketting; ze hield hem op naar het grijze licht uit de deuropening en gluurde beurtelings met één oog naar de verschillend gekleurde kralen.

'Maar wanneer gaan we vertrekken, mister Berglund?' zei Ricky. 'Wanneer?'

Butterfields blik gleed weg en hij wilde geen antwoord geven.

'Het regent vandaag misschien te veel', zei ik halfhartig.

'Precies', zei Berglund.

Ricky zakte ineen boven zijn koffiemok.

'Morgen zal het net zoveel regenen. Het is toch regentijd, verdomme!'

'En we moeten misschien behoorlijk wat levensmiddelen inslaan', zei ik.

'Precies', zei Butterfield. 'We moeten veel proviand meenemen, vooral water. We weten immers niet hoe ver we moeten lopen voor we water vinden...'

'Precies', zei ik. 'En we moeten berekenen in welke richting we moeten lopen.'

'Naar het zuiden, verdomme!' zei Ricky. 'Of naar het zuidwesten! Olongapo ligt ten noorden van Manila en vanuit Olongapo zijn we in oostelijke richting gereden!'

'Vloek niet', zei ik.

Toch was het noodzakelijk om met de voorbereidingen te beginnen.

Butterfield hielp mij om een zijden sjaal als draagdoek om mijn rug te knopen, terwijl Ricky Dolores daar langzaam in liet glijden. Het was moeilijk om haar gewonde been om mijn middel te krijgen.

'Hoe voelt dat?' vroeg Butterfield.

'Jawel, dat gaat wel... Ze is immers niet zwaar. Als ik haar maar onder haar benen ondersteun, zodat ze niet strak om mijn hals hangt, dan gaat het wel...'

Butterfield hing het bundeltje recht, en Dolly begon te lachen en boorde haar hoofd in mijn nek.

'Wat ben je van plan met haar te doen wanneer we in Manila aankomen?' vroeg Butterfield.

Ik duwde haar wat hoger op mijn rug.
'Haar adopteren, natuurlijk.'

'We zien eruit als elkaars tegenpolen', zegt Sophie.

We staan rechtop naast elkaar voor de spiegel in de hal om onze begrafeniskleren te passen. Ze heeft gelijk. We zien eruit als elkaars tegenpolen: zij in het wit met zwarte zijde rond haar hals, ik in het zwart met wit rond mijn hals. Zij maakt haar shawl los en keert me de rug toe; opeens praat ze als een volwassene.

'Ben je van plan het huis te houden?'

Ik haal mijn schouders op.

'Ik weet het niet. Dat hangt waarschijnlijk af van wat Lars-Göran wil...'

Ze leunt tegen de deurpost en kijkt me aan.

'Dat moet gezellig zijn, om een broer te hebben.'

Ik maak mijn shawl ook los en probeer de fladderige witte zijde te vouwen zonder die te kreuken.

'Tja. We hebben elkaar eigenlijk nooit zo goed gekend.'

'Maar toch. Om iemand te hebben die je hele geschiedenis kent, om zo te zeggen... Iemand die je niet zo veel meer hoeft uit te leggen.'

Een van de gouden halskettingen van mijn moeder ligt in een glazen schaaltje op het haltafeltje; ik pak hem op en houd hem tegen mijn hals om te kijken hoe hij staat.

'Ik weet het niet. Toen we nog kinderen waren, waren we eigenlijk nooit samen. Misschien omdat hij een jongen was en ik een meisje. En dan het leeftijdsverschil...'

Een herinnering schiet door mijn hoofd: Lars-Göran, net minister geworden, zit bij mijn ouders aan het diner te dromen over de straat uit zijn jeugd.

'Het was net Bolderburen', zegt hij. 'Het was net alsof je opgroeide in Bolderburen, met al die rode huizen en het bos eromheen.'

Ik moest toen hard lachen, hard en verbijsterd en spottend, tot mijn moeders wethoudersblik mij het zwijgen oplegde.

Ik laat de gouden ketting weer in het glazen schaaltje zakken:

'En wat betreft die gemeenschappelijke geschiedenis, dat weet ik ook niet. Je herinnert je de dingen zo verschillend. Je weet wel: *it's all in the eye of the beholder.*'

'Misschien wel', zegt Sophie glimlachend. 'Maar een zusje was wel leuk geweest...'

Mijn spiegelbeeld kijkt haar aan en glimlacht zijn spottende glimlachje. Wil je weten wat je moeder met je zusje heeft gedaan, Sophie? Vraag het haar maar!

Ik keer de spiegel de rug toe en glimlach een andere glimlach naar mijn dochter.

'Zullen we de stad in gaan om te zien of ze bij de bloemist seringen hebben? Oma hield van seringen. We zetten ter gelegenheid van de begrafenis een groot boeket in de woonkamer. Dat staat vast mooi.'

'Haar adopteren?' zei NogNog met zijn vlakste stem. 'Dus u bent van plan haar te adopteren?'

Ricky en Butterfield waren erop uitgegaan om naar mineraalwater te zoeken. Butterfield was in het begin benauwd en wilde mij niet alleen met de vreemdeling achterlaten, maar Ricky verzekerde hem dat die in de eerste plaats totaal ongevaarlijk was en in de tweede plaats zo vast lag te slapen dat hij niet wakker zou worden voordat ze weer terug waren.

Een beetje angst kriebelde in mijn buik, maar ik wist dat het water noodzakelijk was. Daarom legde ik mijn handen tegen Butterfields borstkas en schoof hem zachtjes naar buiten.

'Maak je niet ongerust', zei ik met de stem van Goudbom. 'Als hij domme dingen doet, dan ga ik wel boven op hem zitten...'

De eerste tijd was ik druk met Dolores. Ze zweette en kneep haar ogen halfdicht zoals altijd wanneer de pijn in haar voet te erg werd. Ik durfde haar niet meer van Butterfields pijnstillers te geven; enerzijds omdat we moesten sparen voor de lange mars en anderzijds omdat ze haar ochtenddosis al gehad had. Ik gaf haar in plaats daarvan aspirine en chocolade en wiegde haar voorzichtig terwijl ik alle Zweedse kinderliedjes voor haar zong die ik kende.

Ik merkte pas dat hij was gaan zitten toen hij begon te praten.

'Dat liedje', zei hij. 'Dat gaat over kleine kikkertjes, nietwaar?'

Hij was een donkere schim in het duister aan de andere kant van de kamer, een schim met de stem van een zieke. Zijn Engels was uitstekend: het klonk alsof hij in Californië geboren was.

Ik voelde hoe de spieren in mijn rug zich spanden. Ik was op mijn hoede.

'Inderdaad', zei ik. 'Dat gaat over kleine kikkertjes...'

'Dat heb je ook in het Tagalog. Wie is dat meisje?'

'Dat weet ik niet echt. We hebben haar tijdens de vulkaanuitbarsting helemaal alleen op de weg gevonden...'

'En wat bent u van plan met haar te doen?'

Ik keek op en probeerde zijn gezichtsuitdrukking te zien. Dat lukte niet, het was te donker in de kamer.

'Hoe bedoel je? Met haar doen?'

'Ik meende dat u zei dat u haar wilde adopteren?'

Dolores lag stil in mijn armen met grote ogen te kijken; ik deed een schietgebedje dat ze niet zou snappen wat hij zei en streek haar haar uit haar gezicht. Het was klam van het zweet.

'O, dus dat heb je gehoord. Wij dachten dat je sliep. Deed je maar net alsof?'

Zijn stem werd afwijzend.

'Ik rustte alleen maar uit.'

Hij pauzeerde even.

'Dus u bent van plan haar te adopteren? Waar is ze voor?'

Ik haalde geïrriteerd mijn neus op, maar zo stil dat hij het niet zou horen.

'Wat bedoel je? Ik ga haar adopteren. Haar eten geven en een eigen kamer en haar naar school sturen, dat is alles.'

Nu klonk zijn stem schel en ironisch: 'Eten en een eigen kamer en school... *Oh madam, the goodness of your heart!*'

Ik vind het altijd moeilijk om met de spot van anderen om te gaan; ik word er helemaal weerloos van. Nu bleef ik stil op de bobbelige bank zitten en beet mezelf in mijn bovenlip.

NogNog stond wankelend op en steunde tegen de muur; hij was langer en knokiger dan ik had verwacht,

‘Heb je honger?’ vroeg ik.

‘No, madam. Ik heb toch net gegeten; ik ben niet gewend om zo vaak te eten als jullie *kano’s.* Ik vraag me alleen af wat u met haar gaat doen.’

Ik schoof op en maakte mijn arm, die ik om Dolores heen had geslagen, wat losser. Ze keek bang, maar zei niets en huilde ook niet. De stoel, dacht ik. Als hij iets doet, dan sla ik hem met de stoel op zijn hoofd en als dat niet lukt, dan bijt ik hem in zijn armen of dijen of neus of wat dan ook.

Hij vloog pijlsnel door de kamer. NogNog. De donkere. Die naam paste bij hem: ik kon zijn gezicht pas onderscheiden toen hij helemaal bij de tafel stond.

‘Maar ik wil wel wat drinken’, zei hij, terwijl hij een Coca-Cola-fles pakte die op tafel stond. Hij zette die aan zijn mond en dronk met lange, hoorbare slokken, waarna hij met de rug van zijn hand zijn mond afveegde en mij aankeek.

‘Nou, madam. Waar is ze voor?’

Opeens stond ik op het punt in huilen uit te barsten; ik wilde mijn handen voor de oren van Dolores houden zodat zij niets zou horen.

‘Ik begrijp niet wat je bedoelt… Ze is nergens voor. Ik ben op haar gesteld en wil haar helpen; je adopteert toch geen kinderen om ze ergens voor te gebruiken…’

NogNog begon te lachen en zei met zijn schelste stem: *‘Oh, madam. The goodness of your heart, the goodness of your kind!’*

Hij draaide me de rug toe en liep naar de deur, leunde tegen de deurpost en keek naar buiten naar de regen. Ik bleef roerloos zitten en keek naar zijn smalle rug. Zijn stem klonk zachter toen hij langzaam herhaalde: *‘The goodness of your kind…’*

Ik pakte Dolores’ slappe hand en praatte tegen zijn rug.

‘Wat weet jij van de eventuele goedheid van mijn hart? Wat weet jij van mij en mijn soort?’

Hij stak zijn handen in de zakken van zijn shorts en liet zijn stem nog verder dalen.

‘Alles, madam. Ik weet alles over uw soort. Ik ben ooit ook geadopteerd geweest. Door een *kano.*’

Hij draaide zich om en keek me aan.
'Dus ik weet precies waar *kano's* kleine bruine kinderen voor hebben. Ze hangen ze in de bomen en plukken ze als vruchten.'
Dolores begon te gillen en sloeg haar handen voor haar oren.

Die verdomde NogNog! Die teringlijder van een NogNog!
Nog steeds kan ik het niet laten mijn vuisten te ballen en mijn gezicht te vertrekken wanneer ik aan hem en zijn verhalen denk. Ik had hem van dorst moeten laten creperen, ik had hem moeten slaan, ik had zijn eigen kalasjnikov op hem moeten richten om hem tot zwijgen te dwingen. In mijn fantasie zie ik mezelf het wapen heffen en op zijn keel richten...
Maar ik ben niet tot schieten in staat, ik laat het wapen zakken en laat het los. Er zijn er al genoeg gestorven.

'Wat is er, mama?' vraagt Sophie. 'Ben je niet lekker?'
'Een beetje moe alleen', zeg ik, terwijl ik me over de seringen buig. De witte bloemen zijn dik en wasachtig, ze geuren helemaal niet. Eigenlijk lijken deze bloemen helemaal niet op de boerenseringen waar mijn moeder van hield. Dit is het soort bloemen dat Goudbom zou hebben gekocht.
'Wat kosten ze?'
De winkelbediende glimlacht verlegen: 'Ze zijn in deze tijd van het jaar behoorlijk duur...'
Ik haal mijn schouders op.
'We nemen ze. Allemaal.'

Dolly kroop met gebalde vuisten en haar gezicht tegen mijn hals in elkaar; af en toe trok haar rug zich samen in droge snikken. Ik droeg haar als een baby, liep door de kamer heen en weer en fluisterde over alles wat ze zou krijgen wanneer we in Manila aankwamen. Ik richtte de saaie logeerkamer in mijn huis in met witte meisjeskamermeubels en fluisterde over poppen en poppenhuizen en gebloemde poppenserviesjes.
'En je krijgt zo veel jurken als je wilt. Roze, lichtblauwe en gele jurken met stroken en rozetjes en zijden schoentjes erbij. We

zullen op het terras ontbijten en daarna kun je in het zwembad zwemmen, het water is groen en koel en heerlijk...'

Haar rug trilde in een snik, maar ik voelde dat ze luisterde.

'En wanneer het weekend is, dan nemen we onze grote auto – ik ga in Manila een nieuwe auto kopen, een rode – en dan laden we die vol eten en cadeautjes. En jij trekt de allermooiste van je mooie jurken aan en ik kam je haar en vlecht het, want dan is het lang geworden, reuzelang, en dan gaan we in de auto zitten en rijden we naar Floridablanca naar je vader en je moeder en al je broertjes en zusjes. En wanneer jij komt, blijft iedereen op straat stilstaan. Ze blijven stilstaan en vragen zich af wie dat meisje is, dat schattige meisje in die mooie auto, en jij stapt uit en begint cadeautjes uit te delen; je hebt voor iedereen iets meegenomen...'

Ze was opgehouden met snikken, maar ik was zo verdiept in mijn troostfantasie dat ik niet meer te stuiten was. Ik had deze droom net zo hard nodig als zij.

'En dan komt lola, je grootmoeder, het trottoir op en wanneer ze jou ziet, slaat ze haar handen ineen en ze zegt: ik wist het wel, ik wist wel dat Dolly het schattigste meisje van de hele wereld is! En dan nemen we oma mee in de auto naar Manila; zij mag ook in ons huis wonen, ze mag de hele dag op het terras zitten om te kijken hoe jij speelt. Misschien kopen we een poes voor haar of een hondje en een paar parkieten...'

Nu sliep ze bijna, haar ademhaling was dieper geworden en ik sprak met zachtere stem.

'Daarna ga jij naar school, een kleine school met een lieve juffrouw die naar parfum ruikt. En 's avonds zitten we samen op het terras te lezen, ik zal je iedere avond verhaaltjes voorlezen...'

Ze sliep. Ik liet me voorzichtig op mijn knieën zakken en legde haar op haar plaats onder de tafel. Toen ik weer opstond, stond NogNog vlak naast me en hij bewoog zijn handen in een stil applaus.

'Beautiful, madam', zei hij met een schuine glimlach. 'Heel mooi en heel ontroerend. Het probleem is waarschijnlijk alleen dat dit kind geen idee heeft waar u het over hebt. Ze weet niet wat poppen of stroken of verhaaltjes zijn. Jammer van zulke mooie beloftes.'

Nu was ik meer boos dan bang.

'Hoe kun je! Het is onvergeeflijk om een kind zo te laten schrikken als jij hebt gedaan.'

Hij vertrok zijn gezicht.

'Oh, excuse me, missus! Sorry, vergeef me, neemt u mij niet kwalijk! Ach, kon ik mijn woorden maar terugnemen!'

Waar had hij geleerd zo te praten? Dat verontrustte me. Ik wilde mijn pakje sigaretten van tafel pakken, maar toen ik mijn hand uitstrekte greep hij mijn pols.

'U zou niet zo veel moeten roken, madam...'

Ik trok mijn hand terug.

'Wat nu weer? Ben je een gezondheidsfreak? Ik dacht dat je een engel was. Of een guerrillastrijder...'

Ik had meteen spijt; het kon gevaarlijk zijn de spot met hem te drijven. Even was hij van zijn apropos gebracht, maar hij hervond zich snel en glimlachte naar me.

'Als guerrillastrijder leer je veel, madam. Onder andere dat je geen gewoontes moet aannemen die je kwetsbaar maken. Een roker is kwetsbaar. Wanneer de politie of het leger hem te pakken krijgt, dan laten ze hem zijn sigaretten houden maar pakken ze zijn lucifers af. Dat is, vergeleken met veel andere dingen, een kleine kwelling, maar toch een kwelling... En je moet alles voorkomen wat het anderen makkelijk maakt je te kwellen.'

Ik griste de sigaretten naar me toe, stak er een op en nam demonstratief een diepe trek.

'Ik ben geen soldaat, ik hoef niet bang te zijn voor de politie of het leger.'

Hij haalde zijn schouders op en draaide zich om; hij leek opeens zijn interesse in mij te hebben verloren. Hij begon naar zijn slaapplaats bij de muur te lopen. Ik hoorde dat mijn stem donkerder was geworden toen ik tegen zijn afgewende rug praatte: 'Wie ben je eigenlijk, NogNog?'

Hij haalde zijn schouders op.

'Dat heb ik toch al gezegd. Ik ben een engel en een soldaat. Ik ben een Vietnambaby. Ik ben een kind dat ooit in een boom werd gehangen.'

Opeens is het huis vol mensen. Yvonne en Lars-Göran zijn gekomen en ze hebben Lars-Görans zoons uit zijn eerste huwelijk meegenomen: Mattias, Max en Markus, drie met proteïne vetgemeste reuzen van tussen de vijftien en twintig jaar. Terwijl ze de trap op denderen blijf ik staan om naar hun schoenen te kijken. Het lijkt wel of de Spaanse armada in mijn moeders garderobe is gestrand.

'Nu moeten we praten', zegt Lars-Göran.

'Waarover dan?' zeg ik.

'Over het huis en de meubels en alle praktische dingen...'

Ik loop voor hem de woonkamer in en ga bij de open haard zitten. Hij gaat in de fauteuil van vader zitten en schraapt zijn keel: 'Ik wil dat je één ding weet, Cecilia. Ik wil dat we dit netjes afhandelen. Geen gesjacher of trucs; alle successierechten en belastingen over winst uit verkoop en dergelijke moeten klip en klaar worden betaald. Niet de geringste poging om belasting te ontduiken. Dat is van levensbelang. Het is al meer dan genoeg dat de avondbladen ontzet zijn over het feit dat ik een vermogen erf; ze mogen potverdorie geen gekkigheden vinden...'

Hij haalt een papier uit zijn binnenzak en zet zijn bril recht.

'Het contante geld en de aandelen zijn natuurlijk geen probleem, dat kunnen we gewoon in tweeën splitsen. Maar dan heb je de inboedel. Mattias heeft een appartement te pakken gekregen en hij heeft glaswerk, porselein en beddengoed nodig. Misschien ook een bed en wat meubels. En Yvonne is enorm verrukt van dit ameublement, de pluchen bank en de fauteuils en zo... En dan zijn de bontjassen er nog. Ze zou ontzettend graag de nerts willen hebben en een paar gouden sieraden voor de kleine. Als aandenken. En verder hebben Yvonne en ik over die percelen buiten de stad gepraat; de vraag is wat daarmee moet gebeuren...'

Yvonne, Yvonne, Yvonne. Ik begin me te ergeren aan zijn lafheid, aan het feit dat hij zijn hebzucht achter die van haar moet verbergen. Met spullen en geld is hij net Reintje de Vos: hij kan bijna niet verborgen houden dat hij loopt te kwijlen.

'Lieve Lars-Göran', zeg ik koeltjes, terwijl ik mijn nagels bekijk in een gebaar dat net zo leugenachtig is als een illustratie in een tijdschrift. 'Ik denk dat we daar nog een paar dagen mee moeten wachten. Ik heb lang niet zo veel tijd gehad om plannen te maken als jij. Kunnen we dit niet na de begrafenis bespreken?'

Hij hoort mij niet. Zoals alle machtige mannen heeft hij een selectief gehoor ontwikkeld.

'En het huis', zegt hij. 'Dat moet natuurlijk verkocht worden en de vraag is wat je ervoor kunt krijgen. Wat denk jij? Het zou toch minstens anderhalf miljoen moeten kunnen opbrengen?'

Ik sta op, mijn bewegingen zijn stijf van irritatie.

'En de Armendoos?' zeg ik. 'Heb je daaraan gedacht? Wie moet de Armendoos erven?'

Nu hoort hij mij eindelijk. Hij trekt zijn bril wat naar beneden en gluurt eroverheen.

'De Armendoos?' zegt hij. 'Waar heb je het over?'

Ik zou de trap op kunnen gaan, de doos kunnen halen en hem op zijn schoot kunnen zetten. Kijk, zou ik zeggen, dit is onze echte erfenis. Dit is het belangrijkste dat we hebben gekregen: de zekerheid dat de afgrond bestaat. Wat denk je daaraan te gaan doen?

Maar dat doe ik niet. Ik weet al hoe zijn ontkenningen zouden luiden: dit heb je echt verkeerd begrepen, Cecilia, zo was het helemaal niet. Armendoos! Puh. Gewoon een beetje rotzooi, dingen die oude vrouwen bewaren...

In plaats daarvan word ik vals. Ik ga weer zitten, glimlach en zet mijn hand onder mijn kin: 'Ik heb je gisteren op de televisie gezien. Het was geloof ik in het *Journaal*...'

Hij kijkt tevreden en schuift zijn bril op zijn plaats; hij is de Armendoos vergeten.

'Mmm. *Rapport* ook. En TV4. Die motie heeft goeie gevolgen gehad...'

'Wie probeer je na te doen? Oud-minister Gunnar Sträng?'

Hij kijkt een beetje bang. Dat is olie op mijn vuur.

'Dan zul je toch met tennissen moeten ophouden. Gezag vraagt om een wat gevulder figuur; als je Gunnar Sträng moet verbeelden, kun je niet zo'n platte buik hebben. En de concurrentie voor die rol is behoorlijk zwaar, naar ik begrijp.'

Hij vouwt zijn papier op en stopt het in zijn binnenzak.

'Ik weet niet waar je het over hebt. Soms maak ik me gewoon een beetje zorgen over je, Cecilia. Je hebt van die rare ideeën.'

Ik lach naar hem; nu hapt hij en daar geniet ik van: 'En dat dialect! Je praat nooit met een vetter Smålands accent dan wanneer je op de televisie bent. Je klinkt als een buitenkerkelijke pastor, zo'n pastor die niet in God gelooft. Dat zijn de ergste, weet je...'

Hij haalt een zakdoek te voorschijn en wist beledigd zijn voorhoofd af.

'Is het de nertsjas, Cecilia? Gaat die onzin om de nertsjas?'

Mijn glimlach wordt nog breder.

'Ja maar, lieve Lars-Göran, iemand moet toch ooit de waarheid zeggen. En je eigen zuster is dan toch de meest naaste? Je klinkt echt als een buitenkerkelijke pastor, hoewel te merken is dat je probeert Gunnar Sträng te spelen. Je zou wel een dramadocent kunnen gebruiken. En een voordrachtskunstenaar.'

Hij stopt zijn zakdoek weer in zijn zak.

'Nu hou je op, Cecilia. Het kan best zijn dat ik niet helemaal zo mediageniek ben als ik zou moeten zijn, maar zo ben ik nu eenmaal en daar is niks aan te doen. Ik stel me nooit aan. Ik probeer als politicus fatsoenlijk werk af te leveren en concentreer me op inhoudelijke kwesties. Zulke persoonlijke aanvallen hoef ik niet te nemen, of ze nou van jou komen of van iemand anders...'

Ik sta op en ga achter zijn stoel staan; ik praat heel duidelijk.

'Zakelijk is het woord. Zakelijke kwesties. Weet je dat je kaal aan het worden bent?'

Onder mij haalt hij zijn neus op, maar hij verroert zich niet en zegt ook niets. Ik strijk even door de dunne haartjes op zijn schedel.

'Zakelijk was het, ja. Er is geen beter woord voor wie de werkelijkheid wil maskeren... De werkelijkheid is namelijk hopeloos onzakelijk. Mensen worden dwars door elkaar heen gek en verliefd en haatdragend.'

Hij strijkt met zijn hand over zijn schedel om van mijn vingers af te komen.

'Alsjeblieft, Cecilia, het is heel goed mogelijk dat de gebeurtenissen van het afgelopen jaar veel voor je zijn geweest. Je zou misschien in therapie moeten gaan. Maar probeer je de komende dagen in Gods naam te beheersen! Verman je en denk aan mama...'

Ik buig me voorover, sla mijn armen om zijn keel en druk een beetje zodat zijn hoofd tegen de rugleuning wordt geperst.

'Pas op!' fluister ik. 'Ik ben niet degene die gek is, dat ben jij. Jij kunt je de Armendoos niet eens herinneren!'

'Ik moest vaak bij de honden slapen', zei hij, terwijl hij bij zijn slaapplek ging zitten. 'Wanneer mijn moeder iemand mee naar huis nam, moest ik bij de honden slapen. Maar dat was niet zo erg, dat wisten we allebei. Als het een kwelling was geweest, zou ze me nooit hebben gedwongen, ze was een lieve moeder...'

NogNog trok zijn benen op en legde zijn armen over zijn knieën, zijn slanke handen bungelden naar beneden. Bij zijn herinneringen vertoonde zijn gezicht een beetje een schuine glimlach.

'Er waren bijna altijd puppy's in de hondenkennel op het erf, kleine kefferige pups, die snuffelden en speelden. De teef behandelde me als een van hen. Wanneer we midden in de nacht aan het donderjagen waren, leerde ze me op dezelfde manier een lesje als ze bij de pups deed en wanneer we bij elkaar kropen om te gaan slapen, likte ze mij ook...'

Zijn blik ging omhoog en hij keek me aan.

'En het was altijd schoon in de kennel. Ik maakte hem zelf iedere ochtend schoon voordat ik naar de markt ging om plastic zakken te verkopen. Hoewel het niet onze honden waren, maar die van de huisbazin. Mijn moeder en ik huurden een kamer bij haar. We hadden het goed. Een eigen kamer in een echt huis. In alle andere kamers woonden meerdere gezinnen…’

Hij leunde met zijn hoofd tegen de muur en deed zijn ogen dicht.

‘Maar ik werd nooit wakker bij de honden. Wanneer de *kano* van mijn moeder was weggegaan – ze liet ze nooit de hele nacht blijven – ging ze altijd naar de kennel om mij op te halen. Ze droeg mij precies zoals u dat meisje draagt. Ik werd bijna altijd wakker wanneer ze kwam, maar ik deed net of ik sliep omdat het zo fijn was om gedragen te worden. Ze rook zo lekker.’

Hij opende zijn ogen en streek over zijn voorhoofd.

‘De mensen denken altijd dat mijn vader zwart was. Maar dat geloof ik niet. Mijn moeder was ook heel donker, bijna nog donkerder dan ik. Misschien waren haar voorouders Aëta. Anders kwam ze waarschijnlijk uit Negros, daar zijn de mensen immers net zo donker als ik…’

‘Weet je dat niet?’ vroeg ik met zachte stem. ‘Weet je niet waar je moeder vandaan kwam?’

Zijn blik gleed over me heen, maar hij keek me niet aan.

‘Nee’, zei hij. ‘Ik weet niet waar ze vandaan kwam. Ik weet niet eens hoe ze heette. Ik weet alleen dat ze callgirl in Angeles was en dat ze stierf toen ik een jaar of zes was.’

NogNog richtte zijn blik op de deuropening en keek naar de regen. Het werd stil tussen ons.

‘En?’ zei ik ten slotte.

‘En wat?’

‘Wat gebeurde er toen je moeder stierf? Wie heeft je geadopteerd?’

Hij maakte een gebaar met zijn slappe handen.

‘Niemand. Ik moest voor mezelf zorgen.’

‘Maar je zei toch…’

Hij legde mij met een blik het zwijgen op, keek daarna weg en haalde zijn schouders op.

‘Toen mijn moeder was doodgegaan, heb ik een hele dag op een trap zitten koekeloeren. Schijtsbenauwd. Volkomen in de war. Wist niet wat ik moest doen. Toen dook de bende op. Toen werd ik nog banger. Ik kende ze niet, maar ik wist wie het waren;

ze slopen altijd aan de rand van de markt rond en stalen wat ze te pakken konden krijgen...'

Hij sloot zijn ogen en leunde achterover: 'Er deden bij de kinderen op de markt een hoop geruchten over hen de ronde. De grote jongens zeiden dat de straatkinderen altijd scheermesjes in hun mond verstopten en dat ze bereid waren voor een peso te moorden. Maar dat was niet de reden dat ik bang voor hen was. Niet echt. Het waren hun stemmen. Ik vond altijd dat ze van die hese stemmen hadden...'

Hij opende zijn ogen en grijnsde even.

'Ik ben zelf na verloop van tijd ook behoorlijk hees geworden...'

'Dus je werd een straatkind?'

Hij sloot zijn ogen weer.

'Zeker. Ik had geluk, ze hadden op dat moment juist een klein, schattig kind in de bende nodig. Iemand die kon bedelen... Je moet klein en schattig zijn om te kunnen bedelen.'

Hij schoot in de lach.

'Dat is regel nummer één op straat: *the survival of the cutest.* De schattigste overleeft. En ik had geluk, ik was heel schattig...'

Hij grijnsde even: 'Dat ben ik nog steeds. Of niet?'

Ik rekte me uit; ik was nu ontspannen en voelde hoe moe ik was na de lange doorwaakte nacht. Ik glimlachte terug: 'Heel erg. Gewoon betoverend. Maar hoe was het toen? Hoe was het om op straat te leven?'

Hij herhaalde mijn slaperige gebaar; misschien was hij ook moe, misschien wilde hij alleen maar van mij en mijn vragen af zijn.

'Ach. Er wordt zo verrekte romantisch gedaan over straatkinderen. Er zijn mensen binnen de NPA die denken dat de straatkinderen de voorhoede van de revolutie vormen, dat zij alles zullen starten. Maar dat is flauwekul. Gewoon stomme flauwekul. Er komt nooit een revolutie in dit land.'

Hij zweeg even en dacht na voordat hij verderging.

'Straatkind zijn was een beetje meer klote dan wat u denkt en tegelijkertijd wat minder klote. Meestal was het gewoon saai. Het is saai om de hele tijd hetzelfde te doen: bedelen en stelen, in afvalbakken naar eten zoeken en verhalen vertellen.'

'Verhalen?'

'Ja, verhalen. We vertelden elkaar verhalen, over wie we waren en waar we vandaan kwamen. Zelf was ik meestal de zoon van een filmregisseur uit Hollywood. Hij zocht over de hele wereld naar mij, maar ik wilde me niet blootgeven. Ik was het allemaal zat en wilde een beetje vakantie nemen van het luxeleventje. Maar ik kon naar Hollywood vertrekken wanneer ik maar wilde. Vaak zei ik dat ik de volgende week zou gaan, alleen maar omdat het zo zielig voor mijn moeder was. Ze miste me zo…'

Er verscheen even een lachje op zijn gezicht.

'Maar er kwam altijd iets tussen.'

Ik glimlachte door de kamer heen.

'Jammer.'

Hij ging op zijn zij liggen met zijn hand onder zijn hoofd.

'Maar werd je nooit gepest?' vroeg ik. 'Pestten de andere kinderen je niet met dat verhaal; dat was toch eigenlijk behoorlijk doorzichtig?'

Hij schudde zijn hoofd.

'Nooit. Iedereen had verhalen. En die waren heilig, je mocht elkaars verhalen nooit in twijfel trekken. We deden elkaar veel aan, maar dat nooit.'

Hij ging op zijn rug liggen en keek naar het plafond.

'Ga door', zei ik. 'Vertel verder.'

'Nee. Het is te warm. Ik ben moe.'

Ik verhief mijn stem een beetje: 'Hoe werd je geadopteerd? En door wie?'

'Daar hebt u niets mee te maken…'

'Dat heb ik wel. Je maakt Dolly bang en verwijt mij dat ik haar kwaad wil doen, dan heb ik toch zeker het recht om in jouw kaarten te kijken.'

'Get off my back!'

Ik zweeg een poosje. Het was echt erg warm, de temperatuur leek met het uur te stijgen. Ik stond op en liep naar de deur; de regen buiten was net een muur. Ricky en Butterfield waren ergens daarbuiten; waarschijnlijk zaten ze zich in een of ander huis of in een sari-sari-store te vervelen in afwachting van het moment waarop de regen minder zou worden.

Maar NogNog was net een jeukplek op mijn rug; ik kon hem niet met rust laten. Ik draaide me om en keek naar hem. Hij lag met gesloten ogen op zijn rug.

'Dus jij gelooft niet in de revolutie', zei ik. 'Waarom ben je dan lid van de NPA? Vanwege het gezonde buitenleven?'

Hij hield zijn ogen nog steeds dicht, maar hij zuchtte en antwoordde: 'Wat bedoelt u?'

'Dat zei je toch? Dat er in dit land geen revolutie komt. Waarom ben je dan lid van de NPA?'

Hij opende zijn ogen.

'Wie heeft gezegd dat ik lid ben van de NPA?'

'Jij. Jij zei dat toch, dat je een guerrillastrijder was...'

Hij deed zijn ogen weer dicht; zijn toon was bestudeerd onverschillig. Gemaakt.

'Ik heb nooit gezegd dat ik lid van de NPA was. Ik vind de NPA waardeloos; ze strijden al bijna veertig jaar zonder iets te bereiken. De mensen willen hun teringrevolutie niet. Ze willen iets anders. En daarom ontstaan er nieuwe groepen, nieuwe legers. Waar jullie in jullie deftige wijken in Manila nog niet over hebben gehoord...'

Hij bluft, dacht ik. En hij doet het nog slecht ook.

'Zo, zo', zei ik. 'En bij wat voor leger hoor jij dan? Wat willen jullie dan wel als jullie geen revolutie willen?'

'Wraak', zei NogNog glimlachend. 'Alleen wraak. En nu we het daar toch over hebben: waar hebt u mijn kalasjnikov verstopt?'

'Heeft hij de hele tijd geslapen?' vroeg Butterfield terwijl hij in de richting van NogNogs rug knikte.

Ik schudde mijn hoofd, maar kon het niet uitleggen. Alleen al bij de gedachte werd ik moe. Wie geen antwoorden heeft, verdraagt geen vragen.

'Hij slaapt niet', zei ik in het Zweeds. 'Hij soezelt...'

Butterfield wiste het zweet van zijn voorhoofd en verstond mij verkeerd.

'Sjoemelt? Hoe dan?'

'Ach', zei ik, opeens geïrriteerd, en ik wendde me tot Ricky. 'Als ik een heleboel rijst kook en dat laat afkoelen, denk jij dan dat we dat in een plastic zak mee kunnen nemen?'

Ik wist het antwoord. Mijn vraag was alleen maar een poging om de afgrond tussen ons te overbruggen. Maar Ricky's gezicht stond nog steeds strak en gesloten.

'Dat gaat best, madam', zei hij beleefd. 'Dat gaat prima. Een heleboel rijst en mineraalwater. Daarna hoeven we alleen maar te vertrekken...'

De laatste keer bedreven we de liefde zonder woorden. Er viel niets meer te zeggen.

Voordat we alleen waren, was het al laat geworden; ik had urenlang rijst gekookt en daar een deel van als avondeten geserveerd en ik had uitgezocht wat we achter moesten laten en wat we moesten inpakken. In de verbandtrommel kwam ik de blikken cornedbeef tegen: die zouden een perfect ontbijt vormen voor het vertrek, maar als we genoeg tijd wilden hebben moesten ze nu geopend worden. Ik zat er lang met een steen en een schaar in te hakken en uiteindelijk was de rand van de blikken geperforeerd en kon Ricky de deksels openbuigen. Toen was ik al met mijn volgende taak bezig: een paar blanco bladzijden uit het instructieboekje van de auto scheuren. Ik schreef een lange, verontschuldigende brief aan de eigenaars van het huis. Als het zo was dat we iets kapot hadden gemaakt, dan wilden we dat graag goedmaken. Als ze zo vriendelijk wilden zijn om contact op te nemen met de Zweedse ambassade in Manila... Ik legde mijn visitekaartje en een paar dollarbiljetten op het vel papier en zette er een monsterlijk plastic madonnabeeldje bovenop.

Dolly lag te draaien van onbehagen over de gestreste stemming, zeurde over pijn in haar voet en zei dat ze honger had, hoewel we net hadden gegeten.

Ik gaf haar een pen en het instructieboekje van de auto, en

probeerde haar huizen en poppetjes te laten tekenen, maar ze begreep niet wat ik bedoelde en begon te huilen toen ik haar voordeed hoe ze de pen moest vasthouden. Ze was bang om het fout te doen. Door haar gesnik voelde ik me schuldig en falend. Ik wist niet wat ik moest doen om haar te troosten. Ten slotte haalde ik een half opgegeten reep chocolade uit de keuken en maakte me er met omkoperij vanaf.

Voordat alles klaar was, was het al donker geworden. Dolly was eindelijk in slaap gevallen en de bagage stond netjes opgestapeld bij de deur. Ricky had twee plastic zakken met twaalf flessen mineraalwater aan elkaar vastgesjord. Die zou hij om zijn nek dragen. Een plastic tas met gekookte rijst zou op zijn rug hangen. Butterfield zou de verbanddoos en een kleinere zak met medicijnen, koffie en sigaretten dragen. Zelf zou ik Dolly op mijn rug nemen.

NogNog had tijdens de maaltijd niets gezegd en zich ook niet verroerd. Zijn schaal met avondrijst stond onaangeroerd achter zijn afwijzende rug. We waren het er met zachte stemmen over eens geworden dat we tot de volgende ochtend zouden wachten voordat we hem zouden aanbieden dat hij ons op onze tocht kon vergezellen. Ik denk dat we allemaal hoopten dat hij ervoor zou bedanken. Zelf balde ik mijn vuisten krampachtig in die hoop: alles zou zo veel eenvoudiger zijn als hij nee zou zeggen.

Ricky was ver in de kamer bij een muur gaan liggen; hij lag met zijn hand op zijn voorhoofd en keek zwijgend naar het plafond. Ik had geen idee wat hij dacht; pas naderhand begreep ik dat hij op dat moment zijn besluit moest hebben genomen.

Ik ging op de trap zitten en probeerde te roken, maar het regende zo hevig dat mijn sigaret al doornat was nog voordat ik hem had kunnen aansteken.

'Kom', zei Butterfield toen hij mij voor de regen zag terugdeinzen. 'Kom bij mij zitten...'

Hij zat alleen aan tafel. Er brandde een nieuwe kaars in de kerkkandelaar en ik boog me over de vlam om een nieuwe, droge sigaret op te steken. Terwijl ik rookte, zat Butterfield zwijgend naast me.

‘Ik vraag me af waar we morgen om deze tijd zullen zijn’, zei ik.
Hij keek mij aan.
‘Jij zult wel in je chique huis in Manila zitten. Misschien lig je wel in het zwembad...’
Ik fronste mijn voorhoofd en tipte de as van mijn sigaret.
‘Puh! Deze tocht zal veel langer gaan duren. We mogen blij zijn als we over een week in mijn zwembad liggen...’
Butterfield nam mijn hand en kuste die.
‘Ik zal nooit in jouw zwembad liggen, Cecilia. Ik zal altijd ergens anders zijn...’
Ik greep zijn hand.
‘Waar?’
‘Ergens anders...’
Ik gaf een klein kusje op zijn knokkels.
‘Kom’, zei ik. ‘Kom, dan gaan we naar buiten, de regen in...’
Daarna spraken we niet meer.

Op de ochtend van de begrafenis ontbijten we in de eetkamer. Ik ben al vroeg opgestaan en heb de tafel gedekt met zilveren kandelaars en een wit damasten tafellaken. De witte seringen staan midden op tafel in de Alvar Aalto-vaas.

Yvonne blijft in de deuropening staan en fluistert dat het er mooi uitziet, dat het tafellaken fraai is en dat ze de mooie zilveren kandelaars nog nooit eerder heeft gezien. Ik denk dat ze de wijze waarop de tafel is gedekt uitlegt als een uitvloeisel van mijn manieren in het land Diplomatië. Maar zo is het niet.

De wijze waarop de tafel is gedekt, is eerder een antwoord aan mijn moeder, een poging om het laatste woord te krijgen in het stille gesprek dat we al zo lang voeren. De schoonheid van voorwerpen en het werk van vrouwen, wil ik zeggen, zijn niet verwerpelijk. Maar u vond dat wel. Papa en de politiek wilden u dat laten geloven.

Ik strijk met mijn hand over het tafellaken en kijk naar de tuin. Die is ook gekleed in zilver en damast, de vorst is na een paar dagen vocht en motregen teruggekeerd.

Ik houd van deze planeet, mama. Hij is zo mooi. En schoonheid is belangrijk, die verzacht pijn en stilt onrust. Dat moet u hebben geweten. Ooit moet u dat hebben geweten, anders zou u nooit hebben gestreden voor uw Pernilla-fauteuil en uw Alvar Aalto-vaas.

Maar dat is langgeleden, de jaren verstreken en de voorwerpen verwelkten voor u. U ontwikkelde een blinde vlek, uw wereld kromp en uw taal verdorde. Ik zou een heel naslagwerk kunnen schrijven met alle woorden die u verbood: goedheid, ziel, schoonheid, liefde, medegevoel…

Lars-Göran staat in de deuropening en schraapt zijn keel. Hij werpt mij een snelle blik toe; we herinneren ons allebei nog mijn greep om zijn keel. Vervolgens trekt hij zijn stropdas recht en neemt hij de rol aan van eerst rouwende. Ook daarin wil hij een rangorde hebben.

Na het ontbijt zijn we alleen in de keuken. Lars-Göran zet eten weg in de koelkast terwijl ik de afwasmachine vul. Hij zoekt een poosje naar het deksel van de jampot; dat ligt voor mij op het aanrecht en ik geef het hem.

'Is er iets wat jij mooi vindt, Lars-Göran?' vraag ik. 'Geef jij om schoonheid?'

Hij slaakt een diepe zucht en draait het deksel op de jampot.

'Alsjeblieft, Cecilia, niet nu… Over een paar uur gaan we mama begraven.'

'Des te meer reden. Ooit had mama een beeld van wat mooi was, maar dat is ze kwijtgeraakt. Waarom?'

'Dat is ze helemaal niet kwijtgeraakt…'

'Wel waar. Dat zijn jullie allemaal kwijtgeraakt. Maar als esthetiek de moeder van de ethiek is – zoals wordt beweerd – dan moet het verwoestend zijn als de politiek esthetiek mist…'

'Ik weet niet waar je het over hebt.'

'Ik heb het over schoonheid en deugd…

'Schoonheid en deugd', zegt Lars-Göran en hij slaat de koelkast met een klap dicht. 'Je kunt mijn rug op!'

Ik buig me over de wastafel naar voren en laat mijn lippenstift heel licht over mijn lippen gaan. Het mag op een dag als vandaag niet te veel zijn.

Begrafenissen zouden een privé-aangelegenheid moeten zijn, denk ik. De dominee zou achter een gordijn verborgen moeten staan en de rouwenden zouden eigenlijk een voor een naar binnen moeten gaan om alleen hun rouwplechtigheid te houden. Dat zou een waardig afscheid zijn. Waardig en eerlijk. Hoe kun je eerlijk zijn in je verdriet wanneer je bekeken wordt?

Ik buig mijn hoofd en trek de rits van mijn make-uptasje dicht. Wanneer ik in de spiegel kijk, heb ik geen lippenstift meer op. Ik heb het er al afgebeten.

Wanneer de taxi de weg naar het kerkhof opdraait, verstijven mijn spieren van ongemak; alleen al het aantal auto's op de parkeerplaats beangstigt me.

Opeens vormen wij een eendrachtig groepje: de naasten. We staan in een zwart-wit kluitje voor het hek en stampen wat in het knerpende grind. Enkele begrafenisgangers knikken zwijgend en haasten zich langs ons. Yvonne is verantwoordelijk voor de boeketten op de kist, rode rozen natuurlijk, en terwijl ze die aan de jongelui uitdeelt, strijk ik Lars-Göran voorzichtig over de mouw van zijn jas.

'Sorry', zeg ik snel. 'Sorry dat ik op je heb zitten vitten...'

Hij haalt verbeten zijn schouders op, maar kijkt me niet aan. Hij voelt in zijn zak naar een zakdoek.

'Nu', zegt de begrafenisondernemer terwijl hij de deuren van de kapel opent.

Wat een mensen!

De kapel is tot de laatste plaats gevuld, nee, meer dan dat: helemaal achteraan zitten ook een paar mensen op klapstoelen. Mijn moeders vriendinnen van de vrouwenvereniging zitten op een kluitje op de derde rij en aan de andere kant van het gangpad zit de voorzitter van de arbeidersbeweging met zijn tweedpet te spelen.

Links ontwaar ik Berits bezorgde gezicht. Dokter Alexandersson staat naast haar en knikt troostend. Dat hij gekomen is... En daar is Gunilla. Ze knikt wat, maar het is een vreemde beweging. Het lijkt niet alsof ze groet, eerder alsof ze me ergens op wil wijzen. Maar ik heb geen tijd om te kijken wat ze me wil laten zien, ik moet verder. Lars-Göran en Yvonne nemen plaats in de eerste bank en ik krijg eindelijk vrij zicht op de berg bloemen die mijn moeders kist omringt.

Bijna iedereen heeft rode rozen voor zijn kransen en boeketten gekozen, massa's rode rozen en enkele witte lelies. Dat is goed. Dat klopt. En achter de kist staan wijdbeens twee vaandeldragers met hun linkerarm op hun rug. Ze hebben de oude zijden vaandels gekozen met wit en geel borduursel. Dat is ook goed, dat klopt ook.

Gedurende de hele ceremonie blijf ik stijf en met droge ogen zitten; mijn ogen worden niet eens vochtig wanneer ik gedwongen ben naar de kist te lopen om mijn boeket op het deksel te leggen. Ik vertrek alleen even mijn gezicht, en dat herhaalt zich later wanneer de rode vaandels over de kist worden neergelaten. Iedereen ziet mij! Hoe kan ik huilen wanneer iedereen mij ziet?

De sociaal-democratie heeft op zulke momenten iets heel religieus, denk ik en ik recht mijn rug. Dat irriteert mij. Alle religies verbergen Gods gezicht. Aardse religies verbergen dat van de mens.

Nadien, wanneer de begrafenisgangers murmelend en half fluisterend buiten bij de kapel staan, sluip ik weer terug naar binnen. Ik loop snel het gangpad af, naar de kist toe, buig me eroverheen en leg mijn wang op de plek waar ik denk dat haar hoofd is.

'Lieve mama', fluister ik. 'Waar je nu ook bent, geef Dolly een beetje chocolade en help haar om Emma te vinden...'

Wanneer ik buiten kom, staan er niet veel begrafenisgangers meer voor de kapel. De meesten zijn al op weg naar Hotel Högland waar het condoleren zal plaatsvinden. Sophie staat in de deuropening van de taxi op mij te wachten en Gunilla staat met haar handen diep in de zakken van haar mantel vlak naast haar. Ze kijken elkaar niet aan.

Ik heb de mascarastrepen van mijn gezicht geveegd en loop nu half rennend naar de auto, ondertussen mijn handschoenen aantrekkend. Maar ik blijf natuurlijk voor Gunilla staan en geef haar een hand.

'Bedankt voor je komst', zeg ik.

Ze kijkt naar de punten van haar laarzen.

'Geen dank. Heb je nog gebeld?'

'Gebeld?'

'Naar Marita.'

Ik schud mijn hoofd.

'Nee. Daar heb ik geen tijd voor gehad...'

'Ga je het nog doen?'

'Ik weet het niet. We zien wel. Wil je met Sophie en mij meerijden naar het hotel? Of ben je zelf met de auto?'

Ze schudt haar hoofd.

'Ik ga daar niet naartoe. Ik ga niet mee...'

Ik strek mijn gehandschoende hand uit en leg die op de mouw van haar mantel.

'Maar waarom niet?'

'Ach, daar zijn toch alleen maar een heleboel wethouders en dokters en zo. En je broer. Nee, dat wil ik niet... Dit is voldoende.'

Ik trek mijn hand terug; ik weet dat het zinloos is om te proberen haar over te halen.

'In elk geval bedankt voor je komst...'

'Jij ook bedankt', zegt Gunilla, terwijl ze haar schoudertas goed hangt. 'Heb je hem gezien?'

Ik heb al een stap gezet, maar houd me in.

'Wie dan?'

'De vader van Marita. Olsson. Hij zat vlak achter je.'

Witte tafelkleden, bloemen en kaarsen. Een foto van mijn moeder in een zilveren lijst. Grijskoude winternevel buiten voor de ramen.

Lars-Göran en ik staan naast elkaar om de gasten een hand te geven; ik heb gelegenheid gehad om mijn make-up bij te werken en hij heeft zijn behuilde opgezette gezicht met koud water gefatsoeneerd.

Voor mij zijn de meeste mensen onbekenden, maar Lars-Göran kent iedereen. Dit is zijn kieskring, dit zijn de mensen die hem zijn leven en carrière hebben geschonken. Hij omvat hun hand met beide handen en kijkt hen diep in de ogen wanneer hij zijn bedankje mompelt in ruil voor hun deelneming. Zelf knik ik alleen, knik en beweeg mijn mond, zodat het lijkt alsof ik met zachte stem bedank. Mijn handen zijn wit en heel koud.

Berit heft haar hand op wanneer we elkaar begroeten en wil over mijn wang strijken, maar ik slaag er ongemerkt in me een halve centimeter terug te trekken zodat ze in plaats daarvan het luchtledige staat te strelen.

'Bedankt voor je komst, Berit', zeg ik met mijn vriendelijkste stem, me tegelijkertijd tot dokter Alexandersson wendend. 'En bedankt voor uw komst, bedankt voor alles wat u voor moeder hebt gedaan!'

Hij maakt een serieuze buiging, als een schooljongen, en ik raak zo gefascineerd door die beweging dat ik het gevaar dat nadert niet opmerk. Opeens word ik met mijn gezicht in een colbert geduwd, opeens ben ik gevangen in een omarming die ik niet ken, en een huilerige stem zegt half snikkend boven mijn hoofd: 'Ach lieve deugd... ach lieve deugd, dat Dagny zo vroeg zou overlijden, maar waar ze nu is heeft ze het beter, in de omarming van de Verlosser en in Gods schoot... Halleluja, nu is ze bij de Heer en hij vergeeft haar, hij vergeeft alle zondaars!'

Dit is obsceen! Ik maak me met een veel te heftig gebaar los, sta even te wankelen op mijn hoge hakken en probeer snel mijn haar glad te strijken. Hij doet een stap achteruit.

'Ken je me niet meer, Cecilia? We woonden toch naast elkaar toen jij klein was? Maar toen was ik een ander, nu heb ik Jezus leren kennen!'

Oude angst en oude haat roeren zich in mijn buik. De klootzak! De duivel is oud en religieus geworden.

'O', zeg ik onverschillig. 'Misschien. Ja, ja.'

Vervolgens wend ik me tot de volgende gast.

Iedereen zit aan kleine tafeltjes, dat heb ik zelf bepaald. Wij zitten met de familie aan een grote ronde tafel in het midden, samen met de dominee, de wethouder en dokter Alexandersson. Er worden veel toespraken gehouden en bij ieder woord dat wordt gezegd, wordt mijn moeder steeds schimmiger en steeds onwerkelijker.

Ik ben als laatste gaan zitten en ik heb mijn plaats met zorg gekozen; ik wil met mijn rug naar Olsson toe zitten. Nu zit ik zo dat ik de vestibule in kan kijken. Daar bewegen twee schaduwen; de ene herken ik. Wanneer het gedempte begrafenisgemompel is aangezwollen tot gewoon geroezemoes, sta ik op en loop naar haar toe.

Ze zijn allebei in een fauteuil gaan zitten, maar wanneer ik naderbij kom staat Katarina Söderberg snel op. De fotograaf die ze bij zich heeft blijft zitten, in spijkerbroek en met zijn benen wijd uit elkaar.

'Dag', zeg ik met zachte stem, erop gebrand een kalme indruk te maken. 'Willen jullie niet binnenkomen en ook een broodje eten?'

'Dag', zegt Katarina Söderberg. 'Nja, ik weet niet. Ik wilde eigenlijk alleen maar kijken wie er waren. Voor mijn verslag. Het verslag van de begrafenis. Pålsson van de begrafenisonderneming is bezig een lijst van de sprekers voor mij te maken...'

'Prima', zeg ik. 'Het zal wel niet zo gemakkelijk voor je zijn om iedereen te herkennen. Aangezien je nieuw bent in de stad.'

Ze glimlacht flauwtjes.

'O jawel. Ik herken de meesten. Het hele establishment is hier. Dat is niet zo groot in een stad van deze omvang...'

Ik glimlach terug: 'Dat zal wel zo zijn. Hoewel ik moet toegeven dat ik de helft niet ken...'

Ze doet een paar stappen naar de deuropening.

'Dat begrijp ik. U bent immers lang weggeweest. En niet iedereen hier maakt deel uit van het establishment. Hebt u die man met die zilveren stropdas gezien?'

Ik volg haar blik en kijk naar Olsson. Zijn wenkbrauwen zitten als een omgekeerde v op zijn voorhoofd, zo zachtaardig en zalvend is hij geworden.

'Wat is dat voor iemand?' zeg ik halfluid.

Katarina Söderberg kijkt mij vragend aan; ik moedig haar aan met een schuine glimlach.

'Dat,' zegt ze, 'dat is een dronkelap die op een grindweg in Hunseberg Jezus is tegengekomen... En sindsdien sjouwt hij alle begrafenissen in de stad af.'

'Toen ik hier kwam, dacht ik dat het ongeveer net zo zou zijn als in Göteborg', zegt Katarina Söderberg. 'Maar dan kleiner en overzichtelijker...'

We hebben ons in een hoekje teruggetrokken; ik heb als excuus aangevoerd dat ik zin heb in een sigaret en dat het ongepast is om daarbinnen te roken. Ik wil haar ertoe verleiden over Olssons bekering te praten.

Ze neemt een heftige trek van haar sigaret.

'Maar het is heel anders. Mijn vriend zegt dat het net lijkt of ik in de zuidelijke staten van Amerika terecht ben gekomen. En dat is waar. Het is net als in het zuiden van Amerika. Deze stad is op de een of andere manier van de wereld afgescheiden...'

Met een murmelend geluid moedig ik haar aan om meer te vertellen. Dat werkt.

'Je wilt natuurlijk voorbereid zijn, dat begrijpt u wel. Dus op mijn eerste dag in deze baan ben ik een heleboel oude kranten gaan zitten doornemen. En ik kon mijn ogen niet geloven! Ja, het was natuurlijk niet allemaal gek; het meeste was natuurlijk het gewone kleinestadsgebeuren, verslaggeving over verenigingen en auto-ongelukken en dergelijke. Maar er zaten ook een paar artikeltjes bij die volkomen absurd waren. Over wonderen. En die werden gepresenteerd alsof ze vanzelfsprekend waren. Er was geen enkele aanzet tot kritische beschouwing. Geen enkele distantie. En die man was een van die wonderen...'

Alle remmen zijn los; ze kan zich nu niet meer inhouden. Ze vertrekt haar gezicht en tipt de as van haar sigaret af in een bloempot.

'Tussen ons gezegd en gezwegen: wat een etter. Een echte lastpak.'

'Wat doet hij dan?'

'Nou, dit is kennelijk zo'n figuur dat zijn hele leven flink heeft gezopen. Maar de week voordat ik bij de krant begon, kwam hij dus Jezus in eigen persoon tegen... De kerel liep rond te zwieren langs de weggetjes in Hunseberg – aan de rand van de stad, u weet wel – en opeens kwam Jezus uit de tegenovergestelde richting aanzetten. Ze waren allebei behoorlijk nevelig, ieder op zijn eigen manier. Die ouwe gaf grif toe dat hij er een paar achterover had geslagen, het was immers halftwaalf 's ochtends, dus hij was op die manier nevelig. Jezus was nevelig omdat hij doorschijnend was; Olsson beschreef hem als een soort spook waarvan er dertien in een dozijn gaan...'

Ze haalt haar schouders op.

'Dus toen zag hij het licht, biechtte zijn zonden op en ontnuchterde. En toen dat klaar was, kuierde hij naar het *Smålands Dagblad*, zoals dat in deze streek de gewoonte is...'

Ze drukt haar sigaret uit in de bloempot en zucht: 'En hij vond het blijkbaar leuk om in de krant te staan. Nu komt hij iedere dag op de redactie aanzetten. Tussen de begrafenissen door. Eergisteren wilde hij dat ik over zijn sleutels zou schrijven...'

'Zijn sleutels? Wat voor sleutels dan?'

'Gewone sleutels, van zijn flat. Eerst kon hij ze niet vinden, maar toen bad hij tot God en toen doken ze weer op. Hij vond dat echt voorpaginanieuws. Het heeft me twee uur gekost om die vent van de redactie af te krijgen...'

Ik lach een beetje en maak me op om weg te gaan.

'Ik leef met je mee', zeg ik.

'Dank u', zegt ze. 'Daar kon ik best eens behoefte aan hebben!'

Sophie is net naar het damestoilet gegaan; haar plaats aan tafel is leeg. Die plaats is precies goed: wanneer ik ga zitten heb ik Olsson midden in het vizier. Ik leg mijn tasje op mijn schoot, plant mijn ellebogen op tafel en leun lichtjes met mijn kin op mijn gevouwen handen. Ik richt mijn blik op hem. Mijn gezicht is onbewogen; ik doe mijn best om alleen met mijn ogen te knipperen als het absoluut niet anders kan.

Het jarenlange drinken heeft zijn reactievermogen vertraagd. Hij praat met iemand en kauwt ondertussen op een broodje; er zit een beetje speeksel aan zijn mondhoeken. Het duurt bijna een halve minuut voordat hij mijn blik voelt. Dan blijft hij midden in een hap steken en kijkt zoekend rond. En moet je zien. Kijk. Nu heeft hij mij ontdekt.

Hij probeert een gezicht te trekken dat een glimlach zou kunnen worden, rekt zijn mondhoeken wat op en wacht op een reactie van mij. Maar mijn gezicht is nog steeds onbewogen: ik knipper niet, ik glimlach niet, ik kijk hem alleen maar met een onbewogen blik aan. Dan slaat hij zijn ogen neer en tast naar zijn glas; hij neemt een slok alsof hij hoopt dat die op zichzelf oninteressante handeling mijn blik zal verjagen. Maar dat gebeurt niet. Wanneer hij een tel later zijn ogen in mijn richting laat schieten, kijk ik nog steeds naar hem.

Hallo Olsson, zegt mijn blik. Kun je je mij nog herinneren? Je kleine stuk wild?

Het gesprek aan Olssons tafel is uitgedoofd. Zijn tafelgenoten hebben gemerkt dat er iets gaande is; wanneer zijn ogen om redding smeken, kijken ze hem niet aan. Ik houd hem in mijn pupillen gevangen en die houden niet op met praten.

Alles gaat om waarschijnlijkheid, Olsson. Ik stond machteloos tegenover jou, omdat het onwaarschijnlijk was dat een volwassen man zich tegenover een kind zou gedragen zoals jij deed. Jouw leeftijd en je sekse vormden jouw alibi. Maar nu zijn de rollen omgedraaid. Nu ben ik de jager en jij het wild. Nu vormt het feit dat ik een mevrouw uit het land Diplomatië ben mijn alibi, en jouw gebrek aan geloofwaardigheid ligt in het feit dat je een oude zuiplap bent. Zo kan het gaan in de wereld. Je draait je even om en plotseling is de machteloze de baas...

Olsson heeft het zweet op zijn bovenlip staan en strijkt met grove handen over het servet op zijn schoot; hij durft mij niet aan te kijken.

Ik kan met je doen wat ik wil, fluisteren mijn ogen. Ik kan je zelfs doden. Niemand zou op het idee komen om mij te verdenken, zelfs niet als je lang genoeg blijft leven om mij aan te geven.

Hij kijkt op en vertrekt even smekend zijn gezicht, maar ik laat niet los. Mijn blik zit vastgeklonken aan zijn sponzige gezicht.

Ik heb je, Olsson. Je bent in mijn macht. Als je over een uur nog ademt, als je hart morgen nog slaat, dan is dat alleen maar omdat ik dat toesta. Je leeft bij mijn gratie.

Hij vouwt zijn servet op, legt dat naast zijn bord en mompelt iets tegen zijn tafelgenoten. Ik volg hem met mijn blik, hij maakt een paar onderdanige buigingen van bedankt en tot ziens in de richting van onze tafel, maar ik blijf volhouden. Ik zit roerloos met mijn kin in mijn handen totdat hij uit de zaal ontsnapt is.

'Waar ben jij mee bezig?' vraagt Lars-Göran.

Ik leg mijn handen in mijn schoot en glimlach verstrooid naar hem.

'Wat?' zeg ik. 'Wat bedoel je?'

'Nu moet je stoppen, Cecilia', zegt Marita. 'Hou op! Je lijkt wel niet goed snik...'

Ze staat onder de straatlantaarn die minder dan een uur geleden nog zijn licht uitstraalde over Venus uit Gottlösa.

Ik heb mijn nozemsjaaltje van mijn hoofd getrokken en ga daarmee over mijn gezicht om mijn make-up weg te wissen.

'Alles wordt weer net als altijd, als de smerissen klaar zijn! Je hoeft niet bang te zijn. Ze hebben haar al weggehaald, haar hoofd ook, ik heb het gezien...'

Ze wil me bij mijn jack pakken, maar ik duw haar weg.

'Laat me met rust! Raak me niet aan!'

Mijn stem is hees en ik ben buiten adem, mijn speeksel spat in het rond wanneer ik praat.

'Kalm nou maar. Ben je bang dat je pa en ma erachter komen dat je hier bent geweest? Dat we rondhangen op Södra Torget?'

Ik schud heftig met mijn hoofd en wrijf met mijn sjaaltje over mijn lippen; het zit al onder de vlekken van de mascara en de schmink.

'Ben je bang om haar te zien? Maar ze hebben haar toch al weggehaald, ik zeg toch dat ze haar lichaam op een brancard hebben gelegd en haar hoofd in een doos hebben gestopt...'

Ik laat mijn hand zakken en schud het sjaaltje voor haar heen en weer.

'Hou op! Hou op, lapzwans! Griezel die je bent!'

Ze doet een stap achteruit en slikt. Haar stem is heel zacht: 'Wat zei je? Hoe noemde je mij?'

Ik spuug de woorden uit: 'Griezel die je bent!'

Ze balt haar vuisten in de zakken van haar jack en glimlacht spottend: 'Moet je horen wie het zegt. De snot loopt uit je neus en je haar hangt in pieken naar beneden. Heb je soms ook in je broek geplast?'

Ik boen snel met het sjaaltje langs mijn neus en probeer een soort waardigheid te veroveren.

'Nee, Marita, ik heb niet in mijn broek geplast. Ik heb niet meer in mijn broek geplast sinds ik klein was en dat weet jij... Maar ik wil naar huis.'

Marita doet mijn huilerige stem en vertrokken gezicht na: 'Ze wil naar huis!'

Haar stem wordt donkerder: 'Het is toch pas halfacht; wat moet je thuis doen? Het geld in de kluis tellen? Of naar de klappen luisteren wanneer Goudbom je moeder in elkaar slaat?'

Ik frommel het nozemsjaaltje tot een bolletje in mijn zak, opeens heel moe en gelaten. Ik kan immers de waarheid niet zeggen. Het is levensgevaarlijk om hier te blijven, Marita. Als we blijven, word ik net als zij. Ik kijk naar de grond en zwijg.

'Wat moet je thuis doen?'

'Weet ik niet. Ondergoed wassen...'

'Ondergoed wassen? Op zaterdag? Je bent verdorie niet goed snik. Compleet lijp.'

Ik hef mijn hoofd op en kijk haar aan: 'Hier geniet jij van, hè? Jij vond het leuk om te zien hoe ze haar hoofd in een doos stopten...'

Ze haalt haar handen uit haar zakken en ik deins achteruit; heel even denk ik dat ze me gaat slaan. Maar ze slaat me niet, ze spuugt alleen op mijn suède jack.

'Je bent gek, Cecilia! Dat heb ik altijd al geweten!'

Wanneer ik afscheid neem van de laatste begrafenisganger, gebeurt er iets met mijn ogen.

Eerst kan ik mijn blik niet focussen. Er beweegt zich de hele tijd iets aan de rand van mijn blikveld, iets wat ik niet goed kan zien. Er lijkt een rat over de vloer te schieten, een eekhoorn tegen de muur op te rennen, een vlucht zwarte vlinders langs het plafond te fladderen. Ik draai snel mijn hoofd om en probeer ze met mijn blik te vangen, maar dat lukt niet. Het beeld verplaatst zich eerst en barst dan in stukken, het versplintert in honderden glinsterende fragmenten. Het is alsof de wereld zich in een prisma spiegelt.

Ik sla mijn arm voor mijn ogen en het schiet door mijn hoofd dat ik geen tijd heb om ziek te worden. We krijgen gasten voor het diner: een paar van mijn moeders vrienden en collega's uit de politiek. Ik heb thuis in het Bananenhuis voor vijftien mensen gedekt.

Maar ik kan dat diner niet verzorgen. De wereld is voor mijn ogen uiteengespat.

Thuis, in mijn donkere slaapkamer, schijnt dokter Alexandersson met een lampje in mijn ogen. Ik doe snel mijn ogen dicht; vuur vlamt op onder mijn oogleden. Dat is mooi, dat geeft een vertrouwd gevoel. Ik houd van vuur, dat brandt schoon.

Maar het vuur dooft en verdwijnt, het prisma is er niet meer, ik zink neer in een slangennevel. Het krioelt van de kleuren. Slangen hebben steenkleuren, moskleuren, doodskleuren. Grijszwarte, grijsbruine, grijsgroene vlekken vloeien in elkaar over.

Yvonne fladdert fluisterend op de achtergrond: 'Netvliesloslating? Kan het netvliesloslating zijn?'

Ik adem zwaar en druk mijn gebalde vuisten tegen mijn ogen.

Maar niet alleen mijn ogen laten me in de steek.

Ik krijg ook niet echt goed grip meer op mijn gedachten; ze vliegen op als een vlucht opgeschrikte vogels en verspreiden zich in alle richtingen zodra mijn herinnering in de buurt komt van de laatste nacht en de laatste ochtend.

Ik probeer het Marita, maar ik kan het niet.

Mijn geheugen verzet zich en laat me al in de steek wanneer ik me het knarsen van de deur of het geluid van haastige voetstappen die de trap afgaan probeer te herinneren. De naamloze stad verdwijnt en opeens zie ik alleen nog Zosima's gezicht, op het moment dat ze zich over mijn ziekbed in Manila buigt.

'Waar is hij heen gegaan, madam? Waar is mijn Ricky?'

Ik vouw mijn handen op het dekbed en knijp mijn ogen dicht om me voor haar blik te verbergen, probeer me snel te herinneren wat ik kan zeggen zonder te hoeven liegen.

'Ik weet het niet, Zosima. We zijn elkaar kwijtgeraakt, hij verdween gewoon.'

Dat is bijna waar, dat kan ik met een goed geweten zeggen.

'Maar waarom bent u wel teruggekomen, madam, en hij niet?'

'Ik weet het niet, Zosima. Hij is misschien een andere kant op gelopen, ik weet het niet.'

Ik sla mijn ogen op en kijk haar aan. Ze heeft de donkere kringen van de honger al rond haar ogen.

'Hij zal wel komen, Zosima. Hij is vast op weg. En tot die tijd zal ik ervoor zorgen dat het jou en de kinderen aan niets ontbreekt. Je krijgt geld van mij.'

Ze recht haar rug; haar mond is een streep van verachting.

'Het gaat niet om geld, madam. Het gaat om Ricky. U kwam uit een gebied met *lahár*, madam. Denkt u dat Ricky dat heeft overleefd? Denkt u dat Ricky brandend cement overleeft?'

Ik sluit mijn ogen, doe net of ik uitgeput ben. De verpleegster pakt Zosima bij de arm en voert haar met zachte, maar besliste hand de kamer uit.

Voordat ik naar Zweden vertrok, heb ik een bankrekening voor haar geopend. Ik heb er veel geld op gezet: een heel jaar onkostenvergoedingen van het Zweedse ministerie van Buitenlandse Zaken. En op weg naar het vliegveld vroeg ik de chauffeur of hij over San Juan wilde rijden.

Zosima was niet thuis toen ik kwam, maar een van de meisjes zat op de cementvloer in de donkere kamer wezenloos met een paar stenen te spelen. Ze droeg geen schooluniform of gymnastiekschoenen meer, haar haren waren ongekamd en ze was vies in haar gezicht.

Ik legde al mijn Filippijnse bankbiljetten en munten in haar schoot en fluisterde dat ze die aan haar moeder moest geven. Het meisje maakte van haar rok een zak en keek mij zwijgend aan. Ze glimlachte niet, ze weigerde om beleefd te doen en te glimlachen. Daar was ik dankbaar voor; een glimlach in die kamer had ik niet kunnen verdragen.

Ricky was niet thuisgekomen.

Heb ik dat knarsen van de deur wel gehoord? Heb ik het echt gehoord toen hij wegging?

Ik weet het niet. Misschien is het een reconstructie. Misschien waren hij en NogNog allebei al weg toen Butterfield en ik bij het huis terugkeerden. We hebben geen licht gemaakt; we hebben op de tast onze weg door de donkere kamer gezocht.

De temperatuur bleef stijgen. Onder de tafel, waar ik dicht tegen Butterfields rug aan lag, werd het verstikkend heet. Ik had een poosje gesluimerd, maar nu ging ik zitten om op mijn zweterige hoofdhuid te krabben. Mijn haar was vochtig van meer dan van zweet alleen. Butterfield en ik hadden elkaar omhelsd onder een avocadoboom en de boom had getrild: de bladeren hadden hun kelken boven ons hoofd geopend.

Maar nu was het opgehouden met regenen. Ik draaide mijn hoofd om en luisterde; inderdaad, het was opgehouden. Het enige wat ik hoorde was de rustige ademhaling van de slaap. De ademhaling van vier mensen, vermoedde ik. Hoe had ik moeten horen dat het er maar twee waren?

Ik kroop de kamer in en tastte naar een blikje Coca-Cola dat ik vlakbij had neergezet. Ik durfde het blikje niet binnenshuis te openen, want ik was bang dat het geluid de anderen zou wekken. Ik sloop stil door de kamer en deed de deur heel voorzichtig achter me dicht.

Er heerste die nacht een vreemd licht. Een vaag, nevelgrijs licht dat uit het niets kwam, alsof de as een beetje lichtgevend was geworden. Veel later zou ik begrijpen dat het licht uit dezelfde bron kwam als de drukkende hitte, maar dat wist ik toen nog niet, op dat moment wist geen mens ter wereld iets over lahár. Ik spreidde de krant uit op de bovenste traptrede, ging zitten, liet mijn voeten op de traptrede onder mij diep wegzakken in de brij die zwaar was van de regen en opende mijn Coca-Cola.

Ik zat daar lang in een grijze, lichtgevende wereld te dromen, ik bouwde poppenhuizen voor Dolly en fantaseerde een bitterzoete ontmoeting met Butterfield in Manila bij elkaar. Het was noodzakelijk om te dromen. Ik was op de vlucht voor alle gedachten aan de dag van morgen en de tocht die voor ons lag. Dergelijke gedachten waren zwaar en ik kon het me niet permitteren energie te verliezen door me zorgen te maken; ik moest immers Dolores op mijn rug dragen.

Opeens hoorde ik links van de trap in de duisternis iets fluiten, een tel later piepte een stem van rechts: *'Oh madam! Watch out! Beware of the darkness...'*

Iemand pakt mij, ik herken de handen van Yvonne, die zijn net zo licht en fluisterend als haar stem. Maar op dit moment is er niets erger dan een lichte aanraking. Je mag me slaan, met scherpe roofdiertanden naar mij bijten, de botten in mijn lichaam verbrijzelen en verpulveren, maar raak me niet zo zacht aan als een reptiel in de duisternis!

Ik sla haar hand weg en kruip in elkaar, vouw mijn nachthemd om mijn voeten en trek mijn handen in mijn mouwen, ik verberg me in mijn mooie nachthemd van zijde; het is schoon en wit en glad als ijs.

Dokter Alexandersson begrijpt hoe je mij moet aanraken. Hij pakt me stevig bij mijn schouders, hij beschermt me. Ik kruip dicht tegen hem aan en grijp de revers van zijn colbert.

Maar ik gil niet. Er komt geen geluid over mijn lippen.

Ik sloeg mijn armen om mezelf heen en sprak tegen het donker.

'Hou op, NogNog. Dit is niet leuk.'

Een gegiechel schoot door de grijs glanzende duisternis, ik knipperde met mijn ogen om mijn blik te scherpen en te proberen hem in het vizier te krijgen.

'Hou op en kom te voorschijn!'

Op een paar meter van de trap fladderde even een wazige schim, opnieuw was er gegiechel te horen. Ik stak een sigaret op, maar dat was een vergissing. Door het licht van de aansteker werd de duisternis nog dieper; toen het vlammetje doofde, zag ik helemaal geen schim meer. Maar hij was daar ergens.

'Hou nou op. Wees niet zo kinderachtig.'

Geen antwoord. Opeens was het moeilijk om adem te halen. De warmte, dacht ik terwijl ik het zweet van mijn voorhoofd wiste. Deze lichte benauwdheid komt door de warmte. Ik ben niet bang. Waarom zou ik bang zijn? We zijn met z'n drieën tegen een en Butterfield heeft NogNogs wapen verstopt. En je mag hoe dan ook nooit laten zien dat je bang bent. Nooit.

Ik sprak met vaste stem tegen de duisternis: 'Je zou moeten slapen, NogNog. We moeten morgen ver lopen en je bent ziek geweest. Als je het wilt volhouden heb je je rust nodig...'

NogNog maakte zich uit de duisternis los en vertoonde zijn omtrekken; hij stond wijdbeens en op blote voeten een stukje bij de trap vandaan. Ik kon zijn gezicht nog niet zien, ik kon nog niet zien wat hij had gevonden.

'Lopen?' zei hij met zijn liefste stem. 'Waar moet ik dan naartoe lopen?'

Ik zuchtte, zoals je om een koppig kind zucht.

'We moeten vertrekken, NogNog. Dolly en mister Berglund hebben allebei een dokter nodig. We zijn gedwongen ons naar bevolkte gebieden te begeven. Je zou met ons mee moeten gaan; het is veiliger als je met meer mensen bent...'

NogNog trok zich weer terug in het nevelgrijs; zijn stem zweefde als een zilveren draad door de hitte.

'Ik denk dat ik blijf', zei hij afgemeten. 'Ik heb andere plannen.'

Het bleef een poosje stil. Ik leunde tegen de gesloten deur en deed mijn ogen dicht. Als het maar niet zo warm was geweest.

'Hoe flikte je dat, NogNog?' zei ik op een gewone gesprekstoon.

Ik merkte het geluid pas op toen het ophield, een zwak geluidje van iets dat tegen metaal raspte.

'Wat flikte?'

'Toen je me probeerde bang te maken. Het klonk alsof je op twee plaatsen tegelijk was...'

Het geluid begon weer, hij wreef over iets heen.

'Ik vloog, madam. Ik heb toch gezegd dat ik een engel ben...'

Het was niet grappig. Het was niet eens grappig bedoeld. Zijn toon was kalm en verstandig; hij was opgehouden met grappen maken.

Midden in de hitte begon ik te rillen. Ricky en Butterfield hebben gelijk, dacht ik. Deze man is gek. En ik heb geen zin om midden in de nacht met een gek alleen te zijn.

Ik stond op om naar binnen te gaan.

'Nee', zegt dokter Alexandersson. 'Ik zie geen tekenen van netvliesloslating. Aan de andere kant heb ik ook niet alles bij de hand wat nodig is voor een grondig onderzoek...'

Ik heb me vermand en de revers van zijn colbert losgelaten; ik lig languit en rustig met gesloten ogen in mijn bed. Duizenden lichtpuntjes vliegen door het donker, maar dat geeft niet. Die zijn niet eng. Dat zijn elektronen, fotonen, protonen; ik kijk bij de materie naar binnen en ben helemaal rustig.

'Moeten we haar naar het ziekenhuis brengen?' fluistert Yvonne.

'Nee. Nog niet. Ik denk dat dit een reactie is op de begrafenis van vandaag. Misschien is ze ook wat overbelast; ze heeft Dagny immers in de eindfase verzorgd en dat heeft in allerlei opzichten natuurlijk veel van haar gevergd. Ze heeft rust nodig.'

Ik hoor hem een beetje wroeten in zijn tas.

'Wij konden het natuurlijk niet doen', fluistert Yvonne. 'De kinderen. We hebben immers kleine kinderen...'

Het amuseert me een beetje dat ze zich zo schuldig voelt. Het amuseert me nog meer dat hij haar smeekbede om absolutie negeert.

Ik ben een slecht mens, Marita. Ik zou tegen haar moeten praten en moeten zeggen dat ik haar hier nooit heb willen hebben, dat het allemaal niet haar schuld is en dat ik totaal niet overbelast ben.

Maar ik zeg niets, ik doe alleen gehoorzaam mijn mond open wanneer ik dat moet. De dokter legt een slaaptablet op mijn tong.

NogNog had niet gelogen, Marita. Hij kon vliegen.

Hij vloog echter niet als een engel, maar als een tijger.

Op hetzelfde moment dat ik mijn hand op de deurklink legde, zat hij boven op me; hij kwam met een stille sprong uit het niets op me af vliegen. Ik verloor mijn evenwicht, gleed van de bovenste traptreden af en viel toen. De pijn brandde in mijn stuitje.

Waarom sloeg hij mij?

Wilde hij alleen maar voorkomen dat ik het huis binnenging?

Ik weet het niet, Marita. Maar nadien, toen ik in mijn veilige kamer met airconditioning in het ziekenhuis in Manila lag, heb ik een theorie ontwikkeld.

De deuren van de tijd waren voor NogNog voortdurend in beweging: ze gingen open en dicht, maar sloten zich nooit helemaal. Hij gleed heen en weer tussen vele werelden, hij vloeide in en uit de tijd, hij was beurtelings kind en volwassene, beurtelings slachtoffer en wreker. En wij, de mensen die zich om hem heen bevonden, kregen in zijn ogen steeds andere gezichten.

En toch was hij niet gek. Helemaal niet. Hij was alleen iemand die te veel had gezien. Veel te veel beelden hadden zich op zijn netvlies ingebrand.

Zulke mensen vechten, Marita. Ze denken dat ze zich vrij kunnen vechten.

Ik veranderde ook, dat moet ik toegeven.

Toen NogNog mij sloeg, wilde ik terugslaan. De eerste ambassadesecretaris Cecilia Lind stond op van de grond, hijgend en geconcentreerd, en balde haar vuisten.

Opeens was ik niet bang meer. Ik genoot, Marita, ik genoot ervan om eindelijk te kunnen toegeven aan mijn onrust en woede, om net zo hard aan zijn oor te trekken als hij aan mijn haar trok, om mijn elleboog op zijn keel te zetten toen hij naar mijn keel tastte, om met open hand en gebalde vuist te slaan.

Hij was sterk, maar ik was ook sterk. Hij was meedogenloos, maar ik was nog meedogenlozer. Zoals alle mannen, vond hij het beneden zijn waardigheid om te krabben en te bijten, maar ik niet. Als mijn nagels niet zo afgekloven waren geweest, had ik zijn gezicht aan flarden gekrabd. Toen dat mislukte, zette ik in plaats daarvan mijn tanden in zijn bovenarm en ik beet door tot ik bloed proefde. Hij sloeg met gebalde vuist tegen mijn slaap, zo hard dat de tranen ervan in mijn ogen sprongen.

Misschien ontstond in die seconde van gebrek aan concentratie mijn nederlaag. Misschien kwam het eenvoudigweg door gebrek aan training en techniek. Hoe dan ook: toen ik me afzette en op NogNogs kruis richtte, was hij daarop voorbereid en trok hij zich terug. Ik schopte in het luchtledige, verloor mijn evenwicht en viel.

Een paar tellen later zat NogNog op zijn knieën over me heen.

Hij greep mijn polsen en drukte die tegen de grond, vervolgens zette hij zijn knieën op mijn bovenarmen en ging zwaar op mijn borstkas zitten.

'Laat me los', zei ik. 'Ik stik.'

Maar NogNog gaf geen antwoord en liet mij niet los. In plaats daarvan boog hij zich voorover en kuste me.

Ik zou kunnen liegen, Marita. Precies op dit punt is de leugen erg aanlokkelijk.

Ik zou kunnen zeggen dat ik vertwijfeld met mijn albasten handjes wapperde, dat ik gekweld lag te draaien en begon te huilen.

Maar je weet het wel, Marita. Je snapt wel wat ik deed, toen ik mijn mond opende en onder zijn lippen zacht werd: ik stelde alleen maar dezelfde vraag opnieuw. Wie ben je eigenlijk, NogNog?

Ik ben NogNog, antwoordde zijn lichaam. Ik ben NogNog en ik ben zo zilt als de zee.

En toen?

Ik hoor je bijna, Marita. Ik hoor hoe je net zo ademloos als vroeger fluistert: en toen? Wat gebeurde er toen?

Ik begon met mijn ogen te knipperen en opende ze, keek naar de hemel. Maar die was weg, alles was weg, ik kon zelfs de doorbuigende kokospalm niet zien die zich de hele tijd aan de rand van mijn gezichtsveld had bevonden, ergens naast de versteende auto. Alles was grijs. En dat was damp, Marita. Dat was damp en geen mist.

En wat deed ik?

Wat denk je? Ik kroop natuurlijk door de natte as, die een zuigend geluid maakte, om op zoek te gaan naar mijn sigaretten. Ik vond ze onder aan de trap, met de aansteker netjes in het pakje gestopt. En toen ik me weer omkeerde naar NogNog was ik mezelf weer. Hij lag stil als een dodelijk slachtoffer op de grond en ik ging naast hem zitten, met mijn rug tegen de palm, en inhaleerde diep.

Ik dacht hij overwonnen was. Ik dacht dat ik eindelijk had gewonnen. En idioot als ik was, dacht ik dat ik de vraag kon stellen waarvoor ik tot dat moment was teruggeschrokken.

'Waarom gilde je zo, NogNog?' vroeg ik met gedempte stem. 'Waarom gilde je zo toen je mij in de gaten kreeg?'

Toen kwam hij overeind en gaf mij het bevel opnieuw mijn aansteker aan te doen. Vervolgens trok hij zijn T-shirt omhoog en ontblootte het slavenmerk op zijn borst.

Ik val niet in slaap.

Maar nu is het zwart, Marita. Niets beweegt voor mijn ogen. De tijd staat stil, alles is stil. Dat is goed. Alleen in het donker en de stilte kunnen we aanschouwen wat er ten slotte in de naamloze stad gebeurde.

Wie bezit een kind, Marita? Weet jij dat?

Het antwoord smaakt wrang in mijn mond. Jij en ik kunnen geen zoetheid veinzen. Jij weet en ik weet dat een kind zichzelf niet bezit. Een kind moet hoge muren bouwen om zichzelf te bezitten en niet iedereen is daartoe in staat.

Dus: degene die aanspraak op hem maakt, bezit een kind. Degene die zegt dat hij een kind bezit, bezit dat kind.

Donald bezat NogNog.

Het licht van de vlam flakkerde over zijn borst. Kleine ronde littekens vormden een teken, een cirkel omringde een v.

Hij sprak snel en met zachte stem; ik moest naar voren buigen om hem te kunnen verstaan. Het ging over de oorlog, over hoe de escalatie van de Vietnamoorlog in Angeles een soort welvaart bracht. NogNog en zijn bende raakten gewend aan steeds betere voedselresten: geluk was niet langer alleen maar *plain rice* en half verrotte groente. Het kwam wel voor dat Amerikaanse soldaten handen vol munten over hen heen lieten regenen en het kwam wel voor dat ze zo verliefd werden op hun eigen goedheid dat ze een of twee knapen meenamen naar een snackbar.

'Maar het eten was voor ons nooit het belangrijkste', fluisterde NogNog. 'We hadden ook zonder hamburgers en chips en Coca-

Cola wel overleefd. En we hadden natuurlijk ook wel zonder het andere kunnen overleven, maar toen we daar eenmaal de smaak van te pakken hadden gekregen, raakten we eraan verslaafd, we konden niet zonder...'

'Gaven ze verdovende middelen aan kleine kinderen?'

Hij zat nog steeds op zijn knieën voor me, ontblootte nog steeds zijn borst.

'Geen verdovende middelen. Ze zagen ons. Ze maakten ons echt. Grote, machtige *kano's* leerden onze naam en spraken tegen ons. Ze gaven antwoord wanneer wij uit stegen en portieken te voorschijn sprongen en riepen: *"Hi Joe!"*

Voor die tijd waren ze geestverschijningen geweest, doorzichtig als kleine spoken die de volwassenen bang maakten. De wereld bestond uit handen die hen wegjoegen, uit boze kreten en stampende voeten. Maar alles werd beter toen de bommentapijten over dat land aan de andere kant van de zee uitgerold moesten worden.

De nieuwe soldaten hadden nog nooit zulke kinderen als wij gezien, ze kwamen immers rechtstreeks uit de Verenigde Staten. Ze vonden ons grappig, vonden dat we de geur van avontuur verspreidden. Ik denk dat wij voor hen net zozeer een droom waren als zij voor ons.'

Hij boog zijn hoofd en keek naar zijn borst; de littekens waren diep en vormden donkere schaduwen in het schijnsel van de aansteker.

'We hongerden ernaar een naam te krijgen die een volwassene kende. Opeens meenden we allemaal dat we vaders hadden gekregen, dat onze verhalen werden bewaarheid. Donald werd mijn vader.'

Hij zweeg en trok zijn T-shirt naar beneden. Ik liet de aansteker los en de vlam doofde.

'En wie was Donald?'

Waarom vroeg ik dat? Het antwoord sprak immers vanzelf. Donald was groot en blank. Donald was een B52-held. Donald was een man die dag in, dag uit over Vietnam heen denderde. Maar Donald was ook een man met een goed hart. Avond aan avond trakteerde hij NogNog op hamburgers en hij raakte er al snel aan gewend dat er een donkere kleine schim naast hem opdook zodra hij de basis verliet.

NogNogs gezicht was helemaal naakt: al zijn knokige mannelijkheid had hem verlaten. Nu had hij de mond van een kind en sprak hij met de stem van een kind.

'Hij mocht mij wel. Hij mocht mij zo graag dat hij mij als mascotte aanwees.'

Hij maakte een vaag gebaar met zijn slanke handen, alsof hij de damp tussen ons weg wilde wuiven, maar daarna liet hij ze zakken in een gelaten, bijna vrouwelijk gebaar. Zijn stem was toonloos.

'Hij nam mij mee naar de basis en maakte van mij een mascotte. Ik werd de mascotte van zijn bemanning. Ik poetste hun schoenen en was hun loopjongen, ik maakte me op duizenden manieren nuttig. Ik leerde drankjes mixen en sokken wassen, verzorgde ze wanneer ze een kater hadden en boende de toiletten. Alles. Ik deed alles voor ze, ik bad zelfs tot God dat hij hun leven zou sparen. En als dank kreeg ik hun etensresten en een dollar wanneer iemand in een goed humeur was.'

Hij zuchtte en zonk ineen; de as maakte geluid onder zijn billen.

'Eigenlijk was ik een soort bediende. Maar zo voelde ik dat niet, ik was er trots op dat ze me hun mascotte noemden. En ik wist precies hoe ver ik kon gaan, wanneer ik mij onzichtbaar moest maken en wanneer ik zichtbaar kon zijn.'

Hij zweeg weer; we zaten met ons gezicht naar elkaar toe gewend, heel dicht bij elkaar.

'Maar waar woonde je? Woonde je op de basis?'

Hij haalde zijn schouders op.

'Niet in de slaapzaal waar zij waren ondergebracht, natuurlijk. Maar er waren duizenden ruimtes. Kamertjes en trappenhuizen. Kelderruimtes. En ik was immers niet de enige. Bijna elke bemanning had bedienden en mascottes aangeschaft, er waren veel Filippino's op de basis, zowel kinderen als volwassenen. Zolang we onze plaats maar wisten en niet in de buurt van de hangars en de vliegtuigen kwamen, was het prima. En mij zou toch niemand van spionage of sabotage verdenken, ik was immers zo klein...'

'Hoe klein? Hoe oud was je?'

Hij haalde zijn schouders op.

'Weet ik niet exact. Tegen Donald zei ik dat ik acht jaar was. Ik wist het niet precies. En het maakte hem geen zak uit; details konden hem niks schelen. Voor hem was het belangrijkste dat ik schattig was. Een schattig jongetje om mee te donderjagen, dat wilde hij.'

Ik hield mijn adem in.

'Heeft hij je seksueel misbruikt?'

NogNog maakte een geïrriteerd gebaar.

'Nee. Helemaal niet. Donald en zijn kameraden waren niet zo; daar wilden ze me niet voor hebben. Ik was meer een soort huisdier. Een puppy of een jong katje, iemand met wie je een beetje kon lachen en spelen als je zin had.'

Hij zweeg en keek op naar de hemel, richtte zijn blik ergens op de nevelen en de wolken. Ik steunde bijna van ongeduld.

Hij spuugde in de as en zijn stem werd scherper: 'Ik begreep natuurlijk niet dat ik tot dezelfde categorie als de hoeren behoorde. Ik dacht serieus dat Donald voor eeuwig voor mij zou zorgen, dat ik werkelijk zijn ventje was. Hij veegde een keer mijn neus af, als een echte vader. En hij gaf mij stripverhalen en wanneer ik naar de letters wees, zei hij welke dat waren...'

'Heeft hij je leren lezen?'

Hij ging geïrriteerd verzitten.

'Ik heb mezelf leren lezen. Ik was een verrekt slim kind. Ik heb leren lezen en ik heb leren praten zoals zij, ik heb hun woorden en letters gestolen...'

Hij spuugde opnieuw in de as.

'Ik heb nooit begrepen wanneer het fout begon te gaan. Of waarom. Ze veranderden gewoon, ze werden het allemaal beu en verlangden naar huis. Ze zullen wel bang zijn geworden; van hun kameraden waren er zo veel die nooit meer terugkeerden. Misschien begonnen ze me daarom te haten...'

Hij keerde zich plotseling om, reikte naar iets in het donker, tilde een langwerpige schaduw op en legde die in zijn schoot. Het was zijn kalasjnikov. Hij had zijn wapen gevonden.

In gedachten verzonken streek hij met zijn hand over de kolf. Ik durfde niet te praten en me niet te verroeren, ik ademde nauwelijks.

'Ik werd waarschijnlijk te onderdanig', zei hij zachtjes. 'Het was immers zo belangrijk dat ze van me hielden. Althans Donald. Ik hoopte immers nog steeds dat hij mij mee zou nemen naar Amerika, dat ik echt zijn ventje zou worden.'

NogNog liet zijn stem dalen en keek naar het wapen in zijn schoot.

'Ik sloeg mijn arm om Donalds nek, die avond', zei hij. 'Ik probeerde hem te omhelzen en op zijn schoot te kruipen...'

Ik heb het niet gezien, maar ik zie het.

Donald onttrekt zich met een vertrokken gezicht aan de jongen, maar die volgt de beweging. Hij is zijn innerlijke kompas kwijtgeraakt; hij begrijpt niet meer dat hij weg moet blijven wanneer hij niet gewenst is. Hij probeert bij de volwassen man op schoot te kruipen, hij probeert een drukke pup te spelen, hoewel hij daar te groot voor is en niet meer geschikt is voor die rol. Zijn wangen zijn niet langer zacht en rond, zijn ogen niet glashelder en vol vertrouwen; er ligt een glimp van opzet en berekening in zijn blik. En dat is meer dan Donald kan verdragen.

'Laat me los', zegt hij, maar dat helpt niet. De jongen lijkt het niet te horen, wil het niet horen. En Donald, een man die iedere dag vele dorpen ziet branden en meent het gegil van vele mensen in zijn borst mee te dragen, kan die doofheid, die grenzeloze slaafsheid, die hondse liefde opeens niet verdragen. Een gedachte schiet door hem heen: hoe zou iemand die als slaaf is geboren een vrij man kunnen worden?

En die gedachte kwelt hem nog meer dan de armen van de jongen doen; hij grijpt een mes, een heel scherp mes met een breed lemmet dat aan zijn riem hangt, en tegelijkertijd tast hij naar het haar van de jongen. Het is nu langgeleden dat iemand de moeite heeft genomen om hem te millimeteren; hij heeft een grote zwarte pruik, perfect om vast te houden. Donald pakt het haar stevig beet, stevig genoeg om de jongen van zich weg te draaien, zodat hij hem op de juiste afstand krijgt, de juiste afstand om hem het mes op de keel te zetten...

En de andere mannen kijken op van hun boeken en brieven, de gesprekken verstommen en iemand zet de televisie uit. Opeens hangt de geur van roofdieren in de kamer.

'Jij bent een slaaf', zegt Donald. 'Onze slaaf. En we zullen jou ons merkteken geven, zodat je dat nooit vergeet; wij zullen ons merk in jouw borst zetten...'

Iemand begint te lachen, maar zwijgt snel weer. Vijf mannen staan in een halve cirkel rond Donald en de jongen. Ze zien dat hij niet schattig meer is, hij is niet geschikt als mascotte.

Een van hen reikt zwijgend een sigaret aan.

Hoe lang dragen ze hem nadien? Dat weet hij niet. Hij weet alleen dat hij een eeuwigheid lang door de duisternis wordt gevoerd, een duisternis voorbij goed en kwaad, een duisternis die alles over de wereld en over zijn plaats in die wereld verklaart.

En wanneer ze zijn armen met een leren riem vastbinden en hem in de boom hangen, vraagt hij niet meer waarom. Het waait een beetje en zijn lichaam beweegt zachtjes in de wind. De mannen zien dat en opeens zien ze zichzelf, zoals ze daar staan, gespierd en met gemillimeterd haar, gekleed in identieke witte katoenen T-shirts en kakikleurige shorts.

De oorlog heeft hun gezicht bereikt.

Ze kijken weg en ontwijken elkaars blik. De groep spat uiteen en verspreidt zich als een waaier. Iedereen wil opeens vergeten dat die jongen bestaat, dat ze zelf bestaan. Iemand probeert van zijn eigen schaduw weg te rennen, anderen glijden met kleine stappen de nacht in en laten zich opslokken.

Alleen Donald blijft staan. Hij is versteend tot een donker silhouet, hij kan zijn blik niet losmaken van die vrucht die daar zo zachtjes in de wind beweegt. Een bommenwerper dendert in westelijke richting langs de hemel. Gekreun doet de kreten in zijn borst ontwaken.

Hij kan het niet meer aan.

Waarom wordt het nooit stil? Waarom moet nou net hij naar al die kreten luisteren, naar al de pijn van de aarde? Hij trekt zijn leren riem uit zijn shorts en rolt een stukje ervan op in zijn hand, slaat onderzoekend een slag in de lucht.

Daarna slaat hij de duisternis en de boom en de vrucht totdat alle kreten zijn verstomd.

Ik strekte mijn hand uit en raakte NogNog aan. Dat wekte hem uit zijn verstarring; hij begon opnieuw te praten. Zijn stem was grijs als de nevel: 'Iemand vond mij. Iemand bracht mij naar de nonnen. En toen de wonden waren genezen, werd ik hun bediende. Daar hoefde je niet schattig te zijn; daar was het voldoende om te zwijgen.'

Hij liet zijn hoofd zakken en keek naar de as.

'Ze hadden veel boeken. Lezen werd mijn beloning. Maar toen de boeken op waren, was er geen reden meer om te blijven. Toen ben ik de bergen in getrokken; daar heb je geen *kano's* waar je bang voor hoeft te zijn.'

Ik leunde met mijn voorhoofd tegen het zijne, ik was zijn wapen vergeten.

We bleven lang zo zitten en ademden in hetzelfde ritme; mijn longen vulden zich keer op keer met de adem van NogNog, zijn longen vulden zich met de mijne. Ik dacht dat de tijd stil was blijven staan.

Ten slotte brak in de naamloze stad toch de dageraad aan.

NogNog leek iets te horen; hij hief zijn hoofd op en luisterde nauwlettend met zijn blik ver weg.

De tijd opende opnieuw zijn poorten en hij stond op, bereidde zich er met rechte rug en ernstig op voor een andere werkelijkheid te betreden. Toen hij met zijn kalasjnikov in zijn armen stond, wankelde hij even maar hij hervond meteen zijn evenwicht, hing het wapen over zijn schouder en zette zijn handen rond zijn mond.

Zijn stem klonk donker en mannelijk toen hij naar de nevelen riep.

'Ik kom eraan, Donald! Ik ben NogNog en ik kom er nu aan!'

Ik begin een beetje met mijn ogen te knipperen, want daar zweeft iets lichts voor. Ik zie beter.

'Goeiemorgen, mama', zegt Sophie. 'Hoe is het met je?'

Ik schuif omhoog, ga tegen het hoofdeinde van het bed zitten en wrijf wat in mijn ogen. Haar gezicht is een lichte vlek, nee, meer dan dat. Haar ogen zijn donkere vlekken en er zit een beweeglijke vlek die haar mond moet zijn.

'Hoe is het? Voel je je beter?'

Ik knik. Moet me nu vermannen. Voor Sophie.

'Het is niet erg', zeg ik, maar ik moet meteen mijn keel schrapen om met vaste stem te kunnen spreken. 'Ik voel me goed, je hebt gehoord wat de dokter zei: ik ben gewoon een beetje overbelast...'

Ik voel haar hand voor me in de lucht omhoogschieten; heel even wil ze me aanraken, maar dan krijgt ze spijt en trekt ze zich terug.

'Zie je nu beter?' fluistert ze.

De omtrekken van haar gezicht zijn net zo vaag als haar stem. Ze is bang; ik wil niet dat ze bang is.

'Het gaat veel beter', zeg ik. 'Ik heb alleen nog een beetje troebele ogen, maar dat wordt snel beter.'

Opgelucht trekt ze zich nog wat verder terug. Nu zie ik haar gezicht niet meer, maar ik kan zien dat ze iets geels draagt.

'Hoe laat is het?' vraag ik. 'Is het ochtend?'

'Ja', zegt Sophie. 'Ik heb een ontbijt voor je klaargemaakt.'

Ze zet iets op mijn knieën. Het uitklapbare dienblad. Het moet mijn moeders uitklapbare dienblad zijn.

'Yvonne wilde thee zetten, maar ik heb gezegd dat je liever koffie hebt. Of niet?'

Ik glimlach naar haar wazige gezicht.

'Inderdaad. Koffie is precies wat ik nodig heb...'

Haar wazige bleke hand beweegt over het blad.

'Hier staat de koffie, daar staat het sinaasappelsap, daar een ei en daar ligt een boterham...'

'Dank je wel. Fantastisch. Het is jaren geleden dat ik voor het laatst ontbijt op bed heb gehad.'

'Yvonne zegt dat je vandaag moet blijven liggen. Ze zegt dat het niet goed voor je is om rond te rennen; ze denkt dat het netvliesloslating is.'

Er gaat een vlaag van irritatie door me heen; Yvonne heeft het recht niet om Sophie bang te maken.

'Ach', zeg ik. 'Ze maakt er een drama van. De dokter heeft immers geen tekenen van netvliesloslating gezien. Zeg maar tegen haar dat ik zelf voel dat het niet meer dan een infectie is. Een heel gewone oogontsteking die je in een paar dagen met een zoutoplossing in gekookt water wegspoelt.'

Sophie antwoordt niet; ze is nog steeds ongerust.

'Wil je dat ik hier bij je blijf zitten?' zegt ze ten slotte. 'Ik kan hier wel gaan zitten leren; ik heb morgen een proefwerk.'

Ze wil niet, maar vindt dat ze moet. Ik wil het eigenlijk ook niet. Met een slaperige zucht bevrijd ik haar van haar zware verantwoordelijkheid: 'Liever niet, dwaas. Ik moet rusten, ik ga na het ontbijt nog even slapen. Ik vind dat je in oma's kamer moet gaan zitten leren. Maar eerst moet je maar even aan Yvonne vragen of je haar nog ergens mee kunt helpen. Met de lunch of zo.'

'Natuurlijk', zegt ze dankbaar terwijl ze de deken over mijn benen gladstrijkt. 'Natuurlijk, mama. Dat zal ik doen.'

Het wordt stil tussen ons.

'Dank je wel voor het ontbijt, Sophie', zeg ik ten slotte.

Ze buigt zich voorover en strijkt snel met de buitenkant van haar hand over mijn wang. Ik doe mijn ogen dicht van schaamte. Dit verdien ik niet.

Het is een zomerdag in Zweden, Sophie is op dat moment twee jaar. We zijn ergens op het platteland, een raam van onze kamer staat open. Witte gordijnen bewegen in de wind, de hemel is blauw en de lucht glashelder. Buiten op het gazon spelen een paar kinderen, maar Sophie is er niet bij. Ze doet haar diepe middagslaapje; ze ligt met open mond op mijn arm en haar haartjes zijn nat van het zweet. Ze zweet altijd wanneer ze moet slapen.

Sophie heeft haar hand tegen mijn wang gelegd. Een mollig tweejarig handje tegen mijn wang. Ik verroer me niet, ik rust stil in het nu en weet dat dit het moment in mijn leven is dat ik me wil herinneren wanneer ik sterf.

Maar zo zal het niet gaan.

Wanneer ik sterf zal ik me de handen van een ander kind herinneren. Een paar ruwe werkhanden rond mijn hals.

Toen ik uit het ziekenhuis in Manila thuiskwam, praatte ik voor het eerst tegen mijn spiegelbeeld.

Ze zou toch wel zijn gestorven, zei ik. Als wij haar niet hadden opgepikt, zou ze eenzaam in de as zijn gestorven; we hebben haar leven alleen maar met een paar dagen verlengd. Ja, ze zou zijn gestorven, ook als er geen vulkaanuitbarsting was gekomen, als ze in de fabriek was gebleven. Ze was in een slechte fysieke conditie, ondervoed en overwerkt. Een medisch onderzoek zou zeker hebben uitgewezen dat ze aan verschillende ziektes leed. Wormen misschien. Dat komt veel voor. En een longziekte. Ze moest soms hoesten en dat klonk behoorlijk rochelend. Katoenspinnerijen zijn een buitengewoon ongeschikte omgeving voor kinderen, katoenstof veroorzaakt een ernstige longziekte. Byssinosis. Zo heet dat.

Ik had mezelf met behulp van ontkenningen en feiten weer naar de oppervlakte van de werkelijkheid geholpen. In het ziekenhuis had ik drie min of meer wetenschappelijke rapporten gelezen over de omstandigheden van kinderen die kinderarbeid verrichten. Die bevestigden wat ik mezelf al had voorgehouden. Ze zou toch wel zijn gestorven.

Maar toen ik deze feiten aan mijn spiegelbeeld presenteerde, werden haar ogen donker en werden ze uitgewist.

Je moet me goed begrijpen, zei ik. Ik zeg niet dat ik in dat geval geen schuld had gehad. Ik zeg alleen dat ik die schuld met velen had gedeeld.

Ze keek me met lege ogen aan en zei voor het eerst wat.

Wat is onze verantwoordelijkheid? Wat zijn we hun verschuldigd?

Ik boog mijn hoofd en gaf woordloos antwoord.
Alles. Alles zijn we hun verschuldigd.

Ik eet heel langzaam mijn ontbijt op, tast met mijn handen over het dienblad naar het ei en het sinaasappelsap. Ik ben bang dat ik iets omgooi. Als ik op het blad knoei, wordt Sophie nog ongeruster.

Het huis is vol geluiden en stemmen. Een van de grote jongens rent de trap af, het klinkt als een eenpersoonslawine. In de eetkamer mompelt Lars-Göran, een van de andere jongens lacht om iets wat hij heeft gezegd en Yvonnes hakken tikken keurig over de keukenvloer.

Ik heb nog nooit eerder in mijn slaapkamer gerookt, maar nu moet het maar. Ik zet mijn voeten op de koude vloer, loop op mijn gevoel naar het raam, zet dat wijdopen om de winter binnen te laten en ga vervolgens op de tast terug naar het bed op zoek naar mijn kopje koffie en een deken.

Ik sla de deken om me heen en ga in de rieten stoel zitten. Mijn kopje moet op het bureau naast me staan, precies zoals toen ik een tiener was. Alleen moet ik nu met mijn hand over het blad strijken om te weten waar ik het moet neerzetten.

Dit is niet goed, denk ik. Dat ik niet echt kan zien...

Wanneer ik met mijn hoofd achteroverleun, kraakt de rieten stoel. Hier zat ik altijd wanneer Marita op bezoek kwam. Zij zat altijd op het bed.

Ze zei dat mijn naam 'De Blinde' betekende.

Maar van Latijn trek ik me niets aan. Mijn naam betekent 'Spinnenweb'. Dat weet ik, dat heb ik altijd geweten.

Wat gebeurde er eigenlijk met Ricky?

Ik weet het niet. Echt niet. Ik weet het niet.

Waarschijnlijk heeft hij zijn eigen weg gezocht. Dat denk ik, soms hoop ik dat, hoewel het zinloos is om het een of het ander te hopen.

Tijdens de weken in het ziekenhuis fantaseerde ik vaak dat hij zou opduiken, dat hij opeens in mijn kamer zou staan en glimlachend met zijn snor zou spelen. Hij zou een aantal van mijn leugens hebben doorgeprikt, maar ik was bereid dat te dragen. Ik had alles kunnen verdragen als ik hem nog maar één keer over het gezeur van Zosima en de sportschoenen van de kinderen had kunnen horen mopperen.

Maar hij is nooit gekomen.

Toen ik het huis binnenvloog, struikelde ik over de zak met gekookte rijst; ik zag dat die midden in de kamer terechtgekomen was en dat er geen andere zakken naast lagen. Maar ik begreep niet wat dat betekende, op dat moment niet, ik zag het zonder het te zien. Pas naderhand kon ik bij mijn geheugen te rade gaan om te constateren dat de plastic tassen met de twaalf flessen mineraalwater er niet meer stonden.

Ricky moest ze hebben gepakt.

Ik denk dat hij ze heeft gepakt en 's nachts is vertrokken. Misschien is hij al weggegaan toen Butterfield en ik onder de avocadoboom stonden. Misschien was hij bang dat we weer een reden zouden verzinnen om het vertrek op te schuiven. Misschien dacht Zosima zo intens aan hem dat hij niet meer kon wachten.

Ja. Zo moet het geweest zijn: Zosima wond een gloeiende draad van verlangen rond Ricky's lichaam, ze trok daaraan en dwong hem om op te staan, ze trok er zo hard aan dat hij aan de lange tocht naar een kamer met een cementvloer in de wijk San Juan in Manila begon.

Maar het was een vergissing om uitgerekend in die nacht te vertrekken. De hemel was zwaar van wolken en de aarde van mist; het was onmogelijk om de juiste windstreek en richting te vinden.

Daarom denk ik dat Ricky letterlijk voor haar door het vuur is gegaan.

Blurp.

Iedere keer dat ik aan lahár denk, hoor ik het geluid uit een stripverhaal, het geluid van een babydraak die moedermelk over de wereld uitbraakt.

Lahár heeft bijna dezelfde kleur als moedermelk. Maar het is dikker van samenstelling, vloeit traag als pap. Het bestaat uit modder en lava, het is net brandend vloeibaar cement, dat een tijd na de eerste uitbarsting uit de krater van de Pinatubo stroomde. Lahár bedekt nu grote delen van het eiland Luzon.

Lahár heeft een temperatuur van rond de driehonderd graden; het verbrandt dus alles en vernietigt alle leven. Geen van de bossen, dorpen en steden die op zijn weg lagen, bestaat nog; die zijn tegenwoordig in cement gegoten. Verder liggen duizenden akkers begraven onder een metersdikke laag. Je kunt daar nog steeds niet in de buurt komen; het vloeibare cement stolt langzaam, het heeft nog een temperatuur van een paar honderd graden. Het zal tientallen jaren duren voordat het gestold is. Over een paar honderd jaar, wanneer wind en regen en orkanen hun werk hebben gedaan, zal het heel vruchtbare landbouwgrond zijn…

Dorre feiten helpen niet. Ik druk mijn vuisten tegen mijn ogen om het beeld te verjagen.

Het beeld van Ricky die in lahár gevangen raakt en erdoor versteend wordt.

Yvonne doet met een geïrriteerde klap het raam van mijn kamer dicht en maakt een paar bewegingen met haar wazige armen om mij terug in bed te jagen.

'Je zou aan jezelf moeten denken, Cecilia. Het is veel te koud om alleen in een nachthemd voor het open raam te gaan zitten…'

Er is iets met haar stem gebeurd. Ze fluistert niet meer, ze praat tegen mij met een nieuwe, beetje hese stem. Haar contouren zijn onscherp, maar haar kleuren feller dan eerst. Ze is nu verpleegster. Geen schoonzus.

Wat moet ik zeggen?

Ik wil een ijskoningin worden, Yvonne. Ik wil dat mijn kapsel knerpt van de rijp en dat mijn ogen tot glas bevriezen.

'Er is niets aan de hand met mij', zeg ik. 'Je hebt toch gehoord wat de dokter heeft gezegd.'

'Je zou naar het ziekenhuis moeten voor een grondig oogonderzoek.'

Ze moet niet zo boos tegen me praten, het wordt te moeilijk om uiterlijk onbewogen te blijven. Ik haal diep adem en hoop dat ze dat niet merkt. Het is gemakkelijk om je in te beelden dat je onzichtbaar bent wanneer je zelf niet kunt zien.

'Onzin', zeg ik met mijn meest resolute stem. 'Er is niets aan de hand met mij, ik ga alleen nog even een poosje liggen om nog wat te slapen. Ik heb rust nodig en ik wil alleen zijn.'

Haar voetstappen weerklinken ontevreden in de richting van de deur.

'Ja, ja. Maar je hoeft niet te denken dat we je vannacht alleen laten. We blijven tot morgen; ik heb thuis al oppas geregeld. We kunnen je toch zo niet achterlaten.'

'Dat is niet nodig.'

'Lars-Göran en ik zijn niet van plan je alleen te laten', zegt ze terwijl ze de deur dichtdoet.

Ik trek achter haar rug een lelijk gezicht.

Ik boor mijn gezicht in mijn kussen en sluit mijn ogen. Ik moet eraan durven denken. Hoe kan ik het ooit aan Marita vertellen als ik er niet aan durf te denken?

Dus ik moet. En eigenlijk is het wel goed dat Yvonne en Lars-Göran blijven. Wanneer ik eraan terugdenk, moet ik omringd zijn door de stappen en stemmen van mensen. De banaliteit van hun woorden en daden alleen al beschermt me.

Maar het is moeilijk, Marita. Het is moeilijk om toe te geven. Mijn hersenen weigeren, de beelden en woorden houden zich ergens in de zwarte diepte verborgen en daar durf ik me niet in te begeven. Nog niet.

Ik moet aan lahár denken om er te komen. Dat kan ik zien en dat kan ik me herinneren. Ik bespeur zelfs de geur ervan in mijn neusgaten en hoor het geluid van bomen die erdoor worden geveld.

Ik zag hoe een verlaten kokosplantage door lahár werd verbrand. Ik zat op een kale berghelling, terwijl de dampende modder het dal onder mij binnenstroomde.

Dat was op de tweede of derde dag van mijn tocht. Ik vond dat het bloed stroperig was geworden in mijn aderen. Daar zat ik toen aan te denken. Dat mijn bloed dikker werd. Ik dacht er niet aan dat mijn lippen waren gebarsten, dat mijn tong was opgezwollen en mijn voeten bloedden.

Eerst kwamen de zwavelwinden, brandend heet en stinkend. Ze verjoegen de vage nevelen die over het dal hingen, de nevelen die mij zo bekend voorkwamen. Lahár-nevelen.

Daarna kwamen de geluiden: bomen die schudden en beefden in de wind, sommige werden geknakt, takken braken krakend af, groene kokosnoten ploften dof op de grond. De palmen ruisten gelaten, ze wendden zich tot mijn berg en zuchtten, alsof ze afscheid namen, richtten zich op om zich een tel later weer opnieuw te buigen. Ooooh, fluisterden ze. Ooooh. Ooooh.

Het was die dag bewolkt, zoals tijdens alle dagen van mijn tocht; de zon was een dunne zilveren schijf achter de wolken. Maar het licht veranderde opeens, het werd witter en begon te glinsteren. Enkele bomen vatten vlam; ze stonden als martelaars met rechte rug te branden.

Toen stroomde het lahár opeens het dal in, in één machtige lichtgevende beweging die alles vernietigde. De overgebleven bomen bogen onderdanig, ze vielen en duwden elkaar omver als stenen in een dominospel.

Nadien, toen de hete modder alles had verzwolgen en het grijze oppervlak tot rust gekomen was, werd het heel stil. Alleen de dampen bewogen boven het dal, die zweefden rond in een langzame dans, werden dikker en dichter.

Er was niets meer te zien.

Ik stond op om mijn tocht voort te zetten. Tegen die tijd liep ik voorovergebogen, bijna kruipend, en zocht steun tegen de berghelling. Naar boven. Naar het zuiden, de bergen over.

Het wordt gauw nacht, dacht ik. Ik hoop dat het gauw nacht wordt.

Desondanks bleef ik lopen.

Natuurlijk herkende ik die geuren en nevelen. Eigenlijk had ik in de naamloze stad al een zweem van zwavel in de lucht bespeurd.

Jawel.

Zo was het. Ik doe mijn ogen dicht en haal me het moment weer voor de geest waarop ik tegen NogNogs voorhoofd leun. Ik dacht op dat moment toch aan vuur en lava? Ik dacht dat dat kwam door zijn verhaal, maar dat was waarschijnlijk niet de enige reden. Een golf van lahár moet onderweg zijn geweest.

Ik denk dat de naamloze stad tegenwoordig in cement is gegoten. Het werd een klein Pompeï, precies zoals ik al had vermoed.

Ik zie hoe toekomstige onderzoekers zich over hun afgietsels buigen: twee mannen en een klein meisje. Vreemd. Waarom waren die niet weggevlucht zoals alle anderen? Waarom stierven ze?

Ik wil mijn hand door de tijd uitstrekken en tegen hen fluisteren: luister, heren! Hoor!

Deze mensen stierven om twee redenen.

Een: omdat ik hen allemaal in de steek liet.

Twee: omdat de wereld gespleten is.

Een lichte klop op de deur; ik hoor dat het Sophie is.

Wanneer ze op de rand van mijn bed komt zitten, zijn haar omtrekken wazig.

'Mijn trein vertrekt over drie kwartier. Lars-Göran brengt me naar het station...'

Ik werk me omhoog tot een half zittende positie om afscheid te nemen.

'Wat voor proefwerk heb je morgen?'

'Geschiedenis. Over de *Edda* en Snorri Sturluson en zo.'

'Nifelheim?' zeg ik zo neutraal mogelijk.

'Bah, ja', zegt ze rillend.

Ik ben verbaasd.

'Wat is daar bah aan? Ik denk dat Nifelheim in zijn verlatenheid best mooi was...'

Sophie maakt een gebaar; ik geloof dat ze haar haren uit haar gezicht strijkt.

'In het begin, ja. Voor de schepping. Maar later niet, toen het een dodenrijk werd. Met muren die uit adders waren gevlochten. Bah.'

Ik vouw mijn handen boven de dekens en sluit mijn ogen.

'Je zult je huiswerk best goed kennen.'

Sophie aait over mijn deken, ergens bij mijn knieën, en antwoordt opgewekt: 'Ik ken mijn huiswerk altijd, mama.'

Daarna denkt ze er weer aan en even klinkt in haar stem angst door.

'Ik bel je morgen. Ik hoop dat je dan beter ziet.'

Ik glimlach naar haar wazige omtrek.

'Spaar je geld, Sophie. Ik bel jou wel. Morgen is alles weer goed.'

Wanneer ze weggaat zink ik terug in mijn kussen. Ik ben uitgeput en vergeten dat morgen bestaat.

'Ik kom eraan, Donald. Ik ben NogNog en ik kom er nu aan!'

Hij deed struikelend een paar stappen naar voren, bleef staan en luisterde waakzaam.

Ik ging op mijn knieën zitten, keek naar zijn rug en hoorde zijn stem: opeens wist ik dat ik voor hem niet bestond en nooit had bestaan. Vandaag de dag weet ik nog niet wie ik voor hem was, wiens gezicht ik in zijn ogen had. Een *kano*, jazeker. Maar niet alleen maar een *kano*. Dan zou nooit gebeurd zijn wat ondanks alles toch tussen ons gebeurde.

Ik bestond niet voor hem, Marita. Maar ik bestond voor mezelf op dat moment, ik brandde vuriger van leven dan ooit. Ik was geen mens of persoon meer, ik was niet de eerste ambassadesecretaris, niet Ulf Linds ex-vrouw, niet Sophies moeder of Butterfield Berglunds minnares, ik was gewoon een stuk leven. Een klont levende cellen. En deze cellen trokken zich verkrampt samen, ze trilden van wilskracht, ze werden een duizendkoppig koor dat keer op keer dezelfde gedachte zong. Leven! Moet leven! De dood is hier, maar we zullen leven!

Een zacht klikkend geluid, metaal op metaal. NogNog ontgrendelde zijn wapen. Hij liep langzaam de nevelen in, zocht met de loop van zijn geweer naar zijn doel, zwaaide zwijgzaam met een maaiend gebaar van links naar rechts, van rechts naar links.

Ik trok mij zachtjes zijwaarts terug, bukkend en sluipend. Papperige as maakte een zuigend geluid onder mijn voeten – verdomme, dat mag niet weer gebeuren! Leven, moet leven! – rechtte mijn rug, ging op mijn tenen staan en rende met lichte, vliegende stappen in een wijde cirkel over de natte as. Diep de nevelen in rende ik, zodat hij me niet zou zien. Maar de nevelen vormden niet alleen een bescherming, ze vormden ook een gevaar: ik kon het huis niet meer zien.

Moet het huis vinden, zongen de cellen. Leven, moet leven!

Ik ademde kort en heftig door mijn neus, hij mocht mij niet horen hijgen. En daar. De trap. Het huis. Ik stootte ergens tegenaan, een tak begon te trillen en een bloem viel op mijn arm, een dikke wasachtige bloem, zachtroze en gevormd als een klok. Die wekte mij. Ik kwam weer tot mezelf, vloog in drie lange passen de trap op en gooide de deur open, wierp die met een klap weer dicht en struikelde de kamer in; ik viel bijna over de zak met de gekookte rijst. Die was midden in de kamer terechtgekomen. Er lagen geen andere zakken naast.

NogNog was buiten opnieuw beginnen te roepen. Zijn stem was nog steeds donker en mannelijk, maar sloeg over en veranderde gedurende een paar tellen in een schelle kreet: 'De boom heeft vrucht gedragen, Donald! Jouw boom heeft vrucht gedragen!'

Er bonsde iets op de trap. Was hij op weg naar binnen? Nee, er volgde niet meer gebons. Misschien was het een steen, misschien had hij een steen naar het huis gegooid.

Butterfield ging rechtop onder de tafel zitten, zo snel dat hij met zijn hoofd tegen het blad sloeg.

'Au, verdomme', zei hij slaapdronken. 'Wat is er aan de hand?'

Ik maakte een gebaar naar de deur, wees naar het gebrul van NogNog buiten. Weer een bons, maar deze keer tegen de deur. Hij kwam dichterbij, zijn stem werd scheller, hij schreeuwde onafgebroken.

'Listen to me, pigface! Ik ga je ombrengen. Ik ga je honderd jaar lang ombrengen en je zult een eeuwigheid branden in de hel met alle andere *kano's*. Brand, Donald, brand! *Burn, burn!* Zoals jullie hebben gebrandschat, zo zul je zelf ook branden...'

Butterfield kroop onder de tafel vandaan, stond op en streek verward met zijn handen over zijn gezicht.

'Wat is er aan de hand?' vroeg hij weer.

Ik kon niet antwoorden, alle woorden waren uit mij weggestroomd.

'Waar is Ricky?' vroeg Butterfield terwijl hij rondkeek, en hij herhaalde: 'Waar is Ricky?'

Ik maakte opnieuw een gebaar. Weg. Weet ik niet. Erg.

Butterfield keek me aan en zijn gezicht veranderde, hij sloeg zijn armen om me heen en streelde zachtjes met zijn hand over mijn haar.

'Zo', zei hij. 'Wees niet bang. Wat het ook is, het is niet erg.'

Maar hij had het mis. NogNog had juist zijn eerste stap op de trap gezet, op weg naar boven, en dat was heel erg.

Ik moet even rusten, Marita. Ik moet even ademhalen. Het liefst zou ik willen opstaan om naar de stille zondagse schemering buiten voor mijn raam te kijken.

Maar dat kan immers niet. Ik kan immers niet zien.

Ik zie zelfs de rozen op mijn muur niet. Maar ik kan me ze wel herinneren. Ze zijn halfopen als de handen van een slapend kind.

Dolores lag op haar rug met haar handen boven haar hoofd; ze was zo diep in slaap dat je haar ademhaling niet kon horen. Haar hoofd was opzij gezakt; ze lag en profil en het onregelmatige litteken was duidelijk te zien.

Ik maakte me uit Butterfields armen los en kroop onder de tafel. NogNog had vier stappen gezet. Ik schudde Dolores hardhandig heen en weer, terwijl hij de vijfde en zesde zette. Ze begon met haar ogen te knipperen toen hij de achtste stap deed.

'Klim op mijn rug, Dolly', fluisterde ik. 'Snel. Klim op mijn rug, zoals we gisteren hebben gedaan...'

Ze kan niets hebben geweten over wat er die nacht was gebeurd en ook niet over wat er stond te gebeuren. Desondanks begreep ze meteen dat het menens was. De kinderlijkheid die ze pas had hervonden, viel van haar gezicht; in haar blik blonk paniek op en een tel later vernauwden haar ogen zich door concentratie en ernst. Zonder een woord te zeggen, zonder ook maar te jammeren van pijn zoals ze anders altijd deed wanneer ze haar gewonde been bewoog, sloeg ze haar armen om mijn hals en klauterde ze op mijn rug. Ik pakte haar benen stevig beet, kroop de kamer in en ging staan. Op hetzelfde moment wierp NogNog de deur open.

Hij was een donker silhouet in het licht van de dageraad, een donker silhouet dat zijn wapen met beide handen vasthield en begon te brullen.

'Eruit, Donald! Eruit!'

Butterfield wendde zich tot mij. Ik zag opeens dat zijn mitella heel vies was. Bijna zwart. Maar zijn gezicht was zuiver in al zijn verwarring.

'Donald?' zei hij in het Zweeds. 'Wie is verdomme Donald?'

Bloemen. Ja. Ik denk liever aan bloemen.

Basterdwederik en fluitenkruid, krokus en tulp, rozen en akelei, wat dat ook mag zijn, lichtblauwe vergeet-mij-niet en gele rolklaver, bosanemoon, leverbloempje, klein hoefblad, pioenroos, korenbloem, gebroken hartje...

En honderd roze bloemen die in een wolk achter NogNogs rug naar beneden vielen toen hij met zijn wapen in de hand Butterfield dwong de trap af te gaan.

De wreedheid van de vertwijfeling, Marita. Zo ziet die eruit.

Ik wist niet dat Butterfield Tagalog sprak. Pas in de laatste minuten kwam ik daarachter. Hij sprak onophoudelijk, zonder ook maar adem te halen. De woorden stroomden uit hem en hoewel hij af en toe zijn houvast in de nieuwe taal kwijtraakte en snel op het Engels overging, begreep ik dat hij het erg goed sprak. Bijna vloeiend.

Ooooh, ruisen de bomen in mijn herinnering. Ooooh.

Ik ga rechtop in bed zitten en trek mijn knieën op, buig voorover en verberg mijn gezicht in de deken. Dat met die taal is niet belangrijk, Marita. Dat weet je. Dat vertel ik alleen maar om niet te hoeven denken aan hoe het echt was.

Hoe Butterfield bad voor zijn leven.

Hoe we allemaal met schelle stemmen schreeuwden.

Een seconde lang stond ik met Dolly op mijn rug vastgenageld aan de grond. Daarna gilde ik hard, jankte ik met mijn mond en keel wijdopen. Ik had geen woorden, er kwam maar één geluid uit, een wanhopige klinker die uit mijn keel opwelde en die Dolores zo bang maakte dat ze in paniek raakte en verschrikt als een kind begon te huilen. Ze had haar armen om mijn hals geslagen en boorde haar gezicht in mijn nek, ze maakte mijn haar nat met tranen en speeksel.

Ruwe werkhandjes om mijn hals. Dolly, dacht ik te midden van het geschreeuw. Dolores. Mijn vogeltje.

Toen hervond ik mijn woorden, woorden en daadkracht. Ik rende achter NogNog aan. Hij nam juist de laatste traptrede, zijn wapen nog steeds op Butterfields rug gericht, en hij wankelde even toen ik tegen hem aan vloog. Ik gaf hem nog een keer een zet met mijn schouder, waardoor hij zijn hoofd omdraaide; hij keek me met wijdopen ogen aan.

'Nee!' schreeuwde ik. 'Nee! Dat is Donald niet!'

NogNog glimlachte vriendelijk naar mij, maar gaf geen antwoord. Dat moedigde me aan; ik dacht dat hij me werkelijk hoorde, dat hij het zou begrijpen. Op de achtergrond ging Butterfields stem eentonig door. Hij had zich omgedraaid en stond nu met zijn gezicht naar ons toe, bedelend en smekend in een taal die ik niet kon verstaan.

Ik duwde Dolly wat hoger op mijn rug; ze hield me zo stevig om mijn keel vast dat ik nauwelijks kon praten. Maar ik praatte, Marita. Ik stroomde over van woorden.

'Luister, NogNog. Dat is Donald niet. Die man is niet eens een *kano*; hij komt uit Europa. Uit Zweden, een klein land in Europa. Je mag hem niet doodmaken, hij is geen *kano*, hij is nooit soldaat geweest, hij heeft nooit iemand doodgemaakt, hij is net zo machteloos als jij en ik en Dolly. Maak hem niet dood! Je ziet toch wel dat hij geen Amerikaan is, hij is geen *kano*, dat zie je toch van verre...'

NogNogs glimlach werd breder; hij haalde zijn schouders een beetje op.

'Ze zien er allemaal hetzelfde uit', zei hij met vaste stem. 'Je kunt ze moeilijk uit elkaar houden. Maar dat doet er niet toe, ze verdienen het allemaal om dood te gaan.'

Toen hief hij zijn wapen op.

'Oooh', zuchtte Dolly op mijn rug. 'Oooh...'

Ze liet haar hoofd naar voren vallen, boorde haar gezicht tussen mijn schouderbladen, alsof ze nu al rouwde.

De hemel trilde boven ons hoofd, de zon kwam op en de grijze nevelen kregen heel even een zweem van roze.

Butterfield, dacht ik. Ga niet dood. Blijf bij me...

Hij keek me niet-ziend aan, alsof hij niet wist wie ik was. Een seconde later spatte de stilte uiteen door het eerste schot.

Toen het weer stil werd, deed een gehavende dageraadswolk de zwarte as oplichten.

En Butterfield Berglund was ergens anders.

Je mag het niet vragen, Marita. Niets over die laatste kreet, niets over het schot. Ik kan mijn hoofd afwenden en je een paar aanwijzingen geven, maar dat is ook alles.

Oog. Krater. Rood.

Stel je dat voor als je kunt, maar praat er niet over.

Eén ding wist ik echter toen al. Dat ik in stilte wilde sterven. Geen geschreeuw, geen gehuil, geen stemmen die in paniek beginnen te roepen. En geen schoten.

Dat niet, dacht ik toen ik achteruit de nevelen in liep. Geen schoten. Niet nog een kogelregen. Niet schieten.

Ik weet niet hoe lang het duurde voordat ik Dolly hoorde huilen. Opeens was het er gewoon, als een pijn achter mijn trommelvlies, terwijl ik rende.

Ik kon me vaag herinneren dat je zigzaggend moest rennen en ik sprong onhandig door de nevelen heen en weer, dan naar rechts, dan weer naar links. Ik kon nauwelijks meer ademhalen; ze had haar armen zo stevig om mijn keel gedrukt en ze schreeuwde zo hard in mijn oor dat ik niet kon horen of we achtervolgd werden.

Maar dat werden we wel. Een kreet drong door het gehuil heen, een stem die net zo in paniek was als die van Dolly. Hij rende ons achterna en riep: '*The child!* Het kind! Jij verdomde blanke hoer, je mag het kind niet nemen!'

Ik sprong verder, de as was dieper geworden, ik was nu ver van het huis verwijderd en stapte in asbagger die nog ongerept was. Die kwam tot ver op mijn benen, die zoog en maakte geluid en probeerde mij vast te houden, die wilde mij omvertrekken naar een brullende, schetterende dood. Leven, moet leven, zongen mijn cellen en ze schoten witte bliksemschichten voor mijn ogen.

'Kanooo's!' schreeuwde NogNog. 'Jullie mogen het kind niet pakken! Ik schiet!'

Het moet donker zijn wanneer ik het vertel, Marita.

Je mag mijn gezicht niet zien.

Je mag mij niet aanraken, je mag geen antwoord geven, je mag niet eens zuchten.

Stil en donker als de dood. Zo moet het zijn wanneer ik het beken.

Ten slotte schoot hij.

Na een eeuwigheid vuurde hij één schot af in de mist. Maar hij trof geen doel, ik weet niet of hij echt op ons richtte, of hij ons überhaupt kon zien in al het grijs.

En toch: in een andere betekenis trof het schot wel doel.

Een tel later liet ik Dolly's benen los, ik hief mijn handen op en maakte haar greep om mijn hals los. In één snelle beweging wierp ik Dolores van mijn rug.

Dat deed ik.

Dat heb ik gedaan.

'...commissievergadering om twaalf uur.'

'...Alexandersson... komt naar je kijken...'

'...komt weer in orde...'

Witte vlekken dansen. Stemmen? Aëta? Ik ben in de duisternis verdwaald.

De Zwarte Nazarener was achtergelaten en stond midden op een plein in een verlaten dorp, alsof de dorpelingen hem gewoon hadden losgelaten en midden onder een processie waren gevlucht.

As en regen hadden hem veranderd: de purperen mantel was verbleekt tot een kille blauwroze tint. Van vossenbessen met melk. De lelijkste kleur die er bestaat.

Ik schudde aan de mantel om hem van as te ontdoen, streek hem glad en ging op de grond voor het beeld zitten.

'Waarom liet u dit gebeuren?' vroeg ik.

Hij hief zijn hoofd op en antwoordde: 'Waarom liet je het zelf gebeuren?'

Ik ontweek zijn blik. Toen ik weer opkeek, had hij zijn hoofd weer laten zakken. Hij keek naar de grond en stond in dezelfde houding als altijd: half door de knieën gebogen met het kruis tegen zijn schouder. Ik streek met mijn hand over zijn gezicht. Dat was tot hout verstijfd.

In de verte rommelde het onweer, de hemel werd snel donker, een eerste druppel regen viel op mijn voorhoofd. Ik ging op mijn rug liggen en deed mijn mond open. Ik had grote dorst.

'Cecilia, we moeten nu weg...'

Lars-Görans hand op mijn schouder, hij schudt me heen en weer. Yvonne fluistert op de achtergrond.

'Het is ochtend, Cecilia. We moeten nu weg. Lars-Göran heeft al om twaalf uur een commissievergadering...'

Ik doe mijn ogen open, knipper even.

‘Hoe is het met je gezichtsvermogen?’ mompelt Lars-Göran.

‘Veel beter, dank je’, fluistert iemand met mijn stem.

Dat is inderdaad waar. Lars-Göran en Yvonne hebben alleen maar een beetje onregelmatige contouren. Hun kleuren vloeien samen met de achtergrond, maar ik kan zien dat ze gezichten hebben.

‘Er zitten rozen op mijn muur’, zegt iemand met mijn stem.

‘Wat?’ zegt Lars-Göran. ‘Ja, ja. Nou, het is mooi dat je kunt zien. Nu moeten we ervandoor, het kost vier uur om naar Stockholm te rijden.’

‘Het ontbijt staat hier op het bureau’, fluistert Yvonne. ‘Maar je hoeft het nu niet op te eten. Je kunt nog wel even gaan slapen, het is nog zo vroeg. Maar er zit koffie in de thermoskan en ik heb je ei in een pannenlap gedaan, zodat het warm blijft...’

‘Ja’, zegt mijn stem. ‘Dank je wel. Mooi.’

‘En we hebben met dokter Alexandersson gepraat’, fluistert Yvonne. ‘Hij zou vanmiddag wat van zich laten horen...’

Lars-Göran verplaatst zich naar de deur; zijn stem is enorm, die vult de hele kamer.

‘En ik heb met Johansson gepraat. De wethouder. Hij heeft gezegd dat hij aan de thuiszorg zou vragen of ze even wilden binnenwippen.’

‘We bellen vanavond’, fluistert Yvonne bij de deur. ‘Het beste, Cecilia.’

De deur gaat dicht, ik hoor hun voetstappen op de trap. Ik ben weer alleen.

Ik heb een eeuwigheid gerend, Marita. Een eeuwigheid heb ik gerend om van de naamloze stad weg te komen.

Eerst met lange vliegende passen, licht en zwevend als een Diana; daarna steeds zwaarder en aardser. Mijn longen deden pijn, mijn keel vernauwde zich, het gesis van tienduizenden sigaretten vulde het heelal. De cellen in mijn lichaam werden tot zwijgen gebracht door het nieuwe geluid, ze schudden zich op en veranderden van gestalte, vloeiden over in nieuwe vormen en fluisterden tegen elkaar: wat heeft ze gedaan? Wat heeft ze eigenlijk gedaan?

Maar ik luisterde niet, ik rende en struikelde, viel en stond weer op, rende verder. Het heelal was vol geluiden, bomen en struiken werden achter mij geveld, een dier brulde brandend van pijn, ergens ver weg, mijn longen barstten bijna uit elkaar.

Ik heb een eeuwigheid gerend.

Ik moet hebben gerend tot ik mijn bewustzijn verloor.

Het was nacht toen de regen mij wekte. Grote druppels, warm en zacht in het begin. De lippen van Butterfield. Een gedicht zweefde als een fluittoon door mijn bewustzijn: *kom, kus me met lippen van water...*

Ik zette me af tegen gruis en as en wilde opstaan. De grond was oneffen en schraapte langs mijn handpalm. Ik stopte en zonk terug, leunde met mijn wang tegen het gruis. Dolly. Dolores. Mijn vogeltje.

NogNogs woede donderde langs de hemel. Onweer.

Ik ging op mijn knieën zitten en luisterde waakzaam.

In het ziekenhuis probeerde ik een soort tijdschema te maken; ik probeerde uit te rekenen op exact welke dag we in de naamloze stad waren aangekomen en op exact welke dag ik die had verlaten, hoe lang ik had gerend en hoe lang ik over mijn tocht had gedaan. Toen er mensen van de ambassade op bezoek kwamen, vroeg ik om materiaal. Krantenknipsels, rapporten en nieuwsprogramma's op video. Ik wilde alles weten over vulkaanuitbarstingen en zo veel als ze maar bij elkaar konden schrapen over kinderarbeid.

Nachtenlang zat ik in de rapporten te bladeren en overdag keek ik telkens opnieuw naar de films. Ik spoelde de banden heen en weer, bekeek alle as en verwoesting nauwkeurig, luisterde naar honderden kwetterende stemmen die verslag uitbrachten over de dengkoorts die in de vluchtelingenkampen heerste, over de tienduizenden mensen die geen onderdak en werk meer hadden en over hoe bijzonder het was dat deze enorme vulkaanuitbarsting toch niet meer dan aan slechts een honderdtal mensen het leven had gekost.

Plus vier, dacht ik, terwijl ik de afstandsbediening opnieuw indrukte. Plus vier.

Ten slotte gaf de dokter opdracht de televisie mijn kamer uit te rollen. Het was niet goed voor mij. Bengt en Lydia, die op dat moment op bezoek waren, knikten instemmend. Niet goed voor jou, Cecilia. Helemaal niet goed. Na alles wat je hebt doorgemaakt.

Bengts gezicht vrolijkte op toen ik zei dat ik naar huis wilde, naar Zweden, en dat ik niet van plan was naar Manila terug te keren, dat ik ergens anders een post wilde hebben. Lydia beloofde me te helpen met pakken.

Ze waren bang voor me. Er was iets met mijn gezicht gebeurd wat hen bang maakte. Toen ze weg waren gegaan vroeg ik om een spiegel.

Maar ik durfde er niet in te kijken.

Acht dagen.

Zo lang moet ik mij met regenwater, wilde bananen en wat ik verder maar kon vinden in verlaten dorpen en huizen in leven hebben gehouden.

Maar ik kan me niet herinneren dat ik honger had. Ik herinner me alleen de dorst en het witte brandende slijm dat mijn gezwollen tong bedekte. De regen werd mijn redding. Iedere keer dat het begon te regenen, ging ik op mijn rug liggen en deed ik mijn mond open; ik liet de regen zo mijn keel in lopen. Soms stond ik na een poosje op om van mijn handen een kom te maken die ik vol liet lopen en daarna gulzig leegslurpte.

Ik was opgehouden met denken; ik graaide in de bezittingen van andere mensen en op het moment dat ik iets eetbaars vond, stopte ik dat direct in mijn mond. Pas in het dorp van de Zwarte Nazarener begreep ik dat ik eigenlijk een mok of een glas zou moeten zoeken om daar regenwater in op te vangen, maar dat was een gedachte die ik net zo snel weer liet varen als dat hij was opgekomen.

Op het laatst sliep ik steeds vaker. De laatste dag liep ik maar een paar honderd meter. Toen het begon te schemeren kon ik nog steeds de berghelling zien waarop ik die ochtend wakker was geworden.

Ik zou daar nu nog steeds hebben geslapen als het oude volk mij niet had gevonden.

Het stinkt. Mijn kamer stinkt.

Ik ruik aan mijn kussen. Nee. Het is niet het kussen, het zijn niet de lakens en het is niet de matras.

Ik moet het zelf zijn. Goeie genade, het is immers een eeuwigheid geleden dat ik voor het laatst heb gedoucht.

Ik ga rechtop in bed zitten, vouw de deken terug en zet eerst netjes mijn ene en dan mijn andere voet op de vloer.

Wat wilde ik nou ook alweer gaan doen?

Het oude volk. De Aëta.

Hun gezichten waren donker en glommen van de regen toen ze zich over me heen bogen. Een vrouw streek met haar hand over mijn gezicht, keerde zich vervolgens om en keek op naar een man die achter haar stond. Hij had een mes aan zijn riem, het was langer dan zijn lendendoek. Achter hem onderscheidde ik andere mannen en vrouwen.

Ricky, dacht ik. Je hebt gezegd dat ze mensen onthoofden, dat ze hoofden verzamelen... Nu gebeurt het.

Maar ze maakten me niet dood. Ze gaven me kokosmelk te drinken en toen het nacht werd gingen ze vlak naast me liggen. De volgende ochtend hielpen ze me overeind en legden mijn arm om de schouders van een jonge vrouw. Ze lachte veel tijdens het lopen en praatte onophoudelijk; ze was nog niet aan zwijgen onderworpen zoals de oudere vrouwen.

Tijdens deze laatste uren van mijn tocht werd mijn blik helderder. We liepen heel langzaam, in een zacht slingerend ritme. De mannen schommelden voor ons, ze liepen met lichte tred en rechte rug, ze droegen wapens en gereedschap in hun handen. De vrouwen volgden, gebogen en gebukt onder zware bundels met huishoudelijke dingen en slapende kinderen in bonte cocons. Naakte kleine kinderen renden heen en weer, gingen op in de groep en maakten zich weer los, huppelden de begroeiing naast het pad in en...

Op die manier ontdekte ik het groen: een kleintje rende een bamboebosje in, het hoge gras wuifde zacht om hem heen. Ik keek hem sloom na, maar werd opeens wakker en bleef staan. Gras onder mijn voeten. Sappig groen aan de bomen. De wereld was niet langer bedekt met as.

Het jonge meisje lachte hard en trok me verder, haar woorden borrelden onophoudelijk boven mijn hoofd. Ik kon niet verstaan wat ze zei; ik herkende maar één enkel woord uit haar woordenstroom: *kano.*

Ze wees met haar slanke hand naar beneden het dal in. Daar lag een vluchtelingenkamp.

De stank welt opnieuw op.

Bah, wat stink jij. Heb je nu alweer in je broek geplast? Gatverdamme, wat een smerig kind. Uh, wat stink jij.

Ik moet douchen, ik moet me schoonboenen. Ik zal me goed wassen, zodat deze lucht verdwijnt.

Dat moet lukken.

Kijk eens, nu heb ik het licht in de badkamer aangedaan. Ik hang een handdoek over de spiegel zodat ik alleen ben. Er liggen nieuwe stukken zeep in het badkamerkastje; ik heb vorige week een keer een grote voorraad gekocht...

Ik scheur de verpakking open en ruik aan de zeep. Die ruikt lekker, echt schoon en echt lekker.

Waar is de badborstel nou?

Terwijl de anderen in het groen bleven staan, liep het meisje met me mee tot de grindweg. Ze haalde mijn arm van haar nek, maakte zich los, zette me als een pop midden op de weg en verdween in één vloeiende beweging.

Ik draaide mijn hoofd om en probeerde haar na te kijken, maar dat lukte niet: ze was weg. Bosjes en bamboe wuifden heen en weer, maar er was geen mens te zien.

Ik deed een paar aarzelende stappen; het scherpe grind

schrijnde onder mijn kapotte voetzolen.

'Kano', riep een stem. 'Een *kano...'*

En toen was ik terug in de wereld.

Er moet ergens een badborstel te vinden zijn. Of althans een schuurborstel.

Ik houd de leuning van de trap stevig vast wanneer ik naar beneden loop; ik ben een beetje duizelig, maar ik wil niet vallen. Ik moet een borstel vinden, daarna ga ik me eindelijk wassen.

Mijn moeder en Goudbom staan in de woonkamer en omhelzen elkaar.

'Weten jullie waar hier in huis een borstel ligt?' vraag ik chagrijnig, maar ze lijken me niet te horen. Ze bewegen in ieder geval niet, staan daar maar te staan en omhelzen elkaar alsof ze versteend zijn. Vreemd.

Ik zoek in het aanrechtkastje, maar daar ligt alleen een oude afwaskwast. Hij is grijs van viezigheid en de haren steken alle kanten op. Onbruikbaar. Ik gooi hem de keuken in, bij het afwasmiddel en de vaatdoek en al het andere dat ik eruit heb moeten gooien om deze afwaskwast te vinden.

Er moet toch ergens een borstel liggen.

Mensen, handen, kreten en stemmen.

Toen ze aan kwamen rennen, stond ik wijdbeens op de weg en probeerde mijn evenwicht te bewaren, maar dat was moeilijk. Iedereen kwam op me af: kinderen en volwassenen, vluchtelingen en hulpverleners.

Iemand pakte me stevig bij mijn schouder en ik zonk neer op iets dat een brancard moet zijn geweest. Daarna werd ik naar de hospitaaltent gedragen. Iemand probeerde mij met een washandje te wassen, maar ik eiste dat ik mocht douchen en mezelf wassen. Ik kreeg natuurlijk mijn zin.

Daarna werd ik op een brancard naar een Amerikaanse legerhelikopter gedragen; ze zouden me naar Manila vliegen. Ik was immers een *kano*; ik kon toch niet in een vluchtelingenkamp blijven waar dengkoorts heerste en waar gebrek aan voedsel was?

De schroefbladen van de helikopter ratelden, ik sloot mijn ogen en begon mijn leugens te formuleren. Ricky en Butterfield verdwenen al tijdens de asregen. Ze gingen de auto uit om naar een huis te zoeken, maar keerden nooit meer terug. Ik bleef in de auto tot het licht werd. Sindsdien heb ik rondgezworven. Een groep Aëta hielp mij uiteindelijk.

Ik noemde de andere namen nooit.

NogNog? Dolores?

Wie is dat? Wie zijn dat?

De tijd heeft zijn poorten achter hen gesloten.

In de werkkast dan? Er zou toch een fatsoenlijke borstel in de werkkast te vinden moeten zijn.

Potverdomme, wat een hoop spullen; ik moet de stofzuiger en de emmer er allebei uitgooien om erbij te kunnen. Godsamme! Deze is helemaal plat en zacht. Die stank is verstikkend. Dadelijk moet ik overgeven, dadelijk kan ik geen lucht meer krijgen; ik moet eindelijk eens schoon worden.

Waar moet ik nu zoeken?

In de Armendoos. Ja. Nu weet ik het weer: daar had mama een borstel.

Ik zit op de vloer van de overloop met de Armendoos tussen mijn uitgespreide benen en ik gooi het ene voorwerp na het andere over mijn schouder. Kaarsenstompjes. Oude nylonkousen. Een paar schoenen uit de jaren vijftig, met versleten zolen. Een trui van scherp acryl. En daar. Eindelijk.

Ik pak het borsteltje op en strijk met mijn hand over de metalen haren. Een staalborstel, precies zo een als mama gebruikte wanneer ze de platen van het fornuis schoonmaakte.

Mooi. Nu ga ik mij eens even goed boenen.

Onder de douche kun je zo goed nadenken. Heet water is zo heerlijk. Mijn shampoo ruikt lekker; het parfum ervan maskeert die stank bijna helemaal.

Oooh, suizen de bomen in mijn geheugen. Oooh.

Ik wrijf met de zeep tegen de borstel, witte kinderzeep tegen geelkoperen haartjes. Mooi. Nu kan ik me eindelijk wassen.

Stevig boenen, Cecilia. Je moet goed wrijven.

Ik weet het, mama.

Het schuim van de zeep verandert van kleur wanneer ik mijn arm boen. Het wordt roze. Wat gek. Ik til de borstel op en kijk ernaar. Hij kan toch niet afbladderen. Metaal bladdert niet af. Plastic ook niet.

Ik kijk naar mijn armen. Nu is het schuim rood. Ik bloed. Maar ik voel niets. Het doet geen pijn. Desondanks word ik misselijk. Dat moet door de stank komen, ik raak die stank maar niet kwijt.

Ik moet steviger boenen. Harder. Dieper.

Damp. Heet water en damp.

De badkamer is gehuld in dichte nevelen, ze zweven door de open badkamerdeur de overloop op; straks zal het hele Bananenhuis vol wasem zijn. Mooi. De ramen zullen beslaan, niemand zal naar binnen kunnen kijken.

Maar opeens ril ik; ik voel midden in de hitte een flard koude lucht. Iemand heeft beneden de deur opengedaan. De buitendeur. Ik hoor hem dichtgaan en daarna snelle voetstappen de trap op; iemand loopt op de tast door de nevelen op de overloop.

Ik kan geen bezoek ontvangen. Sorry. Ik ben aan het douchen.

'O goeie genade!'

Gunilla grijpt de deurpost en kijkt naar mij.

Ik laat eerst de zeep vallen en daarna de borstel; hij komt met een klap op de bodem van het bad terecht.

'Maar Cecilia', zegt Gunilla. 'Maar Cecilia! Wat heb je gedaan?'

Ze weet het. Ze beschuldigt me. Desondanks buig ik mijn hoofd onder het hete water en antwoord: 'Daar kan ik helaas niet over praten, Gunilla. Niet met jou.'

Ze hoort me niet; ze loopt met snelle stappen over de tegelvloer en strekt zich uit naar de kraan. Ik kijk geïnteresseerd naar haar mouw; haar donsjack zou onder de douche doornat moeten worden, maar er vormen zich juist ronde pareltjes op de stof. Geïmpregneerd. Haar jas is goed geïmpregneerd.

Gunilla rukt een badlaken van de haak en slaat dat om me heen.

‘Kom’, zegt ze. ‘Kom, Cecilia. Nu ben je klaar met douchen.’

Ik snuif wat in het luchtledige, maar ruik niets. Ze zal wel gelijk hebben; ik stink niet meer zo erg. Als ik vaak douche, dan zal die stank op een dag waarschijnlijk helemaal verdwijnen. Maar voor dit moment is het voldoende. Ik kan uit bad stappen.

Gunilla slaat haar armen om me heen, maar ik duw haar weg. Geen intimiteiten, alsjeblieft! Maar ze geeft zich niet gewonnen, ze wrijft me droog en slaat het badlaken stevig om me heen. Ik kijk naar de witte badstof. Wat mooi: grote rode rozen schieten in de knop en ontluiken wanneer de stof tegen mijn lichaam komt.

‘O, Cecilia’, snottert Gunilla. ‘O, Cecilia. Als ik het maar had begrepen, als ik maar een vermoeden had gehad…’

Dan slaat ze haar arm om mijn schouders en voert me de overloop op.

Majgull Axelsson bij Uitgeverij De Geus

Aprilheks

De lichamelijk gehandicapte Desirée is als baby door haar moeder in een inrichting geplaatst. Terwijl Desirée in eenzaamheid opgroeide, bracht haar moeder drie pleegdochters groot zonder hen te vertellen dat zij een eigen dochter heeft. Als Desirée het leven van haar 'zussen' binnendringt, wordt het evenwicht tussen de vrouwen ernstig verstoord.

Augusta's huis

Het huis waar Augusta en haar man Isak moeilijke, maar ook gelukkige jaren beleefden is na honderd jaar nog altijd in het bezit van de familie. Het fungeert als vakantiewoning voor Augusta's kinderen, kleinkinderen en achterkleinkinderen, en voor sommigen ook als toevluchtsoord.